1930년대 낭만주의와 탈식민주의

저자 최윤정

머리말

낭만주의는 탈주의 문학이다. 꿈과 이상을 향한 동경의 언어, 지금-여기로부터 탈주를 시도하는 모든 언어는 낭만주의의 언어이다. 이 낭만주의의 언어는 인간의 깊은 내면의 소리를 발화하고, 자연의 원초적 생명의 소리를 시화한다는 측면에서, 주관적이며 현실외면적 문학으로 평가되기도 하지만 문명의 반명제로서 반근대/탈근대적 경향을 각성하고 각인시키는 주체적 역량을 추동시키는 문학이라 할 수 있다. 특히 1930년대 문학장 안에서 낭만주의는 미래의 몽상을 통해 새로운 세계를 꿈꾸는 혁명의 문학을 제언하고, 전통적 양식들을 발굴하고 소환하는 민족적 문학을 고수하고, 인간의 본원성을 회복하고 복원하는 휴머니즘적 문학을 개발하는 원리로서 작동하게 됨으로써, 식민지 근대가 몰고 올 파괴적 형식들에 대응하는 양상을 보여주게 된다. 이러한 의미에서 1930년대 발견된 낭만주의는 탈식민주의의 문학적 성향을 내포한 문학이라 할 수 있는 것이다.

식민지라는 억압적 현실은 이후 문학장 안에서 식민지 문학을 순수성(공모)과 저항성으로 명확하게 해석되어져야 하는 지점으로 강요한다. 식민지 시대 문학이라는 매체는, 특히 시라는 장르는 정치가 부재하는 식민지 현실을 주도해야 했던 민족적 담론으로서의 역할과 기능을 부여받는다. 그러나 이 강고한 역사를 뚫고 가기에 제국의 적들은 만만한 상대가 아니었다. 그 강고한 적들을 대응하는 양식은 순수와 저항으로 양분된 두 가지 방식으로만 뚜렷이 표기되지 않는다. 누구는 순수라는 것을 전략적 트릭으로 사용할 수도 있었을 것이요, 누구는 정공법으로 줄기차게 저항적 제스쳐를 시도했을 것이며, 누구는 저항성의 마모를 통해 공모의 혐의를 부정할 수 없는 위치에 처하게 되나, 그렇다고 그 사람의 모든 행동과 담론을 친일적인 것으로 단죄할 수 없는 존재론적 상황이 있을 수도 있다고 판단되기 때문이다. 제국주의의 무력적 폭력이 날로 심화되고 있던 1930년대라는 절망의 시기를 살아가면서도 민족적 미래 비전을 희망으로 품고 사는 식민지 주체들의 다양한 삶의 형식들을 구성해내는 시적 경향으로 낭만주의는 다시 발견된 것이라 할 수 있다. 식민지 상황이 금방 끝날 것 같지도, 영원히 지속될 것을 믿고 싶지도 않은 식민지의 주체들은 1920년대와 다른 삶의 방식을 탐색하고 모색해야 했을 것이며, 이러한 다각도의 삶의 형태들은 강고한 시대를 극복하기 위한 노력의 일환으로서 해석될 가능성을 제공하기 때문에, 낭만주의는 탈식민화 하려는 노력들을 구체화하는 1930년대만의 방식이었던 것으로 해석된다. 그러한 다양한 탈식민의 노력들을 찾아내어 탈식민의 구체적 방법들을 고안해냄으로써 식민지 이후 식민성이 작동하는 모든 영역에 판례를 제공하는 결과로 이어질 것이다.

　이 책은 '낭만주의와 탈식민주의'라는 주제 아래 박사논문인『1930년대 '낭만주의'의 탈식민성 연구』와 식민지 시기 탈식민화의 노력으로 평가될 만한 시인들에 대한 논의들을 묶어 놓은 것이다. 이 책은 식민지 말기 시의 서정화가 친일적 경향이나 전향과 관련한 맥락으로 수렴되던 전대의 논의들로부터 서정적 시화, 감정의 시화가 그렇게 일방적으로 매도될 수 없다는 문제의식으로부터 시작된다. 1930년대 중반 각 유파를 대표하는 임화, 김기림, 박용철은 식민지시기 시라는 장르의 위치를 고민하는 공통의 과제를 안고 기교주의 논쟁을 일으키게 되는데, 이는 각 논객들이 낭만주의 담론을 발전시키는 과정 속에서 시의 장르적 특성을 보존하면서 시대적·역사적 사명감 또한 간과할 수 없는 부분임을 분명히 하는, 시와 현실, 시와 역사, 시와 시대의 밀접성을 드러내는 결과를 낳게 된다. 이러한 결과로부터 식민지 시기 시인들의 탈식민 노력들이 다양할 수 있다는 발상으로 2부의 논의들이 시작된다.

　제1부 '1930년대 '낭만주의'의 탈식민성 연구'는 기교주의 논쟁을 통해 1930년대 낭만주의의 지향점을 가늠해보게 된다. 여기서 낭만주의는 시의 서정화와 현실인식의 접목을 통해 시의 사회·역사성을 가능하게 하는 지점이 된다. 낭만주의 담론을 활성화하면서 임화, 김기림, 박용철은 식민지 주체를 구성하게 된다. 이들 식민지 주체들은 평론과 시라는 담론 겹겹의 층들 사이에서 자신의 정체성을 구성하게

된다. 따라서 주체는 결국 텍스트 표면에 드러나는 표면적 의미와 텍스트의 내면에 잠재된 내포된 의미들로 구성된다. 표면적 의미의 주체들은 유파적 경향을 탈피하지 못하여 '계급성'·'근대성'·'순수성'의 범주 안에서 이데올로기나 사조적 특성을 보유하고 있는 시적 화자로 언술내용적 주체로 표기되며, 내포된 의미의 주체는 현실과 소통하는 경험적 주체로서 작가, 또는 시인으로 언술행위적 주체로 파악된다. 비판적이고 저항적인 이 언술행위적 주체들은 제국의 '중심'을 대규모로 폐기하기 위해 유파적으로 규정된, 그리고 사조적으로 평가된 자신의 정체성을 폐기하고 위반하는 주체들이다. 이들 주체들은 식민주의, 제국의 지배질서에 포섭되지 않으려는 주체라는 점에서, 유목민적 존재성을 갖는다. 임화가 사이공간으로 대표되는 네거리나 현해탄을 반복적으로 활보하거나 건너는 것, 그리고 김기림이 도시 공간을 병적공간이나 비인격적 공간으로 인식하는 것이나 박용철이 고향공간을 지속적으로 환기하는 것은 모두 식민주의에서 탈주하려는 식민주체의 다양한 방식들이라 할 수 있는 것이다.

1부의 연구를 바탕으로 하여 2부는 식민주의를 극복하기 위한 식민지 시기 시인들에 대한 다양한 노력들을 탐색하려는 방향으로 설정된 것이다. 이 논의들은 지금도 지속되고 있는 주제들이며 이 책에는 윤동주와 오장환의 사례만 실었다. 윤동주의 경우는 식민지 주체를 구성하는 다양한 타자들을 통해 식민지에 대한 대응양상을 살필 수 있을 것이며, 오장환의 경우는 그레마스의 기호학적 접근을 통해 식민지 근대에 대한 인식의 지점과 형식적 틀 속에서 시대의식을 관찰할 수 있을 것이다.

　책이 나오기까지 많은 분들의 도움이 있었다. 먼저 논문의 모자라고 부족한 부분을 엄정한 언어로, 때로는 시적 발상으로 꼼꼼히 채워주시며, 독려해주셨던 김승희 선생님과 문학이 무엇인지 제대로 알지 못하고 미숙했던 제자를 위해 언제나 시간을 내어주시던 김학동 선생님께 깊이 감사드린다. 그리고 논문 심사 기간 동안 미처 깨닫지 못했던 부분에 대해 도움을 주신 박철희 선생님과 우찬제 선생님, 그리고 송효섭 선생님께도 감사의 말씀을 드린다. 또한 문학을 공부하는 제자에게 애정과 관심을 베풀어주시던 정대림 선생님과 필자의 박사후 연수과정 지도를 맡아, 새로운 도약이 될 수 있도록 아낌없는 조언을 주시는 신범순 선생님께도 깊이 감사를 드린다.

　마지막으로 공부하는 딸을 위해, 그리고 며느리를 위해 헌신과 희생을 마다 않는 부모님과 시부모님께 감사를 드린다. 아내로서 엄마로서 그 자리를 소홀히 할 때라도 항상 응원과 신뢰로써 힘을 주는 남편과 세빈, 세령 두 딸에게 고맙다는 말을 전하고 싶다.

2011년, 최윤정 씀

목차

제2부 탈식민주의 담론과 전략

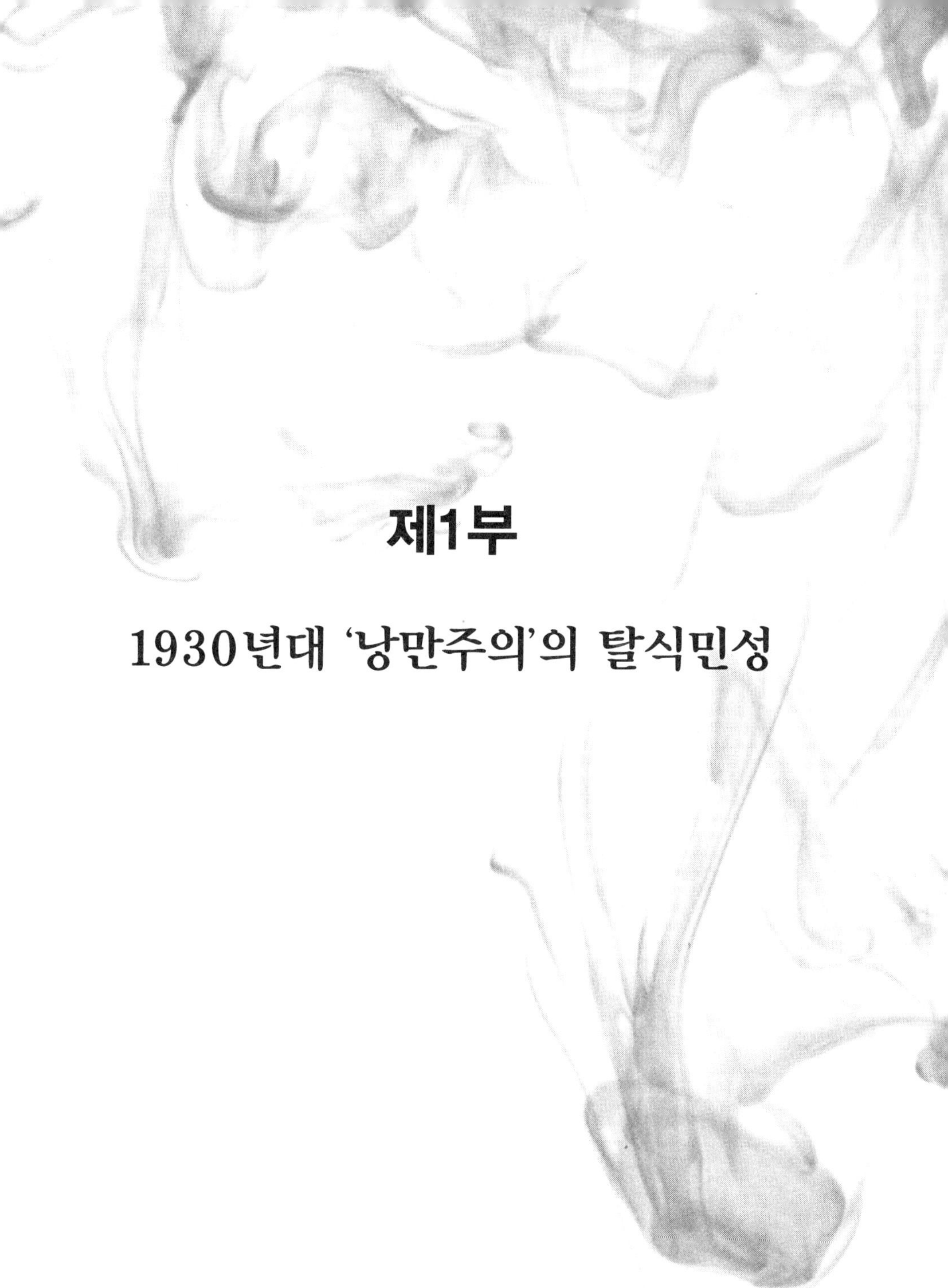

제1부

1930년대 '낭만주의'의 탈식민성

1930년대 낭만주의와 탈식민주의

제1장

낭만주의의 탈식민주의 논리

1920년대 낭만주의는 현실인식의 측면이 소거된, 식민성을 인식하지 못하는 감상성을 특징으로 하는 주관성의 표지였다. 이후 계급성, 근대성, 순수성을 표방하며 문단의 지형도를 구성하게 되는 리얼리즘, 모더니즘, 그리고 시문학파 등의 유파별 지향은 제국을 차별적으로 인식하지 못하고 동화되거나 식민지 상황에 무관심했던 피식민자의 식민성을 그대로 드러내는 지점이 된다. 여기서 1930년대 낭만주의는 식민지 현실에서 타자의 영토에 포섭되어 실체가 없이 소거되는 비자아적 존재를 주체적 위치로 인식시키는 계기로 작용하게 된다. 리얼리즘의 임화에게 낭만주의는 '민중해방'이라는 국제주의 경로를 변경하는 전환점이 되고, 모더니즘의 김기림에게 낭만주의는 인간의 삶을 파국으로 몰고 간 근대성에 대한 계몽의 정신이다. 그리고 시문학파의 박용철에게 낭만주의는 '감정의 전염'으로서 사회에 영향을 끼

치는 것이 된다. 낭만주의를 통해 이들 세 시인들은 유파별 문학의 한
계를 극복하고, 즉 계급성에의 반성과 완전한 근대로의 욕망과 식민
지 상황에 대한 고발을 구체화하면서 식민지로부터 탈주하는 의식을
지속적으로 드러내게 되는 것이다.

1. 근대 시문학장의 재구성

　1930년대 낭만주의는 1920년대 감상적 퇴폐적 낭만주의와는 달
리 주관성과 객관성의 결합을 통해 현실을 인식하고 민족을 발견하
여 식민지성을 극복하려는 지점이었다. 1930년대 문단의 지형 변화
를 주도한 세 유파, 즉 프로문학파와 모더니즘 경향의 유파와 시문학
파의 대표적인 세 시인의 비평과 시를 연계하여 살펴보려는 것은 이
들이 낭만주의를 새롭게 발견하고 이를 통해 문학의 방향을 모색하
려는 공통분모를 내재하고 있기 때문이다. 따라서 이러한 논의는
1930년대 서정화의 경향과 이들 세 시인들에 대한 그동안의 평가를
재고하는 측면이 있다. 다시 말해서 시의 서정성을 낭만주의와 내밀
한 관계 속에서 감정적이거나 감상적인 것인 주관성으로 파악하고,
자아의 내면세계에 치우친 경향으로 간주함으로써 주관성의 주체성
을 간과하는 측면에서 현실인식의 문제와는 거리를 두고 논의하게
되었던 것이 그동안의 대체적인 평가였다. 이러한 기존의 관점은 계
급성의 약화로 표기되거나, 근대성의 실패나 미달로, 또는 순수성의
좌절이나 패배의식으로 표기되었다. 따라서 본고는 이들을 계급성,

근대성, 순수성만으로 평가함으로써 이들이 식민지 시대현실을 간과하거나 축소하는 경향이 있다는 논의를 극복하려는 시도라 할 수 있다. 이는 이들의 텍스트를 주로 다루어 왔던 계급성, 근대성, 순수성의 관점을 식민지 현실을 구체적으로 표기하지 않는 관념적 시각으로 보고, 그런 의미에서 제국에 공모하는 타자담론[1]의 한 유형으로 파악한 것이며, 이에 따라 그러한 시각을 재고하는 민족담론을 식민주체의 관점으로 파악하여 전자와 후자를 함께 읽어내는 대위법적 읽기를 제안하는 것이다.

이제 우리 문학에서 식민성의 문제는 일제 식민지 시기에만 국한된 것으로 바라볼 수 없게 되었다. '식민성'이라는 단어는 자본과 권력, 지배와 종속, 우등과 열등의 관계가 형성되는 어느 곳에서나 핵심 쟁점으로 표기되기 때문이다. 인종이나 국가, 민족 단위로 행해지던 식민적 종속 관계는 좀 더 세분화되고 간접화되는 방식으로 지역이나 계층, 또는 개인 간의 문제로 인간들의 삶을 소외시키는 모든 분야에서 출현하고 있는 현상으로 파악된다. 이는 하나의 텍스트 안에 무수히 많은 담론들이 작용하고 있다는 전제로부터 가능한 것이다. 강력

---

1 타자성은 편의상 크게 두 가지 개념으로 구분되어 논의될 필요가 있다. 하나는 동일자의 변이형으로 어떤 식으로든 동화되고 이해되고 전유되어야 하는 타자라고 한다면, 다른 하나는 어떤 형태로든 동일자로 환원될 수 없는, 즉 동일자와 비대칭적 관계에 있는 타자이다(김상구 외, 『타자의 타자성과 그 담론적 전략들』, 부산대학교출판부, 2004, 3면). 여기서는 전자의 타자개념을 차용하고 있는 것이다. 이성주의에 토대를 둔 서구 합리주의와 동일성의 철학은 타자의 배제에 근거하거나 아니면 타자를 이분법에 입각하여 전유해 왔다. 제국은 식민지민들을 이분법으로 재단하여 감정, 비정상, 야만, 악 등으로 표기하여 배제되어야 하고 열등한 존재로만 인식했던 것인데, 이에 대한 제국의 시선을 그대로 차용하여 식민지민의 글쓰기와 사유의 지점을 평가하고 재단하는 것은 제국의 변이형으로, 제국에 동화되고 이해되고 전유되어야 하는 타자로 제국중심의 논리를 그대로 따르는 것이다. 그런 의미에서 여기서 '타자담론'이라는 것은 제국이 식민지민을 타자화하는 논리를 동일하게 수용하는 경향을 이르는 것이다.

한 하나의 담론이 아니라 그 틈에서 반향하고 있는 소외된 담론의 목소리를 경청함으로써 텍스트는 다양한 의미를 부여받게 될 것이다. 이러한 문학적 탐구는 제도나 구조 속에 편입된 문학이 아니라 탈-제도적, 탈-구조적인 문학을 지향한다는 점에서 문학의 주체성이나 정체성을 형성해가는 과정 중의 문학이라 할 수 있을 것이다.

1) 기교주의 논쟁과 낭만주의의 호명

근대 문학 장에서 시에서의 낭만주의의 문제는 1920년대 논의에 집중되는 양상을 보인다. 이들 논의에서 낭만주의는 감상적이며 퇴폐적인 패턴의 언어로 규정되어 부정적인 평가를 벗어나지 못했다. 이는 1920년대 중반부터 1930년대 전반까지 문단을 장악했던 카프의 관점이 오랫동안 지배해온 결과라 할 수 있다. 그동안 낭만주의나 낭만성에 기울어진 시라는 것은 식민지라는 특수한 상황 아래서 시대·역사 인식을 담보하지 못하고 현실을 도피하거나 과거로 퇴행하려고만 하는, 사상과 내용이 없이 감상의 포오즈만을 취한 무자각의 배설 형식일 뿐이라는 혐의에서 자유롭지 못했다[2]. 이는 1930년대 시 논의에서 낭만주의의 존재나 역할을 간과하거나 축소하는 결과로 이어졌다. 낭만주의를 감상적이며 퇴폐적인 것으로만 파악한다면, 1930년대 시의 서정화 기류[3]를 형성하고 있는 시들은 모두 식민지 현실을 외

---

2 백철은 『백조』파의 낭만주의가 병적이오 퇴폐적인 정신의 소산으로 '『백조』파가 지향한 문예 사조는 병적인 창백한 감상주의이며 현실을 떠나 꿈을 그리는 염세적 현실 도피적 기분 문학으로 병적 낭만주의에 속한 것이라고 보았다(백철·이병기, 『국문학전사』, 신구문화사, 1958, 305면). 김윤식은 1920년대 낭만주의를 기분, 분위기 정도로 역사적 발전의 관점이 없는 데카당스로 파악한다(김윤식, 『근대한국문학연구』, 일지사, 1973, 265면).

면한 전향문학의 범주에 포함되는 것이거나, 1920년대와 더불어 1930년대의 우리문학의 역사는 지속적인 순수문학의 시기로 귀결되고 만다. 그러한 낭만주의 관점 안에 놓이는 문학은 사회 역사성이 최소화된 문학이 될 것이며, 시의 형식이나 구조에 관한 분석에 치중하는 논의로 한정될 것이다. 이러한 관점은 낭만주의의 본질을 감상성과 순수성에 함몰된 주관성으로 제한하는 관념에서 비롯된 것이다. 그러나 임화와 김기림, 박용철은 낭만주의 시관을 통해 절대적 의식 주체로서의 주관성에 기울어지는 낭만주의를 지양하고 객관현실과의 상호관계를 형성하는 상호주관성[4]을 전제하는 낭만주의를 기획한다.

1930년대는 기교주의 논쟁을 통해 근대시의 방향을 설정하고 체계화[5]하는 도약의 발판을 마련한 시기였다. 이러한 기교주의 논쟁의 내면적이고 핵심적인 쟁점은 낭만주의에 대한 평가였다[6]. 그럼에도 불구하고 1930년대 낭만주의 논의는 시문학파의 논의에서 유파의 순수

---

3 창작자 개인의 주관적 감정을 중시한다는 점에서 서정시는 낭만주의와 무관할 수 없는 양식이다. 서정시는 낭만주의적 시대의 가장 중요한 장르로서 중심 위치를 점하고 있다. 헤겔은 "낭만주의적 예술을 위해서 서정시적인 것은 또한 기초적인 기본 특징이기도 하다"고 지적했다(페터 V. 지마, 『문예미학』, 허창운 역, 을유문화사, 1997, 47면). 19세기 후반부터 지속적으로 '낭만주의 시대는 서정시의 시대'라고 그 특징을 언급해 왔다. 이러한 언급은 빅토리아 시대 비평과 신비평처럼 서로 상이한 전통에서도 찾아 볼 수 있다(C.호제크·P.파커, 『서정시의 이론과 비평』, 윤호병역, 현대미학사, 337면).

4 메를로 퐁티는 생활세계에 대한 하나의 일반적 상징으로서 신체가 그 토대 위에서 상호 실존의 가능성을 정립하는 상호주관적 세계경험의 개방성을 표현하며, 따라서 사회적인 것은 내존재 차원으로 형상화된다고 가정한다. 메를로 퐁티는 몸과 삶의 연관성을 세계의 구조화로, 자아와 타자 사이의 원추교류, 즉 나와 타자를 그 자체로 감당하는 사이공간으로 본다(김정현, 『니체의 몸 철학』, 지성의 샘, 1995, 199면). 신체는 몸이라는 내주관적 세계와 삶이라는 경험적, 사회적인 객관 세계가 상호작용하는 공간으로 파악될 수 있다. 이렇듯 주관성과 객관현실을 매개하는 지점으로서의 낭만주의는 인간에 대한 보편적·추상적인 본질을 부정하고 개별적·구체적인 실존의 가능성을 정립하며, 세계경험의 개방성을 표현하는 의미를 띤다.

성의 특징으로 제한되거나 리얼리즘 연구에서 임화의 '낭만정신'이 잠깐 언급되는 정도에서 그치고 있을 뿐이다. 이마저도 따로 검토되고 있기 때문에 1930년대 시대·역사성과 예술성의 접목을 통해 서정화의 방향을 이끈 낭만주의의 개입을 간과하거나 놓치는 결과로부터 1930년대 시를 이해하는 데 일정정도 한계를 지닐 수밖에 없게 되었다.

우선 김학동은 우리 근대문학 연구자들의 일치된 견해로, 낭만적 풍조가 대두된 것이 「폐허」와 「백조」지를 중심으로 하고 있었다고 파악하고 연구자들이 이들 문학의 병적이고 감상적 특색을 띠게 된 외적 요인으로 3·1운동 뒤의 민족적 절망감과 새 출발의 교착에서 얻어진 감상과 흥분에 두고 있다고 언급하고 있다[7]. 김용직은 『장미촌』과 『백조』의 낭만파적 경향을 들어 상관관계를 논하면서 백조파의 낭만적 기질은 그것이 기존하는 굴레에서의 탈피라든가 개체의 자유 획득에 상관되는 것이라고 하면서 문제가 되는 굴레는 우리 주변을 지배한 낡은 관습, 도덕, 가치관과 식민지 체제의 질곡이 합치된 것을 뜻한다고 제시했다[8]. 박철석은 한국의 낭만주의를 소극적 낭만주의와 적극적 낭만주의로 구분하면서, 특히 후자에 신경향파의 시와 카프의 프로시를 해당시켜 논의했다[9]. 이러한 낭만주의 논의들은 낭

---

5 1930년대 시단의 중요한 축으로 언급되는 '리얼리즘'과 '모더니즘' 그리고 '시문학파'(혹은 전통주의)라는 유파적 변별성이 해당 시인들에게 각각 차별적, 내면적으로 각인되는 계기가 기교주의 논쟁이었고, 그 뒤에 등장하는 신진 시인들의 경우 이 논쟁의 과정이나 결과로부터 아무도 자유로울 수 없었다(이명찬, 『1930년대 한국시의 근대성』, 소명출판사, 2000, 12면).

6 오형엽, 『한국 근대시와 시론의 구조적 연구』, 태학사, 1999, 75면.

7 김학동, 「한국낭만주의 성립」, (김용직 편, 『문예사조』, 문학과지성사, 1988), 376면.

8 김용직, 『한국근대시사(上)』, 학연사, 1986, 216면.

만주의의 퇴폐적 향락적 성향에 대한 비판10 속에서도 낭만주의가 갖고 있는 사회·역사적 경향을 확인하려는 노력으로 평가된다11. 그렇지만 이들 낭만주의 논의들은 1920년대에 국한되는 한계를 지닌다. 1930년대 시문학을 주도했던 임화나 김기림, 박용철이 낭만주의를 중요한 개념으로 의식하고 활용했다는 점을 인식한다면, 우리 근대 시문학 연구에서 1920년대 낭만주의 연구와 1930년대 낭만주의 연구가 연계적으로 또는 병행적으로 이루어져야 할 과제임이 분명하게 드러난다.

신경명12은 1920년대에 한정된 낭만주의의 논의를 극복하고 1930년대로 낭만주의의 논의를 확장시킨다. 김억에서 임화(김억, 김소월, 박용철, 임화)에 이르기까지 정도의 차이는 있다 하더라도 낭만주의는 대개 관념적 경향이 매우 강해서 현실대응과 그 극복이라는 면에서 결국 무기력을 드러낼 수밖에 없었던 부정적 측면을 갖는다고 평가한

---

9 박철석,『한국현대문학사론』, 민지사, 1990.

10 박호영,「한국낭만주의시의 특질」,(김은전·김용직,『한국현대시사의 쟁점』, 1991).
양애경,『한국퇴폐적 낭만주의시 연구』, 국학자료원, 1999.

11 1920년대 낭만주의를 사회역사적 관점에서 파악하려는 노력도 아주 없지는 않다. 김상환은 1920년대 낭만주의 시론의 중요한 흐름으로 데카당티즘의 특성을 들고 데타당스를 문화의 쇠퇴기에 나타나는 현상 중 도덕 감각이 쇠퇴하면서 파생되는 사회 심리적 혼란에 의한 일종의 정신적 황폐 상태라고 진단하면서도 동시에 새로운 모색과 기성의 가치로부터의 자유가 있다고 내세운다. 그러나 낭만주의 시론을 하나의 모태로 하여 리얼리즘 시론이나 민요·시조 시론을 파악해냄으로써 전통 시조나 우리 고유의 민요의 주체양식을 부정하고, 리얼리즘 시론이 갖고 있는 사회·역사적 관점을 단순화시키고 낭만주의 시론의 아류로서만 파악하는 오류를 범하고 있다(김상환,『한국 근대시론의 형성과 전개양상에 관한 연구:1910~20년대를 중심으로』, 영남대학교, 박사학위논문, 1998). 또한 1920년대 낭만주의에 사회적·역사적 문제를 수용한 시인으로 이상화 등을 들어서 1920년대 낭만주의의 현실인식적 측면을 얘기하기도 한다. 그러나 이는 1920년대 낭만주의 사조의 한계를 극복한 경우라고 파악하는 것이 좀 더 타당할 것이다.

12 신명경,『한국 낭만주의 문학론』, 새문사, 2003.

다. 낭만주의를 문예사조의 하나로 파악하는 입장과 정신적인 면과 방법적인 면에서 조망해보고자 하는 입장에서 낭만주의의 우리만의 특질, 즉 낭만주의의 주체성에 관한 논의로 낭만주의의 개념을 확장적으로 파악했다는 점에서 시사하는 바가 있으나 작가 별로 논함으로써 낭만주의에 대한 시대적 이해와 역사적 의미를 확인하기에는 한계가 있었으며, 박용철과 임화의 논의는 기존의 논의에서 더 나아간 것 같지 않다.

낭만주의는 한 개의 개념으로 간단히 정의될 수 없기 때문에 작가마다, 또는 개별 시 텍스트마다 낭만주의적이라고 했을 때, 미묘한 차이를 가진다. 따라서 1920년대 낭만성과 1930년대 낭만성은 질적으로든 양적으로든 차이를 가질 수밖에 없을 것이며, 1930년대라는 같은 시대와 역사 안에서도 임화와 김기림, 박용철이 낭만성에 대해 느끼는 온도차는 분명 존재할 것이다. 특히 임화는 리얼리즘이라는 자장 권내에서 사회주의 이데올로기의 한 복판에 서 있었고, 김기림은 서구의 모더니즘을 선구적으로 들여와 시의 근대성을 실험하고 있었으며, 박용철은 시문학파 내의 전통주의 분위기에 익숙해 있었기 때문에 이들이 1920년대 낭만주의를 비판의 대상으로 보고 각 유파의 극복 지점으로서 새로운 낭만주의를 기획했다는 공통점을 지니고 있지만, 각 유파의 특성을 대리보충하는 지점으로서 낭만주의를 활용하기 때문에 그 결과는 달랐다. 본고에서 논의하려는 것은 이들 세 시인들이 낭만주의를 통해 역사와 현실을 어떻게 인식하고 극복해 갔는가에 초점이 맞추어져 있다. 따라서 이들의 기존 논의를 개별적으로 검토함으로써 각 시인들의 문화의 위치를 가늠해 보는 일이 선행적으로 진행되어야 할 과제로 떠오른다.

그동안의 임화, 김기림, 박용철, 이들 세 사람에 대한 기존 논의는 유파별의 특징들 내에서 크게 벗어나지 않았다. 리얼리즘이나 모더니즘, 순수문학이라는 개념의 적용을 통해 이들의 시론과 작품이 다루어지는 양상이 반복적으로 답습되고 있었던 것이다. 임화의 연구는 프롤레타리아의 계급적 이해관계를 반영하는 리얼리즘 문학 범주 내에서 지속되어 왔다. 프로시사는 프로문학사의 관점에서 자유로울 수 없었고, 프로문학 운동사라는 커다란 테두리로부터 유추되지 않을 수 없었던 것이다. 시인들의 세계관이 프롤레타리아 계급현실, 계급이념과 어떻게 관련되느냐가 문제였던 것이다[13]. 따라서 그의 사회주의 이데올로기가 식민현실에서 어떻게 변화 굴절되어 나갔는가를 살피기보다는 사회주의 이데올로기의 이론을 어떻게 실행하고 정립시켰는가에 초점을 맞추게 됨으로써 1930년대 리얼리즘 문학의 한계 극복의 측면을 생략한 채, 리얼리즘 문학의 후퇴만을 문제 삼는 경향이 농후했다. 또한 김기림은 1930년대 한국 모더니즘 문학의 선봉장의 역할을 수행함에 따라 근대성이 그의 시 텍스트와 시론을 검증하는 바로미터로 작동하게 된다. 따라서 그에 대한 평가는 산문화나 회화성, 그리고 도시어 문명어 등에 의한 모더니티의 실행을 통해 전대의 감상적 낭만주의 시와 어떻게 차별성을 지니게 되었는가에 관심이 집중되었고, 그러한 근대성의 시도와 실험의 성공 여부에 역점을 두게 되었다[14]. 이러한 논의들은 김기림의 모더니즘을 탈역사적인 관점으

---

13 박윤우, 「프로시의 의미와 한계」, (김은전·김용직, 『한국현대시사의 쟁점』, 시와시학, 1991). 이러한 논의들은 리얼리즘적 형상화 원리를 비평과 소설에 편중하는 프로문학의 특성에 따라 주로 소설과 비평을 평가하는 자리에서 관찰되는 데, 주로 프로문학이 목적의식성을 지나치게 강조함으로써 파편화되고 유동적인 근대의 실상에 다가가지 못한 채 관념적으로 근대를 이해함으로써 현실을 주목하지 못했다는 비판을 제기한다.

로만 바라보려 한다. 모더니즘의 특성들에만 천착한 측면에서 김기림의 문학을 역사의식과 전통의식이 결여된, 당대 식민지 조선의 현실에 대한 이해가 부족했던 것으로 비판적으로 바라보고 있는 것이다[15]. 박용철은 미당이 순수시나 순수문학을 반사회주의적 열성에서 생겨난 '유파'로 이해하고 시문학파 시인들의 범주로 규정한 것이 빌미가 되어 순수 문학의 테두리 안쪽에서 계속적으로 평가되어지고 있다[16]. 따라서 박용철의 시와 시론은 사회의식이나 시대의식을 배제한 순수성의 문학으로 예술의 심미적 효과만을 강조한, 경험적 현실과 시를 분리하는 감상성의 문학으로 비판되어져 왔다[17].

임화는 프롤레타리아라는 계급적 관점에 의해, 김기림은 근대성의 관점에 의해, 박용철은 순수성이라는 관점에 기대어 평가됨으로써 식민지적 상황이 간과되거나 축소되는 경향이 있었다. 정통 사회주의

---

14 김용직, 『한국현대시연구』, 일지사, 1974.
한상규, 『김기림 문학론과 근대성의 기획』, (한계전 외, 『한국현대시론사 연구』, 문학과지성사, 1998).

15 송욱, 『시학평전』, 일조각, 1971.
김인환, 『문학과 문학사상』, 열화당, 1978.
이러한 논의는 대체로 다음과 같은 평가로 귀결된다. 시의 근대적 기술화란 명제에 집착한 결과, 시각적 이미지의 자유로운 구사 등에서 시의 기술적 방법론에 대한 김기림의 탐색을 엿볼 수 있다. 변화하는 일상생활의 사회적 의미나 역사적 가치 보다 형식적·미적 장치의 근대화에 김기림 문학의 목적이 놓여 있다. 김기림의 시론과 시 작품에 보인 근대성은 근대적 포즈와 근대적 물질성에 경사된 채, 근대성의 사회역사적 측면, 식민지적 근대화의 왜곡과 그 현장에 대한 탐색과 고민으로 이어지지 못한 것이다 (박승희, 「한국시의 미적 근대성 연구」, 영남대학교, 박사학위논문, 2000. 148~153면).

16 이명찬, 「시의 언어에 대한 새로운 자각」, .

17 김윤식, 「용아박용철연구」, (『학술원논문집』, 대한민국학술원, 1970).
정태용, 『한국현대시인연구·기타』, 어문각, 1976.
김용직, 상게서, 1974.
김명인, 『한국근대시의 구조 연구』, 한샘, 1988.
진창영, 『한국현대시의 리얼리즘과 모더니즘적 탐색』, 새미, 1998.

문학가로서 임화의 계급주의 문학은 카프(한계전 외, 상게서) 해산 이전과 이후를 동일하게 평가할 수 없다. 민중해방이라는 거대한 프로젝트에 몰두하던 임화는 제국의 권력에 의해 그것이 좌절되는 계기를 맞이하게 되자, 부르주아보다도 더 직접적이고 강고한 적대 세력으로서 제국의 식민자들을 감지하게 되었기 때문이다. 그것은 국제주의로 향하던 시선을 식민 현실에로 돌려놓고 구체적인 민족적 삶을 인식하게 되는 계기로 작동한다. 계급적 관점에서 임화를 평가함으로써 우리는 식민지하의 그의 위치를 가늠하기 여의치 않았다. 부르주아라는 추상적 적대 세력을 상대로 사회주의 이데올로기의 이론을 양상하고 생산하는 데 공을 들이고 있었던 임화는 카프 해산을 전후로 해서 민족적 현실을 구체적으로 인식하는 방향으로 전환되는 측면이 있었다. 그런 의미에서 임화가 주장하는 새로운 리얼리즘의 시, 사회적 낭만주의의 시를 계급성을 담보한 프로시로서가 아니라 식민지시대의 산물로 파악하려는 움직임이 감지되기도 한다[18]. 계급적 이데올로기의 후퇴라는 평가에서 벗어나 역사 현실의 능동적 수용이라는 평가가 제기되고 있는 것이다. 김기림은 모더니즘의 수용에 있어서 선구자적 역할을 수행했다는 긍정적인 평가와 이와는 달리 역사의식과 전통의식을 잃어버린, 당대의 식민지적 한국현실을 외면한 식민주의적 미학 이론으로 단정하는 부정적 평가로 갈린다[19]. 그러나 기교의 문제와

---

[18] 이승훈,『한국현대시론사』, 고려원, 1993.
　　　오창근,「'자생성'과 '종속성'의 경계, 그리고 지식의 '탈식민적 가능성'」, (문학과비평연구회,『탈식민의 텍 스트, 저항과 해방의 담론』, 이회, 2003).
　　　채호석,「탈-식민의 거울, 임화」, 고려대학교,『한국학연구』17, 2002.
[19] 김기림의 모더니즘은, 조선의 현실에서는 아직 보편화되지도 않은 서구문명의 충격을 결정적 현실로 생각하고 그 대신 진정 결정적 현실인 식민지 상황을 외면함으로 해서 실패로 귀착되었다(이남호,「현실과 문학과 모더니즘」, (정순진 편,『김기림』. 새미, 1999) 64면).

더불어 시대정신의 측면을 적극 강조함으로써 역사의식에 대한 부정적 평가 또한 재고의 여지가 있음을 피력하는 연구들이 제기되고 있다[20]. 박용철은 1930년대 시단에서 순문예지를 발간 주재한 편집인으로서, 그리고 시문학파의 논객으로서 시의 순수성과 자율성을 독자적으로 끌어왔다는 점에서는 그 의의를 인정받지만, 질적으로 정상에 속하는 서정시를 제작하는 데는 실패했다는 평가가 주류를 이루며, 그의 시론과 시작품이 사회의식이나 시대의식이 결여된 순수문학이라는 데 이론의 여지가 없는 것으로 파악한다. 그러나 박용철은 여타의 비평을 통해 우리 조선어의 수립과 조선문학의 독자성을 주장하며 식민시기를 강하게 의식하는 측면을 드러낸다. 이러한 관점에 입각하여 박용철을 식민현실을 도외시하거나 간과한 순수문학자로만 볼 수 없다는 평가들이 단편적으로 제기되고 있다[21]. 이는 박용철이 시의 사회적 기능까지 고려하고 있다는 평가로 이어지며, 박용철의 시에

---

20 박철희, 「김기림론」, 『현대문학』, 1989.9~10.
　강은교, 「1930년대 김기림의 모더니즘 연구」, 연세대학교 박사논문, 1987.
　이미경, 「김기림 모더니즘 문학연구」, 서울대학교 박사논문, 1988.
　김유중, 『한국모더니즘문학의 세계관과 역사의식』, 태학사, 1996.
　김재용, 「김기림-동시성의 비동시성과 침묵의 저항」, (『협력과 저항』, 소명, 2004).
21 이승훈, 『한국현대시론사』, 고려원, 1993.
　김효중, 『한국현대시 연구』, 대구효성카톨릭대학교 출판부, 1997.
　정효구, 「1930년대 순수서정시 운동의 시대적 의미」, (김은전·김용직 편, 상게서, 1991).
　박철희·김시태 편, 『한국현대문학사』, 시문학사, 2000.
　"박용철은 시인은 시쓰기에 앞서 무엇보다 마음 속에 '고대 성전의 불기둥과 같은 경경하고 고고한' 정신을 가꾸어나갈 줄 알아야 되며 그렇게 할 때 자신이 겪은 일체의 체험을 성공적으로 '變容'하여 순화된 시를 쓸 수 있다고 하였다. 순수시는 그러니까 간곡한 시인정신과 치열한 시적 변용과의 상호작용에 의하여 써진 순화된 시이며 그가 이렇게 '옛 성전의 불을 지키는 정녀'라는 비유를 사용하여 시인의 정신 자세를 말한 것은 시인이 다름 아닌 시대정신의 파수꾼이 되어야 한다는 사실을 환기하기 위함이었다. 그의 이러한 논점은 전대의 감정 위주의 시와 카프의 생경한 이념시에 대한 간접적인 비판임은 물론이다(222면)."

그러한 시의 사회적 기능까지 내포되어 있을 가능성을 시사한다.

그동안의 논의는 1930년대 대표적인 유파를 형성하며 이후 문단에 중요한 영향을 미친 세 작가를 하나의 논의의 장으로 끌어 들이지 못했다. 그나마 기교주의 논쟁이라는 틀 안에서 각 유파별의 특성과 이들 작가들의 문학관 내지 시관의 연구가 단편적으로 이루어지고 있을 뿐이다. 이는 하나의 장에서 이들 세 작가를 아우르며 논의하기 쉽지 않았다는 의미일 것이다. 본고는 기교주의 논쟁을 낭만주의에 대한 이들 세 시인의 인식을 드러낸 접점으로 파악하였다. 이들이 1920년대 낭만주의를 비판하면서도 낭만주의 시관을 각각의 유파에 전파하는 점에 착안하여 낭만주의에 대한 기본적 인식을 통해 어떻게 현실을 극복해가는 지에 초점을 맞추었다. 이러한 연구는 세 사람의 시론의 특성을 고찰하는 동시에 이들이 갖고 있었던 당대에 대한 생각을 파악할 수 있는 가늠자가 될 것이다. 본고는 그동안 기존 논의에서 활용되지 않았던 비평담론과 시작품의 연계를 고려하여 이들 세 시인을 총체적으로 분석하는 전략을 통해 기존논의와 차별성을 두고자 했다.

2) 낭만주의와 탈식민주의의 연계성

서구에서 낭만주의는 정치적 변혁의 과정을 고스란히 경험한 문학으로 현실극복의 문학적 경향을 제시하고 있었다. 그러한 서구의 낭만주의의 속성은 간과된 채 우리 문학 속에서 낭만주의는 우울성, 감상성 등을 동반한 병적 문학으로만 평가 절하된 감이 있다. 특히 1920년대를 지양한다는 카프문학의 대두는 낭만주의 비판과 부정을 통해 그 존재감을 상대적으로 드러냄으로써 낭만주의의 병폐, 낭만주의의 퇴폐성을 한층 강조하고 기정사실화하는 방향을 주도했다. 서구의 변화와 변혁의 문학사조로서 낭만주의는 계몽주의를 극복하고 고전주의를 지양하면서 계몽의 계몽으로서의 역할을 훌륭하게 해낸 문학으로 혁명을 주도한 진보적 성격의 문학임을 간과해서는 안 될 것이다. 따라서 1920년대 낭만주의를 극복하거나 지양하는 입장에서 다시 새롭게 출현한 1930년대 낭만주의는 1920년대 낭만주의를 평가하던 잣대에서 벗어나 관찰될 필요가 있다. 그동안 낭만주의는 그 주관성으로부터 현실도피나 현실외면의 문학을 형성하는 부정적 사조로 평가되어져 왔던 것이 사실이다. 그러나 1930년대 낭만주의의 수용은 1920년대 낭만주의처럼 무비판적인 사조 수입이 아니었다. 문단을 점령하고 있던 리얼리즘 문학의 비문학성을 극복하면서도 일제 점령의 역사적 현실을 어떻게 인식하고 뚫고 나가야 할지에 대한 고민이 낭만주의를 접점으로 한 문학을 통해 계속적으로 표출되었다는 점에서 낭만주의는 문학의 예술성과 현실변혁의 두 양상의 공존을 기도한 측면이 있다고 판단된다.

낭만주의의 억압된 인간 해방이라는 관점은 식민지 주체들의 인간 본질에 대한 자각과 지배로부터의 탈출이라는 명제와 연계된다. 또한 낭만주의는 계몽주의와 자본주의를 비판하는 시각에서 근대성을 부정적으로 파악하는 지점이며, 그로부터 식민성을 명확하게 자각하는 지점이 된다. 이는 자본주의 근대성이 특정한 장소와 시기에 있어서 식민 형식을 취하였고, 식민주의[22]적 문명화 사명의 절차 또한 계

---

[22] 근대적 의미에서 식민주의는 궁극적으로 다수 원주민과 일부로부터 온 소수 침입자 사이의 지배-피지배 관계를 의미하게 되었다(박지향, 『제국주의』, 서울대출판부, 2000, 14면).

몽주의의 공포가 빚어낸 것이기 때문이다[23]. 이는 자본주의화와 계몽주의적 이성에 의해 제국주의[24]가 획책되었다는 견해를 내포하는 것이다.

아직 자본주의가 발전되지 못했고, 민중은 쇠퇴하는 봉건주의 굴레 아래에서 노동하고 있었던 동유럽에서 낭만주의는 민중으로 하여금 국내외의 압제자들에 항거하라는 민족의식에의 호소를 의미하였고, 외국의 지배자에 대한 투쟁을 주도하는 사조였다. 또한 자본주의가 발달하지 못한 식민화 가능성이 농후한 나라들에서 민속과 민속 예술에 대한 낭만주의적 이상화는 타락한 현상에 대항하도록 민중을 선동하는 무기였다[25]. 후기 낭만주의는 확장된 개인으로 민족을 강조함으로써 민족적 역량을 통해 식민성을 극복하려 했던 민족주의와 상통하는 측면이 있었다. 이와 같은 낭만주의와 탈식민주의의 연관성은 1930년대 시문학의 전개과정과 시 텍스트의 창작과 무관하지 않을 것이라는 관점에서 낭만주의와 탈식민주의가 연계될 가능성이 시사된다.

낭만주의의 인간해방은 두 가지 양상으로 표출된다. 하나는 낙관적인 변형으로, 끊임없는 전진과 인간 본성의 확장, 무엇이든 우리 앞에 놓인 장애물, 억압적 규범들이나 폭력적인 제도들과 법칙, 그리고 권위들의 파괴를 통해 인간을 해방하고 인간 자신의 본성으로 회귀하도록 하는 측면과 다른 하나는 비관적인 변형으로, 포착할 수 없는 어떤

---

23 Leela Gandhi, 『포스트식민주의란 무엇인가』, 이영옥 역, 현실문화연구, 2000, 39~59면.

24 랭어 교수는 제국주의를 "한 국가나 민족에 의한 다른 비슷한 집단들에 대한 직접적이거나 간접적인 정치적·경제적 지배나 통제" 혹은 "그러한 지배나 통제를 확립하려는 충동이나 노력, 성향"이라고 정의하였다. 여기서 알 수 있듯이 반드시 지배가 실현되지 않더라도 그러한 충동이나 시도가 있으면 제국주의로 간주하자는 것이다(박지향, 『제국주의』, 서울대출판부, 2000, 18면).

25 에른스트피셔, 『예술이란 무엇인가』, 김성기 역, 돌베개, 1984, 72면.

힘에 의해 인간의 해방이 지연되고 좌절된다는 측면이다[26]. 이는 모두 현실에 대한 부정적 인식에서 출발한 것이다. 낭만주의는 현실을 변혁해야 할 극복의 대상으로 바라봄으로써 세계 창조의 변화를 꾀하는 문학이라는 점에서 인간의 의지를 강조한다. 탈식민지 문학 또한 문화적, 정치적 식민 지배에서 벗어나려는 노력을 담고 있는 문학이라는 점에서 인간의 의지가 요청되는 문학이라 할 수 있다. 탈식민주의는 식민주의 시대가 쉽게 끝날 수 있는 것도 아니고 또한 식민주의 시대가 계속될 수밖에 없다는 사실을 절망적으로 인정하는 태도도 아닌, 식민주의에서 벗어나려는 끊임없는 인간의 노력을 강조하는 태도이다[27]. 낭만주의가 좀 더 포괄적으로 모든 권력담론으로부터 인간의 자유를 기도했다면, 탈식민주의는 식민지라는 구체적 장소에서 억압받는 인종이나 민족의 자유를 전망하는 문학이다. 여기에 1930년대 식민지 시대를 극복하는 하나의 논리로서 낭만주의가 수용될 수 있었던 근거가 있다.

임화에게 있어서 마르크스 이데올로기에 의한 민중의 해방은 하나의 화두처럼 지속되다가 국제주의 노선의 기류가 자국중심주의, 또는 자민족중심주의로 방향이 전회하는 것을 감지하면서 이데올로기로부터의 탈색 조짐을 보이게 되고, 식민지라는 구체적 현실을 인식하기 시작한다. 이때 그의 시각에 포착된 것은 민중의 기표 위에 다시 쓰여지는 민족적 기표였다. 러시아는 사회주의 혁명 이후 국제 사회주의 지향에서 일국사회주의 지향으로 변모해갔고, 일본은 '대동아공영권'이라는 변형된 국제주의를 표방하게 되었던 것이다[28]. 러시아와 일본

---

26 이사야 벌린, 『낭만주의의 뿌리』, 강유원·나현영 역, 이제이북스, 2005, 173면.
27 고부응, 『초민족 시대의 민족 정체성』, 문학과지성사, 2002, 16면.

을 모범으로 삼았던 임화는 국제주의의 역사적 필연성을 확고하게 믿을 수 없는 상황에 처하게 되었던 것이며, '조선문학' 다시쓰기를 통해 민족적 정체성을 획득하려는 노력을 기울이게 되었다.

또한 김기림은 역사가 발전하거나 모든 인류가 보편적인 인간성을 회복하였을 때 식민주의가 극복될 수 있다는 견해를 피력한다. 이는 계몽주의의 이성과 합리적 사고를 고수하면서도 휴머니즘을 통해 계몽주의의 식민성을 극복할 수 있다는 의미를 내포한다. 근대문명을 계속적으로 추구하는 이면에는 일본을 통해 경험하게 된 근대에 대한 불만과 직접 접할 수 없었던 서구의 진정한 근대에 대한 동경이 존재한다. 일본 제국이 유포한 식민지적 근대에 대한 부정성은 세계주의로 확장된 시선을 제공하면서 일본으로부터의 근대를 넘어서야 한다는 지점으로 발전한다. 이는 김기림의 휴머니즘이 제국을 극복하는 탈식민주의적 경향을 띠게 되는 지점이다.

한편 박용철은 서양의 문학을 번역하고 보급하는 과정에서 전통적인 것의 입장에서 외래의 것을 수용함으로써 우리의 고유성을 보존하려는 자세를 보여준다. 민족의 뿌리를 찾으려는 낭만주의의 근본 성향 안쪽에서 "동양도덕의 가장 충실한 실천자[29]"로 움직임으로써 박용철은 서구의 문명적 글쓰기와 교섭하면서도 우리의 본질적 특질을 잃지 않으려 한다. 시조와 정형률을 실험하면서 박용철은 외부의 문학을 우리의 시각으로 변용하고 배척하면서 우리 것을 발견하려고 애썼다. 따라서 박용철의 모방은 모방을 가장한 고유성, 정체성 고수이다.

---

28 오창근, 「'자생성'과 '종속성'의 경계, 그리고 지식의 '탈식민적 가능성'」, (문학과비평연구회, 『탈식민의 텍스트, 저항과 해방의 담론』, 이회, 2003), 90~91면.

29 저자약력, 전집2, 8면.

이렇게 낭만주의의 인간해방과 탈식민주의의 민족해방이 연계된 지점이 1930년대이다. 이러한 낭만주의와 탈식민주의의 연계는 계몽주의와 제국주의에 대한 비판과 계몽주의와 제국주의와의 연계 가능성에 대한 인식으로부터 비롯된 것이다. 자연과 인간의 일치성이 낭만주의이다. 그런데 자연을 도구로 삼는 계몽주의는 인간의 원시성, 자연성을 도구로 삼는 식민주의나 제국주의의 전략으로 수용된다. 계몽주의를 첨병으로 세운 식민주의는 근대화를 하나의 방편으로 삼고 타자의 억압과 타자의 지배를 통해 제국의 부강을 도모한다. 계몽주의는 이성편중에 입각한 나머지 지식 분야를 확대하고 자연을 인간의 소용물로 삼는 데 공헌하였다. 절대적인 규범에 의한 모방의 불가능성을 인식한 낭만주의는 개인과 시대에 따른 개인의 특수성, 예술의 변별성을 강조한다. 이는 근대화라는 하나의 명제를 전개시키기 위해 제국과 식민지 사이에 일치와 동화를 강조하는 제국의 논리에 대한 반명제를 제공한다. 제국의 근대와 식민지의 근대는 엄연히 차이나고 차별적인 논리에 기인한 것이라는 인식은 계몽주의의 보편성을 비판하는 지점이며, 낭만주의가 근대성의 이데올로기를 발견하는 지점이다.

낭만주의는 산업문명을 향해 나아가는 사회의 발전이 위협하거나 파괴한다고 느껴지던 어떤 인간적 가치·능력·에너지가 예술 속에서 구현되어야 한다는 것을 강조한다. 낭만주의가 본래부터 비판했던 계몽주의는 후에 니체, 아도르노, 벤야민 같은 사상가들이 비판했던 이성중심주의·합리성의 절대화라는 의미로 이해된다[30]. 영Young이 "현대 작가들은 선택해야 한다. 자유의 영역에로 비상하든지 아니면 안

---

30 최문규,『독일 낭만주의』, 연세대학교 출판부, 2005, 32면.

이한 모방의 구속 가운데서 움직이든지[31]"라고 낭만주의적 가치를 밝히는 부분에서 우리는 인간 해방을 향한 방향이 피식민자인 식민지 주체들의 위치에서 반향하는 것을 느낀다. 자유의 영역은 독창적인 세계를 의미하며 이는 곧 모방의 세계로부터의 이탈이다. 독창적인 세계는 나만의 세계이며, 이는 고유한 것에 대한 인식이고, 나의 고유성과 원초성의 영역에 대한 인식이다. 따라서 식민지 주체에게 자유의 영역은 타자가 규정해 놓은 보편성 내지 중심성으로부터의 일탈이며, 그렇기 때문에 저항의 지점이 된다. 이와 반대로 모방의 세계는 타자에 대한 모방과 타자에의 귀속을 의미한다. 따라서 식민지 주체에게는 제국과의 공모의 지점이 된다. 이러한 낭만주의의 독창성에 대한 인식은 결국 혁명적 자질을 내포한 것으로 파악될 수 있다.

또한 낭만주의는 미적인 것을 확대하고 예술적 자의식을 무제한 고양시키며 예술의 절대화를 주창한다는 점에서 계몽주의의 반대명제라는 위치에 선다. 감각세계의 오성적 인식에 방점을 두는 계몽주의가 자연과학의 절대화인 반면, 낭만주의는, 그런 것은 세계의 표면적 이해에 불과하다는 신념하에 상상력의 도움으로 세계와 사물의 深部把握이 가능하다고 믿는 문학의 절대화이다[32]. 하나의 우월한 실재로서의 예술에 대한 관념은 그것이 산업주의에 대한 중요한 비판의 직접적인 기초를 제공했다는 점에서 긍정적인 가치를 지닌다. 순수한 시적 세계에 대한 동경은 바로 이상적인 사회에 대한 소망이며 현실 치유적인 "기능"을 갖는 것으로 해석된다[33]. 이런 의미에서 낭만주의

---

31 Raymond Williams, 「낭만주의 예술가」, (김용직 외, 『문예사조』, 문학과지성사, 1988), 77면.
32 지명렬, 「낭만주의와 동경의 문제」, (김용직 외, 『문예사조』, 문학과지성사, 1988), 56~57면.
33 최문규, 『독일 낭만주의』, 연세대학교 출판부, 2005, 33면.

는 계몽주의에 대한 계몽의 효과를 가진 것으로 파악된다.

낭만주의의 목적은 사회화된 시에 있었다. 원래의 기원으로 되돌아가려는 사회운동, 누구나 평등한 최초의 계약으로 되돌아가려는 운동으로서 요청된 낭만주의 혁명은 시와 하나가 된다는 점에서 계몽주의의 반역이었다[34]. 낭만주의의 경우 감정 상태, 상상력 등에 의해 이성적 주체를 해체하게 되는데, 도구적 이성, 혹은 기계적 이성을 비판함으로써 낭만주의는 이성과 진리가 권력담론과 연계되어 있다는 점을 지적한다[35]. 이는 역사의 지배자들이 내세우는 이성이 사실은 억압의 기제로 작용할 수 있다는 점인데, 이러한 통찰은 담론과 지식의 규율화를 통한 권력행사 방식을 설명한 푸코를 거쳐 식민담론을 분석하는 바바에 의해 권력과 담론이 인종적 성적 차이에 의해 '이중화와 분열'을 발생시킨다는 의미로 연결된다.

바바는 서구의 상징계적 시선, 담론의 권력이 타자의 저항에 부딪혀 분열되는 양가성이나 피식민자의 모방을 통한 혼성성의 순간이 타자를 서구의 상징계 내부에 가두려는 권력으로부터 벗어나는 순간이며, 바로 그 분열의 틈새에서 타자의 저항의 계기가 만들어진다고 주장한다[36]. 계몽주의의 근대화 추진의 근거가 되는 이성과 합리성은 제국주의와 공모하고 있다는 혐의를 지울 수 없는 지점이다. 이성과

---

34 옥타비오 파스, 『낭만주의에서 아방-가르드까지의 현대시론』, 윤호병 역, 현대미학사, 1995, 79~107면.

35 푸코는 권력의 핵심 도구는 '지식'이며, 이때 주체는 권력의 대상으로 규정되며, 결국 '재구성·개조'의 대상으로 확보된다고 파악하고 있다. 이는 계몽주의가 권력의 핵심 도구로 '이성'을 규정하고, 주체를 권력의 대상으로 재구성·개조 될 것으로 파악한 것과 일맥상통한다. 따라서 계몽주의는 식민지 주체를 계도하고 계발한다는 미명아래 식민화를 획책하는 제국주의의 권력담론과 연계되는 지점이 있다.

36 호미바바, 『문화의 위치』, 나병철 역, 소명출판사, 2002, 15~16면.

지식체계 등을 통해 서구는 동양을 열등한 타자로 규정한다[37]. 식민제국은 이성과 지식에 의한 서열화 우열화를 통해 침략을 정당화하고 근대화를 통해 시혜적인 측면을 강조한다. 그러나 식민지는 제국의 시뮬라크르이지 결코 제국의 본체가 아니기 때문에 식민지는 동일화될 수 없는 분열을 드러내게 된다. 따라서 낭만주의의 이러한 계몽주의 비판은 근대화비판으로 연결되고 근대화의 자본주의적 전개에 따라 행해지는 식민주의에 대한 비판을 함의하게 된다.

근대는 사회적, 정치적인 의미에서 서구의 세계지배권이, 그리고 사상적인 면에서는 계몽주의에 기초를 둔 교화와 계발의 이념이 정착된 시기이다. 계몽주의의 출현과 함께 근대는 비문명화의 원시적인 과거에 비해 우월한 시대로 파악되었다. 이를 토대로 문명화된 서구 세계는 아직 과거의 틀 속에 존재하는 비문명화 된 원시 사회를 정복하여 교화하고 문명화시켜야 한다는 당위적 권리를 스스로에게 부여하게 되었다. 즉 근대성은 지배에 대한 정당성이 확보된 하나의 시대 개념이자 담론 체계인 셈이다[38]. 이런 의미에서 아피아는 세계 자본주의 시장의 특성인 '근대성'을 '탈근대화'해야만 진정한 '탈식민성'을 획득할 수 있다고 주장한다[39]. 계몽주의의 이성적 주체의 절대성은

---

37 역사가의 역사주의는 많은 역사 기술이 서구에 의해 실행되어 왔기 때문에, 그리고 서구의 관심의 추구로 실행되어 왔기 때문에 역사는 완전히 유럽중심적 기획이다. 이러한 유럽중심주의는 탈식민주의 관점의 에드워드 사이드, 가야트리 스피박, 그리고 호미바바에 의해 강력하게 도전받는다(Ato Quayson, *Postcolonialism-theory, practice or process?*, Polity Press: Cambridge, 2000, 52면).

38 박주식, 「제국의 지도 그리기」, (『탈식민주의-이론과 쟁점』, 고부응 편, 문학과지성사, 2003), 261면.

39 김준환, 「탈식민주의와 포스트모더니즘」, (『탈식민주의-이론과 쟁점』, 고부응 편, 문학과지성사, 2003), 129면.

타자, 즉 대상까지도 자신의 소유물로 점유하려는 위험한 의식 주체
이다. 따라서 낭만주의는 이러한 절대적 주체, 즉 타자를 점유하고 관
장하려는 잘못된 주체를 비판한다는 의미에서 식민주의자들의 타자
억압, 식민지 점유 야욕에 대한 식민지 주체들의 저항의 지점에 포개
진다.

낭만주의의 주체는 타자와의 만남을 끊임없이 경험하는, 그래서 자
아의 절대성을 상실하고 다양하게 분열되는 주체이다. 임화의 식민지
주체는 마르크스 이데올로기를 제국으로부터 경험한 계급성에 오염
된 주체이다. 그의 계급적 주체는 추상적 존재들이며, 계급적 이데올
로기를 회의하는 지점에서, 즉 계급성의 허구를 인식하는 지점에서
임화의 식민지 주체는 민족적 주체로 분열된다. 이는 계급이데올로기
에 의한 자본주의 근대 비판마저도 제국의 근대성의 논리에 포섭[40]되
고 제국의 식민성을 내면화한 측면이 있음을 자각한 것이다. 말을 할
수 없는 하위계급의 해방이라는 대명제는 제국의 본토와 식민지의 상
황을 동일화시킨다. 이러한 동일화는 제국의 자본주의 팽창과 그로
인한 식민 착취를 간과하고 만다. 김기림의 식민주체는 근대의 지성
과 계몽주의의 합리적 사고체계에 오염된 주체이다.

김기림의 식민주체가 근대성을 포기하지 않는 이유는 제국으로부
터 경험한 근대성 안에 우월성의 자질이 내포되어 있기 때문이다. 근

---

[40] 사이드는 마르크스 같은 식민주의의 적극적 비판자들조차도 '잠재적' 오리엔탈리즘의
그늘에서 벗어날 수 없다고 주장했다(바트무어-길버트, 위의책, 139면). 이는 마르크스가
아시아적 생산양식이 제국주의의 자본주의적 생산양식으로 변환 편입되는 것이 혁명
의 과정을 거쳐 사회주의적 생산양식의 과정을 거쳐 궁극적인 공산주의 사회로 발전하
고 있다고 주장하는 부분을 통해 비서구 세계가 끊임없이 서구 세계의 발전 과정을 답
습하는 과정이라는 관점을 내비침으로써 식민 체제에 의해 행해지는 당대 현실의 억압
및 착취가 용인될 수 있다는 주장을 파생시키기 때문이다(Leela Gandhi, 위의책, 37면).

대화를 통해서만 억압으로부터 벗어날 수 있으며, 근대화를 통해서만 세계적 존재가 될 수 있다는 욕망을 간직하고 있는 주체가 김기림의 식민주체이다. 이는 타자의 모순을 인정하면서도 타자적 존재가 되고자하는 분열주체이다. 여기서 타자적 존재라는 것은 타자로부터 해방되는 것을 넘어서 타자를 점유하려는 반동성 내지 역전성을 함유함으로써 타자성을 자아화하는 식민주체이다. 따라서 김기림의 식민주체는 군중이라는 집단, 즉 김기림이 민족이라고 상정한 집단적 힘을 보유하면서, 임화의 민중과 같은 말할 수 없는 존재가 아니라 인텔리의 눈을 가진 주체이어야 했다.

마지막으로 박용철은 타자에게 점령되어 그 존재조차 희미해 말을 할 수도 없고 보이지도 않으나, 민족을 계속해서 불러내는 식민주체이다. 강력하게 민족의 메시지를 전달하지는 못하지만 개인적인 감정을 반복적으로 확장함으로써 민족적 공동체의 언어로 비극성을 번역하게 된다. 이렇게 식민지 주체들은 제국의 타자성을 인식함으로써 자신의 분열을 경험한다. 억압과 착취의 과정을 경험하면서 식민지 주체들은 인간의 존재가 파열되는 세계의 모순을 경험하게 되는 것이다.

인간과 자연, 인간과 세계의 분할을 획책하는 근대성에 맞서 낭만주의는 인간을 자연과 긴밀하게 결합시킴으로써 인간을 자연의 유기체의 일부분으로 인식한다. 인간과 자연, 또는 인간과 세계의 닮은꼴로서의 표현은 주관과 객관의 분열을 지양한다. 낭만주의 초기에는 개인적 감정에 관한 결론은 곧 사회에 관한 결론이었고, 자연의 아름다움에 대한 관찰은 인간의 전체적이고 통일된 삶에 관한 도덕적 성찰을 당연히 수반했다[41]. 사회와 인간, 객체와 주관, 육체와 정신이 합일된 인간의 완성은 억압된 인간의 해방을 통해 이루어질 수 있는 것이다. 인간과 세계의 분리가 근대와 계몽철학에 의해 가속화되자, 인간은 이성과 감성, 문명성과 수성, 지식과 본능의 양식들로 분열된다.

분열된 주체는 과거나 미래를 지향함으로써 현실을 극복하려는 경향을 보이는데, 낭만주의의 동경은 이러한 인간의 분열을 극복하고 봉합한다. 동경의 세계가 지연되는 세계로 확인됨에 따라 인간의 완전한 해방은 계속해서 미끄러진다. 억압된 인간, 분열된 인간을 불러내서 동경의 지점을 짚어주고, 억압된 인간, 분열된 인간이 동경의 지점을 계속해서 의식한다는 점에서 낭만주의의 동경은 현실을 이탈하는 탈주선이 된다. 타자와의 끊임없는 만남을 통해 자아의 절대성을 상실하는 분열하는 자아는 탈주하는 주체이며, 인간과 세계, 주관과 객관의 분열을 지양하고 개인과 사회를 유기체적으로 파악하는 자아는 시대와 역사로 구성되는 정체성을 확립하려는 주체이다.

이렇게 탈주와 정체성 확립이라는 과정을 통해 재생되는 것이 낭만주의의 인간관이다. 하나의 절대적 이성을 통해 타자를 점유하려는 계몽주의 인간관을 비판하면서 그러한 제국주의적 존재로부터 탈주하여 주체적 영토를 개척하려는 지점이 1930년대 세 시인들이 기도했던 낭만주의였다. 이는 1930년대 임화가 강조한 창조적 몽상이나 김기림의 휴머니즘, 박용철의 생리론에서 제시된 전생리 등이 객관과 주관의 상호작용 속에서 주관의 역할을 주체적 역량으로 번역함으로써 현실 극복의 발판을 제공한 논리이다.

---

41 Raymond Williams, 「낭만주의 예술가」, (김용직 외, 『문예사조』, 문학과지성사, 1988), 70면.

낭만주의는 개인으로부터의 객관적 현실 파악의 한계를 보충하기 위해 민족을 발견한다. 개인의 의식이 인생의 상황을 완전히 파악하기에는 불충족적이며, 개인의 독립성의 기반이 불안정하다는 것을 자각하게 된다. 따라서 초개인적인 힘을 위하여 지나친 독단성을 포기해야만 한다는 것과 초개인적 힘은 본래 개인 각자로 구성되지만 그 기능에 있어서 단순한 개인의 이성보다 높은 능력을 발휘하려면 여러 개인의 협동이 필요하다는 것을 인식하게 된다[42]. 이제 개인은 거대한 전체의 한 부분임을 깨닫는다. 개인의 주관적 정신을 객관적 정신에 겸허하게 예속시킴으로써, 그리고 역사적 규범을 통해, 즉 민족적 규범을 통해 개인은 역사적 존재로서 자리 매김 된다. 이런 의미에서 낭만주의는 개인의 주관성과 객관적 세계의 결합 가능성을 내포한 양식이 된다.

낭만주의의 이러한 민족 단위의 시각[43]은 민족주의에 기초한 탈식민주의의 논리와 연계됨으로써 '민족'을 새롭게 발견한다. 바트무어-길버트는 탈식민주의[44]를 비평과 이론으로 나누고 '탈식민주의 비평'을 제3세계의 자생적이고 주체적인 독립운동으로, '탈식민주의 이론'을 서구이론과 자본의 개입으로 진행되는 문화적 신탁통치로 규정하면서 탈식민주의의 토대를 제3세계의 반식민적 민족주의에서

---

42 Hermann August Korff, 「낭만주의의 본질」, (김용직 외, 『문예사조』, 문학과지성사, 1988), 104면.

43 낭만주의자들이 경험적 자아의 현실인식에 의하여 개인적 힘(낭만적 주관)으로부터 초개인적인 힘으로 그 이념의 주체를 바꾸었을 때, 그들이 지향했던 것은 헤겔이 말한 바 "객관적 정신의 여러 가지 형식"인 국가, 민족, 교회, 언어, 관습 따위였는데,(…) 따라서 인간의 역사는 철학적으로 체계화된 민족주의자들의 역사사상과 세계발전을 포함한다(John B. Halsted, op. cit, p.28, p.32, 오세영 외, 『한국문학연구방법론』, 민족문화사, 1983, 60~61면에서 재인용).

찾는다[45]. 식민지에서 유기적 존재로서의 민족은 발전하는 총체로서 제국이라는 타자에 오염되지 않은 원시성을 함유하고 있는 저항의 지점이다. 1930년대 세 시인이 주체를 자각하고 현실을 의식하고 민족을 발견하는 데까지 나아간 것은 낭만주의의 유기적 민족 개념과 무관하지 않을 것이며, 이렇게 발견된 민족은 하나의 저항의 지점으로 식민주의를 극복하는 토대가 되었던 것 또한 간과해서는 안 될 것이다.

---

44 탈식민주의는 정치적, 문화적, 경제적 식민 지배에서 벗어나려는 노력이다. 탈식민주의에 대한 대표적인 논의를 살펴보면 다음과 같다. 파농은 제국주의 국가에 강제 병합된 '식민지 국가의 민중'뿐 아니라 노예화된 삶을 사는 개인의 해방에도 주목하면서 식민주의는 자연상태에 대한 폭력이며, 더 큰 폭력에 의해서만 제어될 수 있다는 적극적 저항을 주장한다. 그에 반하여 사이드는 서양의 동양에 대한 지식 축적 과정에 은밀하게 숨어있는, 그러면서도 동양과 서양의 이분법을 분명하게 드러내는 담론들을 분석한다. 사이드의 분석은 식민지 지배자의 담론에만 관심을 기울임으로써 피지배자들의 저항을 묵살하는 오류를 범한다는 지적을 받는다. 파농은 피지배자를 분석의 대상으로 삼았고, 사이드는 지배자를 분석으로 삼는다. 이에 반하여 스피박과 바바는 식민지 주체를 지배자와 피지배자를 포괄하는 의미로 사용하면서 이들 양자의 동요관계를 분석한다. 스피박은 하위계층의 삭제된 목소리를 포착하지만, 목소리를 내게 하는 방법을 제시하지는 못한다. 바바는 저항과 공모 지점의 교란을 강조한다. 이 경계의 동요 지점은 식민지 지배 체계를 인식한다는 측면과 함께 저항의 계기들이 마련되는 지점이라는 점에서 중요성을 갖는다. 이러한 양면성에 의하여 바바는 저항의 힘이나 탈주의 욕망보다는 분열을 강조하고 조장한다는 비판을 받는다. 바바의 피식민자는 분열 속에서 저항적 주체를 상실하고 순응적 주체가 될 가능성이 농후하기 때문이다.

45 바트무어-길버트, 『탈식민주의! 저항에서 유희로』, 이경원역, 한길사, 2001, 27~29면.

2. 식민지 타자들의 주체화 과정

1930년대 시 논의를 주도했던 기교주의 논쟁은 경향을 달리하는 세 유파의 대화적 관계를 형성하면서 이후 시문학이 나아가야 할 방향을 제시하게 된다. 기교주의 논쟁은 외국이론이나 이데올로기의 수용이 곧 자신들의 문학이론이 되었던 전대의 문학관에서 탈피하여 논쟁적 관계를 구축함으로써 우리 풍토에 맞는 문학이론 정립을 위한 독자적이고 주체적인 행보로 평가될 수 있다. 여기서 낭만주의는 시의 서정화와 현실인식의 접목을 통해 시의 사회·역사성을 가능하게 하는 지점이 된다. 임화에게 낭만주의가 현실을 구체적으로 파악하고 세계를 낙관적으로 구획하는 주체의 사상성이었다면, 김기림에게 낭만주의는 근대성의 대척 지점에 위치한 근대성의 견제점으로 근대극복을 위한 주체의 시대정신, 또는 인간 구원을 기획하는 휴머니즘 등으로 해석된다. 그리고 박용철에게 낭만주의는 다분히 문학의 본질적 부분인 감성적인 것이지만, 감정의 공감력을 통해 현실인식적 측면으로의 확장을 도모하는 의미를 지닌다.

1) 낭만주의 '주관성'의 재고와 의미

1930년대 시 문학에서의 낭만주의 논의는 시의 예술성과 사회 역사성을 접목시키는 전략으로 작용하여 식민시기 극복을 위한 하나의 전환점이었다. 그동안 낭만주의의 주관성은 시의 서정화라는 측면에서 자아의 내면을 지향하는 감정 중시의 문학으로 현실에 무감각하거나 현실을 외면하는 성격으로 규정되어 식민성에의 굴복이나 순응이라는 혐의를 받아온 것이 사실이다. 그러나 임화, 김기림, 박용철은 리얼리즘과 모더니즘, 시문학파의 대표 논객으로서 유파적 특성을 극복하는 하나의 지점으로 1920년대 낭만주의를 비판적으로 수용하면서 새로운 낭만주의를 기획하게 되었다. 따라서 본 연구는 1930년대 시의 서정화 방향[46]을 주도했던 낭만주의의 수용과정을, 임화의 계급성, 김기림의 근대성, 박용철의 순수성을 극복하는 지점으로 파악함으로써 그동안 이들 세 시인의 논의에서 간과하거나 축소했던 사회 역사적인 관점의 시각을 재고하는 측면이 있다.

여기서 낭만주의가 중요한 쟁점으로 제시되는 것은 1930년대 시단의 서정화 기류와 밀접한 관련이 있기 때문이다. 그동안의 논자들은 미적 자율성이라는 이름으로 시 텍스트를 컨텍스트와 분리하거나, 서정적인 시 텍스트는 컨텍스트와는 대척되는 지점에 설정해 놓고 분석해왔다. 시의 서정이라는 것은 일반적으로 서사와의 대척적인 관계를 형성하며 '세계관'의 반영이라는 문제와는 거리를 두고 얘기되는 경향이 주도적이었다. 이러한 고착된 개념의 확장은 장르론적 관점에서 서정은 시에, 서사는 소설에 적합한 양식이라는 수많은 논의들 속에서 이루어져 왔다[47]. 이는 서사양식을 도덕적 쟁점과 역사적 상황을 환기하는 것으로 규정하고, 서정양식은 소리의 패턴이나 그 정조에 관련되는 것으로 파악한 것이다. 또한 이러한 관점은 낭만주의 사조나 시의 '낭만성'이라는 것을 비현실적인 환상성이나 이상적인 것 또

---

46 임화는 낭만주의를 주관화 경향으로 파악함으로써 서정과 연결을 짓고, 김기림은 "로맨티시즘의 시대에는 서정시가 황금기였"다고 함으로써 낭만주의와 서정의 필연성을 언급한다. 박용철은 낭만주의 시관을 피력하면서 서정시를 강조한다. 이는 모두 낭만주의를 서정성의 문학으로 파악하고 있는 것이다.

는 공상적인 것과 연계시키며, 정서적이고 낙천적인 상태의 의미로 파악함으로써 시의 '현실성'과 거리를 두게 된다.

시의 서정성이나 낭만주의에 대한 관점[48]은 '주관성'과 '내면성' 또는 '감정'이나 '감성' 표현을 핵심으로 함에 따라 개인의 정서 표현을 그 특징으로 하는, 동의어로 표기되었다. 그러나 시대에 따라 서정시의 요건과 정의도 변화하게 되고[49], 낭만주의에 관한 개념 또한 다양한 사조와 변증법적 관계를 형성하면서 사회 역사적 관점이 개입되는 양상으로 확장된다.

임화는 '진보적 낭만주의'를 '현실에 만족하지 않고 명일과 미래에로의 부단한 전진을 위하여 활동하는 것'이라고 언급하고 있다. 이는

---

47 샤르트르는 수필, 소설을 산문으로, 시를 운문으로 파악하고, 시인의 언어는 화가의 빛깔이나 작곡가의 곡조와 유사하다. 즉 시인의 언어는 의미하기보다는 '존재한다'. 반대로 산문은 '기호들의 제국'이다. 말하고 있는 어떤 사람처럼 산문작가는 낱말들을 대상으로서가 아니라 대상의 호칭으로 '사용한다'. 즉 그의 이야기는(담화처럼) 일종의 행위로서 진전한다고 주장했다(폴 헤르나디, 『장르론』, 이준오 역, 문장, 1983, 60면). 이는 시를 비참여의 문학으로 소설을 참여의 문학으로 파악한 사례이다.

48 낭만적이란 현실적인 것과 대립되는 개념으로 표기되어 왔다. '낭만적' 또는 '낭만성'은 개인의 주관적 상상을 고도로 존중하여 공상적이고 비현실적인 세계를 그리는 이상주의를 이른다. 또한 시에서 서정성은 창작 주체의 표현이 위주인 만큼 시적 주체의 주관성, 감정이 전면화되는 양상을 보이는 것으로 파악되었다.

49 슈타이거는 '서정적', '서사적', '극적'이라는 기술적 용어로, 세 개의 형용사로 표현되는 관념들이 모든 장르에 다소간 일관되게 실현된다는 관점을 제시하는 데, 이는 곧 장르의 선명한 경계 지점을 지우고, 시라는 장르에서 서사적 특성들이 매개될 수 있는 여건을 형성한다. 이는 형식적 특징으로 서사시라는, 또는 서정소설이라는 복합장르의 출현을 설명하는 계기이기도 하지만, 또 다른 측면에서 서정적 시에 세계관이 일정 정도 포획되어 있음을 전제하는 지적이기도 하다. 이러한 입장에서 한발 더 나아가 케테 함부르거는 서사문학이 '비현실성의 체험'을 이끌어내는 반면 서정시는 '현실성에 관한 진술'로서 실존적 장르임을 언급한다. 즉, 시의 형식이 우리들로 하여금 현실진술로 체험가능하게 해주고 있다고 했는데, 이는 시와 현실과의 관계의 밀접성을 나타낸 것이다. 또한 카이저는 '주관적'이라는 시적 특성과 현실성을 결부시켜 "말하고 있는 자의 사실적 주체를 언제나 주목하도록 하"는 것이 주관적이라는 개념임을 강조한다. 이는 시의 주관성이 현실성을 보증한다는 의미로 해석된다

현실의 제 모순을 의식하고 실천을 통하여 미래의 세계를 추구하는 개념으로 파악하는 것으로 추상적인 유토피아를 추구하는 것이 아니다. 또한 김기림은 '시대정신'이라는 이름으로 낭만주의를 얘기하는데, 이에 대한 정의는 1946년에 발표한 「우리 시의 방향」에서 보다 명확히 확인할 수 있다. 그는 "시인은 언제고 한 공동체에 소속하는 것이다. 그가 표현하는 개성은 결국은 역사적, 사회적 소산임을 면할 수 없으며 과거의 일부의 천재적, 심리적 개성론은 말하자면 공상적인 관념론의 한 분파였던 것이다"라고 규정함으로써 공상적인 낭만주의와는 구별되는 사회·역사적 의미의 낭만주의를 발견하게 되었던 것이다. 또한 박용철은 낭만주의 시관을 피력하는 가운데, "그 나라 말을 이해할 수 있는 사람이면 다 감격할 수 있는 작품이 있다면 누가 그 앞에 이마를 숙이지 않으랴. 그러한 작품을 알아보는 눈이 있다면 누가 그에게 경의를 표하지 않으랴"라는 언급을 통해 민족 공동체에 공명할 수 있는 문학을 역설하게 된다. 이러한 세 시인의 인식은 낭만주의가 현실인식과 사회역사적 의미와 무관하지 않다는 의미를 내포하는 것이다.

이런 의미에서 아도르노는 사회와 시에 대해 말하는 것이 타당하지 않다는 기존의 고착된 논지를 벗어나, 시의 내용이란 단순히 개인적인 감동과 체험의 표현만은 아닌 것으로, 미적 형태의 가공으로 보편성에 대한 관심을 획득하게 할 수 있을 때에서야 비로소 예술이 된다고 주장한다. 따라서 서정시의 사회적 의미라는 것은 사회적 입장, 혹은 사회적 관심이 아니라 한 사회의 전체성이 그 자체가 모순이 가득찬 한 단위로서 예술 작품에 나타나는 것을 시현하는 것으로서, 예술 작품은 그 속에서 의지를 품고 그 상태를 넘어서는 것으로 파악한 것이다[50]. 이는 아도르노가 이성에 대한 비판을 더 이상 반계몽적이거나 혹은 비합리적인 사상으로 폄하할 수 없다고 한 언급과 더불어 서정시의 낭만성이라는 것이 현실인식과 사회적 관점과 대척되는 것이 아님을 제공한다.

따라서 본고는 1930년대 시단에 낭만주의를 하나의 대화적 사건으로 형성하고 제시한 임화, 김기림, 박용철의 의도가 새롭게 평가될 수 있다고 보았다. 1920년대 낭만주의를 부정하는 것에서 출발한 이들 세 시인들은 낭만주의를 폐기 처분한 것이 아니라 1920년대 낭만주의를 새롭게 고안해 냄으로써 1930년대 시대 상황에 대응하는 하나의 응전력으로서 활용하고 있었다고 파악되는 것이다. 1920년대 낭만주의가 개별적 존재로서의 '나'의 내면지향의 세계에 머물러 있는 상태를 벗어나지 못한 그런 경향이었다면, 1930년대 낭만주의는 공동체적 존재로서의 '나'를 인식하고 객관세계와의 상호 소통의 과정을 열어가는 계기를 마련하였던 것으로 파악된다.

1930년대의 서정화에 대한 그동안의 평가는 매우 단선적으로 이루어진 감이 없지 않았다. 암울한 시대 여건 속에서도 식민지 주체로서 문학을 해야 했던 이들에게 시의 서정화가 과연 역사성과 시대성에의 굴복으로만 평가되어져야 하는가를 반문해 보아야 하는 것이다. "모든 집단적 저류가 모든 개별적 서정시의 바탕을 이룬다는" 아도르노의 말을 상기해 볼 때, 1930년대 낭만주의 논의나 시의 서정화의 경향은 그 당대의 집단적 시대인식의 반영으로 해독할 여지가 있음을

---

50 아도르노는 서정시가 사회와는 상반되는 철저하게 개인적인 것으로 인식됨을 불식시키고, 사회적 의미를 지닌 예술양식임을 설득력 있게 개진한다(송기섭, 『한국 현대문학의 도정』, 새미, 1999, 202면).

간과해서는 안 될 것이다. 낭만주의는 현실의 서정화, 서정의 현실화를 통해 시대와 역사의 고민을 배태하는 데서 멈추지 않고 그 고민을 극단까지 밀고 나가고자 하는 혁명의 문학이다. 1930년대의 시의 서정화 방향이 시대·역사 인식의 후퇴가 아니라 시대·역사 인식의 전환임을 파악한다면, 식민지 시대라는 특수한 상황과 맥락이 시론과 시 텍스트에서 좀 더 구체적으로 드러날 것이며, 식민성에 대한 대응 전략 또한 다양하게 분포되어 있는 것으로 나타날 수 있을 것이다.

그동안 우리는 식민시기에 대한 문학작품을 강력한 민족주의 담론 내에서 고찰하는 경향을 고수해왔다. 따라서 식민시기의 문학작품, 특히 1930년대 문학작품에 대해 강고한 식민 세력에 굴복한 전향적 문학이나, 순수문학, 또는 강력한 억압의 상황에도 불구하고 그에 굴하지 않은 저항문학이나 민족문학이라는 이원화된 시각만을 견지해온 평가에서 벗어나지 못했다. 이에 본고는 탈식민주의 관점을 통해 절대적 민족주의적 관점으로부터 벗어나 식민시기를 극복하는 다양한 스펙트럼이 있음을 제시하려고 한다. 그런 의미에서 시의 서정화와 현실인식의 문제를 낭만주의의 귀환을 통해 도모하려 했던 임화와 김기림, 박용철의 비평담론과 시텍스트의 분석은 식민성 인식에 대한 다양한 관점을 보여주게 될 것이다.

2) 탈주담론으로서의 낭만주의

본고에서 논의하는 방향은 크게 두 가지로 요약될 수 있다. 하나는 임화, 김기림, 박용철의 비평담론을 통해 1920년대의 낭만주의가 1930년대 문단에 침투하는 과정을 따라가면서 1920년대의 낭만주의가 어떻게 변용 수용되었는지를 파악하는 것이다. 이때 시의 낭만성은 시대·역사적 요청이었으며 극복이었음을 확인하게 되는데, 여기에 본고의 또 다른 하나의 방향이 성립된다. 역사는 시의 외부에 있는 것이 아니라 오히려 시의 내부에 각인되어 있는 것으로, 시적 담론을 하나의 역사적 산물로 읽어야 한다는[51] 것이다. 따라서 낭만주의를 통해 서정화의 길을 모색하면서도 식민지라는 시대 역사적 현실을 시작품에서 어떻게 표현해내고 있는지를 살피게 될 것이다.

본고에서 먼저 주목한 것은 1930년대 시 논의를 주도했던 기교주의 논쟁이었다. 이를 통해 리얼리즘을 표방하는 문학과 모더니즘을 지향하는 문학, 그리고 순수성을 본질로 하는 문학의 대화적 관계가 형성되었고, 이후 시문학이 나아가야 할 방향을 제시하게 된다. 외국 이론이나 이데올로기의 수용이 곧 자신들의 문학이론이 되었던 전대의 문학관에서 탈피하여 논쟁적 관계를 자발적으로 형성해냄으로써 기교주의 논쟁은 모든 이질적인 것들과의 교섭을 통해 우리 풍토에 맞는 문학이론 정립을 위한 독자적이고 주체적인 행보로서 평가된다. 이들 세 시인들은 기교주의 논쟁을 통해 낭만주의가 현실인식의 측면과 무관하지 않다는 점을 표출한다. 임화에게 낭만주의가 현실을 구체적으로 파악하고 세계를 낙관적으로 구획하는 주체의 사상성 이었다면, 김기림에게 낭만주의는 근대성의 대척 지점에 위치한 근대성의 견제 세력으로 근대극복을 위한 주체의 시대정신, 또는 인간성 등으로 해석된다. 그리고 박용철에게 낭만주의는 문학의 본질적 부분인 감성, 감정적인 것이지만, 다분히 주관적인 감정적 성향을 지양하는

---

51 앤터니 이스톱, 『시와담론』, 박인기역, 지식산업사, 1994, 48면.

감정의 공감력을 제시함으로써[52] 현실인식의 측면을 배제하지 않는 낭만주의였다.

이에 따라 1930년대 낭만주의가 절대적 의식주체의 주관성에 함몰한 감상적 낭만주의가 아니라 제국이라는 타자들에게 소거된 비자아들을 재생시키는 주체화의 과정이었음을 파악하게 된다. 이러한 논의를 통해 이들의 문학이 계급성, 근대성, 순수성의 범주 안에서만 편향적으로 부각되어 탈-시대적 문학이라는 한계를 노출시키게 되었다고 판단하고, 현실을 인식하고, 타자를 의식하는 식민지 주체[53]를 구성하는 과정을 제시해보았다. 이때, 식민자들의 다양한 전략들을 도표화함으로써 탈식민주의 이론들을 묘사했던 스티븐 슬레먼의 도표를 변용하여 피식민자 담론을 중심으로, 피식민자들이 주체화되는 과정으로 분석해보았다.

---

[52] 감성은 단순히 감상이라고 폄하해서는 안된다. 감상은 인간관계 사이의 교감의 "시작"을 작동시키는 공감의 지대이다. 이 공감의 지대는 들뢰즈가 지적한 대로 주체와 타자가 만나 새로운 상호간의 창조를 이루는 중간지대이다. 이성에 대한 치유제로서 감성은 '타인'과 접속하고, '타자'를 경계하는 지점이다(정정호편, 『들뢰즈 철학과 영미문학 읽기』, 동인, 2003, 46~47면). 본고에서는 '타자'와 '타인'을 구별한다. '타자'는 절대적 대항세력을 의미하며, '타인'은 그 대항세력으로부터 억압받는 존재들을 의미한다.

[53] 식민자는 식민지에서 지배권력을 행사하는 침략적 외부인이라 할 수 있으며, 피식민자는 식민지 원주민들로 제 나라 땅에서 외부의 식민자인 타자에 예속되어 지배받는 위치의 민족이나 인종을 의미한다. 따라서 '식민주체'라는 용어는 다분히 오해의 소지를 내포한다. 바바는 식민자와 피식민자의 혼성성과 양가성을 언급하는 가운데 분열의 양상을 드러내는 이들 모두를 식민지 주체라고 명명하고 있으며, 파농은 식민지의 문화적 소외의 문제를 언급하면서 정체성을 구성하는 피식민자를 식민지 주체로 언급한다. 본고에서는 타자에 동화되거나 배제됨으로써 소거되었던 비자아들이 주체화되는 과정에 초점을 두어 타자의 담론에 삭제되었던 피식민자들인 우리 민족 단위들이 식민성과 민족성을 자각하고 주체화되는 과정 중에 있는 존재를 식민주체라 파악하였다.

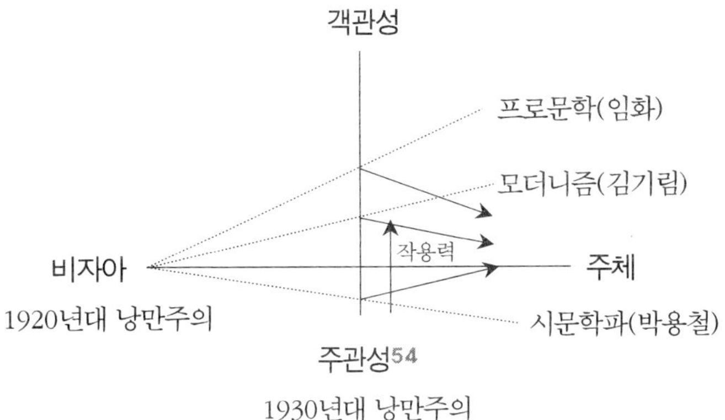

슬레먼의 도표에서는 '비자아Not-self와 주체Subject' 대신에 식민
자와 피식민자를 반대항으로 설정한다. 그리하여 식민자의 권력이나
체계가 피식민자에 미치는 영향 등을 분석의 대상으로 삼는다. 이는
식민주의가 작동되는 원리를 파악하기 위한 장치이다. 본고에서는 식
민지 권력이나 체계, 또는 담론에 의해 작동되는 피식민자가 아니라
그것의 부정이나 파괴를 통해 주체화되는 피식민자의 과정을 분석의

---

54 내 주관성, 즉 낭만주의자들이 말하는 '원자아'의 의미에 해당한다. 그것은 모든 현실
감각과는 무관한 초월적인 내용으로서, 환상과 무의식의 상태를 간직함으로써 타자에
의해 투과될 수 없는 내재성으로 남는 경향이 있다. 이러한 내 주관적 자아는 이성적
자아의 파기를 의미하기 때문에 비관적이고 퇴폐적이며 감정적인 특성이 있다. 낭만
주의적 주관성, 달리 말해 낭만주의적 의식의 중심적인 두 가지 특성은 성찰성과 환상
성이라고 K. H. Bohrer는 파악했다. 여기서 환상성은 이성적인 자아 개념의 파기를
의미하는 내주관적 영역의 주관성의 성향이다. 그러나 성찰성은 이성적인 자아 개념
의 확대를 의미하는 것으로 이상적인 공동체적 자아를 의식하는 내주관적 영역을 벗
어나는 경향으로 간주된다. 1920년대 낭만주의로부터 1930년대 낭만주의로의 흐름은
내주관적 영역으로부터 내주관적 영역과 그것으로부터 벗어나는 경향, 즉 환상성과
성찰성의 특성을 가진 주관적 영역으로의 이동이라고 할 수 있겠다.

대상으로 삼았다. 따라서 '비자아'라는 의미는 식민자인 타자의 담론에 동화됨으로써 자신의 정체성이 지워지거나 자신의 정체성을 거부하는 피식민자를 의미하게 된다. 파농의 '하얀가면 검은피부' 이래로 흑인에 대한 백인의 관점과 흑인 자신들을 거부하는 흑인들의 관점에서 '타자 Other'와 '비자아Not-self'를 사용하는 것이 상식이 되었다. 담론에서 주체로서의 백인 자아의 이러한 단정이 함축하는 것은 흑인 타자를 대상으로 남기는 것이다. 그러나 흑인들은 타자와 비자아이지만 또한 주체가 되어야 한다. 제국주의의 계획은 항상 역사적으로 절대적인 타자를 제국주의 자아와 결합된 길들여진 타자로 굴절해왔다[55].

낭만주의 사조가 발아하기 시작한 1920년대를 기점으로 하여 1930년대 낭만주의의 역할과 기능을 탐색하는 과정 중에 있는 것이 이들 세 시인이라는 가정 하에서 본고는 출발한다. 1920년대 낭만주의가 개인의 내적 감정에 치우친, 감상적이고 퇴폐적인, 시대의식을 몰각한 지점이라는 측면에서 주체가 소거된 '비자아'적 개체들의 담론이었기 때문에, 1930년대 이후로 프로문학파나 모더니즘의 경향은 객관성을 지향하며, 그러한 현실 인식적 측면을 도외시하는 주관성으로부터 거리를 두려하였고, 박용철은 낭만주의 시관을 탐구하면서 시에서 주관성만은 고수해야 한다는 측면이 있었다. 이들 세 시인들의 경향은 과정 중의 주체 구성이라는 측면에서 점선으로 표기될 수 있다. 이러한 지향성은 수평선으로부터 기울기[56]가 커지면서 주체적인 양상과 멀어지는 성향을 띠게 된다. 그러나 1930년대 낭만주의의 출현은 이러한 가파른 기울기를 조정하는 역할을 하면서 주체화로 굴절하는

---

55 Terry Goldie, *The Representation of the Indigene*, Bill Ashcroft · Gareth Griffiths · Helen Tiffin ed, *The postcolonial studies reader*, 233~234면.

계기가 된다.

1920년대 낭만주의를 비판하면서 새로 기획하게 된 1930년대 낭만주의는 객관성에 작용력을 미치면서 세 시인들의 비자아적 성향을 주체적 과정으로 돌려놓는 지점이 된다. 이 과정에서 민족을 새롭게 발견[57]하고 근대를 비판하고 인간의 해방을 기원하게 된 세 시인은 탈식민적 가능성을 내포하게 된다. 객관성으로의 지향은 계급성가 근대성으로의 섣부른 접근이라 할 수 있다. 이러한 접근은 식민지 현실을 소거하고 제국의 이데올로기를 내면화하는 측면이 있는 것이다. 여기서 '낭만주의'의 발견은 그러한 오류를 지양하는 기능을 담당하는 것이 된다. 임화는 '계급성' 담론에 가려져 있던 반식민적 전망을, 김기림은 '근대성' 담론에 가려져 있던 제국주의적 욕망을, 박용철은 '순수성' 담론에 가려져 있던 민족주의적 소망을 드러냄으로써 그동안 논의들이 간과했던 탈식민적 태도를 짚어내게 된다.

1930년대 시의 주관화의 경향은 시의 정체성을 묻는 것이다. 이는 시의 서정성이 근대화에 따른 문명의 파괴와 물질화, 자본주의의 억압과 착취 구조를 비판하는 태도를 내포하고 있기 때문이다. 자연과

---

56 현실의 객관성과 지성의 객관성을 강조하면서 임화와 김기림의 리얼리즘과 모더니즘은 객관성의 극단을 향해 나아간다. 그런데 임화와 김기림의 객관성지향의 기울기를 달리 설정한 것은 임화와 김기림의 낭만주의 수용 태도에 근거한 것이다. 임화는 낭만주의를 신리얼리즘의 한 측면, 한 속성으로 수용한다. 이는 리얼리즘의 객관현실 인식을 보다 중요한 요건으로 인식하고 그 위에 부차적으로 낭만주의의 주관성을 수용하는 양상이 되는 것이다. 그러나 김기림은 객관과 주관의 동등한 결합 관계를 지향하면서 낭만주의를 수용하게 된 것이다.

57 '탈식민주의'는 본질적으로 민족문학이라고 할 수 있다. 그러나 '탈식민주의'는 내부에서의 저항, 복합적인 시각, 패러디, 그리고 궁극적으로는 동서의 공존이나 조화 같은 '포스트모더니즘적' 전략을 차용한다는 점에서 단순히 반외세적이고 국수주의적인 성향을 띠는 종래의 민족주의 운동과는 그 궤를 달리한다(김성곤, 「한국의 포스트모더니즘과 탈식민주의적 인식」, 239면).

전통, 그리고 인간과의 친연성을 통해 시는 근대성에 의해 제거되고 파멸되었던 것들을 불러옴으로써 생명성, 생의 논리를 획득한다. 식민지에서의 근대적 요소는 제국으로부터 굴절되어 수용된 것으로 기질적으로 우리 것이 아닌 타자적인 것으로 규정된다. 따라서 근대성 비판은 자기 고유성에 대한 자각의 지점으로 포착된다. 자기 존재에 대한 기원과 정체성이 화두로 떠오르면서 '나', '우리', '민족'이 자연적 기질과 전통적 특성을 갖춘 주체적인 면모를 지닌 존재로 확인된다. 따라서 1930년대 세 시인의 평론과 시 텍스트를 통해 고찰되는 주체는 그러한 측면에서 탈식민성이 발현하는 지점이 된다. 세 시인들의 평론과 시 텍스트는 하나의 담론으로 주체를 형성하는 요건이 된다.

담론이란 여러 문장들이 연속된 질서를 형성하는 방식, 즉 이질적이면서 동질적인 하나의 전체에 참여하게 되는 방식을 구체적으로 밝혀주는 용어이다[58]. 평론과 시라는 이질적인 담론은 하나의 전체를 이루기 위한 질서를 형성하면서 주체에게 정체성을 부여한다. 페쇠는 주체가 구성되는 세 가지 기제를 설명하는데[59], 담론을 통해서 우리는 세 가지 주체를 관찰할 수 있을 것이다. 이데올로기에 동의하는 동일화, 동일화의 타자를 이루는 반동일화, 그리고 이데올로기에 '편승하는 동시에 저항하는' 비동일화가 그것인데, 1930년대 식민지 주체들은 더 세분화하거나 탈식민적 관점에서 보완하여 분류하면 다음과 같다. 임화의 식민주체는 균열된 계급의식 속으로 민족의식이 틈입한다는 측면에서 비동일화의 경향으로 정의할 수 있으며, 김기림의 식

---

58 앤터니 이스톱, 『시와 담론』, 박인기 역, 지식산업사, 1994, 27면.
59 다이안 맥도넬, 『담론이란 무엇인가』, 임상훈 역, 1994, 한울, 53면.

민주체는 동일화를 넘어 동일화를 강요하는 주체가 됨으로써 오히려 제국이라는 타자를 억압하고 지배하려는 역동일화의 경향으로 파악될 수 있다. 또한 박용철의 식민주체는 식민자의 권위에 대응하지 않는, 또는 타자를 구체적으로 드러내지 않음으로써 동일화 자체를 무효화시키는 탈동일화의 속성을 지닌 것으로 볼 수 있다. 이러한 담론의 주체들은 제국이라는 타자와 분리된 존재이지만 사회·역사적 의미를 아직 획득하지 못한 자아와, 식민주의와 제국주의, 그리고 민족주의를 자각하고 현실을 타개하려는 주체화되는 경향으로 분화된 것이다.

임화의 계급적 자아와 민족적 주체, 김기림의 군중적 자아와 군중적 주체, 박용철의 순수적 자아와 의지적 주체가 그러한 분열주체로 드러나며, 이러한 의미에서 시 텍스트는 이중의 의미를 함의한 텍스트로 읽어야 함을 인지하게 된다. 그동안 세 시인들의 텍스트는 그들의 구체적인 식민지 상황을 도외시한 채 단선적으로 읽히고 평가되어졌다. 그들을 지배했던 이데올로기나 문학사조, 또는 문예이론이나 시대개념 등으로, 즉 제국에 의해 구성된 타자의 담론으로써 시 텍스트를 평가하고 이해하는 움직임이 반복적으로 지속되어 왔다. 따라서 본고는 이들의 시 텍스트를 주로 다루어 왔던 계급성, 근대성, 순수성의 관점을 식민지 현실을 구체적으로 표기하지 않는 관념적 시각으로 보고, 그런 의미에서 제국에 공모하는 타자담론의 한 유형으로 파악했으며, 이러한 시각을 재고하는 민족 담론을 식민주체의 관점으로 파악하여 전자와 후자를 함께 읽어내는 대위법적 읽기를 제안한다. 이를 통해 식민주체의 분열양상을 언술과 공간 항으로 파악할 수 있게 된다. 이러한 주체들은 의식과 무의식의 분열의 과정을 드러내면서 구축되는 주체들이다.

　우리는 많은 단어를 가지더라도 그 의미하는 바를 말하지 못하며, 또 원칙적으로 말할 수도 없다. 많은 담화에 포함되는 간접성의 깊이, 즉 입으로 말하는 것과 그것이 실제 뜻하는 것과의 차이, 거기에 발화의 글자 그대로의 명제적 의미와 발화가 문맥 속에서 수행하는 행위와의 사이에 존재하는 의미의 다층성이 있다[60]. 언술 내용적 주체는 담론의 표면에서 드러나고, 화자의 눈을 통해서 '보고', 재현된 풍경과 직접적으로 연관되어 화자의 신원이 구체화되는 '현존성'을 부여하는 것들이다[61]. 언술행위적 주체는 담론 이면에 깔려 있는 억압된 무의식을 말하는 주체이다[62]. 전자가 타자의 담론으로 텍스트 표면에 드러나는 시적 화자에 가깝다면, 후자는 주체적 담론으로 시대·역사적 의미를 간직한, 텍스트 내면에 내포된 시인에 해당한다고 볼 수 있다.

　언어 연행의 연구는 J.L.Austin에 의하여 본격적으로 이루어진다. 이러한 화행 이론의 특징은 상황 의존적이라는 것이다. 따라서 발화자의 진지성과 청자에 대한 발화자의 약속이 컨텍스트와 연관이 있을 뿐만 아니라, 발화자와 청자 모두 지지하는 사회적, 언어적 관습도 그

---

60 미카엘 스터브즈, 『담화분석』, 송영주 역, 한국문화사, 1993, 237면.
　　이 책에서는 발화행위를 올바로 해석하기 위해서는, 사회적 역할과 발화행위의 관련성을 이해할 필요를 지적한다. 발화행위와 화자의 사회적 역할과의 사이에는 관련성이 있다. 발화행위는, 화자가 스스로를 위해서 말하고 있는 경우와 어떤 그룹을 대표해서 말하고 있는 경우로 분류되기도 한다(256~281면). 이때, 이러한 집합적 발화행위는 임화, 김기림, 박용철이 민족 공동체를 의식하며 했던 발화행위와 다르지 않다. 이 공동체적 '나'는 식민지 시대 텍스트 내에 잠재되어 있던 민족 공동체 문제를 인식하는 '나'의 주체성을 의미화 하는 지점으로 무의식적 주체, 또는 숨겨진 주체, 표면적으로 드러나지 않는 주체를 이른다.
61 앤터니 이스톱, 『시와 담론』, 박인기 역, 지식산업사, 1994, 198면.

러한 컨텍스트와 관계가 있다는 것이 중요하다.

이는 작가도 독자도 언어, 이데올로기, 컨텍스트 등의 산물이라는 점을 제안하는 것이다. 다른 모든 텍스트처럼 작가의 텍스트도, 작가가 텍스트를 창조하는 것처럼, 작가를 창조한다는 것이다. 본고에서는 오스틴이 말한[63] 발화 행위로서 전언을 말하거나 생산하는 언술행위적 주체를 경험적 주체로서의 작가, 또는 시인으로 파악했으며, 화자와 청자 사이에 존재하는 언어적 제약의 조건에 제한받는 발화 수반 행위를 시적화자로서, 즉 '계급성', '근대성', '순수성'의 범주의 제한으로부터 사유롭지 못하고, 그러한 이데올로기나 시대개념 내지 사조적 특성을 재현하는 화자를 언술내용적 주체로 표기했다. 이러한 주체의 분열성은 제국에 의해 구성되는 타자담론으로부터 탈주하는 주체들을 양산하는 계기가 될 것이다. 세 시인의 주체들은

---

62 언어학에서는 언어에 의해 구성되는 주체를 두 가지로 구분한다. 직접발화를 생산하는 발화 행위의 주체와 생산된 발화에서 형성되는 발화내용의 주체가 그것이다. 발화내용의 주체에 의해 기표는 기의와 나란히 정렬해 있으며, 통합관계적 연쇄는 그 선형성을 조심스럽게 유지하기 때문에 담론이 투명한데 반하여 발화행위의 주체에 의해서는, 기의는 기표 아래로 미끄러져 들어가며, 통합관계적 연쇄체는 갈라지고 부서져 담론은 불투명하게 제시된다. 간단히 말해서 발화 행위의 주체가 시인에 해당한다면, 발화 내용의 주체는 화자에 해당하는 것으로 요약할 수 있다. 이는 텍스트 내의 문장이나 사건의 주어인 인물이 발화내용의 주체라면, 이러한 문장이나 사건을 기술하는 작자 자신이 발화행위의 주체라는 것이다. 언술내용적 주체는 임화의 경우 인물들의 사건묘사를 통해 객관적으로 현실을 구성하려는 주체이며, 김기림의 경우는 시각적 이미지를 통해 원거리에서 근대성을 목격하는 시선의 주체이며, 박용철의 경우는 개인적 감정 표시기능이 우세한 발화를 통해 텍스트 내적 개인정서에 충실한 주체이다. 이에 반하여 언술행위적 주체는 언술내용적 주체의 이면에 식민성, 제국성, 민족성의 의미를 유포하는 주체이다. 임화의 경우는 객관화된 사건에 민족적 차별, 민족적 억압의 상황인 식민성을 함의한 주관적인 진술을 개입하는 주체이며, 김기림의 경우는 근대성을 표기하는 시각적 이미지에 제국주의적인 무의식적 욕망을 재현하는 주체이며, 박용철은 개인감정 발화에 민족공동체의 보편적 정서를 공감의 형태로 가공하는 주체이다.

63 마리 매클린, 『텍스트의 역학』, 임병권 역, 한나래, 1997, 57~74면.

식민주의에서 탈주하려는 의도를 갖고 지배질서에 포섭되지 않으려는 주체라는 점에서, 지금의 상황에서 현재와 여기로부터 이동하면서 자신의 영토를 새로 개척하려는 주체라는 점에서 유목민적 존재성을 갖는다[64].

---

64 이택광, 『들뢰즈의 극장에서 그것을 보다』, 갈무리, 2002, 44면.

제2장

기교주의 논쟁,
낭만주의의 서정성과 현실성

1930년대 기교주의 논쟁은 임화, 김기림, 박용철의 입지를 명확하게 각인시키고 문단의 질서를 새롭게 재편하는 하나의 대화적 사건이었다. 세 사람은 1930년대 문단 내에서 뚜렷하게 차별적인 문학의 지향점을 표방하고 있었던 유파의 대표적인 시론가들이었다. 프로문학 권내에서 임화는 시와 시론에 있어서 두각을 드러내고 있었지만, 시문학의 위축을 하나의 과제로 짊어지고 타개책을 모색할 필요를 느꼈고, 김기림은 근대적인 인식을 통해 새로운 문학의 출현을 주장하며 문학의 근대성을 실험하고 비판하는 과정 중에 있었다. 그리고 박용철은 '사회주의'와 '근대성'이라는 거대 담론에 시문학의 정체성이 파묻히는 것을 우려하면서도 시의 사회적 역할에 대한 고민으로부터 자유롭지 못했다[1].

시문학의 정립을 위해 임화는 낭만주의의 주관성에 주목하게 되는

데, 이는 사회주의 이데올로기의 국제성과 민족적 정서를 바탕으로 하는 지방성이 접목되는 지점이었다. 그러므로 1930년대 임화의 서정화 방향은 민족적 현실을 좀 더 구체적으로 인식하는 과정으로 파악될 수 있다. 이에 반하여 김기림은 서구나 제국의 근대성에 갇혀 과학적이며 지성적인 글쓰기를 주장하지만, 그러한 글쓰기가 현실과 유리되는 지점임을 파악하게 된다. 따라서 김기림의 휴머니즘은 현실인식과 근대비판이라는 두 개의 시선으로 조직된 개념이 된다. 또한 박용철은 낭만주의 시관을 통해 문단에 팽배해 있는 문학의 도구화를 비판하는 입장에서 시의 서정성을 주장하는데, 그가 주장하는 서정의 개념은 체험적이며 효과적인 역할을 담보한 현실성에 접근하는 경향이 있었다.

이러한 고찰에서 우리는 1930년대 낭만주의가 현실을 구체적으로 인식하는 한 계기로 작동하는 개념이었음을 파악하게 된다. 다시 말해 낭만주의는 서정화와 현실인식의 접목을 통해 시의 사회역사성을 가능하게 하는 지점이었다는 것이다. 이러한 가능성을 구체화하고, 이후의 시 문단 질서를 새롭게 구성하는 기반으로서 기능한 것이 기교주의 논쟁이다. 임화는 소설논쟁이 한참인 프로 권내에서 보다는 그 외부에서 논쟁을 일으킴으로써 이데올로기에 한정된 시각으로부터 일탈할 수 있는 여건을 조성하게 되며, 김기림은 임화와 박용철의 비판을 수용하고 반박하는 가운데서 모더니즘 시론의 오류와 결점을 자각하고 반성하는 계기를 갖게 되며, 박용철은 낭만주의의 순수시론 안쪽에서 임화와 김기림의 견해를 재해석하는 과정에서 시의 현실인

---

1 이에 대하여 김윤식은 『한국현대문학비평사』에서 박용철이 "인상주의의 바탕 위에 마르크스주의 예술관을 절충한 것이"라고 언급하고 있다.

식적 측면을 간과할 수 없는 큰 흐름으로 감지하게 된다.

논쟁의 전조로서 박용철은 「신미시단의 회고와 비판」(1931)에서 김기림을 "모더니스트들이 지니기 쉬운 향락적 요소가 없는 간열픈 애상을 추구하고 언어의 요술을 연구하고 있는 연금학자"라고 호의적인 평가를 내리게 되는데, 이에 대하여 김기림이 「1933년 시단의 회고」(1933)에서 박용철의 시론을 센티멘탈리즘으로 규정하고 감정추구의 시인과는 반대의 입장에 선다는 뜻을 피력함으로써 대척적인 관계를 형성하게 된다. 이에 대하여 박용철은 모윤숙의 리리시즘을 센티멘탈리즘으로 문제 삼은 점에 빗대어 감정의 가치를 낮게 평가하는 김기림에 대해서 민족적 감정 상태를 고려하지 않고 서구식의 근대의식에 따라 우리문학을 재단하는 위험을 내포하고 있다고 비판한다. 시의 감상성에 대한 이러한 엇갈린 태도는 김기림과 박용철이 화해할 수 없는 부분이었다.

또한 김기림은 「문학비평의 태도」(1934)에서 임화의 비평에 대해 "작품이 먼저 들어오는 것이 아니고, 계급적 화장을 입은 작자의 얼굴이 먼저 들어온다."라고 언급함으로써 작자의 계급적 입장, 즉 프롤레타리아의 시각을 제시하기만 하면 좋다는 단순한 모랄에 기대고 있어 신시어리티(진지성)와는 거리가 멀다고 비판하면서 박용철의 센티멘탈리즘과 같은 동궤에 올려놓음으로써 논쟁의 발단을 제공하게 된다. 간단히 임화는 '사상'을, 김기림은 '지성'을, 박용철은 '감정'을 시의 중요 요건으로 간주하는데, 임화는 사상의 적대자들로서 기교주의자들인 김기림과 박용철을 반낭만주의자들로 지목하고, 김기림은 지성적 요건을 결여한, 센티멘탈에 경도된 시인으로 임화와 박용철을 거론하였고, 박용철은 '감정의 시화'라는 명제에 미달된 자들로서 임화와 김

기림을 비판하게 되었던 것이다. 임화에게 있어서 낭만주의의 도입이
이러한 '사상'을 좀 더 현실적으로 구체화하기 위한 하나의 방편이었
다면, 김기림에게 있어서의 낭만주의의 수용은 '지성'에 현실인식의
측면을 보완하기 위한 하나의 전략이었다. 또한 박용철에게 있어서
낭만주의는 시의 본질로 '감정'의 측면을 전제하는데, 그 감정이라는
것이 민족적 감정에 매개됨으로써 현실인식적 태도를 드러내게 된다
고 보는 관점이었다. 따라서 2부에서는 낭만주의가 기교주의 논쟁 안
에서 시의 현실인식의 측면을 어떻게 도모해 가는지 고찰하게 될 것
이다.

1. 임화―낭만주의의 배제와 포괄
: '비타협정신'의 현실비판

임화는 김기림을 겨냥해서 "시는 언어의 기교"라는 명제를 들고 경
향시가 약화되었을 때 언어에 취약했던 경향시를 딛고 일어선 조류라
고 비판했다. 신시의 기본적인 특징이 낭만주의였음을 「백조」와의
관련 하에 규명하고 신시와 경향시의 언어적 결함을 공격하고 조선어
를 주장하고 나선 것이 김기림을 비롯한 정지용, 신석정 씨 등의 기교
주의자들이라고 비난한다. 그리고 나서 김기림의 기교주의에 비판의
화살을 집중 포화한다.

씨는 사실에 있어 순수시와 기교주의의 옹호자로서 좀 더 '전방'의 자기를 구별하려는데 불과한다. 이곳에서 '인테리겐차'적 환상이라 함은 근본적으로는 지식이나 관념상의 변혁이 현실생활을 좌우할 수 있다는 '인테리겐차'의 자기에 대한 과신이며, 전후의 신흥예술이 가지고 있던 예술상의 환상이란 이 환상의 예술상 반영으로, 신시대의 예술적 창조자는 '인테리겐차' 자기이며, 그들의 급진적인 예술이 곧 혁명의 예술이라고 오인하는 그것을 말함이다[2].

임화는 김기림을 기교주의의 수장으로 지목하고 그에 대한 비판을 통해 기교주의의 오류를 낱낱이 파헤치고 있다. 따라서 이때까지만 해도 임화는 박용철을 염두에 두고 있지는 않았다. 임화는 기교주의를 "사상성을 거세한 양식상의 점차적 변형만 남아" 내용과 사상을 방기한 것이며 현실의 비관심주의적 태도를 지니기 때문에 시적 열정이 전무한 '낭만주의의 무조건적 부정자'들이라는 혐의를 둔다. 김기림은 박용철과 임화를 센티멘탈적 낭만주의자로 한데 묶고, 임화는 뒤따르는 다른 논의에서 현실의 비관심주의자들로 김기림과 박용철을 동격으로 놓는 것이다. 따라서 임화에게 낭만주의는 현실에 대한 관심에 뿌리를 내리고 있다. 임화가 말하는 낭만주의의 창조정신은 "현실과 이성에 뒤따라올 길을 대담하게 앞질러 갈 수 있는" 급진성과 혁명성을 담보해야 하기 때문에 "우선 현실 속에 깊이 뿌리박고 당면한 상황의 질서에서 생성하는 유기적 성격을 갖추고 있어야[3]" 하는 것이다.

---

2 임화, 「담천하의 시단1년」, (『문학의 논리』, 서음출판사, 1989, 368면/1937).
3 김용직 외, 『문예사조』, 문학과지성사, 1988, 100면.

시란 결코 단순한 사고, 혹은 지식의 소산이 아니라 생활의 산물이다. 그러므로 씨의 지성이란 비행동성의 산물이며, 감정, 정서에의 기피는 곧 행동에의 기피인 것이다. (…) 그러므로 씨의 시적 감격의 원천으로서의 인간정신이란 무력에 대한 한 개의 이론적 미봉이며 '인테리겐차'의 과분한 주관적 자신의 결과이리라. 그러므로 그들은 단순한 지성의 信徒인 것이다[4].

임화는 김기림의 전체시가 '휴머니즘'의 도입으로 인간성 회복을 통한 시대인식의 측면을 접목하려는 노력을 보여주고 있지만은 기교주의를 완전히 극복해내고 있지는 않다고 폄하한다. 정서와 감정을 상실한, 지성으로 구축된 기교시는 행동에의 기피인 까닭에 무력한 것이며, 시적 감격의 원천으로서 수용된 '휴머니즘'도 현실에 대한 비타협정신을 견지하지 못하기 때문에 본질적인 해결책이 될 수 없는 미봉책에 불과한 것으로 보았다. 시가 생활의 산물인 점에서, 지성적 성분을 다분히 함유한 '인테리겐차'의 인간정신이란 감각적 탐미성에 물든 '문화의 번지르르한 외면만을 감수'하는 무비판적이며 무가치한 것에 다름 아닌 것으로 파악했던 것이다. 지성에 물든 문명인, 즉 기교주의자는 내용보다는 형식에 주안점을 두기 때문에 내용적으로 공감하고 서로 공유해야할 '불행한 고향'을 외면하는 측면이 있으며 감정을 배척하는 경향이 있으므로 '진정한 민족적 감정'을 고양시킬 수 없는 비민족적인 범위에 드는 것으로 규정했다.

그러나 임화는 김기림이 '시인으로서의 현실에의 적극관심'을 표명

---

4 임화, 「담천하의 시단 1년」, (『문학의 논리』, 서음출판사, 1989, 375면/1937).

하자 박용철의 기교주의와 차별된 부류, 즉 진보적 기교주의자로 인식하면서 김기림의 문학을 낭만주의 문학으로 편입시킨다. 현실의 비관심주의는 비낭만적인 문학으로 보았던 임화는 김기림이 현실에 적극 관심을 보이는 사상성을 담보하자 낭만주의적 문학으로서의 가능성을 지닌 것으로 포괄하는 입장을 드러내었던 것이다. 사상과 감정을 동격으로 보았다는 측면에서 임화와 김기림은 일치한다. 그러나 김기림이 사상과 감정을 모두 부정해야 할 센티멘탈리즘으로 보았던 반면 임화는 현실 인식의 차원에서 중요한 인자로 보았던 점에서 차이를 지닌다.

　한편 임화는 박용철의 「을해시단총평」에 대응하는 입장에서 박용철을 "계시적이고 영감에 의한 시작설"로 현실을 외면한 보수적 기교주의자라고 비판한다. 임화는 '백조'의 낭만주의 예술로부터 신시가 경향문학과 기교주의 문학으로 파생되었다고 파악하고, '백조'의 '역의 시', '역의 예술'의 독특한 낭만주의 방법이 신경향시 발전에 산모 역할을 했다면, 이 격렬한 변이 가운데서 낙오한 기교주의 문학과 같은 예술 지상주의 문학은 비낭만적인 문학으로 떨어졌다고 평가한다. 임화는 낭만주의 관점에서 박용철과 김기림을 모두 비현실적이며, 사상과 감정을 방기한다고 비판했다. 그렇지만, 낭만주의를 배척했던 김기림은 포괄하는 한편, 서로 공유해야할 '불행한 고향'이라는 '민족적 감정'에 무게 중심을 두었던, 낭만주의를 표방했던 박용철은 배제하는 이중의 논리를 보여준다.

2. 김기림-낭만주의의 선별적 전유
: '시대정신'의 현실인식

기교주의 논쟁의 본격화는 김기림의 「시에 있어서의 기교주의 반성과 발전」·「오전의 시론」에서부터 시작된다. 김기림은 감상과 시를 혼동한 것이 로맨티시즘의 시론이라고 언급하고 박용철류의 센티멘탈리즘과 리얼리즘의 내용주의를 등가로 올려놓고 평가절하 한다.

지극히 평범하고 우연하고 잠정적인 시적 사고나 감정으로써 시의 전부라고 생각하여 그것을 주책없이 나열하고 배설함으로써 시가 되었다고 안심한다. 감상과 시를 혼동하기조차 한다. 그것을 한층 선동하는 것은 구식 「로맨티시즘」의 시론이다. 그것은 때때로 내용주의라는 새로운 복장을 바꾸어 입으나 역시 자연의 존중이라는 소박한 사상에서 출발하는 것은 마찬가지다. 즉 어떠한 사고나 감정의 자연적 노출을 그대로 시의 극치라고 생각했다[5].

감정과 사고의 자연적 노출을 시의 극치라고 생각했던 소박한 자연상태로부터 시가 형상에의 자각과 시적인 사고를 통한 지적 작용의 결과 고도한 문화가치가 실현되는 장으로 옮겨 올 것이라고 김기림은 예고한다. 따라서 기교주의의 지적 작용이 음악성과 회화성을 본질로 하는 시의 순수화방향으로 이끌어 왔다고 본다. 그러나 곧이어 이러

---

5 김기림, 「시에 있어서의 기교주의의 반성과 발전」, (『김기림전집』2, 심설당, 1988, 95면/조선일보, 1935).

한 순수화방향이 결국에는 음악과 회화의 기술 속에서 시를 상실해버
린다는 점을 자각한다. 이는 지성의 과도한 작용으로 말미암아, 또는
기교의 과신으로 말미암아 시를 잃게 되었다는 것인데, 이는 다시 말
해서 지성을 제어하고 통제할 만한, 지성에 대척되는 지점으로 지적
된 감정이나 사고의 필요성에 대한 언급으로까지 나아가는 계기가 된
다. 기교주의는 이제 전체로서의 시의 한 일부분으로 파악된다. 그리
고 그 근저에는 '높은 시대정신'이 놓여 있는 것으로 현실과 유리되지
않는 기교주의의 역할과 기능을 암시한다. 이는 곧 지성의 극복을 통
한 서정화가 현실인식의 측면과 무관하지 않음을 자각한 것이다. 서
정화와 현실인식의 측면을 도모하기 위해 도입한 휴머니즘은 임화의
비판을 수용하면서 낭만주의의 사상적 특성을 의식적으로 전유하는
형식을 띤다. 사실 박용철의 센티멘탈리즘과는 거리를 두고자 하는
측면이 강했으나, 임화의 센티멘탈리즘과는 결합의 여지를 남겨 놓았
었다[6]. 김기림이 임화를 비판한 것은 프로문학에 대한 일반적 비판처
럼 시의 정치화와 같은 측면이 아니라 어떤 형식도 없이 이루어지는
노출과 배설의 양식이라는 점 때문이었다.

　김기림은 종합의 시, 전체로서의 시를 지향해감에 따라 임화의 현
실인식적 측면인 내용주의와 결합되어야 할 필요를 느끼고 "현실에의
적극관심"을 피력하기에 이른다. 지성에 의한 인간성 상실을 회복하
기 위해 '휴머니즘'이라는 명칭으로 받아들인 낭만주의는 "의식적인

6　김기림은 기교파를 고전주의파와 형이상학파 그리고 寫像파로 나누고 "이들이 모두 현
　실에 대하여 도망하려는 자세를 가지는 점에서 일치한다"고 규정함으로써 기교주의의
　현실외면에 대한 임화의 비판을 일면 수긍한다. 그러면서도 보들레르의 "현실을 추악
　한 것으로 인정하고 그것을 초월한 곳에 아름다운 시의 세계를 상정하려"는 상징주의
　적·낭만주의적 특성의 현실인식의 영향을 간과할 수 없다고 인식하고 있었다.

대중의 생활 속에서 사회와 인생을 바라본 정직한 계급의 눈, 인테리
겐차의 눈을 가"지는 시대와 역사를 인식하는 인간의 발견이다. 결국
김기림은 박용철류의 센티멘탈리즘은 거부하면서도 임화의 센티멘탈
리즘은 수용되어야 할 것으로, 더 나아가서는 필요충분조건으로 인식
하는 입장을 보이게 된다. 기교주의를 통해 제작되는 시를 강조한 김
기림은 천재의 영감에 의해 자연발생적으로 쓰여 지는 시를 '존재의
시'라 하여 박용철류의 낭만주의 시를 목적의식이 없다고 비판한 반
면, 임화의 모더니즘 시에 대한 비판을 일면 긍정하는 자세로 취함으
로써 기교주의의 현실도피적 성향을 극복하기 위한 방편으로 임화류
의 경향시와의 결합을 도모하게 되었던 것이다.

> 이 30년대의 전반기의 수년 동안 기교파의 세력이 시단을 압도하였다고
> 말한 임화씨의 말은 옳다. (…) 그들은(기교파-필자인용) 모두 현실에 대
> 하여 도망하려는 자세를 가지는 점에서 일치한다[7].

김기림은 우리를 에워싼 현실이 '너무 미운' 나머지 현실을 증오하
는 감정도, 현실에의 적극적인 관심도 없이 무해무익한 가련한 '카나
리아'로서 굴욕적인 존재이지나 않았나 회의하는 지점에서 경향시의
편내용주의와의 결합을 시도하게 된다. 임화에게 있어 내용=사상=감
정=운동=정치행위=현실인식으로 파악되는데, 이는 김기림이 경향시
와의 결합을 통해 기교주의의 현실 도피적 경향을 극복하려는 이유이
다. 이는 문명의 폐해를 극복하기 위해 지성과 인간성, 고전주의와 낭

---

7 김기림, 「시와 현실」, (『김기림전집』2, 심설당, 1988, 101면/조선일보, 1936).

만주의의 결합을 도모하려 했던 측면에 대입해서 보면, 모더니즘의
보완책으로 수용된 김기림의 휴머니즘(낭만주의)은 결국 내용주의라
고 비판했던 임화의 낭만주의에 부합되는 것이라고 볼 수 있다.

3. 박용철–낭만주의의 교차적 비판
: '체험적[8] 감정'의 현실논리

    박용철은 김기림이 '자생적인 시'를 비판한 것에 대해 매일매일 새
로워지려는 '지성'의 위험을 경고한다. 가능 이상의 속도로 새로워지
려 하다보면, 의상사와 같이 의상을 매일 고안해 입으려하고 신기한
분장에 애를 태우는 지엽적인 부분에 치우치게 되고 그러다보면 마침
내는 '怪奇'에 이르고 말 것이라고 단언한다. 이는 우리를 돌아보지
않고 타자적인 것에 집중하다 보면, 우리의 상황을 간과하고, 우리에
맞게 변형 고안이 어려워지므로, 결국 타자적인 것에 이르지도 못하
고, 우리 적인 것도 모두 잃게 되는 괴기한 형상에 도달하게 된다는
의미이다.

---

8 박용철 시론에 나타나는 '체험'의 의미 내용에 관해 김윤식은 '先詩的인 問題'에 지나치
게 집착함으로써 그것이 지닌 적극적 의미를 놓치고 있는데 반해, 이승훈은 그것을 딜
타이적인 것과 관련지음으로써 시적 변용의 의미를 "인간 존재와 세계 존재가 하나로
융해되는 경우, 곧 내면 공간으로 들어가"는 것, 즉 "정신의 능동적인 변형" 차원으로
이해하고 있다. 후자의 관점에 설때 우리는 그의 시론이 지니는 의미망을 보다 확장시
켜 이해할 수 있을 것이다(염철, 「박용철론」, (문학과비평연구회, 『1930년대 문학과 근
대체험』, 이화문화사, 1999, 206면).

전생리라는 말은 육체, 지성, 감정, 각각 기타의 총합을 의미한다.(…)
우리는 우리의 생리적 필연이외에 한줄의 시를 더 쓸 필요도 인정하지
않는다[9].

박용철이 주장하고 있는 것은 변화와 신기에 의해 예술을 추구하기
보다는 심리적 필연성에 의해 예술은 추구되어야 할 것이라는 점이
다. 의식적으로 신기한 것이라고, 새로운 것이라고 무턱대고 수용하
는 것은 옳지 않다는 입장이다. 여기서 박용철이 전 생리를 전제한 것
은 '지성'만을 강조하는 김기림의 시론에 대하여 지성(감각)과 더불어
감정(육체)까지도 아우를 수 있는 생리적 필연의 시를 제시함으로써
'제작의 시'의 기교적인 측면을 비판하고 있는 것이다.

일분의 이완도 용여되지 않는다. 낭만주의가 번즈레한 고전주의의 수사
학을 경멸한 것도 그탓이요 우리가 허장적인 웅변을 질겨하지 않는 것도
그 내면의 공동과 이완 까닭이다[10].

문학에 있어서 지성의 가치를 중시했던 고전주의와 '허장적인 웅변'
을 비판하는 논거는 모두 '내면의 공동과 이완'이라는 점이다. 이는 감
정적 긴장, 감정적 고양을 바탕으로 하는 낭만주의에 모두 대척되는
지점이라는 공통점을 지니는 데, 고전주의의 지성과 허장적인 웅변에
대한 비판은 모두 김기림과 임화에 대한 비판에 다름 아니다. 지성 중

---

9 박용철, 「올해시단총평」, (박용철, 『박용철전집 제2권』, 깊은샘, 2004, 84~85면/동아일보, 1935).
10 박용철, 「기교주의 설의 허망」, (박용철, 『박용철전집 제2권』, 깊은샘, 2004, 18~19면/동아일
보, 1936).

시의 반낭만적인 고전주의는 수사학과 같은 형식적인 것에 공을 들이는 측면에서 감정적인 것을 간과하는 측면이 있으며, 프로문학파의 리얼리즘은 사상을 설파하려는 목적으로 문학이 응축의 묘미를 잃고 산문화되는 경향이 있는 것으로 감정이 이완됨에 따라 비문학적인 것이 되어버린다고 파악했던 것이다.

박용철은 김기림에 대한 비판에서는 생리론을 펼치며 시의 기교적인 측면을 비판적으로 관전하면서도, 임화의 비판에서는 언어 기능의 중요성을 주장함으로써 자신의 기교주의자적인 면모를 드러내는 오류를 보인다. 박용철은 임화의 시작에 대해 "막연한 현실을 논의하는 것보다는 그 시대현실을 체험하는 한 개인이 (개인은 물론 정당하게 계급이나 민족의 대표일 수 있는 것이다) 자기의 피를 가지고 느낀 것 가슴 가운대 뭉쳐있는 하나의 엉터리[11]를 표현할랴고 애쓴 것을 볼 수 있다[12]."고 인정한 부분에서는 시대 현실의 체험이 시인의 피 속에서 변용되는 과정을 거쳐 하나의 시로 탄생될 수 있다고 언급함으로써 현실인식으로부터 체험의 개념을 이해하는 측면을 보여주게 된다.

박용철에게 있어서 시는 감정의 표현이다. 그러나 그 감정은 '시대 현실을 체험하는' 가운데서 나오는 감정인 것이다. 박용철은 임화에게 이러한 체험[13]적 감정이 내면화되어 있으나, 언어표현이 미숙하여

---

11 박용철은 영랑에게 보낸 편지에서 "그전에는 시를(뿐만 아니라 아무 글이나) 짖는 기교(골씨)만 있으면 거저 지을 셈 잡았단 말이야. 그것을 이새 와서야 속에 덩어리가 있어야 나오는 것을 깨달았으니 내 깜냥에 큰 발견이나 한 듯 가소!"라고 자술하고 있는데, 이는 시는 기교 이상의 무엇이라는 의미와 함께, 정서가 속에 덩어리로부터 표출되는 것이라는 견해인데, 그것은 또한 정서가 시대 현실을 체험하는 과정을 통해 형성되는 것으로 파악함으로써 정서와 시대현실의 함수 관계를 암시하는 것이다(『박용철전집 제2권』, 깊은샘, 2004, 326면).

12 박용철, 「을해시단총평」, (박용철, 『박용철전집 제2권』, 깊은샘, 2004, 86면/동아일보, 1935).

변설의 시에 멈추어 있다고 지적한 것이다. 박용철은 시의 시대 인식의 측면을 어느 정도 고려하면서도 그러한 현실체험이 '성급한 현실의 채찍'이 됨으로써 현실인식적 측면만을 너무 강하게 추동시키게 되어 시를 변설로 이끌 수밖에 없었다는 측면에서 임화를 비판하는 입장을 취하게 되었던 것이다. 시가 변설화됨으로써 응축의 묘미를 잃고 감정을 직설적으로 노출하는 폐단을 낳게 된다고 우려하면서 시가 산문화되는 것을 경계했던 것이다. 이러한 감정의 분출을 비판하는 것은 김기림이 박용철을 향해서 했던 비판과 일치한다. 다만 김기림이 단지 박용철이 감정만을 소재로 해서 시를 짓는 행태에 비판의 칼을 휘두른 것이라면, 박용철이 임화에게 시적 표현방법이 부재함에 따라 감정의 남발로 흐를 수 있다고 비판한 점에서 다를 뿐, 이들은 모두 감정표출이라는 면에서 비판을 감수할 수밖에 없었다는 공통분모를 지닌다.

결국, "시적 구성과 질서 가운데서 승화된 존재가 되어야 한다"는 관점을 주장함으로써 박용철은 임화가 비판했던 기교주의자들 가운데 하나임이 증명되었고, 생리론을 통해서는 지성과 감정이 결합된

---

13 체험이라는 용어는 철학에서 개개의 주관 속에서 직접적으로 볼 수 있는 의식내용이나 의식과정을 의미한다. 경험이라는 말이 대상과 얼마간의 거리를 예상한 것임에 대하여 체험은 대상과의 직접적이고 전체적인 접촉을 의미한다. 이 말이 철학적으로 깊은 뜻을 가지게 된 것은 W. 딜타이에서 비롯되었다. 딜타이는 체험이 삶의 질을 드러낸다고 파악하였다. 체험은 관념의 세계에서 나올 수도 있을 것이며, 아니면 우연한 만남이나 어떤 책을 읽는 것 따위의 평범한 일상 상황에 의해 시사될 수도 있을 것이라고 보았다. 더 나아가 함부르거는 〈실제적 경험〉, 생생한 체험이 서정시의 판별 기준이라고 믿을 뿐 아니라, 서정시가 현실에서 어떤 기능을 가질 수 있다는 견해를 지지한다. 이러한 견해들은 체험이 실제적 경험을 통해 강렬하게 시에 작용하며, 체험적 효과를 지닌 시가 현실에 어떤 영향을 미칠 수 있다는 관점이다. 이러한 측면에서 박용철의 '체험' 또한 체험의 사회·역사성을 이야기 한 딜타이의 견해와 다르지 않다.

전생리의 필연의 결과로서 창조되는 시를 주장함으로써, 김기림의 전체시와 부합되는 측면이 있었다. 박용철은 낭만주의를 공격하고 감정을 부정하는 김기림의 기교주의를 반낭만적인 문학으로 추론하면서, "시는 인간적이요, 기술은 어디까지나 목적에 대한 수단"이지만 "기술에 대한 노력을 조금도 부정하는 말이 아니다"라는 입장에서 기술과 인간성을 접목하려 했던 김기림의 전체시와도 부합되는 점이 있다.

생리론의 감정과 지성의 접목은 현실인식적 측면을 제공하는 것으로 김기림의 기교주의 비판의 요체가 되며, 임화의 변설의 시는 언어적 기능을 간과한 것으로 기교적인 면의 부족으로 인한 점을 비판한 것이다. 다시 말해 '체험적 감정'을 통해 감정이 현실 인식에 닿아 있는 것으로 감정과 지성의 접목에 의한 생리론은 임화의 현실인식론에 기대어 김기림을 비판하는 근거가 되며, 임화를 변설의 시로 규정하고 비판하는 것은 김기림의 기교주의에 기대어 비판하는 형식을 취한 것이다.

4. 소결-낭만주의의 현실적 수용

김기림은 지성의 작용을 통해 시를 음악성과 회화성을 본질로 하는 순수화방향으로 이끌어 왔다고 판단하고 이러한 기교적 과신이 결국에는 시를 상실하는 결과를 초래하고 말았다는 점을 인식한다. 시의 예술적 측면의 도모가 지성적 요건에 의한 것이었다면, 현실과 유리되지 않는 '높은 시대정신'으로서 제안된 휴머니즘은 감성(=사상)적 요건으로서, 결국 기교적인 측면과 사상적인 측면의 결합은 시의 서정화와 현실인식의 결합으로 파악될 수 있다고 본다.

임화는 기교주의자들을 현실에 대한 비관심주의적 태도를 견지하는 자들이라고 지적하고, 이들을 '낭만주의의 무조건적 부정자'들로 간주한다. 임화에게 있어서 낭만주의는 현실에 대한 관심에 뿌리를 내리고 있는 것으로 현실에 대한 비타협정신을 함의한 것으로 평가된다. 또한 낭만주의는 서로 공유해야할 '민족적 감정'을 고양시키기 때문에 민족 정서에 바탕을 두는 서정성을 확보하는 측면이 있는 것으로 임화에 의해 제시된다.

박용철은 낭만주의가 고전주의의 수사학과 '허장적인 웅변'을 경멸하고 즐겨하지 않는다고 파악하는데, 이는 김기림의 기교주의와 임화의 문학의 정치성을 극복하는 것으로서 낭만주의를 제안하는 입장을 피력한 것이다. 경향문학이 산문화됨으로써 비문학적인 것이 되거나, 기교주의가 형식적인 것에 치중함으로써 '시대 현실을 체험하는' 가운데서 나오는 감정적인 것을 간과하게 된다고 진단한다. 전자에 대해서는 웅축의 묘미를 되살려내는 시적 표현방법을 역설함으로써, 후자에 대해서는 생리론을 제안함으로써 문학의 예술성과 현실인식의 측면을 도모하게 된다.

제3장

주체탐색과정,
낭만주의의 탈식민적 사유와 양상

　낭만주의가 대두하게 된 원인 중 하나는 신고전주의의 경직된 문학관을 거부하고 상상력과 감성 및 주관적 세계인식의 토대 하에 문학을 유기적이고 창조적인 생명의 힘으로 보고자하는데서 발생하였다[1]. 이와 같은 낭만주의 문학의 대략적인 정의는 낭만주의가 가진 두 가지 정반대의 평가를 내포한다. 그 하나는 개인의 자유의 속박과 사회적 혼란을 타개해 보려는 입장에서 낭만주의는 세계창조와 현실개척의 측면이 있다는 것이며, 또 다른 하나는 오히려 개인의 자유의 속박과 사회적 혼란을 극복하지 못하고 비현실적 관념세계를 꿈꾸는 문학관일 뿐이라는 것이다. 이렇게 엇갈린 두 개의 평가는 낭만주의의 '감성'적 성향과 주관성에 대한 시각 차이에서 비롯된 것이라고 볼

---

1 오세영, 「낭만주의의 이념」, (오세영 외 공저, 『한국문학연구방법론』, 민족문화사, 1983), 41면.

수 있다.

고전주의 문학이 인간의 감정을 억압하는데 비하여 낭만주의 문학은 인간의 감정을 존중하는데 큰 차이점이 있다. 감정을 존중한다는 것은 인간이 지니고 있는 본성을 그대로 자연적으로 표출하는 것으로 기존의 권위주의적인 문학체계나 문학규범, 정치권력의 억압으로부터의 투쟁을 도모한다는 측면에서 혁명적이며, 이성적이고 기계적인 계몽주의에도 반대하는 측면에서 유기적인 생명체적 세계관을 뜻하게 된다. 이러한 결과로서 낭만주의는 감정의 우월성을 표기하는 주관주의[2]로 표시된다.

반면, 주관의 창조적 상상력이 강조됨에 따라 구체적인 현실이나 일체의 형식에서 일탈함으로써, 멀리 떨어져 있는 것에 대한 이상화의 태도를 가지게 되는 것에 초점을 맞추면, 낭만주의는 어떤 구체적인 일점에서 무한한 것, 막연한 것을 동경하고 추구하며 도취·꿈·모험·동화·마술적 유희를 추구하는 것으로 귀결된다[3]. 여기에 1920년대 초 우리시에 나타난 낭만주의의 비판의 요체가 있다. 그 개별적인 상위에도 불구하고 1920년대 초에 나타난 시의 공통적 특성은 감정의 용솟음 아니면 '까닭 모를 울음소리'나 '무절제한 감정의 배설'로 일관되어 있다[4]는 것이다. 시 속에 나타나는 비관적인 어조나 사회에서 추방되고 소외된 저주받은 반항아 내지 방랑자 이미지는 현실도피적인 혐의를 부정할 수 없다는 측면에서 1930년대 시인들에 의해 센티

---

2 오세영 외 공저, 상게서, 45면.

3 지명렬, 「낭만주의와 동경의 문제」, (김용직 외 공저, 『문예사조』, 문학과지성사, 1988), 54~55면.

4 박철희·김시태 편, 『한국현대문학사』, 시문학사, 2000, 211면.

멘탈리즘으로 규정되었다.

　「폐허」와 「백조」 兩誌를 중심으로 대두된 낭만적 풍조[5]는 엄밀하게 말해 고전주의나 계몽주의의 반동으로 출발한 것은 아니었다. 1920년대에 대한 평가는 그 당시 한꺼번에 유입된 다양한 외래사조의 혼류 속에서 낭만주의를 정확하게 이해하지 못하고 감상적인 측면만을 낭만주의 운동으로 파악하는 오류를 내포하고 있었다는 것으로 귀결된다. 이 무렵의 낭만주의 시인 및 작가들에 대해 백철은 "厭世的 감상의 과잉, 꿈의 세계, 밀실 등을 들어 병적 낭만주의"라 규정하였고, 조연현은 "「백조」 동인들의 치기만만한 막연한 센치멘탈을 기초로 하여 이 땅의 초기 낭만주의적인 경향은 일대 조류를 형성하였다"고 전제함으로써 이 당시의 낭만주의의 본질이 감상성에 있음을 내비치고 있다. 특히 상실과 죽음, 파멸과 회의 등으로 집약되는 이들 낭만주의자들의 심상이 시대적인 중압으로부터 굴복하는 암울형 인물이나 꿈이나 동굴로 도피하는 인물로 표출됨으로써 사치스러운 유희적 공상물일 뿐이라는 평가에서 자유로울 수 없었다.

　그러나 1930년대의 시인들은 이러한 1920년대의 낭만주의를 비판적으로 바라보면서 그 지점에서 시의 방향을 새롭게 정립한다. 1920년대 낭만주의는 감상적인 면이 다분히 비판되어야 될 지점임에는 틀림없지만, 그 지점에서 다시 시문학을 시작해야 될 필요성을 느끼고 있었던 것이다. 정치성에 함몰되었던 리얼리즘 시는 이데올로기를 복사화한 텍스트로 현실을 쓰고 있었고, 비만한 감정의 센티멘탈리즘을 노골적으로 부정하고 지성을 옹호했던 모더니즘 시는 오히려 비만한

---

5 김학동, 「한국 낭만주의의 성립」, (김용직 외 공저, 상게서), 376면.

지성에 직면하여 인간성 자체를 삭제해 버린 근대문명이라는 괴물에 압살당할 위기에 처해 있었으며, 낭만주의를 시의 본질로 파악했던 시문학파의 시는 감정주의, 또는 센티멘탈에서 비켜설 방안을 모색할 필요를 느꼈다.

이런 이유로 1930년대 낭만주의는 잃어버린 주체들을 다시 불러오는 하나의 전략으로 도입된다. 객관성에의 기울기는 주관성이 갖고 있는 감상성으로부터 연유한다. 그동안 주관성의 탈락은 민중해방이라는 국제주의 사업이나 과학지식을 통한 문명화 사업을 실행하기 위한 필수조건이었다. 그들은 이데올로기를 유포하고 근대성을 제시하지만 그 뒤에 있는 자신을 드러내지는 못했다. 이데올로기나 근대성을 언급하는 목소리는 실체가 드러나지 않는 표백된 주체이다. 이들 표백된 주체들은 조선적 현실, 식민지라는 구체적 현실을 역동적으로 살아가는 주체들이 아니라 국제주의의 이데올로기나 서구의 근대성에 박제된 존재들이었던 것이다. 그들은 자신들의 현실적 상황을 구체적으로 인식하기보다는 타자의 영토 내에서 타자에 동화되어가는 존재들로 표기되었다.

임화나 김기림은 낭만주의를 다시 의식함으로써 타자의 영토에 머물러 있던 박제된 존재로서의 비자아적 위치에서 탈피하게 된다. 비자아적 존재는 타자의 우월성에 무의식적으로 동화되려는 경향을 보여준다. 우리보다도 먼저 사회주의 이데올로기를 흡수하고 근대화 과정을 밟고 있는 제국은 지향과 동경의 대상으로 절대적 타자의 존재가 아니라 길들여질 동기를 부여하는 非타자처럼 비춰졌던 것이다. 이때 제국은 동화될 수 없는 타자도, 배척해야만 하는 타자도 아닌 게 된다. 비자아는 제국이라는 타자의 위치에 이르러가기 위해 타자를 반복적으로 흉내 내게 된다. 임화는 계급적 이데올로기를 답습하기 위해 현해탄 건너기를 상징적으로 반복한다. 김기림은 근대화의 필요성, 과학지식의 유용성, 물질문명의 편리성을 반복적으로 재생산하면서 제국에 의해 건설되는 식민지 근대화를 더욱 획책하는 결과를 낳는다. 박용철은 개인의 주관세계에 갇혀 식민지적 상황을 삭제함으로써 제국의 동화정책에 편승하는 하나의 경향으로 남는다.

이들은 제국이라는 타자의 영토 안에 위치하면서 그 타자의 자장 내에서 움직이는 비자아적 존재이다. 이때 피식민자들은 식민자들의 기호표시의 통제 아래서 움직이는 체스판 위에 있는 기호적 저당물될 뿐이다. 여기서 낭만주의의 비판적 수용은 이러한 비자아들이 변화되는 지점이다. 시의 낭만성은 개인의 주관적인 세계만을 강조하는 것이 아니라 대상 세계, 즉 현실의 현장을 의식하는 낭만성이었다. 계몽의 근대가 내재화했던 주관과 객관의 이분법적 구분을 전제로 한 주관성이 아니라, 즉 개별적 존재의 내면성을 넘어선 현실을 의식하는 주관성이었기 때문에 시의 주관화, 곧 시의 서정화가 현실과의 분리를 의미하는 것이 아니라 현실 속에서의 시의 역할을 반성하는 계기가 되었던 것이다. 인간적인 것으로의 귀환이나 주체적 자각을 통해 근대의 문명이나 이데올로기, 또는 제도에 대한 불합리한 모순이 식민성으로부터 비롯된 것임을 파악하게 되었던 것이다.

감상성이 곧 주관성으로 표시되었던 이전의 낭만주의와는 차별화된 방식으로 1930년대 도입된 낭만주의의 주관성은 사회역사성을 의식하는 주체성의 의미로 해석된다. 따라서 주관성의 재인식은 현실과 맞닿아 있는 의식으로 식민지 현실에서 제국이라는 타자의 영토 내에서 실체가 없이 소거되는 비자아적 존재를 주체적 위치로 끌어올리는 지점이 된다. 스티븐 슬레먼은 식민자들의 다양한 전략들을 도표화함으로써 탈식민주의 이론들을 묘사한다[6]. 이는 식민 담론의 작용력에 초점을 맞춘 것으로 피식민 담론의 반작용은 고려하지 않는 한계를 지닌다. 이는 식민주의가 정치 경제적 통제와 교육과 같은 국가 기구들과 문학장으로서의 기호적 분야를 통해 어떻게 작동하는지를 보여주기 때문에 식민지에서의 피식민자 담론의 역할과 의미를 간과하는 측면이 있다.

여기에서는 이러한 슬레먼의 도표를 피식민자 담론의 작용력으로 변용하여 피식민자의 주체 구성의 문제로 해석하려고 한다. 이는 슬레먼의 도표가 식민자들에 의한 피식민자들의 억압을 통해 피식민자들을 소거하는 과정의 이행이라는 틀로 작용하고 있음에 반하여 피식민 담론 중심으로 바라볼 때에는 이러한 소거된 비자아들이 임화나 김기림, 박용철에게 있어서는 낭만주의를 통해 주체적으로 구성되는 식민담론의 반작용의 결과들이라는 점에 착안한 것이다. 이는 낭만주의를 주관성이라는 측면에서 내면세계에의 침잠하거나, 환상이나 상상의 공간을 동경하는 퇴폐적인 사조라는 이전의 화석화된 개념을 창조적인 개념으로 변화시키는 것이다. 비자아들은 1920

---

6 이 글은 유럽의 타자들을 통제하는 식민주의의 다양한 전략들의 담론들을 도표화하고 있다. 이는 식민주의가 작동하는 원리를 정치 경제적인 측면, 이데올로기를 생산하는 지식의 전문적인 장들, 표현의 장들로 구분하여 식민담론을 분석한다. 예를 들어 에드워드 사이드는 식민주의 내부에서 오리엔탈리즘의 정치적 효과를 연구한다. 그는 지식의 전문적인 장들이 오리엔트의 텍스트적 표현들을 길들이기 위한 것이라고 파악한다. 지식의 장들의 기능은 이데올로기적 기능(오리엔트)을 가진 지식을 만들어내기 위해 바닥에서 창조되는 기호적 표현들을 이용하는 것이고 기호의 장들은 식민자들의 계획적인 개념의 생산 아래서 작동하고 있는 것이라고 보는 것이 사이드의 이론이다(Stephen Slemon, *The Scramble for Post-colonialism*, Bill Ashcroft · Gareth Griffiths · Helen Tiffin ed, *The postcolonial studies reader*, 45~52면).

년대 낭만주의의 주관성을 부정하거나 단절, 또는 그 주관성에 침잠하는 형태로 제국담론에 동일화되는 타자담론, 즉 계급성, 근대성, 순수성에 동화되어 가는 경향으로 표출되었다. 1920년대 낭만주의는 현실인식의 측면이 소거된 점에서 식민성을 인식하지 못한 비자아였다면, 이후에 계급성, 근대성, 순수성을 지향한 임화나 김기림, 박용철은 제국과 식민지를 차별적으로 인식하지 못하고 동화되거나, 무관심했던 비자아였다. 이러한 비자아들은 극단적인 객관성이나 주관성을 낭만주의를 통해 지양하고 주객의 변증법적 공간을 창조적으로 만들어 간다. 이때 등장한 낭만주의는 1930년대라는 시대성을 주체적으로 인식하기 위한 매개체가 된다. 이러한 본고의 논의를 도표화하면 다음과 같다.

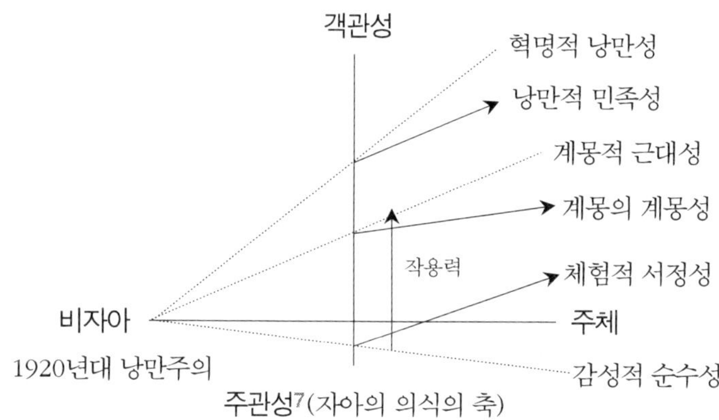

자아의 정체성은 무한한 운동의 부분이다. 과거와 미래, 그리고 주관과 객관이 대화할 수 있는 방향으로 움직여 갔던 것이 1930년대 주체들이다. 그런 의미에서 1930년대 임화, 김기림, 박용철의 낭만주의

의 주관성은 현실극복의 차원에서 새롭게 발견되는 지점이었고, '동화'와 '해방'이라는 대조적인 공간들에 작용하여 복합적인 창조성[8]으로 출현함으로써 비자아의 주체화로의 공간이행이라는 과정을 보여주게 된다.

1. '계급성' 담론의 반식민적 전망과 계급적 주체의 반성성

1) 낭만주의의 봉합과 식민지 현실인식

신경향파를 지나 본격적으로 계급 이데올로기로 무장하던 카프의 전성시기에 1920년대 낭만주의는 그 감상성으로 인해 부정된다. 그리하여 1920년대 낭만주의 시기의 시들은 문학사적으로 1930년대 시

---

7 주관은 대체로 세 가지 뜻으로 분류할 수 있다. 1)개인적·심리적 주관의 뜻으로 주관적은 특정한 성벽(性癖)·사정을 가진 개인의 판단·평가에 기초함으로써 인식가치에서 보면 보편타당성을 요구할 수 없음을 뜻한다. 2)주관을 의식내용의 의미로 보면, 주관적이란 의식내용을 초월한 사물·대상·실재에 속하는 객관적인 것과 대립을 이루는 것이다. 3)주관적을 선천적과 결합시키고 논리적·인식론적으로 주관을 해석하면 경험의 보편타당성의 기초를 주는 것은 오히려 인식 형식(인식형식; 순수직관·범주)의 주관성에 존재한다고 볼 수 있다. 이 경우에는 주관적은 객관적에 대립하는 것이 아니라 전자는 후자를 초월하여 그 기초라고 생각할 수 있다. 이러한 관점에서 1920년대 낭만주의의 주관성은 1)과 2)에 근거한 주관성이라 볼 수 있고, 1930년대 낭만주의는 '민족' 공동체라는 보편성을 획득하는 공동체적 주관성, 객관성과의 상관관계를 통해 보편타당성을 획득하는 3)에 근거한 주관성이라고 파악할 수 있다.

8 Kirsten Holst Petersen and Anna Rutherford, *Fossil and Psyche*, (Bill Ashcroft·Gareth Griffiths·Helen Tiffin ed, *The postcolonial studies reader*, Oxford; New York: Routledge, 2005, 188~189면)

들과의 연속성의 문제를 낳기도 했다. 1930년대 이전까지의 프로문학은 "사회 현상에 대하여 하등 주관적 선험적 관념을 갖지 않고 현실을 현실대로 묘출하려는 유물적 객관적 현실주의적 태도[9]"를 강조했다. 주관성의 개입은 현실을 왜곡하는 것으로 폄하되었으며, 이러한 현실주의적 태도의 프롤레타리아 예술은 로맨티시즘과 대립된 것으로 인식되었다. "로맨티시즘은 현실을 현실에서 유리시키고 현실의 제 문제를 주관적으로 해결하려고 하[10]"는 것으로 부정의 대상으로 비판되었던 것이다. 임화는 1930년대 초반까지 강력하게 프로문학의 운동성을 주장하며, "프롤레타리아 예술 작품이라는 것은" "프롤레타리아 생활의지에 봉사하는 작품을 이름일 것"이며 "계급해방의 최량의 무기가 될 수 있는 것[11]"이어야 한다고 강조해왔다. 이는 프롤레타리아 전위의 눈으로 현실을 보아야 한다는 의미를 담는 것으로 계급적 시각에 의한 정치성을 목적으로 하는 임화의 위치를 가늠하게 한다. 이러한 정치적 운동성에의 기울기는 카프 해산 전후로 해서 변화의 계기를 맞게 된다.

낭만주의를 비판한다고 우리들의 시로부터 시적인 것, 즉 감정적 정서적인 것을 축출해버리고 말았다. 그리하야 말라빠진 목편과 같은 이른바 뼈다귀 시가 횡행했던 것이다[12].

---

9 안막, 「프로예술의 형식문제—프롤레타리아 리얼리즘의 길로—」, 조선지광, 1930.6.

10 안막, 위의 글.

11 임화, 「착각적 문예이론」, (임규찬, 한기형 편, 『제1차 방향전환론과 대중화론』, 태학사, 1989), 278면.

12 임화, 「33년을 통하여 본 현대 조선의 시문학」, (『1930년대한국문예비평자료집 5권』, 한일문화사, 810면).

감정적 정서적인 것의 관심은 이데올로기의 세계성에 비하여 지역적인 것이다13. 민중 단위로 묶인 존재는 국가와 민족을 뛰어넘는 국가와 민족 단위보다는 좀 더 포괄적인 집단이다. 제국의 민중과 식민지의 민중을 동질화하는 계급적 이데올로기에 충실한 민중해방이라는 구호는 식민지 텍스트 안에 놓여 있는 자아의 위치를 실체화하지 못한다. 국제주의를 향한 민중해방의 사상성 아래서 '민중'은 보편적인 민중의 성질을 내포한다. 그렇지만 민중이라는 기표는 구체적인 환경과 상황에 따라 다른 기의들로 읽혀진다. 제국에서의 민중들은 부르주아를 투쟁과 저항의 대상으로 삼지만, 식민지 민중들은 제국과 민족부르주아라는 이중의 대상을 극복해야 하는 또 다른 상황에 직면해 있는 것이다. 임화가 우리의 감정과 정서를 시에 표기해야 한다고 했을 때, 이는 이데올로기에 의해 표백된 민족 공동체의 감정을 되살려냄으로써 비자아로부터 주체적으로 움직이는 동선의 방향을 제시하는 것이었다.

인간인 작가의 머리를 통하여 씌여졌기 때문에 사실주의 문학은 주관과 자아로부터 진공을 사이에 두고 격리되어 있지 않다. 즉 낭만주의 문학으로부터 절대적으로 절연되어 있지 않았다. (…) 나는 문학상에서 주관적인 것으로 표현되는 모든 것을 낭만적인 것이라고 부르며, 그것이 사실적인 것의 객관성에 대하여 주관적인 것으로 현현하는 의미에서 '낭만적 정신'이라고 부르고 싶다14.

---

13 엘리엇은 「시의 사회적 임무」에서 시가 감정과 정서의 표현을 다룬다는 측면에서 민족적 지방적인 성격을 갖는 것으로 평가했다. 이는 감정과 정서가 특정한 것인데 반하여 사상은 일반적인 것이라는 이해에서 비롯된 것이다.

임화는 현실을 객관적으로 묘사해야 한다는 사실주의 문학에 반대해서 작가의 현실적 관점이 문학에 반영되어야 한다는 점을 강조한다[15]. 이는 작가의 주관성이 문학의 생산 원리로서 요청되어야 한다는 것으로 사실주의 문학과 낭만주의 문학은 분리될 수 없다는 것을 분명히 한 것이다, 현실묘사에 중점을 두는 객관성의 추구는 모방의 차원에서 평가될 수밖에 없다. 현실의 텍스트와 문학 텍스트의 동질성, 등가성이 가치평가의 기준이 됨으로써 문학 자체는 미래에 대한 비전을 제시하지 못한다. 여기서 모방은 사상을 표출하는 하나의 방편일 수는 있어도 현실 공간 극복으로서의 적합성의 문제는 드러낼 수 없었다. 이때 낭만주의의 주관성이 하나의 대안으로 떠오르게 된 것이다. 임화는 작가의 주관성이 이데올로기와 구체적 현실 상황을 매개하는 지점이라고 파악했다. 이데올로기를 우리의 현실에 맞게 변용해야 할 필요성을 자각함으로써 이데올로기의 관념성을 반성하게 되었던 것이다. 이데올로기의 베끼기는 제국과 식민지의 차별적 상황을 간과하는 측면이 있기 때문에 임화의 주관성에의 관심은 이데올로기의 타자성을 인식하는 것으로 현실을 주체적으로 바라보기 위한 과

---

14 임화, 「낭만적 정신의 현실적 구조-신창작 이론의 정당한 이해를 위하여」, (『문학의 논리』, 서음출판사, 1989, 15~16면/1934).

15 임화는 「6월중의 창작」(1933)에서 이기영의 근작 「서화」를 사회적 생산관계로부터 유리되어 있는 등의 창작적 결함에도 불구하고 높이 평가한다. "프롤레타리아적 입장에서 농민을 그려내는 데 주안점을 두었지만, 그것이 생생한 농민의 전형에 이르지는 못한 볼세비키화 계열의 작품들과 농민의 이중성에서 현실의 비속함에 물들어 있는 부정적 측면만을 사실적으로 그려내는 데 성공한 「서화」같은 작품 중에 후자에 가치를 둠으로써, 즉 농민의 특수성인 소소유자적 계급적 특성보다는 비참한 현실의 사실적인 묘사에 치중한 작품을 더 선호함으로써 임화는 리얼리즘에 이르는 도정에서 그 이념적 원칙으로부터 한 걸음 물러선 태도를 보이게 된 것이다(역사문제연구소 문학사연구모임, 『카프 문학운동연구』, 역사비평사, 1989, 71~72면).

정이 된다. '사실적인 것의 객관성이 주관적인 것으로 현현'된다는 의미에서 낭만적인 주관의 활동은 사실적인 것으로부터 나오며, 사실적인 것은 주관적인 인간의 정신적 활동을 통해 표현된다는 의미에서 사실주의가 절연을 시도했던 낭만주의와의 봉합을 시도함으로써 문학의 온전한 복원을 기원하면서 현실을 주체적으로 인식하기 시작했던 것이다.

임화는 1920년대를 '낭만적 세기말'로 규정하고 그 안에서 허무주의, 다다이즘, 낭만주의, 유미주의, 악마주의, 감상주의 등등의 잡다한 조류들이 암담한 현실감과 무이상의 일층을 확대 발전하고 있었다[16]고 진단한다. 김기림이 1920년대를 센티멘탈과 로맨티시즘을 절합 형태로 보고 비판한데 비하여 임화는 '낭만주의'와 '세기말'을 병치함으로써 1920년대 낭만주의의 필연성을 주장한다.

이 조류는 암담한 현실 가운데서 발생하는 절망의 '감정'과 '정서'를 취급하였다. 바야흐르 조선문학은 이 조류(이상화, 회월, 홍노작, 박월탄, 임노월, 나도향 등등 『백조』를 중심으로 한 시인 소설가)에 이르러 사실상 '현실의 부정'으로부터도 '폭로의 정열'을 경주할 '현실의 단편, 지엽'에서까지 격리하여 오로지 감상하고 탄식하고 절망하고 고민하면서 '허무'라든가 환상적 혼미라든가의 세계로 승화하여 버린 것이다[17].

---

16 임화, 「조선 신문학사론 서설」, 조선중앙일보, 1935. 10. 27.
17 임화, 「조선 신문학사론 서설」, 조선중앙일보, 1935. 10. 27.

　임화의 초기 다다이즘에의 경도[18]는 『백조』파 등의 낭만주의 혹은 상징주의의 정신구조와 거의 동질적[19]이라는 측면을 띤다. 다다이즘의 반이성적이며, 현실 파괴의 정신은 백조파의 현실부정의 낭만주의와 연계되는 지점이 있었다. 임화는 이러한 측면에서 1920년대 낭만주의를 신경향파문학과 연결시킨다. 따라서 이러한 '감정적 정서적인' 것에의 관심은 자연스럽게 1920년대 낭만주의의 영향과 무관하지 않은 것으로 간주된다. 그러나 1930년대의 낭만주의는 반영의 객관성을 지나온 낭만주의이기 때문에 인생과 예술을 결합하고자 하는 의도가 분명한 낭만주의였다. 1920년대는 조선 신문학사상 낭만주의의 황금기였다고 언급하면서 임화는 이 낭만주의에 와서 조선의 신문학이 현실로부터 떠나 자기의 묘굴을 파기에 급하였다고 지적한다. 그렇지만 낭만주의는 신경향파 문학을 열기 위한 한 과도기적인 형태였기 때문에 신경향파 문학에 공헌한 점 또한 간과할 수 없는 것이라고 평가하고 있다. 특히 『백조』를 중심으로 한 세기말적 낭만시인들[20]에 대해 "절망의 어두운 동혈(洞穴)을 사(死)의 신음같이 노래하였음에도 불구하고" 당시 현실이 전하는 깊은 고민을 정확히 노래하였고 그 참을 수 없음을 표현하였다는데 의의가 있는 것이라고 판단한다. 이는 낭만주의만이 시대의 고뇌와 불안을 위로할 수 있으며, 그러한 고뇌와 불안 가운데서 자기를 발견하고 꿰뚫어 보려 했다는 측면에서

---

18 10년 전에 '따따'나 '표현파'의 모방자들은 시의 사상과 내용에 있어서 동일적인 반항자이었다. 그러므로 박팔양, 김화산, 혹은 필자(임화–필자인용)까지가 일시적으로나마 그 급진적 정열로 말미암아 프로문학에까지 도달했던 것이다(임화, 「담천하의 일년」, 『문학의 논리』, 서음출판사, 1989, 368면/1937).

19 김윤식, 「임화론」(김윤식·정호웅 편, 『한국 근대리얼리즘 작가 연구』, 문학과지성사), 19면. 임화가 후에 마르크스주의의 입장을 고수하면서도 문학사를 개괄하면서 『백조』파에 많은 가치 부여를 한 것도 이 사실과 결코 무관하지 않은 것으로 파악된다.

"신경향파 문학 건설의 가장 영예 있는 창시자의 길을 개척한 것"이라고 낭만주의를 추켜세우는 것이다. 여기서 낭만주의의 비관적인 정조는 세기말적 현실의 필연으로 비정치적이라는 뜻이 아니며, 오히려 현실비탄적인 정조를 열렬히 노래함으로써 정치성을 고취할 수 있다는 역설을 내포한다[21].

이러한 변화는 조선문학에 대한 관심으로 이어지는데, 프롤레타리아 문학의 계급해방에만 초점을 두어 노동자 농민의 관점과 입장에서 문학의 운동성만을 강조했던 태도는 프로문학 속에서 조선문학의 특수성을 이해하는 방향으로 전회함으로써 프로문학의 한계에서 벗어나 조선문학을 새롭게 정립하려는 방향으로 나아가기에 이른다. 민족

---

20 백조파의 시를 교술성에서의 탈피라고 하면서 그것을 탐미 일변도로 생각하는 경향이 있다. 결과적으로 백조파가 대사회, 역사의식을 사상하고자 한 것은 사실이다. 그러나 그들의 반교술주의는 박종화가 「백조시대 회고」(『문예』3, 1959.10, 123~124)에서 언급했듯이 "부자유에서 해방되는 희열과 도취와 몽상과 정열을 가질 수 있는 오직 하나인 위안인 동시에 모든 고전과 구속과 압박 속에서 정신적 자유를 가질 수 있는 것이었다."(김용직, 『한국근대시사』, 학연사, 1986, 215면.) 월탄의 현실부정과 〈밀실〉, 노작에 있어서는 말할 수 없게 된 시인의 처지, 회월에 있어서는 환상과 상실, 이상화에 있어서는 파멸의식과 〈동굴〉 등은 이들 젊은 시인들의 시적 발상을 특색지우는 말이자 이 시대상황을 비유적으로 요약한 의미이기도 하다.(…) 〈나〉를 부당한 밖의 세계와 적극적으로 대립시키고 힘차게 살아 가는 인물이나 시상은 없으나, 밖의 세계로부터의 압력에 위축된 인물과 어두운 시상이 절개를 존중하는 의식과 결합된 낭만주의라고 생각된다.(신동욱, 「백조파와 낭만주의」, 김용직 외 공저, 『문예사조』, 1988, 384~394면.) 이들 논의들은 모두 『백조』가 현실인식의 테두리에서 시대의 압박을 표현하고 고민하는 문학에 다름 아니었다는 측면에서 임화의 『백조』평가와 별반 다르지 않다.

21 허천택, 『영국낭만주의 문학연구』, 동국대학교 출판부, 2003, 579면.
1920년대 시에서 드러나는 자학적이고 현실 소외적인 이미지들은 오히려 현실에 대한 특별한 응답방식이었다는 사실은 그들이 주로 차용하는 메타포의 성격 속에서도 얼마든지 확인된다. '동굴', '관', '병실', '묘' 등으로 나타나는 메타포들은 다소 화려한 감상조의 어휘들로 인해 치장되어 있지만 한 시대의 정상성을 전면적으로 부정하는 울분과 분노를 내포하고 있는 것들이라 할 수 있다.(589면)

개량주의자들이 부르짖는 '민족' 개념의 반역사적 항복의 정신을 파헤
침으로써 프로문학의 지표가 역사적이며, 현실과 함께 호흡하는 문학
에 있다는 것을 자각한다. 따라서 이 무렵에 조선어와 조선문학에 대
한 활발한 탐구가 이루어지는데, 예를 들면, '조선적 비평의 정신, 조
선문학의 신정세와 현대적 제상, 조선신문학사론 서설, 조선어와 위
기하의 조선 문학' 등이 그것이다. 이것들은 모두 조선 근대문학 형성
의 특수성을 심도 있게 탐구하면서 프로문학의 공식성과 관념성을 자
각하게 된 경우를 보여준다. 더군다나 자본주의적 세계체제가 老屋이
되었다는 것을 인식한 임화는 더 이상 프롤레타리아의 계급성만을 강
조하지 않는다.

　부정적 현실을 사실적으로 그리는 것으로는 혁명을 꿈꿀 수 없다는
절박한 의식을 가지고 낭만정신을 선언했던 임화는 프롤레타리아의 해
방만이 목적이었던 일본이나 소련의 사회주의와는 다른 조선적 현실,
식민지적 현실이 더 절박했고, 그런 이유로 낭만주의에 대해 다시 환기
하기 시작했던 것이다. 임화는 낭만주의에 대한 반성과 재고를 통하여
낭만주의를 신리얼리즘의 한 측면, 한 속성으로 수용하면서 "주관의 토
로에서가 아니라 객관적 현실과 우리들의 주체가 실천적으로 교섭하는
데서 일어나는[22] 피식민자의 주체적 면모를 확립하는 계기로 삼는다.
이러한 인식은 문학적 형상으로서의 전형의 문제에 있어서도 인물들을
시대나 민족, 혹은 그 이외의 어떤 것의 실현물로서 생각[23]하도록 유도
한다. 계급적 관계, 생산관계 속에서 파악되던 인물의 전형이 이제 민
족과 시대에 의해 좀 더 구체적으로 규정되는 지점으로 전개되었던 것

---

22 임화, 「사실주의 재인식」, (임화, 『문학의 논리』, 서음출판사, 1989, 61면/1937).
23 임화, 「대지의 세계성」, (임화, 『문학의 논리』, 서음출판사, 1989, 466면/1938).

이다. 카프 해산에 의해 강력한 프롤레타리아 이데올로기인 아버지 법은 부재한 상태가 되었으며, 구체적 현실의 식민지적 상황을 언급하기에는 민족적 자각이 아직 부족한 상태였다. 그러나 지식계급의 소시민성을 극복하려고 하면서, 피식민자로서의 자기 존재를 자각하게 됨으로써 계급적 관점으로부터 구체적 현실 인식으로 지향함에 따라 다양한 민족적 상황을 분포시키기에 이른다. 식민성을 의식하지 못하고 맑스주의 이념 생산에만 주의를 기울이는 계급적 자아의 한계를 극복하기 위해 임화는 민중의 기표 옆에 민족의 기표를 등록함으로써 식민지 현실에 대응하는 노력을 보여주게 되었던 것이다.

2) 혁명적 낭만성과 낭만적 민족성

낭만주의와의 봉합은 무의지한 사실주의 문학에 생명력을 주입하는 것으로 고정적이고 정역학적인 주체로 하여금 '현실에 만족하지 않고 명일과 미래에로 부단한 전진을 위하여' 나아가야할 욕망을 구조화하게 만든다. 현실생활을 있는 그대로 재현하기에 급급했던 사실주의 문학에 '사실적인 몽상' 또는 '현실을 위한 의지'로서의 낭만적 정신은 리얼리즘의 이상을 실현하기 위한 바탕으로 상징적 결핍을 해소하는 기제로서 작용하는 것이다. 주체의 창조적 몽상은 전형성을 창출함으로써 문학적 진실에 접근하는데, 주체의 이런 상상계적 동일시의 과정은 욕망의 구조화에 따른 상징적 결핍에 대한 보상을 제공한다.

문학상의 일방향으로서의 낭만주의는 꿈꾸는 것을 알고 또 몽상을 문학의 현실을 가지고 구조한 문학 위에 씌어지는 성격적 칭호다. 그러나 나는 낭만 정신을 모든 꿈을 의미하는 것이라고 해석하는 대신, 창조하는 몽상이라고 생각한다[24].

낭만적 정신에 기초한 진실한 꿈은 미래에의 지향을 핵심으로 한다. 객관적인 시선으로는 파악할 수 없는 현실이 몽상을 통해 좀 더 진실에 접근될 수 있다고 언급한다. 여기에 회상과 환상과 다른, 그가 말한 몽상의 본질이 있다. 과거를 되돌아보는 회상은 비애와 감상이 따르는 것이므로, 그리고 "존재할 수도 없고, 또 반드시 존재하지도 못할" 환상은 허무맹랑한 것이므로 몽상과 구별되는 것이다. 몽상은 1920년대 낭만주의 감상성의 일단인 비애와 허무적 성향과는 다른 것으로 미래를 지향하며, 이상을 꿈꾸는 창조하는 정신에 다름 아니었다. 꿈과 현실은 모순을 내포한 것이지만 이러한 모순과 부조화로 분열되어 있는 가운데서 그것을 통일 조화 시키는 창조의 체현자로서 문학이 성립한다고 본 임화는 꿈과 현실을, 상상계와 상징계를 봉합함으로써 문학의 이상에 접근할 수 있다고 생각한다. 따라서 문학적으로 가치 있는 타입, 예를 들어 인간적 형상을 전형화 하는 데에서도 "실재성 위에 작가의 이상(꿈)이 작용하는 것"이라고 파악했다. 이는 실재적 사물의 자연적인 진행의 속도를 인위적 행위인 작가의 꿈으로 보다 빨리 이상에로 접근시킴으로써 꿈이 존재의 자연성의 상위에 있다는 입장으로 나아간 것이다. 현실에서는 작가의 꿈이, 즉 주체의 욕망이 실현되지 못하고 현실로부터 찢겨지는 형상이 계속되므로, 강대한 의도를 가진 주관주의로 나아가지 않으면 안 되었던 것이다. 여기

---

24 임화, 「위대한 낭만정신」, (『문학의 논리』, 서음출판사, 26면, 1989/1936).

에서 주관성에 대한 인식이 곧 주체성의 확립을 제시하는 단계로 접어들게 되는 것이다.

> 단순히 있는 것만이 아니라 있을 수 있는 것, 인식뿐 아니라 의욕과 창조를, 묘사뿐 아니라 판타지·감정·사상·주관을 새로운 리얼리즘은 갖지 않으면 안 된다. (…) 낡은 공식주의에 대한 비판으로서 또는 관조주의에 대한 반발로서 설정하려고 하였던 일방 나는 시의 리얼리티를 고적한 시대적 로맨티끄 가운데서 찾으려고 했던 것이다[25].

주관주의의 단초로서 낭만주의를 설정했던 임화는 낭만적 정신이 많은 작가들을 그르칠 위험을 감지하면서도, 그것마저도 감수하면서라도 낭만적 정신을 수용함으로써 "문학을 모방의 복사화로 끝마치는" 비극에서 비껴날 수 있으며 조선문학의 앞날에도 기여함이 많을 것으로 내다보고 있다. 객관적 반영만이 시의 리얼리티라고 인식했던 과거의 리얼리즘을 트리비얼리즘이라고 비판하고 몽상적인 꿈의 출현을 통해 비로소 의욕하고 행위 하는 문학이 될 수 있다는 신념과 그 생명력이 미래까지 지속되며 공감된다는 신념을 가진다. 임화가 파악한 신리얼리즘은 객관적 현실 반영의 사실주의 위에 혁명적 낭만주의를 봉합하는 외과적 수술로 완성될 수 있었다. 비록 언제 찢길지 모를 흔적은 남아 있을 지라도 "뼈다귀"처럼 죽은 듯이 누워있던 시에 주체(작가)의 의욕과 창조, 판타지·감정·사상·주관 같은 것을 되살려냄으로써 리얼리즘 가운데 시를 존재케 할 수 있었던 것이다.

---

25 임화, 「주체의 재건과 문학의 세계」, (『문학의 논리』, 서음출판사, 1989, 60면/1937).

낭만주의는 계급적 이데올로기를 현실적 상황에 적응시키기 위한 하나의 방안으로 제시되었다. 따라서 리얼리즘이라는 문학 테두리를 벗어나는 것은 요원한 일이었다. 민중해방이라는 이데올로기의 실현을 궁극적인 목적으로 하고 현실타개의 수단으로 낭만주의를 도입하게 되었으나, 낭만주의는 임화의 국제주의 경로를 변경하는 계기로 작용한다. 낭만주의는 주체 탐색 과정으로 미래의 비전을 제시하고 의욕하고 행위 하는 주체 확립을 주도하면서, '비자아'의 탈락을 추동하게 되는데, 이는 계급적 갈등 위에 민족적 갈등이라는 문제를 표출하는 것이 된다.

진실한 낭만주의의 전형적 일례로서 나는 이 시를 생각한다. 자연, 인간, 감정, 모두가 골수에까지 밴 생활의 냄새로 용해되고 시화되어 있다. 이 시에는 우선 진정한 민족성, 그 가장 큰 것으로 향토에 대한 한없는 사랑이 표시되어 있다. (…) 그는 이 불행한 고향을 문명인인과 같이 버리지 않고 무엇보다 큰 슬픔의 감정을 가지고 노래한 것이다. 이것이 진실한 시의 민족성이고, 또 그가 노래한 소년의 슬픔이 진실한 민족의 감정이며, 그의 낭만주의야말로 참말의 '로만차카'이다[26].

이는 안용만의 '강동의 품'이라는 제목의 시에 대한 임화의 평가이다. 여기에서 임화는 한 개의 생활적 실천인 문학을 발견하고, 자기의 정당성을 증명하고 객관적 현실과 통일되는 주체, 즉 시대적 현실을 정확히 인지한 인간과 마주한다. 그가 생각하고 있는 '낭만성'이라는

---

26 임화, 「담천하의 시단1년」, (임화, 『문학의 논리』, 서음출판사, 1989, 378면/1937).

것이 민족적 감정과 매개된 개념이라는 것을 파악할 수 있다. 또한 '낭만성'은 생활의 냄새를 구체적으로 드러낼 수 있는 현실인식의 문제로 표기된다. 이는 낭만주의의 '감정'이 민족적 감정, 즉 "향토에 대한 한없는 사랑을 표시"함으로써 현실의 상황을 구체적으로 드러내는 기제로 작동한다는 의미로 낭만주의의 도입을 통해 임화는 구체적인 현실인식이 가능하게 되었고, 그러한 구체적인 현실이 민족적 현실이라는 측면을 인식하게 되었던 것이다.

> 문화와 정치는 그것이 구체적으로 존립하기 위해서는 개성적인 형태로 표현되지 아니할 수 없다. 질에 있어 물론 정치도 문화도 한가지로 세계적이다. 그러나 세계적이란 추상적인 경우이고 구체적으로는 언제나 지방적이다. 더 현실적으로는 국가적 혹은 민족이란 것의 육체를 빌어 표현된다[27].

임화는 '세계적'인 것을 무국적이란 특성으로 규정하면서 국가와 민족과 향토에 대한 연대성과 책임감을 가지지 아니한 것[28]으로 판단하고 프롤레타리아 문학의 국제주의를 비판한다. 문화사와 정치사를 구체적으로 인식한다는 것은 역사의 특수한 시기와 구체적인 기간을 의식하는 것이다. 이를 임화는 '시대성'이라 이름하여 문화의 양식, 정치의 제도 등이 모두 구체적인 기간에 관계됨으로써 현실에 보다 밀접하게 접근해 갈 수 있다는 자각에 이른다. 그런데 그런 구체화의 범위가 '국가'와 '민족'으로 한정됨으로써 임화는 이데올로기의 국제주의로의

---

27 임화, 「역사·문화·문학」, (『문학의 논리』, 서음출판사, 1989, 437면/1939).

28 임화, 「전체주의의 문학론」, (임화, 『문학의 논리』, 서음출판사, 1989, 449면/1939).

궤도를 일정정도 수정하는 경향으로 흐른다. '낭만적 정신'이 주관의 능동적 역할을 인정하는 양상을 통해 '주체의 강화'라는 측면을 지니고 있지만[29], 이러한 주체는 당파성을 이해하고 강제한 관념적 상태의 프롤레타리아 관점의 지속과 식민지 조선의 하위주체로서의 민족의 발견이라는 이중 시선에 의해 분열하는 계기를 맞게 되는 것이다.

3) 민족의 계기성과 주체의 아브젝시옹[30]

낭만주의에 대한 입장을 뒤에 조금 수정하는 절차를 밟고 있지만, 말하자면 시적 리얼리티를 현실적 구조 그곳에서 찾는 대신 정신을

---

29 오형엽,『한국근대시와 시론의 구조적 연구』, 태학사, 1999, 154면.

30 압브젝시옹은 과정 중에 있는 주체의 한 특징이다. 자기 자신에게 낯선 것을 추방하거나 거부하지만 추방당하고 거부당한 것들은 완전히 나에게서 사라지지 않는다. 그것은 깨끗하고 흠 없는 자아에게 위협이 되기 때문에 거부당하고 추방당하나 그것들은 나의 경계를 침범함으로써 절대적인, 결백한 자아를 교란시킨다. 이는 상징세계의 주체가 되기 위해 상상세계의 것들로부터 분리되기 위한 자아의 움직임이다. 이전의 모체와의 관계를 기각함으로써 상징질서에 안정적으로 진입할 수 있다는 이러한 믿음은 실현되지 못한다. 모성과 완전한 단절은 모성에 대한 끊임없는 향수로 방해를 받는다. 상징질서로 들어가기 위해 주체는 모성과의 관계를 더러운 것으로 인식하지만, 그 향수로 인해 방해받음으로써 모성과의 분리와 결합이라는 이중적 충동에 시달리게 되는 것이다. "우리의 최초의 압제선의 대상은 어머니의 몸이다. 기호적 코라와 같은 어머니의 몸을 제거하지 않고서는 상징계에 진입하여 언어습득을 하고 말하는 사회적 주체가 될 수 없다"(김승희,『이상시 연구』, 보고사, 1998, 247면) 여기서는 '민족'적인 것에 대한 어떤 부정의 감정을 그러한 의미로 파악하였다. 사회주의 이데올로기의 전개 내에서 '민족' 혐오의 감정은 민중해방이라는 이데올로기의 상징성이나 상징계를 혼란시킨다는 두려움에 기인한다. 맑스주의가 민족주의와 결합되어 민족 해방 운동의 형성 과정의 일부가 되었던 대다수의 다른 식민 무대들과 달리 식민지 인도에서는 맑스주의 전통이 인도의 맥락에 맞게 각색되어 그 위치에서 재정의 된 맑스주의가 전혀 발전하지 않았다. 이는 식민지라는 상황과 결합되지 않은 사회주의 운동의 한계를 드러낸다. 임화의 맑스주의 또한 이런 한계점을 노출시키는데, 그렇게도 확고하게 믿었던 맑스주의라는 아버지의 법이 허위, 거짓임이 드러나면서 아버지 살해라는 충동으로 나아가며 억압된 것의 귀환을 불러오는 것이 이 시기의 임화라고 파악했다.

가지고 현실을 규정하려는 역도된 방법에 문제가 있었다는 점을 지적하지만, 객관적 현실의 반영으로서의 리얼리즘 가운데 표현할 주체성을 현실 묘사로서의 의식으로 보고 객관적 현실 그것을 개변해 가는 주체에 비중을 둔다[31]는 점에서 낭만주의에 대한 비판 또한 낭만적 정신의 옹호 내지 변호로 파악된다. 주체는 대담히 자기를 주장할 시대에 살게 됨으로써 객관적 인식을 통해 자기를 증명하고 그것을 통해 객관적 현실을 개변해 가야 하는 시대와 역사적 반성으로서의 주체로 거듭나야 할 것을 요구받는다. 따라서 몽상의 신념은 꿈에의 의지로 표시된다. 이러한 역사와 시대를 의식하는 주체는 개인의 주관적 영역에만 함몰하여 현실을 도피하거나 왜곡하는 주관화의 방향과는 다른 길을 가야 하는 주체이기 때문에 탈식민성을 획득한다. 이때의 주관성은 세계의 중심에 선 나로서의 절대적 주관성을 부여받는다. 그것은 주객 분리 전의 나, 바깥의 나, 즉 세계와 융합된 전체성 속에서의 자아를 말하는 것이다[32]. 그러므로 1930년대 낭만주의 도입으로 인한 임화의 '낭만적 정신'의 주관화는 기존의 식민 상황에 대한 순응적 태도로서 읽혀지던 부분을 재고하게 한다.

　　서정시가 소설이나 희곡과 달라 객관적인 현실성-산문은 이 객관적인 현실성을 통하여 일반적 가치표현에 도달하는 예술이다-을 가지고 있지 않고, 주로 주관적인 감정과 想念의 표현을 유일의 수단으로 하고 있음에

---

31 임화, 「사실주의의 재인식」, (『문학의 논리』, 서음출판사, 1989, 50~65면/1937).
32 김진수, 『우리는 왜 지금 낭만주의를 이야기하는가』, 책세상, 2001, 16면.
　　낭만주의의 미적 주관성이란 계몽적 근대가 내재화했던 주관과 객관의 이분법적 구분을 전제로 한 주관성이 아니다. 이때의 주관성은 이른바 니오니소스적 도취와 황홀경 속에서의 자아처럼 개별적 존재의 내면성을 넘어서 세계의 중심에서 말하는 주관성이다.

도 불구하고 능히 소설과 희곡에 필적할 수 있음은 실로 시가 내면적으로 일반 세계와 관계하고 있기 때문이다[33].

리얼리즘 문학의 객관적인 현실성은 정치적 운동성을 확보하기 위한 하나의 명제였다. 따라서 객관성의 추구는 주관성을 경계하고 거부하며, 그 극단에서는 혐오하고 폭력적으로 배제하는 경향을 보이게 된다. 그런 의미에서 주관성과 감정적인 것과 낭만주의를 동격으로 파악하고 그러한 성향을 탈락시키려 했던 신경향파로부터의 움직임은 1930년대 초까지 계속된다. 객관성의 추구는 모순적인 현실을 적나라하게 표출하는 전략으로서 이러한 객관성을 위협하는 것은 진실한 삶, 민중적인 삶을 오염시키는 아브젝트였다[34]. 그렇지만 거부된 주관성, 감상성은 우리로부터 분리될 수 없는, 또는 그것으로부터 우리 자신을 격리할 수도 없는 것이며, 즉 지속적으로 우리 자신의 경계들을 침범하는 것이다. 임화는 객관의 극단으로 치닫게 됨으로써 리얼리즘 문학이 오히려 객관적 현실에서 유리되는 지점에 이르렀음을 발견하게 된다. 계급적 이데올로기에 근거한 당파성 이해는 당대 객관적 현실의 제약을 받고 있는 식민지 조선의 민중이 아니라, 일반적인 관념의 상태로 인식한 프롤레타리아에 근거하고 있었다[35]. 맑스주의는 서구 바깥에서 반식민 저항의 역사에서 포스트 식민 사유의 근

---

33 임화, 「시단의 신세대」, (『문학의 논리』, 서음출판사, 1989, 296면/1939).

34 아브젝트가 되는 것은, 부적절하거나 건강하지 않은 것이라기보다 동일성이나 체계와 질서를 교란시키는 것에 더 가깝다. 그것 자체가 지정된 한계나 장소나 규칙들을 인정하지 않는데다가 어중간하고 모호한 혼합물인 까닭이다(줄리아 크리스테바, 『공포의 권력』, 서민원 역, 동문선, 2001, 25면).

35 오형엽, 위의책, 157면.

본적인 틀로서 유연하게 작용하기도 하지만 때로는 민족자결과 사회주의 중에서 어느 것이 우선하는가의 문제에 부딪힐 때에 식민주의를 간과하는 경향을 적지 아니 내포하고 있었다[36]. 임화에게 있어서 맑스주의는 이론 중심적이며, 관념적 추상적인 선을 넘지 못함으로써 식민지 상황과 접목되지 못한 한계점을 드러내게 된다. 계급해방이라는 국제주의의 관건은 임화에게 있어서는 오히려 민족해방이라는 식민지 현실을 응시하는 시선을 가로막는 하나의 베일로 작동되고 있었던 것이다.

> 사회생활의 모든 영역에서 그러한 것과 같이 예술 문학 위에 있어서도 민족적인 것과 비민족적=계급적인 것이 격렬한 모순 가운데서 상극하면서 양자의 통일과 ……전적 발전을 하고 있다. (…) 다시 말하면 우리는 덮어 놓고 민족적 국민적인 것을 부정하고 극단적으로 국제적인 것만을 취하는 자도 아니다. (…) 우리들의 예술 문학이 이러한 민족적 특성을 체현하지 못하면은 우리는 그런 것은 예술이 될 자격이 없는 것이라고 단언할 용기를 가지고 있다.(…) 우리는 입끝으로만 민족적인 것을 옹호하고 행동에 있어 흐지부지하는 제 조류로부터 자기를 구별하여 민족의 고유한 모든 것의 가장 철저한 옹호자여야 할 운명적 노선을 걷는 인간인 때문이다[37].

---

36 이러한 맑스주의의 철학은 더 나아가 식민주의를 정당화하는 경향을 피력하기도 한다. 맑스는 식민주의가 동양적이고 전제주의 하에서 카스트로 고통받으며 수동적으로 살고 있는 주민들의 "비천하고 정체되고 단조로운 삶"을 무너뜨리게 하는 이익을 가져다 주었다고 주장하기도 한다(로버트, J.C. 영, 『포스트식민주의 또는 트리컨티넨탈리즘』, 김택현 역, 박종철출판사, 2005, 198면.).

37 임화, 「언어와 문학」, (임규찬·한기영 편, 『카프 해산기의 동향과 쟁점』, 태학사, 1989), 298~299면.

자본주의 극복 차원에서 사회주의 전망으로서 계급적인 것에 대한 인식은 지속된다. 그와 함께 관심의 초점이 된 것은 민족적인 것에 대한 것이다. 계급 해방이라는 국제적인 운동 방향을 향해 매진하면서 그동안 민족은 계급관계를 모호하게 하는 반동성을 지닌 것으로 비판되어왔다. 민족주의 문학이론과 프로예술이론과의 전쟁에서 1928년 양주동 등은 "조선민족은 민족주의적 사상에 지배되어 있다. 노동자 농민 자본가 지주가 모두 같이 조선민족이다. 계급적 차별이 문제가 되지 않는다. 그러므로 조선을 대표하는 문학은 민족주의 사상으로 일관된 민족주의 문학이고 계급적 사상을 가진 프로문학은 아니다"라고 했을 때 임화 등은 계급적 문학의 정당성을 강화하고 민족주의 문학의 반동성을 제시함으로써 민족과 민족의 관계 또한 계급대립의 관계에서 일탈될 수 없는 사항임을 폭로함으로써 식민지적 상황을 간과하는 측면이 없지 않았다. 이러한 견해는 정노풍이 "조선의식은 계급적 민족의식이"라고 했을 때에도 임화 등은 식민지 민족은 피지배계급에 속하지만 이 또한 다층의 계급으로 형성된 '민족과 민족'이 상호 '계급대립의 관계'를 맺을 수밖에 없다는 것을 알지 못한 무지라고 비판한다[38]. 이는 계급적 대립이 민족적 대립에 근간이 되는 것으로 계급대립의 해소만이 문제라는 판단이다. 이렇듯 민족에 대한 관심은 계급해방운동의 걸림돌처럼 프로문학 내에 자리 잡고 있었다. 이는 세계 프롤레타리아의 일환으로서의 조선 무산계급운동의 일익적 임무를 프로문예 운동이 담당해야 하는 막중한 임무 외에는 없다는 인식으로 민족의식은 계급의식으로 통일할 필요가 있다는 생각이다.

---

38 안막, 「조선 프롤레타리아예술운동 약사」, (임규찬·한기영 편, 『카프시대에 대한 회고와 문학사』, 태학사, 1989), 121면.

이러한 태도는 임화를 극좌파로 분류하는 계기로 작동한다. 김기진 김남천 등은 민족적 입장을 강조하는 사회주의자들인데 반하여 임화 나 한효 등은 극좌파로 국제주의적인 입장[39]을 옹호하는 분파로 평가 되고 있었던 것이다[40]. 그러나 이러한 임화의 관점은 민족문학이 계 급해방운동의 국제주의로 향한 필연적 과정이라고 이해하게 되면서 계급과 민족의 양자의 통일을 가장 이상적인 것으로 간주하는 방향으 로 변화하게 된다. 또 한편 부르민족주의자들의 민족개념의 허위를 간파하고 민족개량주의자들로부터 민족의 고유성을 철저히 옹호해야 할 필요를 느낀다고 했을 때는 부르민족주의자들의 '민족'과 차별성을 강조함으로써 프로문학 내에 '민족'의 의미를 고취시키는 한편, 고전 론의 형이상학적이고 퇴영적인 요소를 경계하면서도 고전 탐구에 접 근해간 측면에서 전통 인식과 민족의 발견이라는 명제를 어느 정도 의식하게 되었다는 의미를 지닌다.

임화는 1930년대 중반부터 민족문학에 대한 관심을 점차적으로 확 대하면서 프롤레타리아 문학만이 민족적 문학의 진실한 길을 걷고 있 는 것이라는 자각에까지 이른다. 계급 문학의 테두리 밖으로 방치되 었던 민족문학이라는 범주를 새롭게 거론함으로써 임화는 조선적 현

---

39 마르크스, 엥겔스, 레닌은 민족문제의 중요성을 언급하면서도 그것을 혁명운동의 근 본문제로 생각하지 않았다. 그들은 항상 민족문제를 마르크스주의에서 가장 중요한 것, 즉 프롤레타리아 독재에 의한 지도에 종속시켰고, 국제 프롤레타리아 운동의 이해 와 평화, 사회주의, 사회 진보 등을 위한 투쟁의 관점에서 이 문제를 보았다. 그들은 민족문제가 자본주의에서는 해결될 수 없고 사회주의 사회에서 프롤레타리아 지배에 의해서만 해결될 수 있다는 가정으로부터 출발했다(빅토르 아파나세프, 『역사적 유물론』, 김성환 역, 백두, 1988, 105면.).

40 최유찬, 「1930년대의 한국리얼이즘론 연구」, (이선영 외, 『한국 근대문학비평사 연구』, 세 계, 1989), 318면.

실을 구체적으로 인식하는 방향으로 잡아 갔던 것으로 파악된다[41].
이러한 인식은 계급문학의 한계와 극복에 치중하여 문학을 논하던 전
단계와는 달리 부르주아민족주의자들을 비판하면서 민족에 대한 논
의를 확대하고 재생산하면서 조선 문학사 다시 읽기에 주력하는 모습
으로 나타난다.

> 이러한 위기적 곤란을 가장 우심히 받고 있는 문학은 일반적인 조선문학
> 의 영역 가운데서도 자연주의 문학의 쇠미 이후 올 민족적 문학의 진실한
> 길을 걷고 있던 그 유일의 예술적 사상적 지주인 프롤레타리아문학이라
> 는 것은 과거 프로문학에 관하여 부당한 평가를 내리고 있던 일련의 맹안
> 자류들에게 정히 두상의 일봉이 아니면 아니될 것이다[42].

　1930년대 중반쯤에 쓰여진 「조선 신문학사론 서설」에서 임화는 프
롤레타리아 문학의 역사적 의의를 '민족적 문학'의 길로 파악하게 된
다. 이는 전대의 관점에 비교해 볼 때, 조선적 현실의 구체적 반영이
라고 생각할 수 있다. 계급적 이데올로기로 무장한 선동적, 운동적 경

---

41 이에 대하여 좀 더 보충하자면, 파농은 아프리카 흑인 문화 아래에서 흑인들이 민족적
　문화에 대해서보다도 아프리카 문화를 실재화하려는 노력에 기울어지는 오류를 범하
　고 있다고 평가한다. (Chidi Amuta, *Fanon, Cabral and Ngugi on National Liberation*, (Bill
　Ashcroft · Gareth Griffiths · Helen Tiffin ed, *The postcolonial studies reader*), 159면) 이는 민족
　적 접근만이 식민성에서 해방될 수 있다는 언급으로 여타의 이데올로기나 범인류적
　차원으로는 식민지 현실이 가려질 수 있다는 의미를 내포한다. 이는 임화가 민중해방
　이라는 범인류적 차원에서 현실을 바라봄으로써 정작 식민지 현실을 도외시하는 결과
　를 낳게 되었다는 의미이다. 따라서 파농은 지배계급 대 노동자 계급이라는 맑스의 변
　증법을 피억압 민족 대 억압 민족이라는 레닌의 변증법을 경유하여 식민 지배자 대 식
　민지민의 변증법으로 변경한 사르뜨르를 따르게 된다.
42 임화, 「조선 신문학사론 서설」, 조선중앙일보, 1935.10.7.

향의 문학은 국제주의를 표방하면서 민중의 단결, 민중의 해방만을 추상화하는 방향으로 흘러갔다. 임화가 계급적 이데올로기를 강도 높게 강조하면서 경계한 것은 '계급적 독자성'의 원칙이 무너지는 것이었다. 그래서 임화는 「네 거리의 순이」나 「우리 오빠와 화로」와 같은 작품에 대하여 김팔봉이 프로예술의 참된 방향성과 대중화의 방향을 제시했다고 평가했음에도 불구하고 "프로 생활로부터 유리되어 노동 대중을 아지프로하고자 해서는 안된다"는 입장을 고수함으로써 계급적 원칙에 입각하여 자기 시를 비판하게 된다. 이러한 강한 계급적 목소리는 1930년대 들어서면서 변화되기 시작한다. 이제 프롤레타리아 문학이 경계해야 하는 것으로 임화는 부르 민족주의자들을 지목한다. 민족문학에 대한 인식을 통해 프로문학의 방향을 새롭게 잡아가던 임화는 부르민족주의자들에 대한 비판과 그들과의 구별을 통해 민족문학자로서의 자신의 존재를 알리기 시작하는 것이다.

> 우리 조선에 전래하는 수천의 민요, '성아성아 사촌성아!'라든가, '아리랑' '경복궁타령' 등도 다 민중 자신의 소작이다. 그 속에는 고대 민족의 사회생활, 사회 감정이 표현되어 있을 뿐이다. 그것들은 훌륭히 개성화된 인물을 통하여 예술적으로 정제되어 있다. 즉 우리는 고대문학 가운데서 군단의 생활 감정 뿐 아니라 그때 생활하던 각종 개인의 자태를 발견할 수가 있다. 조선민요에서도 우리는 이와 똑같은 것을 엿볼 수가 있다[43].

---

43 임화, 「문예이론으로서의 신휴머니즘론」, (『문학의 논리』, 서음출판사, 1989, 112면/1938).

문학의 연속적 계기, 역사성이나 전통성에 대한 관심이 급증하면서 임화는 민중의 노래에서 민족의 생활과 감정을 중첩적으로 인식하게 된다. 계급적이고 정치적으로 규정된 민중은 노동자 농민이라는 하위 주체들을 지속적으로 표시하였었는데, 이런 민중이라는 계급 표시는 임화와 같은 인텔리겐차들에겐 알아 낼 수 없는 감정과 사고를 함의하기 때문에 유령과 같은 관념으로서 고착화된 것이었다.

이에 반하여 조선의 현실을 구체적으로 인식하기 시작하는 1930년대 중 후반에 이르면 민족적 개념을 획득함으로써 봉건적 유물로서 폐기되었던 과거의 유산들을 다시 발굴하고 의미를 부여함으로써 과거와의 접맥을 시도하는 과정을 보여주며, 시대 역사적 상황을 살아가는 주체들을 구성하게 된다. 이는 우리만의 역사성을 인식하고자 하는 본원으로의 회귀에 다름 아니다. 임화는 아비 찾기[44]를 위해 계급적 이데올로기라는 상징질서로 들어간다. 그 과정에서 민족적 관계는 방치된다. 이는 민족의식을 결여한 채로 현해탄 건너의 사이비지식에 마비되어 갔던 것이라고 볼 수 있다. 이 민족 기각이라는 움직임은 민중을 중심에 내세움으로써 민족을 주변화 하는 것이었다. 국제주의로의 이행을 위해 민족은 하나의 걸림돌처럼 작용하는 단위들로 계산되었던 것이다. 민족은 역사성을 공유한 집단으로 우리만의 고유한 민요와 같은 노래 속에서 끊임없이 향수됨으로써 탈락될 수 없는 모체이다.

아직도 여전히 계급적 관계를 통한 혁명의 꿈을 꾸고 있지만 민족적 단위들 속에서 임화의 식민지 주체는 민중의 역사를 다시 쓴다. 이 민족 의식은 계급 이데올로기로 규정되는 통일적이고 안정적인 자아

---

44 김윤식, 『임화연구』, 문학사상사, 1989, 64~90면.

에 끊임없이 침투하여 그 운동성을 약화시키고 대신 식민지 상황을 계속적으로 주입함으로써 유동적이고 과정적인 주체를 형성하게 된다. 이들 주체들은 민중/민족 주체들로 표기될 수 있는데, '민족'적 기입을 통해 이 땅의 민족 단위들과 시간적으로 연속된 계기이며, 공간적으로 경계가 있는 존재로서 제국의 민중과 구별되는 식민지 주체들을 불러내는 탈식민적 의미를 획득하게 된다.

4) '감정시'의 비동일성

카프 내 문예운동의 지침으로 자리잡아왔던 큰 타자인 사회주의 이데올로기는 자본주의적 근대의 폐해를 프롤레타리아의 관점에서 비판해 왔다. 민중 해방이라는 프롤레타리아의 계급성 문제는 1930년대 들어서 현실을 타개하는 주체문제로 전이된다. 맑스 철학에 의지하여 이데올로기의 전파에 몰두함으로써 임화의 강한 어조들은 관념적 구호들로 구축된 담론 생산에 그치고 만다. 그런 점에서 그의 담론들은 제국의 담론에 대한 대항담론으로서 잘 읽혀지지 않는다. 이데올로기의 해석과 분석을 통해 프롤레타리아의 계급성을 지속적으로 지도하고 국제주의의 운동성과 결합하려는 임화의 위치는 시공간적 구획이 모호한 지점이었다.

그러나 카프의 해산을 통해 일제의 강력한 억압의 상황에 맞닥뜨리게 되자 그동안 카프 내 문예 동향의 지침으로 통제해오던 이념은 새로이 식민성이라는 복병을 만나 혼란스럽게 된다. 자본주의 근대의 계급적 모순은 이제 식민지 모순이 더해져서 민족차별적인 성향을 드러내게 된다. 근대 문물은 식민지 현실에서는 피식민자의 희생에 의해 건설되는 것이며, 식민자들의 유희를 위해 제공되는 것이기 때문에 근대는 민족적 착취를 배경으로 한다는 인식이 구체화된 것이다. 식민지 주체들은 외부 현실을 적나라하게 이야기 할 수 없었지만, 중화된 시선으로 현실을 구성하는 척 하면서 시대에 대한 부정과 비판의 감정을 개입시킴으로서 암시적으로 주체의 저항점을 텍스트 내에 산포한다.

임화에게 제국의 근대는 이중의 모순을 지닌 대상이었으며, 주체로 하여금 저항과 지향의 혼돈으로 빠져들게 하는 욕망이었으며, 또한 식민지 현실을 은폐하고 노출하는 수단이기도 했다. 자본주의 모순을 자각하게 하여 혁명의 의욕을 고무시키는 지향의 지점이면서도, 착취 구도가 민족관계로 형성되어 있음을 자각하게 하는 저항의 지점이기도 했다. 임화는 현해탄 건너의 제국을 향해 이데올로기를 전수 받을 목적으로 떠나기를 계속함으로써 제국에의 동경을 멈추지 않으나 현실에서 목격하는 것은 계급관계에 입각한 민중착취가 아니라 민족관계에 입각한 식민착취였다.

자본주의 근대의 계급적 모순만을 인식했을 때, 프로문학은 소설에 치중했다. 근대적 삶을 가장 진실하게 표현하는 문학으로 서사적 양식을 선호했던 것이다. 근대적 양식으로서 서정시는 원래 거부되었던 존재였다. 그러나 제국주의적인 근대성을 비판하기 위해 예술은 현실을 뛰어넘어야 했고, 미래를 낙관하기 위해서는 낭만정신이 필요했으며, 민족의 복원을 위해 민족문학사를 다시 써야 할 필요가 있었는데, 임화는 거기서 민족 단위의 지역성을 구체적으로 현실화하기 위한 시적 장르의 가능성을 목격하게 된다. 식민지 주체 재건이 무엇보다도 절실한 이때에 시인의 정신을 시의 주관화로 보았던 임화는 시의 서정화를 통해 근대의 모순을 극복할 주체적 문학을 건설할 필요를 느꼈던 것이다[45].

> 현대와 서정시의 운명, 요컨대 길은 한가닥 밖엔 없어질 때, 서정의 정신은 놀라운 운명에 봉착하지 아니할 수 없었다. 먼저 시인들이 이미 떠나 버린 현대 가운데서, 고독한 시정신이 황무지를 발견한 것은 상상키에 족한 일이다. 그들은 노래의 조화되지 않고 그들의 정신을 구속하고 있는 현대에서 죽엄과 더불어 비로소 그들은 해방될 따름이다. 그것을 시 가운데서 절절히 의식할 수 있는 정신은 순정하고 또한 총명한 정신이다[46].

현대는 조화되지 않고 시인의 정신을 구속하는 '현대에 생을 향유한 것 그 자체가 비극'인 황무지와 같은 것이다. 거기에는 시정신의 죽음, 즉 주체의 죽음과 서정의 몰락만이 있을 뿐이다. 이는 다시 말해서 이러한 시대적 암흑을 절절히 의식할 수 있는 시정신의 부활, 서정의 회복이 곧 현대를 극복할 수 있는 길임을 강조하고 있는 것이다. 임화가 말하는 서정시의 비타협 정신이란 이런 것이다. 박용철과 김기림을 같은 기교주의의 반열에 올려놓고 언어와 '이메지'만을 추구하는 기술자와 같다고 비판한 것은 현실적 정신이 빠진, 시를 정신의 심오한 세계에서 격원하게 한 점에서 매한가지라는 결론에서였다. 임화가 생각

---

45 임화의 낭만적 정신론은 주체 재건론까지 나아간다. 주체를 강고하게 세워 역경을 돌파해 나간다는 주체 재건론은 그의 시의 중심주체로 수렴될 정도이다(최두석,『시와 리얼리즘』, 창비, 1996, 250면).

46 임화, 「시단의 신세대」, (임화,『문학의 논리』, 서음출판사, 1989, 293면/1939).

하는 서정시의 비타협정신은 근대 자본주의의 계급적 모순과, 근대 건설이라는 허울 좋은 명목 하에 이루어진 민족적 착취의 현장을 깊은 암흑과 절망으로 규정하고 패배의 슬픈 노래를 하는 것에서 찾아진다. 임화는 이러한 시를 '감정시[47]'라고 했는데, 이는 자신을 비롯한 이찬이나 윤곤강 등이 당시 발표한 로맨틱한 경향의 프로시를 이른 것이다. '로맨틱 프로시'라는 이중적 의미를 함의한 '감정시'는 민족성과 계급성, 주관성과 객관성이 혼류된 명칭이다. 이 부류의 시들은 "미래에 대한 불굴의 신념과 변혁의 정열을 간단없이 노래하고 있다"는 점에서 현실의 현재 상황에 저항하는 성격을 갖는다. 감정시는 부정적 현실을 단순히 표현하거나 반영하는 차원을 넘어서 주체적으로 대응해가는 인물의 내면표현에 중심을 둔다[48]. 자기의 무자비한 억압, 또는 자학은 현실에 대한 증오로 충만함을 표출하는 것이며, 이러한 가운데 모색하는 정신, 미래에로의 용기를 가진 '히로이즘'을 환기할 수 있다고 보았던 것이다.

주체적이라는 것은 주관적으로 생각될 때는 언제나 정신적이다. 그러면 문화란 것은 그 정신성 때문에 대단히 주관적이요, 그 주관성 때문에 전혀 주체적이며, 주체성에 있어 행위와 일치한다[49].

임화는 객관현실, 사실적인 것과 모순되는 것으로 낭만정신을 파악하지 않는다. 낭만정신을 통하여 객관현실이 오히려 完實한 이상이

---

47 임화, 「진보적 시가의 작금—푸로시의 거러온 길—」(풍림, 1937.1.), 13면.
48 김정훈, 『임화연구』, 국학자료원, 2001, 133면.
49 임화, 「역사·문화·문학」(『문학의 논리』, 서음출판사, 1989, 436면/1939).

될 것이라고 봄으로써 객관과 주관의 통일에 의해 좀 더 현실이 발전적으로 극복될 것이라고 믿었다. 정신성-주관성-주체성-행위로 표현되는 일련의 주체성은 객관적 현실, 대상세계, 사물로서 표현되었던 고착화된 풍경, 자아가 소거되었던 빈 공간을 동적인 영상과 살아나는 인간의 감정들로 넘쳐나게 하는 개념이다. 이 움직임과 감정의 구체화된 주체들은 이데올로기에 박제되고 소거된 자아들이 아니라 문화와 정치를 구체적으로 이 땅에 존립시키는 존재들로 파악된다. 임화는 그들의 행보와 감정적 범위를 민족을 단위로 하여 구성한다. 지금의 현실이라는 것은 민족적으로 극복해야 할 역사적 상황이라는 것을 인식함으로써 임화의 '감정시'는 제국의 논리에 대항하는 하나의 담론이 된다.

2. '근대성' 담론의 제국주의적 욕망과 군중적 주체의 반역성

1) 낭만주의의 발견과 제국주의적 속성 간파

1920년대의 낭만주의를 센티멘탈리즘이라고 비판했던 김기림도 어느 순간 낭만주의를 문학의 요건으로 수용하는 모습을 보이게 된다. 리얼리즘 시가 반영의 객관을 통한 주관화의 길을 모색했다면 모더니즘 시는 거리의 객관화를 통해 주관화의 길을 모색하게 된다. 임화가 현실 반영의 측면에서 얼마나 사실적으로 재현하느냐에 초점을 맞춤으로써 로맨티시즘의 주관적 관점을 경계했다면, 김기림은 거리의 인식을 지성의 요건으로 파악하고 로맨티시즘의 감정분출을 경계했다. 임화가 계급적 눈으로 현실을 사실적으로 묘사하는데 중점을 두게 되면 트리비얼리즘으로 빠지는 오류를 범하게 된다고 파악하고 리얼리즘의 이상을 실현하기위해 낭만주의를 수용했다면, 김기림은 낭만주의의 비만한 감상성을 줄이기 위해 휘두른 지성의 칼날이 오히려 근대 문명의 세계를 황무지로 확장해가는 것을 간파하고 근대문명의 그늘 속에서 모더니즘의 초극을 실현하기위해 낭만주의를 수용하게 되었다.

> 가장 유치한 것은 사람의 본질이라든지 감정을 그대로 숭배하는 소박한 야만주의이다. 사실에 있어서 「로맨티시즘」의 정신이 발홍하던 시기에는 예술로서는 그렇게 성공한 시기가 아니었다고 함은 역사가 우리에게 잘 보여주었다[50].

1930년대 초기에 김기림은 낭만주의를 감정만을 추구한다는 측면에서 센티멘탈리즘과 동격으로 놓고 비판했다. 낭만주의의 시는 감정을 추구한 것으로, "만약 감정이 시의 본질이라면 우는 얼굴과 노한 목소리가 제일 시적일 것[51]"이라며 인생의 구체적 현실과 관련되지 못한 소재 상태의 감정을 시에 구축했을 뿐이라고 지적하는 대목에서 낭만주의에 대한 비판이 현실인식의 탈락에 있음을 내비친다. 또한 「1933년 시단의 회고」에서 김기림은 '로맨티시즘의 에피고넨과 센티멘탈리즘이 만연한 문단'을 회고하면서 센티멘탈리즘을 예술을 부정하는 한 개

---

50 김기림, 「고전주의와 낭만주의」(『김기림전집』2, 심설당, 1988, 164~165면/조선일보, 1935).
51 김기림, 「시의 모더니티」(『김기림전집』2, 심설당, 1988, 82면/신동아, 1933).

의 허무로 규정하고 거기에 항쟁하려고 했다고 언급하고 있다. 그러나 곧 김기림은 낭만주의로부터 센티멘탈리즘을 분리해 내고 낭만주의로부터 현실인식의 측면을 도모하게 된다.

고상한 교양과 세련된 감성을 표시하는 검정 「넥타이」를 단정하게 매고 우단이 아니라 밤빛의 라사 「망토」로써 그 불결한 주위로부터 자신을 가리려는 듯이 몸을 두른 한 사람의 시인이 저 「센티멘탈·로맨티시즘」의 잡초와 관목이 우거진 1920년대의 저물음의 조선시단이라는 황무지를 걸어가는 모양을 상상만 해 보아도 우린 유쾌하다[52].

김기림에게 1920년대는 「센티멘탈·로맨티시즘」의 시대였다. 낭만주의 하면 감상성과 연결되었기 때문에 김기림에게 낭만주의는 부정적인 것으로 간주될 수밖에 없었다. 그러므로 '고상한 교양'의 지성적 요건과 '세련된 감성'의 감성적 요건으로 무장한 정지용의 행보가 1920년대의 「센티멘탈·로맨티시즘」을 뚫고 멀어져가야 하는 1930년대 시의 지향임을 김기림은 파악하고 있었다. '세련된 감성'으로 표기되는 '「프리미티브」한 직관적인 감성[53]'은 도피적이며 패배적인, 그리고 회고적인 어두운 노래를 부르는 센티멘탈리즘의 그것과는 다른 감성적 요건으로 미래를 향한 건강하고 신선한 감성[54]이라고 했다. 여기서 1920년대의 센티멘탈리즘·로맨티시즘은 분화한다. '적극

---

52 김기림, 「정지용 시집을 읽고」, (『김기림전집』2, 심설당, 1988, 370면/조광 2권 1호, 1936).

53 김기림은 감성에는 두 가지 딴 「카테고리」가 있다고 언급했다. 「다다」이후의 초조한 말초신경과 퇴례적인 감성과 다른 하나는 아주 「프리미티브」한 직관적인 감성이 그것이다. 「프리미티브」한 감성은 새로운 관념을 찾아낸다. 새로운 시인에게는 이러한 감성이 필요하다고 했다(김기림, 『김기림전집』2, 심설당, 1988, 81면/ 신동아, 1933).

적' 또는 '진정한' 이라는 수식어를 '낭만주의'에 달고 "인류가 높은 이상을 잃어버리고 회색의 박모에서 방황하던 세기말적 퇴폐시대"에 성행하던 '소극적' 낭만주의 또는 '공상적인' 낭만주의를 떨어버림으로써 낭만주의의 수용 가능성을 타진하게 되는 것이다. 이는 곧 시에 주관 세계를 인정하고 받아들인 것으로 주관과 객관의 상호작용의 가능성을 열어놓은 것이다.

> 시는 시인의 주관이 부단히 객관에로 작용할 때, 그래서 그것이 이러한 상호작용에 의하여 선율할 때 거기 발생하는 생명의 반응이다. 이 말은 결코 시에 있어서 객관성만을 고조함이 시의 가치의 수준을 높이는 일이라 함을 1「퍼센트」도 의미하지 않는다[55].

김기림은 인간을 고려하지 않는 방향에로 지적 훈육을 받아왔기 때문에 지성이 근대문명의 축적에 의해 모든 영역에서 인간을 쫓아내고 수척해가고 있다고 깨닫는다. 인간성이 상실되는 문명사회의 현실을 지성적인 관점에서만 분석하는 행태는 현실에 압도되어 카메라와 같이 향수할 뿐 굳센 비판으로까지 나아가지 못하다는 사실을 직시한다. 따라서 객관현실만으로는 시가 될 수 없고, 시인의 주관이 객관현실에 부단히 작용할 때 문명비판을 통한 인간성 회복이 성취되는 것이라고 언급하고 있는 것이다. 여기서 김기림은 인간성 회복이라는

---

54 김기림은 오장환의 로맨티시즘을 미래를 향한 영탄이기 때문에 19세기적 로맨티시즘과 다른 것이라 평하며 미래에 대한 관심이 불러온 무명과 허무는 아름답기까지 하다고 평가했다.

55 김기림, 「시와 인식」, (『김기림전집』2, 심설당, 1988, 76면/조선일보 1931).

차원에서 「휴매니즘」이라는 명칭으로 낭만주의를 새롭게 발견하게 된다. 1920년대 낭만주의는 센티멘탈리즘으로 분칠된 다분히 주관적인 성향이 강한 감성 일변도의 낭만주의였다. 그러나 김기림에 의해 '휴매니즘'으로 새롭게 발견된 낭만주의는 객관과 주관의 상호 작용 속에서 객관에로 향하는 보편성과 주관에로 향하는 개별성을 적절히 조화시킨 것으로 그 근저에는 늘 "높은 시대정신을 연소"하고 있는 것으로 정의된다.

낭만주의자들은 인간성을 옹호하며, 인간성의 보존자로서 자처했다. 이러한 기분 속에서 낭만주의자들은 창조적 상상력의 소지자들로서 자기 자신들을 삶의 혁명가로 자처하며 보편적 인간 완성에 통한다[56]고 인식하고 있었다. 인간성을 되살려내고 보편적 인간 완성이라는 취지에서 낭만주의를 수용했던 김기림은 근대의 이중성을 자각하면서 제국에 대한 이중의 시선을 갖게 된다.

> 「르네상스」의 세계화의 과정은 근대 시민사회 자체의 숙명적인 의욕이었다. 상품과 자본은 간단없이 국경을 뛰어 넘어서 모든 미개발 대륙 혹은 도서에 「근대」를 부식하면서 돌아다녔다[57].

문명의 세례라는 계몽성과 문명의 침입이라는 야만성을 통해 김기림은 근대를 기획하면서도 근대를 비판하는 과정 중에 위치하게 된다. 제국의 근대가 자족적인 방향으로 흘러갔다면, 식민지 근대는 배타적인 방향으로 진행되었다. 물질문명은 거대한 압력에 의해 날로

---

56 레이먼드 윌리암스, 「낭만주의 예술가」, (김용직 외, 『문예사조』, 문학과지성사, 1988), 82면.
57 김기림, 「우리 신문학과 근대의식」, (『김기림전집』2, 심설당, 1988, 44면/인문평론, 1940).

나아가는데, 그 은혜는 일부에 독점되는[58] 불평등한 현실이 지속되고 있었던 것이다. 제국의 부강을 위해 근대문명은 침략의 도구가 되었고, 식민지 재원을 고갈하는 기술이 되었다. 근대는 제국의 분별없는 利慾에 봉사하는 동안 도처에 상처와 절망과 죽음과 암흑만을 남겨 놓았다. 식민지에서 근대는 문명의 건설이면서 문화의 파괴였다. 근대문명의 건설을 통해 세력을 확산하려던 제국의 욕망은 전쟁으로 귀결됨으로써 근대의 야수성의 극단을 드러내게 되었다. 그러나 제국의 근대에 대한 비판에는 제국의 근대를 넘어서고자 하는 반역의 정신을 내포하는 측면이 있다. 근대적 지성을 통해 제국이 세계의 지배적 위치가 되었듯이 제국의 근대를 비판하고 극복함으로써 제국의 굴림으로부터 벗어나 전도된 위치를 확보하겠다는 의지를 배태하게 된 것이다. 그러한 완전한 근대, 미래의 근대를 기획하기 위해서는 지금의 근대성을 보완할 필요가 있다는 인식이 낭만주의를 다시 불러오는 계기가 되었으며, 그러한 낭만주의를 통해서만 지성을 보완할 수 있기 때문에 제국의 근대 보다 좀 더 완전한 근대를 보장할 수 있다는 의미를 제시할 수 있게 된 것이다.

현대의 시인은 드디어 「근대」에 대한 열렬한 부정자요, 비판자요, 풍자자로서 등장했다. (…) 그의 눈이 밖으로 향할 때 그는 통렬하게 세상을 매도하고 꾸짖고 조소할 밖에 없었다. 여기 근대시의 한 연면한 전통이 있다. 그것은 늘 반역의 정신에 타고 있었다[59].

---

58 김기림, 「시의 르네상스」, (『김기림전집』2, 심설당, 1988, 122면/조선일보, 1938).
59 김기림, 「시의 장래」, (『김기림전집』2, 심설당, 1988, 338면/조선일보, 1940).

김기림은 근대가 몰고 온 파국과 격동 속에서 지성이 쉽게 부서지는 것을 목격했다. 그리고 "오늘의 문명이 조화 있는 발달을 하고 있다고는 아무도 말할 수 없을 것이[60]"라고 확신했다. 그래서 지성과 情意를 통일한 전체적 인간으로서의 시인을 요청한다. 이 '정의'는 '휴머니즘', 즉 인간성을 의미하는 것으로 지성에 의해 파괴된 근대, 파괴된 근대 문명을 되살릴 수 없는 무력한 지성을 극복하기 위해 도입된 것이다. 인간성 상실을 초래한 지성의 한 축인 문명과 인간성이 상실된 근대는 인간성에 의해 부정되고 비판되고 풍자된다. 따라서 휴머니즘은 시에서 '반역의 정신'을 불어넣는 요건이 되는 것이다. 이러한 '반역의 정신'은 시인으로 하여금 현재를 살되 현재를 초극해야 할 것으로 인도하고 종속적 위치를 지배적 위치로 탈바꿈 할 것을 촉구한다. 그는 서구의 낭만주의적 동경이 동양에 대한 꿈을 불타게 해서 식민화를 획책했다고 판단했다[61]. 제국주의의 낭만주의는 근대문명 건설을 추동하는 원인이었던 것인데, 김기림이 휴머니즘으로 호출한 낭만주의는 그러한 근대문명을 비판하고 극복함으로써 세계적인 욕망, 완전한 근대에 이를 수 있다는 욕망과 연계된 것으로, 제국의 식민주의를 전유함으로써 제국을 넘어서고자 하는 逆제국주의적 욕망을 내비치는 것이다.

본질적으로 김기림은 우리의 근대가 아직 이루어지기도 전에 비판되어야 할 처지에 놓인 불구의 상태라고 진단한다. 김기림은 근대의 과학정신, 즉 지성을 비판하는 것이 아니라 국가나 개인의 분별없는 이욕에 의하여 근대가 세계 도처에서 부식되었다고 언급함으로써 근

---

60 김기림, 「시의 르네상스」, (『김기림전집』2, 심설당, 1988, 121면/조선일보, 1938).
61 김기림, 「과학과 비평의 시」, (『김기림전집』2, 심설당, 1988, 31면/조선일보, 1937).

대성에 내재해 있는 식민성 내지 제국주의적 속성을 비판하고 있는 것이다[62]. 우리의 근대 또한 그러한 이욕에 의해 부식된 근대의 상황임을 인지하고 지금 우리의 근대가 어느 수준에 와 있는가를 판단해야 한다고 보았다. 따라서 지금 조선적 현실에서 근대는 비판만 될 것이 아니라 혼돈의 '근대'를 피할 수 없는 과정이라면 미래를 위한 값있는 체험이 되어야 한다고 역설함으로써 근대를 '지나간 미래'로 인식했다. 김기림에게 있어서 '근대'는 결산의 과정을 밟고 있는 것이 아니라 과정 중에 기록되는 문명의 표지였다. 이 문명이 기계적인 것에 의해 혼란과 파괴의 과정을 밟고 있다면, 이 과정을 지나 새로운 시대를 모색해야 함을 인지했다. 김기림은 아직 도달하지 못한 후진적 근대를 극복하고 세계를 향해 새로운 근대로 나아가는 포부를 지니고 있었던 것이다. 이 새로운 근대로 나아가는 하나의 전략으로 제청된 것이 휴머니즘이었다.

> 비인간화한 수척한 지성의 문명을 넘어서 우리가 의욕하는 것은 지성과 인간성이 종합된 한 새로운 세계다. 우리들 내부의 「센티멘탈」한 「동양인」을 깨우쳐 우리는 우선 지성의 문을 지나게 하여야 할 것이다. (…) 역사를 발전하는 것이라고 믿는 사람들에게는 문명은 절망을 교사하지는 않는다. 그것은 다음 단계로의 발전을 확신시킨다. 내일의 문명은 「르네상스」에 의하여 부과된 「휴매니즘」과 고전주의가 종합된 세계를 가져와야 할 것이다[63].

---

62 김기림, 「우리 신문학과 근대의식」, (『김기림전집』2, 심설당, 1988, 50면/인문평론, 1940).
63 김기림, 「고전주의와 낭만주의」, (『김기림전집』2, 심설당, 1988, 165면/조선일보, 1935).

아직 문명화되지 못한 우리 동양인들은 센티멘탈한 감정에 빠져 근대의 세례를 제대로 받지 못하고 있다. 서양의 문명은 수척한 지성의 모습으로 절망에 휩싸여 있고, 이러한 문명에도 도달하지 못한 동양은 지성의 눈뜨지 못한 야만적 상황에 놓여 있다. 서양은 지성이 너무 지나쳐 파국을 맞고 있다면, 동양은 지성이 아직 미치지 못하여 "슬픈 망향가를 부르는 못난이 「니그로」[64]"의 상황에서 벗어나지 못하고 있다. 근대의 거점을 확보하지 못했기 때문에 종속적 존재들이 된 이들은 지성을 통해서 문명의 근대에 도달해야 하는 급박한 처지에 놓여 있는 피식민자들인 것이다. 지성에 의하여 문명은 계속해서 발전할 것이므로 동양인들도 지성으로 무장하여 다음 단계로의 발전에 동참해야 할 것으로 믿었던[65] 측면에는 제국의 근대성을 지향하는 면모를 보이며, 다음 단계로의 도약을 위해 "휴머니즘"을 제시한 것은 제국의 근대성을 넘어서고자 하는 내밀한 욕망의 발현을 드러낸 것이다.

이렇게 그의 근대에 대한 추구와 비판과 기획의 과정에는 "좁은 개성의 울타리를 넘어서 한 시대의 보편적인 문화에 늘 다리를 걸쳐 놓고[66]" 한 시대의 가치의식을 체현해 가려는 정신이 숨어 있다. 민족적인 문학을 세계적인 문학으로 이행하는 과정에서 행하는 근대비판에

---

64 김기림, 「감상에의 반역」, (『김기림전집』2, 심설당, 1988, 110면/시원, 1935).

65 김기림은 「동양에 관한 단장」에서 서양문화의 난숙기 분해과정 속에서 서양이 우러러 보아야 할 것이 동양이었다고 언급하고 근대 문화보다도 더 높은 단계의 함축 있고 포괄적인 대사업을 이룰 것으로 예고되는 것이 동양에서 태어난 오늘의 문화인이라고 파악한다. 김기림은 무조건적으로 전통을 반대한 것이 아니라 제도와 인습으로서의 전통은 반대한 반면에 문학과 예술로서의 전통은 동양을 새롭게 발견하는 계기가 될 수 있다고 보았다.

66 김기림, 「30년대 掉尾의 시단 동태」, (『김기림전집』2, 심설당, 1988, 67면/인문평론, 1940).

는 식민성을 벗어나기 위한 시대적 자각과 제국과 식민지라는 위치의 전도를 도모하려는 욕망이 담겨 있는 것이었다.

2) 계몽적 근대성과 계몽의 계몽성

1920년대 낭만주의 비판은 지성 요건의 결여에서 비롯된다. 근대화에 서투른 동양인을 지성이 결핍된 존재로 파악하고 퇴영적인 패배주의자들로 간주한다. 이러한 의식은 전통에 매몰되어 있는 동양, 더 구체적으로는 비만한 감성에 젖어 "이조 오백년의 꿈이 그대로 잠자는" 우리 문단이 깨어나야 한다는 점을 당위적으로 설파하기에 이른다.

> 대체로 동양인은 사물을 전체적으로 통솔하는 지성이 결여한 것이 통폐다. 서양인의 「피아노」는 「키」가 수십개나 되는데 동양인의 피리는 구멍이 다섯 개 밖에 아니된다. 「타고어」가 그만한 성공을 한 것은 우연하게도 그가 위대한 우울의 시대를 타고난 까닭인가 한다. … 동양적인 것의 본질은 정적인 데 있다는 자기도취부터 의식적으로 그러한 방향에로 우리의 예술을 시들어버리게 하는 견해가 있다. 나는 이러한 퇴영적인 패배주의적 호소 속에서는 믿을 만한 아무것도 찾아내지 못한다[67].

김기림에게 근대성 추구는 하나의 당위적 명제로서 지속된다. 근대문명을 비판하는 시야는 세계를 향해 던져져 있다. 그렇지만 근대문명을 추구하는 시야는 동양과 전통의 극복이라는 차원에서 문단 내부

---

67 김기림, 「오전의 시론」, (『김기림전집』2, 심설당, 1988, 161면/조선일보, 1935).

에서 움직인다. 동양과 전통을 소거하려는 이 움직임은 서구 근대에 대한 동경 내지는 자아 정체성 폐기의 태도로 이어진다. 동양과 서양의 이분법적 인식을 통해 김기림은 동양은 열등하고 야만적인 지표로, 서양은 우월하고 문명적인 자표로 단순화시킴으로써 동양은, 그리고 그 내부에 존재하는 우리는 타자에 의해 계몽되어야 할 대상으로 파악하는 면모를 드러낸다. 이는 제국의 논리를 그대로 수용하는 측면을 일면 드러내는 것으로 제국이 식민지를 계몽의 대상으로 포섭하면서 그 이면에서는 계몽의 조건으로 억압과 착취를 감행하는 계기를 제공하는 것이다.

그러나 또 한편 서양과 동양을 이러한 이분법적인 마니교적 알레고리로 해석하는 이면에는 서구와 일본제국과의 차별성을 염두에 두는 반면에 우리와 일본제국을 동격으로 돌려놓는 의식이 바탕이 된 것이라 파악된다. 근대성은 타자로부터 제공되고 인식된 것이었다. 그래서 근대성 추구는 서구에 동화되고 흡수되는 자아의 비워짐을 의미한다. 타자화 되어가는 비자아들은 일본 제국이 서구의 대리인 격으로 전해주는 근대성에 부딪혔을 때 이중의 의식을 갖게 된다. 서구의 본질적 근대성과 일본 제국의 사이비 근대성에 대한 자각은 일본의 근대가 실질적으로 경험하는 근대로서 경이로운 것이기는 하지만, 또 다른 측면으로는 그들의 근대가 짝퉁이라는 의심을 지울 수 없다. 이는 특히 김기림이 인테리겐차로서 언급했던 주체들에게 두드러지게 나타나는 현상이다. 문명과 야만의 이분법이 서구와 동양이라는 범위에서 구조화될 때 일본제국은 아직 야만의 테두리를 벗어버리지 못한 변방으로서의 위치를 점한 것으로 우리와 다르지 않다는 인식을 내포한다. 이는 사이비 근대성은 아직 미완으로서의 근대성이라는 인식과 이접되어 있는 것으로 우리에게 분포되고 있는 일본 제국의 근대성을 의심의 눈초리로 바라보는 것이다. 그래서 김기림이 계속해서 완전한 근대를 추구해갔던 이면에는 식민지 근대, 일본제국에 의한 근대에 대한 불신이 내재되어 있는 것이다. 서구와 일본제국의 근대성에 동화되어가던 비자아적 피식민자는 일본제국의 근대성에 의심의 눈초리를 보내는 정도에서 멈추지 않는다.

근대문명의 모든 영역에서 인간이 쫓겨나고 있는 사실은 누구나 쉽사리 지적할 수 있는 일이다. 인간의 결핍-그것은 근대문명 그 자체의 병폐다[68].

근대 문명화 사업이 이루어지고 있는 곳에서는 어디에서건 인간이 삭제되고 있는 현실을 직시하면서 제국에 의해 건설되고 있는 우리의 근대성의 이면에 내장된 제국의 음모를 자각하게 되며, 더 나아가서는 세계 도처에서 이루어지고 있는 제국주의를 비판하게 된다. '인간의 결핍'이 가장 첨예하게 드러나는 곳이 식민지이다. 이는 식민지 근대성이 제국의 자본축적을 위해 식민자인 타자에 의해 이루어지는 착취의 형태를 띠기 때문이다. 인간성 회복이라는 측면에서 수용되는 낭만주의는 휴머니즘이라는 명칭으로 발견되는데, 이는 "「러시아」민중이 공전의 기아에 천식할 때" "군국주의자들의 일을 통분하고 피폐하고 배신당한 민중의 마음속에 기대를" 일으키는 측은지심과 같은 인간성을 그 핵심으로 하는 것이다. 따라서 이러한 인간성은 근대성

---

68 김기림, 「인간의 결핍」, (『김기림전집』2, 심설당, 1988, 159면/조선일보, 1935).

에 의해 약탈된 것으로 탈근대성, 미적 근대성이란 개념으로 파악할 수 있다. 인간의 삶을 파국으로 몰고 간 근대성에 대한 저항은 억압적인 삶의 형식을 해방된 삶의 형식으로 바꾸고자 하는 문화적 전략을 내포하는 것이다.

객관적 거리 인식은 지성적인 근대 추구의 방식이다. 객관성은 보편성과 동의어로 작용하면서 진리성을 획득하게 되는데, 이러한 보편성에 의해 근대성은 암묵적으로 강제되어질 수 있었고, 제국은 전근대적인 영토의 문턱을 넘는 권리를 부여받게 된다. 인간의 보편적 지표는 문명화된 식민자들이 되었고, 역사는 그들에 의해 쓰여 지게 되며, 그들의 주도로 이루어진 식민지에서 근대성은 차별적인 형태로 보급되었다[69]. 식민지의 주체들은 제국의 근대성에 의해 그 주체 중심성을 잃고 파괴되어 갔다. 식민제국에 의해 보급된 근대성은 과학적 지식과 문명이라는 그 보편성을 통해 확장된다. 물질문명의 추구를 통해 피식민자들은 제국을 동경하며 전통적 삶의 방식을 배척하며, 자신들의 정체성을 잃어버리게 된다. 그러므로 근대성 지향은 식민지에서는 피식민자의 주체 중심성을 소거하는 과정이 되며, 비자아

---

69 보편주의에 대한 가정은 인간성의 보편적 자질들이 정치적 지배의 위치를 점령하는 사람들의 특징이기 때문에 식민권력의 구조적인 자질이 된다. 따라서 식민지의 피식민자들은 보편적인 인간들이 아니기 때문에 그들은 헤겔이 단정한 것처럼 역사의 외부에 존재하게 된다. 그들이 세계의 어떤 역사적인 부분이 아닌 것은 그들의 역사가 문명의 이야기가 아니기 때문이다(Bill Ashcroft · Gareth Griffiths · Helen Tiffin, 'Universality and Difference', 'Bill Ashcroft · Gareth Griffiths · Helen Tiffin ed, The postcolonial studies reader, 55~56면). 김기림의 휴머니즘은 인간성의 보편적 자질을 권력에 억압당하는 군중들로 파악하기 때문에 식민지 근대성을 비판하는 입장에서 제시되는 것이다. 보편성의 근거를 군중이라 보는데 그 군중적 집단은 결국 우리민족이라는 단위로 파악됨으로써 제국이 보편성을 내세워 문명화 정책을 통해 동화시키려는 책략에 대하여 우리 민족적 단위의 보편성을 제기함으로써 그들과의 차이성을 강조하는 책략으로 대응해간다.

화의 식민 전략에 무의식적으로 동조하는 것이 된다.

따라서 수동적이고 享受的인 문명의 감수상태에서 요구되는 그런 감성이나 감정이 아니라 문명에 피로하여 그 속에서 새로운 것과 낡은 것과 의지와 단념이 함께 뒤볶이는 속에서 요망되는 독수리와 같이 거칠고 틱틱한 감성이[70] 요구되었던 것이다. 낭만주의가 표방하는 인간성은 계몽적 근대성에 대한 반항을 내포하는 지점으로 식민지 근대의 파괴의 지점이었다. 또한 그러한 인간성은 개별적 개인적 감성이 아니기 때문에 집단적이며, "「밤」을 안고 어두운 지붕 밑에서 드디어 울음조차 울 수 없이 억울하게 되었던" 현대의 문명에 시달렸던 사람들에게 문명의 정체를 응시시키고 나아가야 할 방향을 제시할 수 있다[71]는 점에서 시대 역사성을 인식하는 주체로서의 인간성으로 표현된다.

> 이 시(서반아의 노래-필자)의 주제는 다른 것이 아니다. 몰락의 전야를 맞은 주인공으로 하는 세계 그것의 비극이다. 사원의 종소리, 불길한 까마귀, 폐황, 이는 모두 비극을 강조하기 위한 소재로 쓴 것이다.…「영양부족의 까마귀」는 대영제국의 말발굽 아래 깔려 있는 동방의 제민족의 「메타포어」임은 물론이다. 그래서 이 시는 현대문명 그것의 폭음이려고 기도하였으며 그러함으로써 현대문명에 대한 한 개의 비판이려고 하였다[72].

---

70 김기림, 「몇개의 斷章」, (『김기림전집』2, 심설당, 1988, 177~178면/조선일보, 1935).
71 김기림, 「돌아온 시적 감격」, (『김기림전집』2, 심설당, 1988, 166면/조선일보, 1935).
72 김기림, 「현대시의 발전」, (『김기림전집』2, 심설당, 1988, 334면/조선일보, 1934).

이러한 관점은 앞에서 전통을 비판하면서 서구를 동경했던 것과는 다른 인식차이를 보이는 것으로 서구 근대성이 동방, 동양을 파괴하는 하나의 이데올로기였음을 인식하는 것이다. 이러한 근대성 거부 폐기가 근대성 동경과 동화 지점에 공존함으로써 김기림은 근대지향과 근대거부라는 이중적 시선을 갖는 것으로 파악된다. 좀 더 정확히 분류하면, 근대성을 목격하는 시선과 깊은 통찰을 통해 그 내면에 내포되어 있는 식민성을 인식하고 되돌려주는 응시로 분화되는 양상이다. 현대문명 비판은 제국주의에 대한 반항이며, 현대문명은 식민성과 연결되어 있음을 파악해냄으로써 근대 극복의 휴머니즘이 결국 근대 완성이라는 방향으로 나아가는 매개적 고리로서 인간성 회복은 서구의 근대성 내면에 내포된 식민성으로부터 벗어나는 것이라는 것을 인식시킨다. 그리고 식민주체는 더 나아가 우리만의 근대성 확립이 필요함을 인식하게 된다.

3) 민족의 공시성과 주체의 전유와 폐기

휴머니즘은 객관 사물로 전락한 근대질서를 교란시키는 역할을 맡는다. 근대성이라는 제국의 중심 논리는 식민지 주변에서 생산되고 있는 반식민성 논리에 의해 전유되거나 폐기된다. 휴머니즘으로 파악된 주관성은 근대와 탈근대의 동시성을 의식하는 지점이 된다. 근대와 탈근대는 시간적으로 연속된 개념이 아니라, 특히 식민지에서는 첨예하게 대립 공존하는 개념이 된다. 근대의 인간성 상실은 근대 그 자체의 모순을 그대로 드러냄으로써 탈근대의 비등점이 된다. 김기림은 근대의 물질문명과 과학지식의 객관적 세계로의 극단적 지향이 인간 소외, 자아의 소거와 같은 병폐와 병행할 것을 알았다. 객관성과 객관성을 담보하는 보편성에 힘의 논리가 내재되어 있는 것을 알아차린 식민지 주체들은 세계가 재편되는 구도와 작동되는 원리를 비판적인 시각으로 바라보게 된다. 보편성이라는 것은 다수성에 의해 확보되는 의미가 아니라 소수에게 힘과 권력이 집중되는 의미였으므로 결국 근대 추구는 그러한 객관성과 지성과 근대의 동일 지평 속에서, 다수의 식민지보다는 소수의 제국에의 동화를 획책하는 의미였다. 따라서 객관성-지성의 세계에 아직 도달하지 못한 변방의 피식민적 자아들은 보편적인 힘, 권력으로부터 배제됨으로써 역사의 외부에 존재하는 비자아들이 되고 만다. 그렇지만 김기림은 근대를 전유하면서도 폐기하는 전략을 통해 제국의 질서를 교란시키며 근대를 우회적인 방법으로 지속적으로 추구해가는 방식을 통해 역사적 존재로서의 위치를 뚜렷이 각인시키려 한다. 휴머니즘으로 발견된 낭만주의는 제국의 근대 공간 안에서 제국에 동화되려는, 즉 제국이라는 타자를 향해 자기의 정체성을 벗어버리려는 피식민-비자아에게 소거와 소외 상태에 함몰되어 있음을 깨닫게 하는 계기로서 작용한다.

　제국과 공모한 근대성이 객관과 지성을 근거로 한 힘의 원리를 통해 식민지를 계몽시키는 하나의 수단으로 보편성이라는 이데올로기를 전파했다면, 근대비판의 위치에서 집단적 보편성을 논할 때의 보편성은 근대성의 힘의 논리에 의해 훼손되는 다수의 인간들, 소수에 의해 파괴되는 대다수 인간들에 초점이 맞추어진다. 가장 첨예하게 파괴되고 훼손되는 존재로서의 인간형은 타자들에 의해 억압되고 지배되는 피식민자들일 것이다. 이런 의미에서 김기림의 '집단적으로 개성화된 존재들'이라는 의미는 피식민자들의 주체화되는 과정으로 파악될 수 있다. 그에게 있어서 '개성'은 기존의 낭만주의에서 전제했던 개인의 무제한한 주장을 말하지 않는다. 김기림에게 '개성'은 전체와 연결되는 일반적 보편성을 가지고 있는 동시에 일반으로부터의 격리를 바라는 반면도 가지고 있는 것이다[73]. 한 집단의 보편성 가운데서 개별적인 존재로서의 시인은 '오늘의 문명'이 우리 집단에 미치는 악영향을 구체적으로 진단하고 인간성을 고갈시켜 병적 상태로 이르게 하는 원인을 규명하며 집단 가운데서 문제해결의 방도를 찾아 처방해야할 책임을 지고 있어야 한다고 생각했다.

> 생활이라고 하는 것은 결코 개개의 생활은 아니다. 전일적 자아의 그것이다. 그래서 그들은 군중이라는 것에 많은 매력을 느끼고 『군중은 발작이다.……군중은 다른 집단에 대하여, 영웅이 다른 사람에게 대하는 것과 같이 확대에 의하여 특수한 성격을 보이고 그리고 그 대소에 의하여 경험없는 관찰자의 주목을 끄는 「타입」 이다』라고 규정했다[74].

총체적 생존을 부여받은 전일체로서 군중을 하나의 주체로서 내세운 시파들은 전일적 정서를 노래하는 '유나니미즘'을 강조하고 있다고 언급하면서 김기림은 이러한 군중의 존재가 시간적·역사적으로 살아 생존한다는 것을 확신한다. 이러한 '유나니미즘'은 전쟁에서 피폐하고 배신당한 민중을 위해 통분하는 점에서 휴머니즘에 근거한 것이 된다. 이러한 '유나니미즘'은 개성적인 생볼리즘과 대척되는 것으로 통일적인 성향, 집단적인 의미를 띠는 것이다. 군중적 생활상을 경험하

---

73 김기림, 「시의 난해성」, (『김기림전집』2, 심설당, 1988, 114면/시원, 1935).
74 김기림, 「상아탑의 비극」, (『김기림전집』2, 심설당, 1988 313면/동아일보, 1931).

고 군중의 고초를 함께 느끼고 군중을 위해 분노할 줄 안다는 의미에서 유나니미즘은 보편성을 내장한 인간을 요구하는 것이다. 따라서 이러한 주체를 여기에서는 '군중적 주체'라고 가정한다. '군중적 주체'란 민중이라는 집단을 대변해 줄 수 있는 '집단의 눈', 또는 '집단의 심장'이라는 의미이다. 김기림은 시인이 작은 자아 내지는 작은 주관으로 머무르기를 원하지 않았다. 군중의 힘을 믿었기 때문에 인테리겐차가 군중 속에서 외칠 때라야만 작은 주관 작은 자아에서 세계·역사·우주 전체로 옮겨갈 수 있다고 인식했던 것이다. 이러한 의식은 개성이 보편성에 근거한 것임을 인지한 것으로 임화의 민중주의가 프롤레타리아의 생활을 그리기 위해 아래로 한없이 시각을 내리려고만 했던 것에 비하여 김기림이 내세운 인테리겐차의 눈은 군중 속에서 군중을 세계의 맨 앞에 내세워야 하기 때문에 군중을 위로 끌어올려야 하는 임무를 떠맡고 있었다. 이런 측면에서 김기림은 지성을 강조했고 시인의 역할을 집단의 예언자, 또는 선구자로 규정했던 것이다. 군중적 주체가 집단의 눈이 되기 위해서 지성적 면모가 필요했다면, 집단의 심장이 되기 위해서 휴머니즘적 인간일 필요가 있었다. 이런 견지에서 군중적 주체는 집단의 눈과 심장의 역할을 담당하기 위해서 지성과 인간성을 함유한 인간으로 정의될 수 있다.

인간성회복이라는 기치아래 발견된 낭만주의는 개인적인 감정에 토대를 둔 것이 아니라 시대와 역사를 의식하는 보편적 집단의 정서에서 비롯되어야 하는 것으로 규정되었다. 이러한 집단은 문명비판이라는 하나의 명제를 위해 제시되었지만, 집단의 보편적 힘을 통해 새로운 문명으로 나아갈 노정에서 그 집단은 민족적 성격으로 규정될 필요가 있었다. 세계 도처에서 이루어지고 있는 식민지 건설에 의해 피억압자로서의 피식민자들은 소수 제국의 폭정 아래에 놓여 있었다. 다수 인간들을 구원할 이데올로기로서 휴머니즘은 제안되었고, 이를 통해 식민지 극복을 시도하려는 노력은 민족이라는 집단을 통해서 이루어질 수 있다고 파악한 것이다. 식민지 건설은 인종적·민족적·국가적 경계 속에서 이루어진다. 따라서 인종적·민족적·국가적 결집을 통해서만 식민자들의 굴레를 벗어날 수 있다는 자각을 통해 소거되었던 비자아들은 식민지 주체들로 움직이게 된다.

> 개인의 창의가 아무리 뛰어났다 할지라도 한 민족의 체험으로써 결정되고 조직된 연후에 비로소 시대의 추진력이 될 수 있게 된 것이 「오늘」이라는 역사적 일순의 특이한 성격인 것 같다[75].

시인은 천재적 자질을 갖는 대신 민족적 체험으로 심화되어야 한다[76]. 시인은 천재성만으로 무장한 고립된 존재가 아니라 집단적 존재로서 표출되어야 하는 존재인 것이다. 情意를 함의한 인간은 지성의 근대를 지나 새로운 세계의 도래를 위한 전제가 된다. 인간성의 회복을 통해 근대문명비판을 기도했던 김기림은 한 인간의 천재성만으로는 역사의 새로운 전기가 마련되지 않을 것이라고 확신하며, 민족적 체험에 의해 군중적 힘을 담지하게 된 주체의 필요성을 역설한다. 오늘의 문학을 내일의 문학으로 앙양할 것을 주장하고, 종합적이며

---

75 김기림, 「우리 신문학과 근대의식」, (『김기림전집』2, 심설당, 1988, 50면/인문평론, 1940).

76 김기림은 「민족과 언어」(1936)에서 "얼마 전부터 내 가슴에 걸려서 아직까지도 잘 내려가지 않는 것은 민족과 언어의 문제"라고 했다. 그러면서 "현단계에서는 한 민족이 그 민족의 말을 내던지는 것은 역사의 진전에 대한 봉사가 아니고 도리어 그 背叛이"라고 함으로써 지금 현실의 민족적 관심을 표명하기에 이른다.

전체적인 방향에로 시의 지향을 도모했던 김기림의 '인간성'의 의미는 보편적 인간이었다. 그 보편적 인간의 실체로서 제시되고 있는 것이 '민족'이었다. 지성이나 이성으로 파악된 세계는 합리적 질서체계였다. 그러나 낭만주의의 감성으로 파악한 세계는 비합리적 생명체였다. 이러한 낭만주의의 유기체적 세계관은 '민족'을 하나의 생명체로 간주한다. 각개 민족문화는 하나의 생명체로서 각개 지류는 보다 큰 유기체에 부속된 소유기체이며, 모두 민족혼의 표현이라는 것이다[77].

김기림이 민족의 체험으로써 조직된 연후에 시대의 추진력이 되어 세계라는 더 큰 유기체의 방향으로 나아가야 하는 순간에 당도해 있음을 자각했던 내면에는 민족적 체험에 근거하지 않으면 그 생명성을 잃고 좌초될 위기에 놓일 수도 있다는 경고도 내장되어 있다. 김기림은 "역사의 전환은 한 철인이나 문인의 창조라느니 보다도 각 민족 즉 그 성원의 집단적인 체험과 의욕의 투자를 요구한다."라고 언급한데서 집단의 체험과 의욕이 역사의 전환을 이룰 것을 확신했으며 민족적 단위로 움직이지 않는다면 역사의 전환은 이룩되지 못할 것이라는 전망을 내놓았던 것이다. 이러한 민족적 체험이나 민족이라는 집단에 대한 중요성을 인식함으로써 김기림은 초기에 근대성에 기대어 비판했던 전통성에 대한 입장을 재고하게 된다.

한 민족이 세계에 향해서 실로 그 자신이 이해되기를 원한다면 그것은 자신의 문화를 버림으로써 얻어질 리는 만무하다. 보다도 전통 및 생리와 보편성과의 충격과 조화와 충격의 끊임없는 운동을 따라 그 자신의 문화

---

77 오세영, 「낭만주의 이념」, (오세영 외, 『한국문학연구방법론』, 민족문화사, 1983), 62면.

를 더 확충하고 심화하고 진전시킴으로써 이루어질 수 있을 뿐이다[78].

근대의 열렬한 지지자였던 김기림은 근대문명의 폐단을 읽고 전통과 민족의 중요성을 인식하기 시작했다. 그렇지만 여전히 문명의 발전을 기획하고 있는 이 야심가는 조선적인 것만이 세계적인 의의를 가진다고 깨닫는다. 그의 야심은 조선의 정신과 생활 속에서 조선 문학이 그 자신을 발휘하여 세계의 한 구석에서 빛나는 존재를 획득하는 것이었다. 이러한 야심은 벌써 1930년대 초반부터 지속적으로 싹을 키워내고 있었다. "조선민족의 생활의 근저에서 물결치는 굳센 힘과 그 정신 속에서 새어 오르는 특이한 향기를 파악하여" "세계의 어느 구석에서도 찾을 수 없는 독특한 조선적인 것이 아니면 아니[79]"된다고 강조한 이면에는 연약한 조선 문학에 대한 반성과 피있는 호흡의 거친 문학인 우리문학을 고무시키는 경향이 있었다. 민족 생활 자체를 깊이 있게 음미하고 이해함으로써 세계적 존재가 될 수 있다는 이러한 인식은 새롭게 발전 될 문명에서 우리 민족의 위치가 종속적 수동적 역할에 있지 않다는 민족적 근대 기획을 의미하는 것이다. 그에게 근대는 우리가 아직 도달하지 못한 이상이지만 무조건적으로 추수될 대상은 아니었다. 그는 근대성에 의해 식민화가 획책되었고, 그러한 근대의 그늘에 우리 민족적 운명이 처해 있었던 것을 의식하고 있었다.

---

78 김기림, 「우리신문학과 근대의식」, (『김기림전집』2, 심설당, 1988, 51면/인문평론, 1940).

79 김기림, 「신민족주의 문학운동」, (『김기림전집』3, 심설당, 1988, 228~229면/동아일보, 1932).

이러한 전체적인 인간이 시대 시대의 격류 속에서 한 전체로서 체득하는 균형-그것이 바로 오늘의 시인이 그 내부에서 열렬하게 찾아 마지않는 일이다.… 역사의 전기라고 하는 것은 결코 한 천재의 손으로 처리되지는 않았다. 늘 집단의 참여에 의해서 추진되었다. 오늘 구라파에 있어서만 해도 세계사의 새로운 전개를 위한 여러 민족의 한 데 엉켜서 연출하는 심각한 전율을 보라. 새로운 세계는 실로 한 천재의 머리속에서 빚어지지는 않는다. 차라리 각 민족의 체험에 의해서 열어지는 것이다[80].

김기림은 정의적 요소의 도입으로 시가 서정화 되는 것이 전래의 센티멘탈리즘과 차별적인 것임을 강조한다. 다시 말해서 시대 역사성을 탈락한 한 개인적 차원의 감상적 자아로서의 시인이 아니라 집단적 성격으로 규정되는, 집단의 보편성으로 구축되는, 그리고 시대 역사적 상황을 공유하는 시인을 내세우게 된 것이다. 이러한 시인이 함유한 집단적 성격은 민족이라는 범위로 한정된다[81]. 이러한 '민족' 집단을 보편성의 테두리로 규정함으로써 그의 세계주의는 범인류적인 성향으로부터 빗겨난다. 이는 식민지 상황을 살아가고 있는 민족 공동체 의식을 바탕으로 하고 있는 문명비판의 지점으로 탈식민성을 함의한다. 그런데 이러한 '민족'이라는 것은 민족 고유의 성질, 즉 정체성이나, 민족의 역사, 즉 기원을 함의하는 것이라기보다는 집단적 성

---

80 김기림, 「시의 장래」, (『김기림전집』2, 심설당, 1988, 340면/동아일보, 1940).

81 식민지 사회에서 제국의 통제에 저항하는 가장 강력한 핵심중의 하나는 민족의 개념이었다. 그것은 공유하는 사회라는 개념이다. 그것은 베네딕트 앤더슨이 '상상의 공동체'라고 부른 것이다. 그것은 탈식민 사회들이 자기 이미지를 제국의 압력으로부터 자기 자신들을 해방하기 위해 행동할 수 있는 것으로 만든다(Bill Ashcroft · Gareth Griffiths · Helen Tiffin, *Nationalism*, Bill Ashcroft · Gareth Griffiths · Helen Tiffin ed, *The postcolonial studies reader*, 151~152면).

격, 현재라는 시간과 여기라는 공간을 점유한 동시대성을 내포한 개념으로 상상의 공동체로서의 의미를 지닌다.[82] 이러한 민족의식은 식민 상황이 극복되면 민족이라는 집단도 해소될 수 있다는 의식을 드러냄으로써 탈식민적 관점에서 식민성을 극복한 민족주의가 다시 식민주의의 자민족중심주의로 귀결되는 것을 경계하는 측면과 일치되는 경향을 보여준다.

> 금후 세계의 문학은 더욱더욱 유사성을 많이 나타내는 반면에 어떤 민족의 독특한 문화적 성격같은 것은 차츰 형성되면서 있는 세계 문학 속에 해소되고 말지나 않을까. 따라서 고전주의나 자연주의 시대의 불란서나, 「로맨티시즘」시대의 영국이나 독일처럼 그 민족만이 가지고 있는 특성을 가지고 세계문단의 전면에 나타나서 이것을 지배하고 지도하는 일같은 일은 아마도 이 뒤에는 바랄 수 없을 것 같다[83].
>
> 오늘의 문명이 조화있는 발달을 하고 있다고는 아무도 말할 수 없을 것이다. (…) 물질문명은 거대한 압력에 밀려서 날로 나아가고 또 그 은혜는 일부에 독점되는가 하면, 한편에서는 정신문화의 어떤 부문은 아주 돌보아지지 않는다. 조화있는 인간이나 조화있는 문명은 도저히 현실의 것일 수 없었다[84].

---

82 민족을 '상상의 공동체'라고 말하는 것은 어떤 사람들이 머리 속에서 마음대로 상상하거나 꾸민 것이라는 뜻이 아니다. '상상의 공동체'는 특정한 시기에 사람들의 경험을 통해서 구성되고 의미가 부여된 역사적 공동체이다(베네딕트 앤더슨, 『상상의 공동체』, 윤형숙역, 나남, 2002, 264면).

83 김기림, 「장래할 조선문학은」, (『김기림전집』2, 심설당, 1988, 133면/인문평론, 1939).

84 김기림, 「시의 르네상스」, (『김기림전집』2, 심설당, 1988, 121~122면/조선일보, 1938).

김기림의 근대성 지향은 서구 지식과 문명에의 동화이다. 이는 지성의 구축을 통해 문명화된 서구 제국들을 흉내 내면서 타자를 통해 세계를 해석하는 소거된 자아의 모습으로 드러난다. 서구 제국의 우월성을 추종하면서 자기 비하를 서슴없이 획책하는 비자아는 전통과 과거를 폐기해야 하는 것으로 파악한다. 반면에 과학지식과 신기술을 이용해서 중심화 된 서구에 의해 계획되는 변방의 식민지 역사 현실을 인식했을 때, 피식민자는 주체화되는 과정에 돌입하게 된다. 중심화 된 식민 지식은 식민지 건설에 따른 문명화사업을 보편적인 세계적 사업으로 확장한다. 그러나 실제로 그러한 식민자의 보편성은 피식민자들에게 적용되지 않는 보편성이었다. 다시 말해 피식민자들에게 "물질문명의 은혜는 일부에 독점되는" 특수성이었던 것이다. 근대성의 이면에 이접되어 있는 식민성을 의식함으로써 '오늘의 문명'은 인간이나 문명이 부조화된 상태의 지속이었음을 깨닫는다. 따라서 그러한 근대 극복의 전략으로 수용된 휴머니즘은 근대성 극복의 주체를 민족이라는 집단으로 명기함으로써 인간성 회복이 곧 피식민자들의 주체성 회복이며, 근대성 극복이 곧 식민성 극복이라는 점을 환기한다.

이러한 오늘의 근대성은 내일의 조화로운 문명 건설을 위한 과도기적 근대성이므로 지나쳐야 할 하나의 과정이다. 그렇기 때문에 서구적 근대성은 전유될 필요가 있지만, 베끼기 식으로 완전히 이식될 수 없는 것이다. 그것이 베끼기로 끝난다면 동화 이상의 의미를 지니지 못할 것이다. 그렇지만 김기림은 근대 추구를 통해 새로운 근대, 미래적 근대를 욕망하기 때문에 동화의 전략에 의해 제공되는 근대를 수동적으로 수용하는 자세를 극복하려는 지점을 보인다. 근대화를 통한 힘의 논리를 내재화함으로써 서구 근대를 비판할 수 있는 위치에 도달하며, 집단적인 민족을 통해 탈식민화를 확보해간다. 이는 제국의 근대성을 목격하는 지점에 무의식적인 동화와 의식적인 욕망이 함께 분포되어 있다는 의미인데, 이 의식적인 욕망의 과정은 제국의 근대성을 재구성하고 폐기하는 주체화과정이며, 이는 또한 민족적 집단을 통해 그러한 재구성과 폐기가 이루어지는 가운데, 새로운 근대 건설이 이루어지면 민족 또한 폐기되어야 할 존재라는 점을 지적함으로써 김기림의 탈식민주의는 파농식의 민족주의가 범하게 될 식민 이후의 민족주의의 식민성 다시쓰기에 대한 우려 또한 극복하는 차원을 보이는 탈식민주의로 확인된다.

4) '전체시'의 역동일성

김기림은 서정시를 감정을 표방한 시로 보고 낭만주의적 양식으로 규정한다. 또한 휴머니즘을 낭만주의와 등가로 봄으로써 인간성이 곧 서정시의 요건이 됨을 피력한다. 따라서 서정시는 인간성을 도외시하는 근대문명과 대척되는 지점에 놓여 있는 것으로 파악될 수 있다. 그는 문명화함에 따라 인간성이 소멸되고 더불어 시도 쇠퇴하는 경로를 밟고 있다고 진단함으로써 결국 시의 서정화의 길이 현실을 인식하고 비판하는 측면과 다른 것이 아니라는 의미를 드러낸다. 이러한 사회·역사성을 함의한 서정시의 모색으로서 제공되는 것이 김기림의 전체시이다.

문명에 대한 시적 감수에서 비판에로 태도를 바로잡아야 했다. 그래서 사회성과 역사성을 이미 발견된 말의 가치를 통해서 형상화하는 일이다. (…) 전시단적으로 보면 그것은 그 전대의 경향파와 「모더니즘」의 종합이었다[85].

전체로서의 시는 지성과 감정의 대등한 결합으로서 전제되었지만, 근대문명의 인간성 소멸을 이슈화함으로써 문명비판의 역할을 수행하는 자질로서 감정을 파악한다. 그는 "우수한 작품은 늘 그 시대 시대의 우수한 감성이 발견하고는 공명하"는 것이라고 정의하는 데 그것은 곧 "시는 한 사회가 쓰고 있는 정신적 교통의 도구로서" "그 사회의 정서생활의 깊이와 문화적 감성이 가장 세련된 모양으로 담겨 있다[86]"는 취지를 갖는다. 시의 감성적 측면이 시대성과 밀접한 관련을 갖는다는 의식은 곧 경향파의 현실인식의 측면을 종합할 하나의 명제로 파악하는 것이다. 전체로서의 시의 서정화 방향은 결국 근대문명을 비판하기 위한 아주 적절한 시의 양식으로 제시된 것인데, 기계적인 근대문명의 비판이 곧 서양 문명에 대한 비판으로 이어짐으로써 전체시를 근대문명의 반명제로서의 시로, 식민성을 극복하는 시로 초점화 했다.

서양문명은 더욱 급격하게 동양제국을 그 영향 아래 몰아넣었다. 일본·중국·인도 등 제국에서 일어난 신문학-소설 서양시의 모양을 딴 신체시 등-은 맨 처음에는 서양문학의 모방에서 시작되었다. 그것은 그 문학의

---

85 김기림, 「모더니즘의 역사적 위치」, (『김기림전집』2, 심설당, 1988, 57~58면/인문평론, 1939).
86 김기림, 「시의 르네상스」, (『김기림전집』2, 심설당, 1988, 122~128면/조선일보, 1938).

모체인 문명의 침입에 따라오는 불가피한 일이었다[87].

문명의 침입에 의한 식민지적 상황은 신문학의 발생을 초래하는 데, 이는 힘의 논리에 따른 어쩔 수 없는 수용이라는 측면을 직시하면서 그러한 영향권 내에서 '동양의 젊은 시인'들은 재래의 정서에 가장 근사한 '로맨티시즘과 세기말'의 풍조로 기울어갔던 것이라고 언급하고 있다. 이에 대하여 "역사적 현실에 대하여 퇴각하는 자세를 보이는 문학"이라고 단정함으로써 제국의 문명과 재래의 전통을 모두 비판하는 시각을 견지한다. 서양으로부터의 근대는 동양의 나라들에서 침략적인 형태로 전파된 것이며, 낭만주의 또한 그러한 서양의 문명 침입에 의해 수용된 것으로 재래의 낡은 습속과 혼류된 것으로 부정한다. 전체시는 내용과 기교의 통일로 경향시의 사회 역사성을 시 속에 끌어들임으로써 현실인식의 측면을 강조한다. 그런데 그가 생각하는 현실은 하나의 정점이다. 현실은 연속적인 현재가 아니며, 따라서 과거와 연결된 현재가 아니다. 공간적·시간적 일점으로서의 현재는 과거와 인과관계에 있는 것이 아니라 단절된 관계를 형성한다. 시란 "한 시대의 가치의식을 체현"하는 것으로 "한편의 당시나 고시조는 결코" "우리의 감상을 받지 못하"는 것으로 파악되는 것이다. 지금 현재, 여기의 문제를 가장 중요한 현안으로 간주함으로써 김기림은 근대 극복을 가장 중요한 지점으로 설정한다.

이러한 관점에는 재래의 퇴각적인 전통은 대안이 될 수 없다는 인식을 바탕으로 집요하게 새로운 문명 건설에 매달리는 자세를 표출하

---

87 김기림, 「모더니즘의 역사적 위치」, (『김기림전집』 2, 심설당, 1988, 54면/인문평론, 1939).

게 되지만, 또 한편으로는 제국의 문명건설은 침략적인 것이기 때문에 경계해야 할 근대성으로 간주하면서 일본제국의 근대화의 단계와 우리의 근대화 수준이 별반 다르지 않는다는 인식을 노출시킨다. 그러한 인식은 1920년대 낭만주의를 낡은 재래의 전통과 접목된 황혼의 노래로 파악한 것으로 문명에 대한 일정한 감수를 기초로 하는 모더니즘의 출현이 필연적인 시대·역사적 요청이었음을 설득하는 계기를 제공한다. 1920년대 낭만주의는 김기림에게는 식민성과 연결된 하나의 타자적 담론이었다. 재래의 전통은 그 식민성을 극복할 대안이 되기보다는 오히려 식민성에 부합하는 하나의 요건이었다. 그러나 이러한 침략적 문화형태를 극복할 하나의 대안으로 제공된 모더니즘은 근대성 추구로 나아감으로써 문명에 대한 시적 感受의 한계를 벗어나지 못한, 식민지라는 현실인식과는 거리가 먼 형태로 드러난다. 이는 근대적 외향과 그것이 가져다준 만족감이 조선인을 구속했던 자기부정의 식민지적 심성을 근원적으로 치유해줄 수 없었다는 자각이었다[88]. 이에 김기림은 기교주의적 말초화를 극복함으로써 현실인식의 측면을 도모하고 사회·역사성을 시에 도입하기 위해, 즉 원래의 문제의식을 복원하려는 노력에서 휴머니즘을 제안하게 되는데, 이때 휴머니즘은 근대성 비판의 지점으로 우리의 근대성 기원에 대한 문제점을 드러냄으로써 근대성이 안고 있는 식민성을 포착하게 한다.

이렇게 시가 현실인식의 측면과 사회·역사성을 함의함으로써 근대성 추구가 결국 식민성에 동화되어가는 과정임을 깨닫게 된 것이다. 그래서 현재는 극복의 시간이 되어야 할 필요가 있는 것으로 간주된

---

88 허영란, 「근대적 소비생활과 식민지적 소외」, (역사문제 연구소, 『전통과 서구의 충돌』, 역사비평사, 2001), 89면.

다. 지금 시행되고 있는 식민지에서의 근대는 제국의 영향권 내에서 이루어지고 있는 타자적 산물이다[89]. 그런데 그 근대성을 타자의 침략적인 것이라고 폐기할 수도 없다. 왜냐하면 근대성 자체는 권력을 배태하기 때문이다. 근대화된다는 것은 힘을 갖게 된다는 것이며, 힘을 갖는다는 것은 최소한 억압되는 삶으로부터 벗어날 수 있다는 의미이기 때문이다. 그래서 근대성 추구는 동화와 극복의 이중적 의미를 지니며, 결국에는 식민제국의 우월한 자질 획득을 통해 타자보다 우월한 위치로 격상할 수 있다는 욕망까지 함의하게 한다.

시인은 단순히 현재의 지상만을 굽어볼 것은 아니다. 내일을 노려보는 것-다시 말하면 오늘을 넘어서 나아갈 길에 대한 추구를 게을리해서는 아니될 것이다[90].

조선문학도 금후 더욱더욱 활발하게 그 자체 속에 세계의식·세계양식을 구비하면서 세계문학에 가까워질 것이 아닐까. 우리는 또한 조금치도 세계에 대하여 비겁할 필요도 인색할 필요도 없다. 문을 넓게 열고 세계의 공기를 관대하게 탐욕스럽게 맞아들여도 좋을 게다. 그러함으로써 우리는 세계적 수준으로 향하여 성장할 수도 있고 또한 세계에 줄 우리의 특성이 무엇인가도 찾아낼 수가 있을 것이다[91].

---

89 식민주민은 도시를 풍미하던 근대적 소비문화에 근원적으로 이방인일 수밖에 없었다. 거주민의 민족구성에 의해 이원화된 도시공간은 지배민족과 피지배민족이 나뉘어진 공간이자 일제에 의해 문명과 미개로 규정된 별개의 세계였다.(허영란, 위의 책, 77~78면) 따라서 근대적이고 문명화된 산물은 일제에 의해 이식되고 작동되는 이데올로기였다.

90 김기림, 「시의 시간성」, (『김기림전집』2, 심설당, 1988, 158면/조선일보, 1935).

91 김기림, 「장래할 조선문학은」, (『김기림전집』2, 심설당, 1988, 134면/인문평론, 1939).

　1930년대 주체는 근대적 자각과 식민지적 상황을 의식하는 주체, 즉 근대성과 식민성으로 구성되는 주체라 정의할 수 있다. 주체는 자명한 출발점이 아니라 특정한 사회적 혹은 역사적 과정을 통해 구성되고 만들어지는 것으로 파악해야 한다는 점을 인식한 것이다. 따라서 주체의 표현에는 사회·역사적 맥락이 작용함으로 문명비판에 역점을 두게 되었고 낭만주의, 즉 휴머니즘의 필요성을 언급하는 것에는 제국의 근대성 비판과 극복을 통해서만 우리의 시가 세계적이 될 수 있다는 욕망을 출현하게 되었다. 서구의 낭만주의 시대와 같이 민족적 특성을 가지고 세계문단의 전면에 나서서 지배하고 지도하는 일은 이제 가능할 것 같지 않다고 보았으나 대신 "세계가 공통하게 소유하고 이해할 수 있는 세계적 성격을 갖춘 세계문학의 시대를 우리들의 자손은 반드시 맞을 줄 믿는다[92]"고 기대하고, 세계에 대하여 조금도 비겁할 필요도 인색할 필요도 없으며 문을 열고 세계의 공기를 탐욕스럽게 맞아들여 세계적 수준으로 성장해서 우리가 무언가를 세계에 줄 수 있는 위치에 도달해야 함을 역설함으로써 우리 민족이 역사적 존재로서 세계 속에 당당한 주체로 설 수 있다는 의욕을 드러낸다. 이는 곧 시의 서정화를 통해 근대문명을 비판하고 근대문명을 넘어서 진화된 문명 속에서 세계문학의 담지자로서 하나의 중요한 역할을 해야 할 의무가 우리 민족에 있음을 강조한 것이다.

---

92 김기림, 「장래의 조선문학은」, (『김기림전집』2, 심설당, 1988, 133~134면/인문평론, 1939).

3. '순수성' 담론의 민족주의적 소망과
의지적 주체의 고발성

1) 낭만주의의 변용과 민족문학 수립의 의지

김기림은 박용철에 대해 "시인 박용철씨는 시론으로 「센티멘탈리즘」을 주장하였는데 그 점에 있어서는 씨는 나와는 대척점에 서고 있다[93]."고 대립각을 분명히 세움으로써 박용철의 낭만주의를 1920년대 센티멘탈 낭만주의와 동격으로 돌려놓는다. 이때 센티멘탈리즘은 개인의 주관적 감상과 자연의 풍물만을 노래하는 시를 이르는 말인데, 도피적이고 패배적인, 그리고 회고적인 인생태도를 의미하는 것이다. 그러나 박용철은 감상성과 영감설 등을 극복하려는 노력을 통해 낭만주의 문학관 내에서 센티멘탈리즘을 견제하는 태도를 보이게 된다.

> 자기의 감정을 그냥 들어내놓아서 무턱대고 걸작이 되는 것이라면 그렇다면 마을 너편네나 술주정군이 쌈하면서 들어 퍼붓는 욕(그것도 감정의 발로가 아닙니까)과 고귀한 시인의 회심의 작이 다를 것이 없게 될 것입니다[94].

김기림은 적극적 감성과 소극적 감성으로 나누고 전자를 통해 낭만주의의 문명비판을 구현해 갔다. 반면에 박용철은 일상의 감정과 고

---

93 김기림, 「1933년 시단의 회고」, (『김기림전집』2, 심설당, 1988, 60면/조선일보, 1933).
94 박용철, 「신미시단의 회고와 비판」, (『박용철전집2』, 깊은샘, 2004, 77면/중앙일보, 1931).

귀한 감정으로 감정을 양분한다. 낭만주의의 감정 존중을 바탕으로 하지만 아무 감정이나 시가 될 수 있는 것은 아니라고 판단한다. 김기림의 적극적 감성은 문명비판을 위한 작가적 의지와 비슷하다는 측면에서 임화의 리얼리티 획득을 위한 창조적 정신과 상통하는 면이 있다. 그러나 박용철의 고귀한 감정은 그러한 현실인식의 측면을 뚜렷하게 드러내지는 않는다. 그러나 "사전에 그리는 법을 익히고, 손을 숙련시키는" 화가나 조각가 같이 시인 또한 '졸렬한 말솜씨'로 꾸며진 시를 넘어서기 위해서는 그러한 과정이 필요함을 언급함으로써 '더' 고귀한 감정이 배우고 익히는 과정 중에서 생성되는, 무턱대고 드러나는 감정이 아닌 것이라고 규정한다. 이는 박용철의 낭만주의가 감정을 남발하는 것을 경계했던 임화나 김기림의 그것과 그리 멀지 않은 지점에 위치해 있음을 나타낸다. 박용철은 "현대인은 감상을 폭로시켜 조소의 대상되기를 싫어하는 것이 당연한 일[95]"이라고 평가하면서 '냉연한 포즈' 뒤에서 간접화방식으로 전달되는 감정의 존재를 인정함으로써 감정의 발화 자체가 시의 형식이 되고, 시의 경향이 되었던 1920년대 낭만주의와는 다른 지점으로 흘러간다.

> 지용은 신여성십일월에 『초ㅅ불과 손』이라는 신작을 냈습니다. 『완-투-드리』하고 손을 펴면 거기서 만국기가 펄펄날리는 『말슴의 요술』을 부립니다. 왕년의 센티멘탈리즘은 어디가고 람보가 『시인의 시인』이라는 칭을 드름같이 그는 우리의 『시인의 시인』입니다[96].

---

95 박용철, 「병자시단의 일년성과」, (『박용철전집2』, 깊은샘, 2004, 105면/조광, 1936).
96 박용철, 「신미시단의 회고와 비판」, (『박용철전집2』, 깊은샘, 2004, 79면/중앙일보, 1931).

　　박용철이 김영랑과 함께 시문학파의 대표적인 순수 서정 시인으로 높이 평가한 시인이 정지용이다. 시문학파의 시들이 계급주의 문학의 타자로서 순수서정의 세계를 탐구한 데 대해 임화나 김기림은 시문학파의 낭만주의적 경향을 센티멘탈리즘이라고 하여 배격하였다. 이에 대해 박용철은 낭만주의로부터 센티멘탈리즘을 분리해내고 정지용이 비로소 시인 중의 시인으로 거듭날 수 있었다는 평가를 내보임으로써 그들의 낭만주의가 1920년대의 센티멘탈적 낭만주의에서 일탈된 것, 적어도 일탈을 시도한 것임을 시사하게 된다. 이는 낭만주의의 감정 표출에 의한 주관성으로의 함몰을 일정정도 배격하는 것으로 내면세계로의 침잠으로 인한 퇴폐적이거나 도피적 경향의 1920년대 낭만주의의 센티멘탈리즘과 거리를 둠으로써 현실에 무감각했던 자아의 모습으로부터 벗어나려는 시도라 평가할 수 있다.

　　프로문단은 여전히 현실인식의 문제를 주체재건이나 휴머니즘 논의를 통해 주관화의 방향에서 모색하고 있었으며, 모더니즘은 "현실을 이해하는 데서 그것을 초극하는 데로 나아가야 함을 시인의 정신적 위치이며 방향으로[97]" 파악함으로써 주관성의 도입을 적극적으로 실현하고 있었다. 이러한 문단 내 기류는 주관과 객관의 결합과 조화의 방법을 모색하는 가운데 주관성은 객관현실이나 지적 보편성을 주체적으로 파악하기 위한 작가 정신이나 의지로 표현되며, 이러한 주관성은 시대·역사성을 극복하기 위한 방안으로 객관성 지양의 방향에서 설정된다. 이러한 문단적 분위기에서, 박용철의 낭만주의 문학관은 개인의 내면세계를 지향하는 주관성을 지양하는 노력을 통해 현

---

[97] 김기림, 「감상에의 반역」, (『김기림전집』2, 심설당, 1988, 110면/시원, 1935).

실에 접근하려는 경향을 보이게 되는 데, 그러한 단초를 보여주는 것이 바로 효과주의적 문학관이다.

> 이 경험B의 대체가 예술일 경우에는 경험B의 내용은 우리의 상상을 자유로이 비상시키고 감각에 愉悅의 정을 일으키는 소위 미적경험이지마는 이와 다른 논문에 의한 지식 생활상의 실경험 등도 우리에게 변화를 일으키는 점에서는 동일한 것이다.(…) 한 개의 예술적 작품의 효과는 간접 다시 간접으로 우리의 생활에 작용하야 우리의 정치, 경제, 사상, 과학, 종교가 다 그 영향을 입었다고 할 수 있다[98].

독자의 현실인식의 측면을 고려하는 이러한 견해는, 지식과 실제경험, 그리고 하나의 유기체로서의 예술 또한 우리를 변화시키고 생활에 작용하여 사회의 제반 여러 분야에 영향을 미칠 수 있다는 입장을 보여준다. 한 개의 문학 작품이 사회에 끼치는 영향은 가장 측정하기 어려운 것이며, 보통의 독자는 그 미묘한 영향을 알아차릴 수도 없다는 점을 들어 맑스주의자들의 효과주의를 비판하면서 "예술이 다른 사회현상과 다름없이 사회전반에 영향을 끼치는 것은" 인정하나 예술이 어떠한 경로를 밟아 사회에 영향을 미치는가에 대한 이해가 먼저 전제되어야 할 것을 제안함으로써 예술의 사회성을 전적으로 거부하지 않는 태도를 보여주게 된다.

이러한 그의 관점은 프로 문학의 유물사관을 비판한 것이지, 문학의 사회성을 부정한 것은 아니다. 따라서 박용철은 "부르주아 문학론

---

98 박용철, 「효과주의적 비평논강」, (『박용철전집2』, 깊은샘, 2004, 26~27면/문예월간, 1931).

이 문학은 보통 쾌감을 일으키는 것"이라고 본 것에 대해 비판하면서, 쾌감이라는 것을 직접 실생활의 이해관계를 떠난, 실행에 의한 것이 아닌 관조에 의한 쾌감이라고 파악한 것은 예술을 추상적 관념에 의한 것으로, 논리적 설복으로서 사회적 영향을 고려하는 프로문학론의 추상적 관념성과 다르지 않다고 보았던 것과 맞물린다. 그러나 "실용의 수평선을 벗어나야 예술의 이름에 해당한다"고 본 부르주아 문학론을 비판한 것은 실생활의 현실인식을 중요한 문제로 안고 있었던 프로문학이 부르주아 문학론 측을 향하여 하던 비판과 일반 다르지 않다99. 다만 박용철이 프로문학을 비판하는 입장은 단지 작품의 사회적 효과를 다각도에서 면밀히 검토하여야 함에도 불구하고 프로문학은 작가의 생산관계에 따른 계급현실, 정치적 관념에 치우치기 때문에 그 추상성을 면할 수 없다는 데 있었다. 이는 "예술은 추상적 관념에 의해서가 아니라 구체적 형상에 의해서 표현하는 것이며 사회에 끼치는 영향도 논리의 설복으로서가 아니라 감정의 전염으로 하는 것이다"라는 언급에서 확인할 수 있듯이 박용철은 프로문학의 효과주의적 관점을 공유100하면서도 계급현실이라는 정치적 관념이나 사상성보다는 '감정의 전염'을 더 중시하는 경향을 보임으로써 프로문학의

---

99 박용철은 부르주아 문학론이 "직접 실생활의 이해관계를 떠난 쾌감, 실행에 의한 쾌감이 아닌 관조의 의한 쾌감만을 예술이"라 한 점을 비판한다.

100 박용철은 "예술품이 사회에 끼치는 영향에 준거하야 예술을 평가하려는 비평가"를 전제하면서, 자기비판적 계급적 입장과 교양, 사회의 제세력의 구성관계의 파악, 그 작품의 실제독자의 예상, 사회가 받은 영향 등을 작품의 효과를 측정하려는 노력으로 나열하고는 작품산출의 경로 내지는 이유로, 작자의 민족과 국토와 환경, 사회 제세력의 구성관계와 작자의 입장, 작자의 예술적 재능과 개성적 특질, 예술적 수법 등을 병존시키고 있다. 전자의 작품 효과를 측정하려는 노력의 예들은 프로문학의 현실인식의 태도와 부합되는 측면이 발견되고, 후자의 작품산출의 경로 내지 이유는 낭만주의의 특성을 다수 포함하고 있다.

효과주의적 관점과 차별점을 둔다. 프로문학이 작가의 현실인식의 정도가 독자에 끼치는 효과를 좌우한다고 본 반면, 박용철은 텍스트가 전달하는 감정이 독자의 해석과 상호 영향관계에 있다고 본 견해이다. 이러한 측면에서 박용철은 문학이 한 개의 독자적인 존재임을 부각시키면서도 독자의 수용과정에서 초래될 영향관계를 의식함으로써 문학이 현실과 분리될 수 없는 것임을 피력한다. 또한 이러한 입장은 낭만이라는 말이 일반적으로 함의한 공상적·비현실적·비실제적인 태도[101]로부터도 거리를 둔다. 현실과는 거리가 먼 세계를 동경하는 낭만주의는 박용철에 의해 변용되어 적용됨으로써 현실로 부터 비껴설 수 없는 지점에서 정립된다.

　박용철의 비평담론은 크게 세 가지로 정리되어 왔다. 그 하나는 칸트의 자율성 이론과의 연관성을 설정하여 시와 시인의 분리, 시와 현실의 분리라는 '존재로서의 시론'이다. 그러나 시인의 충동이나 시인의 체험을 중시하거나 수용과정의 사회·역사적 효과를 고려한 점에서 시와 시인의 분리나 시와 현실의 분리라는 평가는 일정 정도 수정이 불가피한 것으로 판단된다. 또 하우스만의 시론을 소개한 점에 비추어 박용철의 시론을 하우스만의 낭만주의와 결부시킴으로써 반지성주의적인 면모만을 부각시키게 되었다. 그러다보니 낭만주의의 감성주의에 연결되었고, 예술 지상주의라는 평가의 테두리에서 벗어날 수 없었다[102]. 그러나 그의 유기체시론과 시적 변용론은 기존의 평가에 균열을 일으킨다. 유기체론은 개인의 역사성을 의미화한다. 외부

---

[101] 김상성, 『문예사조론』, 일신사, 1990, 167면.
[102] 김용직은 박용철의 시론은 낭만파의 테두리에서 한 발자국도 벗어난 게 아니었다고 평가한다(김용직, 『한국현대시사』, 한국문연, 1996, 48면).

의 환경에 따라 다르게 자라는 나무처럼 현실적 상황에 무관할 수 없
는 개인의 체험이 문학을 좌우할 수 있다는 관점이다. 또한 시적 변용
론은 문학의 사회적 수용을 언급함으로써 문학이 사회에 끼치는 영향
을 간과할 수 없는 부분으로 인정한다. 이러한 박용철의 현실인식의
태도는 여러 평론을 검토하는 가운데서 얻게 되는 그의 전통의식이나
역사의식을 통해 좀 더 보완될 수 있다.

식민 지배에 의해 훼손되는 국토의 현실과 무방비한 상태로 타향으
로 내몰리는 피식민자의 상황은 시대의 타개책, 또는 현실의 극복책
으로서 창조적 개인의 천재성과 영웅성이 환상임을 깨닫게 한다. 낭
만주의자들이 프랑스 혁명이 좌절하고 낭만적 자아와 경험적 자아의
충돌이 창조적 자아의 無力으로 귀결됨에 따라 개인의 천재성으로부
터 벗어나 초개인적인 힘으로 이행해 간 정황에서 박용철의 민족적
관심은 설명될 수 있다. 박용철에게는 무력한 존재로서의 자아를 확
인할 수밖에 없는 현실을 타개하기 위해 초개인적인 힘을 보유한 '민
족'이 요구되었다. 그리고 그러한 현실을 문학적으로 승화시키기 위
해 그는 민족어의 확립을 바탕으로 하는 민족문학의 수립이라는 포즈
를 취하게 되었다. 언어는 곧 정신이며, 따라서 민족어의 계승은 곧
민족혼의 계승이었다. 또한 개인이 아닌 개인들의 총합으로서의 민족
에 대한 자각은 무력한 개인의 힘 대신 초개인적인 힘으로 이 암울한
현실을 견디어내려는 하나의 타개책이었다.

일본문학장좌중에 조선문학이란 항목은 불필요한 용의다. 문학은 한
개의 문화현상이다. 조선어와 조선문학이 일본문학강좌 가운데 점령하
는 지위의 중요성과 그 창여여부는 조선어와 조선문학과 일본문학과의

상호 영향의 강도에 의거할 것이오 일률적 정치형태에서 유래한 것이 아니다103.

개조사에서 간행하기로 발표된 「일본문학강좌」 中에 춘원 이광수가 집필하기로 예정되어 있는 「조선어와 조선문학」의 일항목에 대하여 박용철은 조선문학 자체를 일본 문학 가운데 편입하려는 정치적 속셈을 간파하고 일본 문화와의 대등한 현상으로 조선문화를 설정하여 상호 영향의 강도를 살펴야 하는 것이 타당한 것이라고 개조사의 일련의 행태를 강력히 비판한다. 조선문학은 일본 문학 가운데서 평가될 것도 아니며, 또 영국의 애란문학104에 비교할 것도 아니라고 주장하는 것은 우리문학의 독립성, 독자성을 강조한 것이며, 이는 식민 상황일지라도 언어와 문학만은 수호해야 할 것이라는 인식이 바탕에 깔려 있는 것이다. 애란문학은 애란 출생의 인사들이 영어로 창작활동을 함으로써 영문학에 일정정도 영향을 미치고 영문학의 발전에 공헌한 측면이 있다. 여기서 박용철은 애란문학과 우리 조선문학은 동궤에 놓일 문학이 아니라고 강조한다. 우리 조선문학은 조선어로 창작된 우리 고유의 문학이므로 일본문학 속에 놓일 것이 아니며, 따라서 애란문학과의 상동점은 발견될 수 없다는 입장을 거듭 주장함으로써 우리문학의 일본문학과의 연계성 내지는 종속성을 차단한다.

---

103 박용철, 「조선문학의 과소평가」, (김용직 편, 『박용철 유필원고 자료집』, 깊은샘, 2005, 174면/신동아, 1934).

104 당시 애란은 영국의 오랜 식민 통치하에 있던 피압박 민족으로서 그 상황이 우리 민족의 현실과 매우 유사했다(박명진, 『한국희곡의 이데올로기』, 보고사, 1999, 94면).

사천년의 역사가 있고 또 현재에 있어 독자의 문화를 가지기 위하야 미약하나마 노력하는 중에 있는 일민족의 문학이라는 것을 정당히 고려하여야 할 것이다. 아모리 미약한 종류에 대해서라도 경시의 감정을 갖는 것은 우리로서 절대로 배척할 일이지마는 사멸되어 가는 아이누 민요 류우큐 민요와 조선문학이 동렬에 놓이는 것을 생각할 때에 솔직히 말해서 유쾌한 일이 아님이 물론이다[105].

박용철은 우리 문학에 대한 자신감이 있었다. 한 민족의 문학으로서 우리 문학은 사천년의 역사를 갖고 있고, 지금도 식민체제에 있지만 거기에 복속되지 않기 위해 독자의 문화를 추구하고 있으며, 그러한 문학에 대해 경시의 감정을 갖는 것은 절대로 용납할 수 없는 일이라고 생각하고 있었다. "창졸한 흥분 가운데 이 일문을 초했"다고 자백하고 있듯이 사멸되어가는 일본의 민요들 사이에 조선문학이 동렬에 놓인 것에 박용철은 굉장히 분노하고 있었던 것으로 판단된다. 제국이 식민지 문화를 자신의 지방 문화로 종속시키려는 것은 식민지라는 공간 자체의 역사를 삭제하고 제국의 의도대로 지배하기 위한 형식을 재편하기 위한 전략이다. 이를 간파한 민족의식은 희곡 「석양」에서도 드러난다. 이 희곡에서 박용철은 무기력한 조선사람을 향해 "지금 조선과 같은 급박한 처지에서 자기 한 몸을 이끌고 가는 밖에 남을 하나라도 붙들어줄 만한 힘이 있는 젊은이가 그대로 버림받아서야 되겠어요[106]"라고 항변하고 있는데, 이는 식민지 현실의 젊은이들이 절망에서 깨어나야 한다고, 젊은이들만이 급박한 조선의 현실을

---

105 박용철, 「조선문학의 과소평가」, (김용직 편, 『박용철 유필원고 자료집』, 깊은샘, 2005, 177~178면/신동아, 1934).

타개할 수 있다고 강한 어조로 민족의식을 고취시키고 있는 것이다. 박용철은 시문학 창간에서 무서운 길을 걸으며 무서움을 헐기 위하야 고함치지 않겠다고 하며, 더듬더듬 조용히 걸어 나갈 것[107]이라고 문학하는 자세, 마음가짐을 자술했다. 북을 치고 나팔을 불어 자신의 존재를 민족 앞에 드러내는 자세를 취하지는 않지만, 현실의 모순과 갈등을 인식하면서 묵묵히 전진해 나가는 한 낭만주의자의 모습에서 '민족'을 강력히 외치지 않지만, 더듬더듬 '민족의식'을 어눌하게 고취시키는, 진정성을 우리는 확인하게 된다.

2) 감성적 순수성[108]과 체험적 서정성

박용철이 지향하는 서정시는 "예민한 감성"의 영감에 의해 포착되는 것으로, "시의 꽃을 피어내는 창조자"로서의 시인이 "말을 재료삼아 꽃"으로 피워낸 것으로 유기체적인 성격의 시이다[109]. 이렇게만

---

106 김용직, 「순문학자의 조선문학 인식」, (김용직 편, 『박용철 유필원고 자료집』, 깊은샘, 2005), 241면.

107 박용철, 「시문학 창간에 대하야」, (깊은샘 편, 『박용철전집2』, 깊은샘, 2004, 144면/ 조선일보, 1930).

108 순수성에 대한 논의는 해방이후 활발하게 진행된다. 이 논의는 참여문학과 대립각을 이루면서 순수성의 의미를 천착하게 되는데, 대체로 순수성이라는 의미는 현실참여에 대립되는 용어로 예술성을 담보한 것으로 평가된다(홍신선 편, 『우리문학의 논쟁사』, 어문각, 1985). 1930년대 〈순수에의 지향〉에 대하여, 홍사중은 이러한 관점을 재고하게 한다. "한국에서 30년대에 그처럼 〈순수에의 지향〉이 세찬 물결로 문단을 휩쓸게 된 것은 비단 맑시즘에의 저항을 위해서만이 아니라 일제의 탄압적인 정책에 의하여 더욱더 어두어져만 가던 정치적·사회적·문화적 현실을 벗어나기 위한 현상이 아니었던가 생각된다. 그리고 또 모든 역겨운 객관적 현실의 관념을 부정하는 비합리주의적 사고방식에 입각하여 인간의 사회관계를 규제하는 일체의 법칙을 적대시하여 일체의 정치를 거부하는" 측면이 있다고 평가한다(洪思重, 「작가와 현실」, 홍신선 편, 위의책, 56면).

본다면 박용철의 시관은 낭만주의의 감성중시와 영감설, 천재성 등의 특성을 보유한 문학관으로 규정될 수 있다. 사실 박용철의 순수시론은 낭만주의의 감성적 특질과 많이 흡사하다는 측면에서 현실에 대한 응전능력을 결여한 것이라는 평가를 받아 왔다.

> 그(김영랑-필자)의 시에는 세계의 정치경제를 변혁하려는 류의 야심은 추호도 없다. 그러나 「너 참 아름답다 거기 멈춰라」고 부르짖은 한순간을 표현하기 위하야 그 감동을 언어로 변형시키기 위하야 그는 사신적 노력을 한다. 그는 우리의 신경을 변혁시키려는 야심이 있는 것이다[110].

박용철은 김영랑의 시집을 평가하는 자리에서 김영랑이 "순수한 감각을 추구"하는 시인으로 자연스러운 호흡을 살리려 하고 설고 애틋하고 고웁고 쓸쓸한 시경에 닿아 있는 감정을 추구함으로써 아름다운 시에 이르렀다고 극찬한다. 순수한 감정의 세계를 추구함으로써 세계의 정치·경제에 대한 관심도, 그로부터 비롯되는 현실 변혁의 야심도 없다는 설명은 현실을 도외시하는 문학이라는 혐의를 갖게 한다. 그러나 아름다운 서정의 세계, 순수한 감각의 세계를 추구하기 위해서는 그러한 현실적 측면이 거세되어도 무방하다는 것으로 단순히 파악해서는 안 된다. 그가 추구하는 순수 서정의 세계는 감동의 언어로 우리의 신경을 변혁시키려는 공감력을 가진 것이다. 감동의 언어를 발굴함으로써 개인 내면의 세계로 들어가는 것이 아니라 우리라는 공동체에 진동하는 가슴을 울릴만한 시를 창작하고자 했던 것이다. 감성

---

109 박용철, 「시적변용에 대해서」, (『박용철전집2』, 깊은샘, 2004, 3~10면/삼천리문학, 1938).
110 박용철, 「병자시단의 일년성과」, (『박용철전집2』, 깊은샘, 2004, 108면/조광, 1936).

의 순수한 시정은 개인적인 노래이기 쉽다. 그래서 현실인식이나 사회·역사적 문제로부터 유리된 지점으로 설정된다. 그러나 그 지점으로부터 박용철은 감정의 공감력을 획득하려는 노력을 기울인다. 개인의 순수한 감성을 언어적으로 발굴함으로써 우리라는 공감력을 획득할 수 있다는 관점을 피력함으로써 낭만주의의 순수세계를 극복하는 측면이 있는 것이다.

시적언어의 발굴은 감정의 남발, 즉흥적인 감정 표출이라는 점을 극복하는 지점이며, 더 나아가 체험적인 경험의 세계를 통해 세계의 변화에 따른 마음의 움직임과 그에 따른 내면세계의 변화가 시적으로 표출될 수 있는 것이라는 점을 지적한 것으로 결국 적절한 언어의 발굴은 세계와 관계 맺고 있는 자아의 표현으로 언어가 주체를 형성하는 매개라는 의미를 내포한다. 그가 발굴하고 고수하고자 했던 언어는 조선말이었고 그가 수립하고자 했던 것은 조선문학이었다. 따라서 언어의 발굴이 곧 식민성을 극복하는 하나의 방법이었고, 내면세계로 침잠했던 낭만주의의 비자아를 불러내서 '우리' 안에 위치할 수 있도록 하는 한 계기였다. 개인의 언어는 지방적이고 방언적이지만, 조선말로 발굴되고 고수되면서 우리 민족적 공감력을 획득하게 된다. 이러한 태도는 조선말의 정립을 통해 민족문학을 수호하려는 관점으로 확장된다. 조선말이 곧 자아의 주체화를 위한 가장 중요한 요건임을 파악해 냄으로써 박용철은 낭만주의의 천재적이며 환상의 세계를 여행하는 비현실적인 자아로부터 분리된다.

낭만주의 문학은 인간의 감정을 존중하는 것으로 인간이 지니고 있는 본성을 그대로 발휘하는 데에 문학적 특색이 있다. 이는 자연에 친밀한 문학적 자질을 내포한다. 자연에 친밀하다는 것은 원시적 형태

그대로를 존중한다는 것이며, 이는 포괄적으로 인공미에 대한 자연미의 의미로 확대된다. 이러한 인식은 공간에 있어서는 도시 보다는 시골에, 언어에 있어서는 표준어 보다는 방언에, 시간적으로는 미래보다는 과거에 좀 더 가치를 부여 한다는 의미이다. 공간적으로 시골은 인간 사회관계로부터 격리된 한적한 장소로 탈속적이며 은둔적 자질을 통해 환상과 공상의 세계로의 여행과 같은 자아의 현실도피를 의미화한다. 그리고 언어적으로 방언은 미개한, 투박하고 개화하지 못한 인간의 비문명화를 표시하며, 이는 미래보다는 과거라는 시간에 집착하는 회고적이고 퇴영적인 모습으로 설명되기도 한다. 그리고 낭만주의가 작가 개인의 우연적인 천재성을 요구하며, 그러한 비범한 인물에 의하여 상상되는 이상세계를 지향한다는 측면에서 원시적 세계와 이상적 세계에 도달하려고만 하는, 현실과 유리된 세계인식이라는 단정을 회피할 수 없었다. 이러한 동경은 갈등이 없는 순수한 세계로의 일탈이기 때문이다. 그렇지만 낭만주의자들이 이 세계를 유기체 내지는 생명체로 파악함으로써 세계의 부분으로서의 시의 역동성과 시의 세계에의 변화 가능성을 의식하고 있었던 것과 같이 박용철은 낭만주의의 몇 가지 특성을 변용함으로써 낭만주의의 순수성이 안고 있는 비판으로부터 벗어날 가능성을 갖게 된다.

> (시인은-필자인용) 꽃과 같이 자연스러운 시, 꾀꼬리같이 흘러나오는 노래, 이것은 도달할 길 없는 피안의 이상화한 말일뿐이다. 비상한 고심과 노력이 아니고는 그 생활의 정을 모아 표현의 꽃을 피게 하지 못하는 비극을 가진 식물이다[111].

"자연스러운 감정의 발로"라는 낭만주의의 강령은 박용철에게는 이상화일 뿐이다. 비범한 천재에 의해 신비한 한 순간, 영감이 떠오를 때 저절로 쓰여 지던 시를 추구했던 낭만주의 시인들과는 달리 박용철은 그와 같은 시는 이상일 뿐이고 시인에게 필요한 것은 '비상한 고심'과 '노력'이라고 했다. 이미 시인의 천재성은 만들어지는 것으로 인식되었던 것이다[112]. 그것은 비현실적인 세계를 표현하는 공상적 낭만주의를 염두에 두었던 것이 아니라 '생활의 정'을 표현해야 하는 경험적 자아로서의 자기 존재를 의식하는 신낭만주의[113]적 면모를 띠는 것이다.

주관적 감정세계에의 몰두는 사회·역사적 자아로서의 자기 존재를 망각한, 또는 드러내지 않는 비자아이다. 억압적이고 파괴적인 현실상황과는 달리 주관적 감정 노출은 꾸밈을 통하여 아름다움만을 추구한다는 측면에서 비판을 받는다. 그렇지만 극한의 생활의 정서, 다시 말해 객관현실과 부딪혀서 만들어지는 주관적 감정은 오히려 추한 현실

---

111 박용철, 「시적변용에 대해서」, (『박용철전집2』, 깊은샘, 2004, 8면/삼천리문학, 1938).

112 "시인은 천성이요 배화되는 것이 아니라하며 시란 감정의 자연스런 발로며 분방한 횡일이라…"는 말들을 한다고 하는데, 박용철은 이에 대하여 비판적 입장에서 감정을 발로시키는 그들은 조선시 장래의 마땅한 토양이 될 수 없다고 지적한다. 이는 시인도 배워서 되는 것이며, 시도 감정의 자연스런 발로만으로는 이루어질 수 없다는 뜻이다(박용철, 「신미시단의 회고와 비판」, (『박용철전집2』, 깊은샘, 2004, 76면/중앙일보, 1931)).

113 신낭만주의는 주관과 직관과 정서를 중히 여기지만 현실도 중히 여긴다. 신낭만주의의 꿈은 현실에 뿌리박은 꿈이다. 신낭만주의는 한번 자연주의에 의해서 현실의 세례를 받고 회의와 고민을 맛보고 과학정신에 도야된 뒤에 나타난 문학이므로 똑같이 신비라 하더라도 구낭만주의와는 다르다. 구낭만주의에 있어서는 강렬하고, 센티하고, 공상적이지마는, 신낭만주의에 있어서는 오히려 놀라울 정도로 침착한 태도로써 극히 냉엄하게 현실을 대하고, 그 깊은 이면에 있는 무언가를 붙잡으려 한다(김상선, 『문예사조론』, 일신사, 1990, 229면).

을 리얼하게 전달하는 방식이 된다. 주관적인 자기 세계에 갇혀 있던 자아는 비로소 밖으로 향하는 역사적 존재가 되는 것이다. 남을 울릴 만한 감정의 공감력을 말하는 '감정의 시화'라는 측면을 서정시의 본질이라 생각한 박용철은 「여류시단총평」에서 감정의 대담한 발표와 감정 해방을 통해 봉건적 유물에서 벗어나는 것이 시대적 임무라고 생각하고 있었다. 따라서 감정표출을 비판하는 논자들에 대항하여 1920년대의 센티멘탈한 감정 남발의 경향과는 달리 체험 가운데 변화되는 감정, 남을 울릴만한 시의 공감성을 강조한다. "문학은 언제나 자기의 체험 가운데서 울려나오는 것이다. 체험이라 하면 자기가 직접 경험하는 사실이나 독서와 다른 사상의 영향으로 마음의 세계에 이러나는 변화까지를 의미하는 것이다[114]"라고 밝힌 부분에서도 알 수 있듯이 그를 현실과 유리된 유미주의자로, 또는 대항 논자들이 비판한 것처럼 현실 도피적인 태도로 단죄할 수 없는 부분이 있다.

> 다만 있는 것은 희망없는 골자구니에 막다다른 그 생활감정이 있을뿐이다. 분열된 감각 혼란된 감정과 지리멸렬한 환상이 여기서 나타나는 것은 필연의 勢다. 그러나 이것은 우리의 한 심정상태의 숨김없는 표현일넌지는 몰라도 예술이 도달하려는 목표는 아니다. 예술은 수동적인 표출인 것보다 능동적인 형성에 중점이 있는 것이다. 우리가 남부럽지 않게 풍부히 가지고 있는 희망 또는 불만의 감정상태는 바로 쏟아져서 예술이 되는 것은 아니다. 그것을 소재로하야 예술을 형성하는 예술적 재능과 노력을 통과해서야만 비로소 예술을 이룰 수가 있는 것이다[115].

---

114 박용철, 「여류시단총평」, (박용철, 『박용철전집 제2권』, 깊은샘, 2004, 138면/신가정, 1934).

조선의 현대시에는 "희망없는 골자구니에 막다다른 그 생활감정이 있을 뿐이"라고 언급하고 나서 이것이 "우리의 심정상태의 숨김없는 표현"이라고 자각하고 있는 부분은 현실이 시 속에 투영되는 사실을 부정하거나 외면하지 않았다는 측면을 드러낸 것으로 박용철이 조선의 현실이 '희망 없는' 막다른 골자기와 같다는 사실을 직시하고 있었다는 것이다. '희망'은 그 반대어인 '절망'과 함께 낭만주의 시대에 자주 등장하는 라이트모티프로 인간이나 인간사회의 가능성에 대한 무한정한 믿음이나, 그 반사라고 볼 수 있다. 외면적인 실태에서 연유하는 최저감정을 표현하는 약어로서 인간의 무한한 희망은 현 상태대로의 세계나 현 상태대로의 인간과는 어울릴 수 없다[116]는 인식이다.

이러한 최저감정을 통해 현 상태의 현실세계를 추하게 바라보는 것이 박용철 시의 기저를 이루는 부분이다. 중요한 것은 풍부한 감정상태가 곧바로 예술이 되는 것이 아니라는 인식이다. 감정 상태는 하나의 소재임을 분명히 지적하고 나서 그는 시인에게 예술적 재능과 노력을 요구한다. 그에게 있어서 예술적 재능은 타고나는 것만은 아니다. 무수한 경험을 통하여, 그리고 무수한 연마를 통하여 이룩할 수 있는 경지이다. 그래서 그에게 천재의 개념은 타고난 것이라기보다는 경험과 노력에 따른 결과의 산물이다. 이는 시 또한 어느 날 갑자기 표출되는 하나의 존재가 아니라 무수한 고뇌의 과정을 거쳐 생산되는 존재이며, 그렇기 때문에 거기에는 센티멘탈한 감정의 과도한 표출 같은 '悍馬自由詩'와는 상당한 거리가 있는 것이다.

---

115 박용철, 「정축년시단회고」, (박용철, 『박용철전집 제2권』, 깊은샘, 2004, 114면/동아일보, 1937).
116 최상규, 「로만주의의 재조명」, 한밭출판사, 1983, 103면.

개인감정의 자연적 표출이 낭만주의의 가장 기본적 본질이라면 박용철의 '절망'의 감정은 소비적인 감정으로 끝날 것이다. 각 개인의 인상을 우리의 공통성, 즉 우리가 처해 있는 '막다른' 현실상황으로부터 나오는 공통의 감정으로 여과시킴으로써 하나의 소재로서의 감정은 현실인식의 중요한 지점이 된다. 이러한 감정의 확산은 민족적 결집을 이루어내는 공감력으로 감정의 시화가 감정을 표출하는 하나의 방식이 아니라, 감정의 현실 대응력을 말하는 것이기 때문에 시인을 고뇌하는 자로, 시대의 고민을 안고 가는 자로 표기하게 된다.

절망적 현실에 고뇌하고, 그 형상화에 고뇌하면서 고뇌하는 자로서의 시인은 사회·역사로부터 표백된 비-자아의 위치에서 벗어나게 된다. 낭만주의는 주관과 대상, 인간과 자연, 의식과 무의식 간의 화해에 관한 관심을 중심점으로 한다. 이는 개인적인 경험을 통해서 주관과 대상의 대립관계를 극복하려는 노력이라는 견해이다[117]. 박용철의 체험적 감정표출이라는 과정은 주관과 객관의 대립 양상을 극복하는 시적 과정이라 할 수 있으며, 이는 '효과주의'적 관점과 함께 사회·역사적 의미를 드러내는 것이라 할 수 있다.

3) 민족의 정체성과 주체의 침묵[118]과 주변성

문학의 자기 체험성과 사회·역사성에 이접된 박용철의 낭만주의 주관성은 언어에 대한 자각을 통한 아름다운 서정시의 세계를 식민지

---

[117] 최상규, 위의 책, 47면.

[118] 푸코는 침묵과 비밀은 권력을 보호하고 그것의 금기를 뿌리내리게 하지만 또한 권력 장악을 늦추고 다소간 애매한 허용 사항들을 마련하기도 한다고 제시했다.

주체화의 한 과정으로 등록한다. 민족수립의 목적을 위해 요청되는 것이 조선말로 쓰인 글의 확산이라는 인식을 통해 민족정신과 민족정서의 고유성을 유지하기 위한 노력을 표출한다. 낭만주의의 감상주의 문학관을 적용해서 개인의 순수 감정세계에 몰입했던 내면화된 자아로서 파악되었던 박용철의 자아는 사회·역사성이 부재했던 비자아였다. 그러한 비자아가 조선말의 전파와 계발을 위한 사명감을 피력함에 따라, 식민지 주체로서의 면모를 드러내기 시작한다. 방언의 발굴이나 제국언어와의 차별성, 제국문학과의 동등성으로, 식민자들에 의해 구축되는 중심논리를 교란하고, 그들에 의해 획책되는 우리의 주변성을 자각하는 과정에서, 비자아는 역사 속에서 의미소거된 지점으로부터 탈주하게 된다.

> 감정은 다만 하나의 온전한 상태인 것이다. 이 상태 감정은 반드시 어떠한 형체에 태여나야 그 표현을 달성하는 것이다. 한 기후와 풍토의 가장 완전한 체현자인 한폭이 꽃이나 한 개 독이를 가르쳐 다만 그들이 기후에 대하여 蝶蝶喃喃히 짓거리지 않는 까닭으로 기후에 대한 감응을 표현하지 아니한다는 류의 속인적 해석이 얼마나 많은 것이랴[119].

박용철은 낭만주의의 그 주관성으로 인하여 자의반 타의반으로 현실에 침묵하는 문학자로 평가되어 왔다. 감정을 하나의 상태로 파악한 박용철은 그러한 감정의 상태 표현이 그 감정 상태를 표출하게 하는 기후나 풍토에 대하여 아무것도 말하지 않는 것으로 평가해서는

---

119 박용철, 「올해시단총평」, (『박용철전집2』, 깊은샘, 2004, 92~93면/동아일보, 1935).

안 된다는 견지로 임화의 변설의 시에 대하여 '감정'은 그 이상의 의미를 지닌 것으로 정의한다. 감정의 시적 구성과 질서에 의해 그 감정은 하나의 감정 상태만을 의미하는 것이 아니라 그것을 둘러싸고 있는 사회·역사적 상황을 지시하는 승화된 존재로서 파악해야 함을 제시하는 것이다. 따라서 감정표시 자체를 식민 상황에 대한 침묵으로 규정하고 침묵을 억압적 상황의 굴복의 결과라는 혐의로 바라보는 각도와는 달리 피식민자의 위치에서 식민담론에 반응하지 않는 자발적인 침묵일 수 있는 것으로 바라볼 여지가 있다. 이후의 문단 내에서 박용철의 문학은 전자의 평가에 의해 좀 더 적극적으로 전개된다. 그러나 이는 그의 다른 담론들에서 제기하고 있는 제국에 대한 저항적인 목소리들을 전혀 고려하지 않은 평가이다. 그런 의미에서 그의 침묵 또한 주체형성 과정의 하나로서 평가될만한 것으로 볼 수 있다. 현실에 대응하는 한 방식으로 이는 적극적인 반항의 형식은 아니나, 현실에 반응하여 굴절되거나 삭제되는 형태로 문단에서 친일로 급선회하거나 사라지는 운명이 되어야 했던 여타의 문학자들의 반응양식에 비해서는 어느 정도 지속적이고 일관적인 형태로 자신의 고유성을 지키기 위한 방편일 수 있었다는 의미이다.

우리는 급진적인 민족주의 담론 내에서 이 식민시기의 문학들을 평가해왔다. 따라서 일제에 적극적으로 반응하지 않은 주체들에 대해서는 너무 가혹하게 평가의 잣대를 들이대지나 않았나 생각하게 된다. 이제 우리는 탈식민 담론이라는 자장 안에서 그 시기를 바라볼 필요가 있다[120]. 식민시기라는 현실에 굴절되거나 굴복하지 않고, 또 타자에 의해 삭제되지 않는 방법으로 견뎌낼 수 있었던 것은 그의 문학이 낭만주의를 표방함으로써 현실과 거리를 둔 순수문학이라는 입각점에 서 있었기 때문일지도 모른다. 타자에 의해 이용되거나 배척되는 상황을 벗어남으로써 문학의 시대·역사적 의미로서의 조선말의 확립이라는 목표를 향해 나아갈 수 있었던 것이다.

그가 『시문학』 창간호에 적어놓은 대로, 즉 "사회에 대한 공헌, 민족문예의 수립 등 큰 포부는 가슴에나 갈마둘것이오 실제에나 밟아볼 것이지 스스로 입에 올리다가는 낯 간지러운짓에 가깝기쉽다"라고 했듯이 그는 문학하는 사람들의 현실인식의 한계를 너무나 절실히 느끼고 있었던 것이다. 이는 식민지 지식인의 양심적 선언이다. 문학하는 일이 입에 올릴 만치 민족적으로나 사회적으로 큰 공헌을 한다고 떠벌릴 만한 것이 못되며, 그러한 일은 실천이 중요한 것이지, 스스로 표방한다는 것이 부끄러운 것임을 말하고 있는 것이다. 이는 또한 역으로 말하면, 사회에 대한 공헌과 민족문예의 수립이라는 큰 포부를 항상 가슴에 담고 실천을 향해 살아가야 함을 드러낸 것이다. 이처럼 침묵은 사회역사적 자각과 현실인식적 측면의 소거를 의미하는 것이 아니라, 현실 대응 방식의 차이를 나타내는 것으로 파악될 수 있다. 이러한 주체는 식민지 현실을 암흑으로 규정하고 피식민자들인 독자들에게 어둠의 상황을 감정의 공감력으로 확장해 가는 과정을 통해

---

120 탈식민주의 이론에서 혼성성은 식민자와 피식민자의 절대적인 권력의 위치나 저항의 지점이 존재할 수 없다는 점을 고려한 이론이다. 식민자들의 동화와 차별, 피식민자들의 저항과 공모 사이의 분열은 피식민자들의 해방의 지점이 된다. 특히 이러한 혼성성은 억압받는 문화의 특징적인 양상들에 대해 가장 강력한 억압 아래서 살아남는 것을 강조한다. 따라서 탈식민적 기술은 약화로서 보다는 강화로서 탈식민적 문화의 혼성적인 특징을 고려해왔다(Bill Ashcroft·Gareth Griffiths·Helen Tiffin, *Hybridity*, Bill Ashcroft·Gareth Griffiths·Helen Tiffin ed, *The postcolonial studies reader*, 183면). 이는 강력한 저항의 지점은 아닐지라도 혼성의 지점이 해방의 지점이며, 그러한 상태의 피식민자들이 그 자체로 식민자들의 분열의 지점일 수 있는 까닭에 살아남는 것만으로도 탈식민적 효과를 가진다는 의미를 내포한다.

민족의 정신과 정서를 반복적으로 재생하는 효과를 제공한다.

> 시의 언어가 생활하는 민족의 언어 속에 깊은 뿌리를 박고 있지 아니해서
> 이 암묵의 지지자를 잃은다하면 그 시는 대지를 떠난 나무와 같이 될 것
> 이다[121].

박용철은 '감정의 시화'를 서정시라고 보았다. 그는 민족적 감정이 서구의 발전 단계와는 달리 봉건적 유물에 놓여 있으므로 우리의 감정을 우리 식으로 드러낼 필요가 있다고 보았다. 이는 김기림에 대한 비판에서 김기림이 민족적 감정 상태를 고려하지 않고 서구식의 근대 의식에 따라 우리 문학을 재단하는 위험을 초래하고 있다고 비판한 부분[122]에서도 감지된다. 이러한 민족적 감정은 그 나라 언어를 통해 표출되는 것으로 민족 언어의 중요성을 인식함으로써 외부로부터 수입된 문물을 비판적 시각으로 바라볼 것을 인식시킨다.

민족은 국민의 정서적 집단으로 정서적 표현인 언어와 밀접한 관련이 있다. 이런 의미로 헤르더는 "언어는 한 집단의 집단적 경험을 표현하는 것이기 때문에 모든 나라는 국어를 갖고 의식의 통합과 공동의 행복을 추구해 간다"고 했다[123]. 이는 민족의 언어가 민족의식을 통합하고 민족의 경험을 표현하는 것이라는 견해로, 박용철이 민족적 정서와 정신을 함양하기 위해 우리말로 된 잡지의 편집이나 출판에

---

121 박용철, 「정축년시단회고」, (박용철, 『박용철전집 제2권』, 깊은샘, 2004, 115면/동아일보, 1937).
122 박용철, 「여류시단총평」, (박용철, 『박용철전집 제2권』, 깊은샘, 2004, 126~127면/신가정, 1934).
123 이광규, 『신민족주의의 세기』, 서울대출판부, 2006, 9면.

관심을 기울이게 된 것도 모두 이러한 인식이 바탕이 되었기 때문이다. 이러한 조선말의 중요성으로부터 자각된 우리말, 우리정서, 우리 정신에 대한 인식은 중심과 보편에 대한 저항이며, 탈중심화와 복수성, 그리고 주변성과 차이성을 부각시키는 것으로 서양/동양, 중심/주변, 지배/피지배의 이분법적 틀을 해체하면서 자기의 주체성을 확립해가는 과정을 드러낸다.

토착문화생산물들의 이질성을 부각시키는 이면에는 제국과 다른 차이성과 독자성을 통해 제국의 중심성을 해체하려는 전략이 숨어 있는 것이다. 이는 길들여지지 않는 독자적 생산물들로서의 우리 것의 인식이며, 제국의 획일화에 대한 대항을 통해 주변화된 것들의 '타자화된 자아'의 상태로부터의 탈출을 도모하는 측면이 있다. 이러한 인식이 바탕이 될 때, 주변인들은 자신의 '자존'을 회복하고 또 하나의 중심이 되고, 타자와 위계된 관계 속에서 종속적 위치에 멈춰서 있는 것이 아니라 제국과 동등한 관계에서 드러나는 차이성을 갖는 위치로 격상되는 것이다.

그는 현재 우리의 시가 과도한 자유 속에서 길을 잃고 있으며, 우리의 인생이 汚濁속에 정체되어 있다고 환기했다. 우리의 예술에는 정전으로 내세울 만한 과거의 문학이 초라하고 수입되는 지식이란 부정확하기 짝이 없다고 진단함으로써 우리문학의 확립이 최우선 과제임을 언급하면서 외부로부터의 서투른 문학 유입이 우리문학에 오염이 될 수 있다는 입장을 견지한다. 이는 우리적인 정서와 풍속이 담긴 작품만이 장래의 조선문학을 책임질 수 있다는 의식과 '근대'는 향락적인 것이며 언어에 사치를 입히는 것이라는 의식을 밑바탕에 깔고 있는 것이다. 박용철은 "그 나라 말을 이해할 수 있는 사람이면 다 감격

할 수 있는 작품이 있다면 누가 그 앞에 이마를 숙이지 않으랴[124]"라고 반문했듯이 민족 공유성을 누구보다도 중시했다. 그러므로 '근대성'은 이미 박용철의 관심 밖의 대상이었으며, 그런 의미에서 박용철은 근대성에 의해 식민지를 종속시키려는 제국의 음모로 회유할 수 없는 지점이었다.

소위 문어라는 점잔혼글이 표준어노릇을 하는데 좀상스럽게 울리는 속담을 많이 사용하는 것을 어떤 이는 자미없는 일이라하지마는 나는 비상한 흥미를 가지고 그 문체의 발전을 주의한다[125].

표준어는 근대의식이 낳은 산물 중의 하나이다. 그리고 전통적인 속담에 주의를 기울이는 자세는 민족의식의 한 발현이었다. 이는 박용철이 근대의 맥락에서 떨어진 위치에서 전통적인 것의 발견과 발전에 더 많은 주의를 기울이고 있었다는 의미이다. 문명화를 통해 원주민들의 고유문화를 파괴하려는 식민자들의 이면에는 원주민들의 고유성을 잃게 함으로써 제국이라는 타자에 쉽게 동화되는 비자아들을 확산시키려는 전략이 숨어 있다. 조선말의 확산과 조선 문학의 수립을 통해 민족 정서를 환기하고 민족 정체성 찾기를 도모했던 박용철은 그 조선말의 진수를 속담이나 방언, 또는 구어체로 보았다. 이는 민중들의 전통적 언어방식을 통하여 우리의 주변성을 인식하는 방법이다. 문명화의 대상, 제도되어야 할 미개인으로 표상되는 식민지의

---

124 박용철, 「시문학 창간에 대하야」, (박용철, 『박용철전집 제2권』, 깊은샘, 2004, 142면/조선일보, 1930).
125 박용철, 「문예시평」, (박용철, 『박용철전집 제2권』, 깊은샘, 2004, 50면/문예월간, 1931).

피식민자들은 제국의 중심 언어를 습득하고 그들의 미개한 언어로부터 벗어나야 하는 존재이다. 이에 대하여 박용철은 주변의 말인 민족의 언어, 그 중에서도 가장 주변적인 민중의 비공식적인 구어나 속담 등에 관심을 기울임으로써 중심언어에 대항하는 면모를 보이며, 더 나아가 제국에 의해 주변화되는 우리말의 상황을 극복하기 위해 조선말로 쓰인 작품만을 잡지에 등록함으로써 "우리의 동지는 늘고 부를 것을" 확신하며, 내일의 조선문학이 융성할 방도를 지속적으로 마련한다. 이는 제국의 언어와 문학에 종속되지 않으려는 노력이다.

언어의 박탈이라는 상황은 어떤 타자의 언어 안에서 주체가 약화화된다는 의미이며, 타자의 언어에 의해 우리 스스로가 이방인이 된다는 의미이다. 이는 항상 타자에 의해 존재하고 타자에 의해 유지되고 소거되는 비자아적 형태를 생산하게 되는 것이다. 따라서 조선어에 대한 강력한 고수는 타자에 의해 소거되지 않으려는 피식민자들의 주체화의 한 경로라 할 수 있다. 제국의 중심 언어와 문학에 의해 억압당하는 원주민들의 언어와 문학은 식민주체들로 하여금 끊임없이 토착적인 것들을 찾게 한다. 그들과 다름을 인식하는 표식으로서 전통적인 것이 가장 그들과 차별적인 '나'의 정체성을 유지시키는 것이며, 그런 의미에서 박용철은 조선어의 구어체나 속담을 통해 그러한 제국과의 차별성을 확장하면서 우리의 고유성을 고수하려 했고, 제국의 언어에 의해 제국의 문화를 보편적인 동양의 문화로 확장하려 했던 일본 제국의 계획에 하나의 저항점으로 작용할 가능성을 가지게 되는 것이다.

4) '순수시'의 탈동일성

김기림이 근대화에 따른 문명파괴라는 세계적 문제로부터 시인의 역할을 찾았다면, 박용철은 전통의 상실과 같은 민족적 문제로부터 시인의 역할을 찾는다. 그의 관심은 오로지 민족의 언어였고, 전통적인 것에 기울어져 있었다. 따라서 그에게 있어서 서정시는 근대성과 대척되는 전통성의 의미가 강했고, 인간 고유의 자연스러운 감정 표출을 강조함으로써 순수성의 의미로 재생되었다. 그런데 이 순수성의 의미는 현실의 상황에 반응하지 않는다는 측면에서 도피적이고 패배적인, 그리고 전통과 맞물림으로써 회고적인 과거 지향적 문학으로 비판되어진다. 그러나 박용철은 그러한 의미의 시의 순수성을 극복하는 측면이 있다. 형식이나 이데올로기 등에 포장되거나 구속되지 않는 자연스러운 인간성을 표기한다는 측면에서 순수성의 강조는 현실에 구속된 인간의 상황을 가장 구체적으로 자연스럽게 드러낼 수 있는 하나의 시적 경향이 될 수 있는 것이다.

A. 그(영랑-필자)는 부자유빈궁같은 물질적 현실생활의 體臭作品에서 추방하고 될수 있는대로 순수한 감각을 추구한다. 그는 의식적으로 언어의 華奢를 버리고 시에 형태를 부여함보다 떠오르는 향기와 같은 자연스러운 호흡을 살리려 한다.

B. 실상 문제는 새아침을 기다리는 동안의 우리의 가져야 할 포-즈에 있는 것이다. 「시민의 우울과 질투와 분노와 끝없는 탄식과 원한」은 물론 외부적 기상에 근유한 것이나 무력한 자기자신에 대한 嫌惡感이 더욱 현실적인 것이다.[126]

A는 김영랑의 시에 대한 박용철의 평가이다. 영랑의 시를 극찬하면서 내보인 순수한 감각의 의미는 "부자유빈궁같은 물질적 현실생활의 체취작품"과 반대되는 것으로 표기된다. 이는 박용철이 임화 등의 카프 시인들에 대하여 '변설의 시'라고 비판한 지점과 상통하는 지점이다. 물질적 현실생활에 바탕을 둔 그러한 시들이 갖고 있는 이데올로기에 의한 언어의 '화사'와 형식적인 관심을 비판하면서 자연스러운 호흡을 강조함으로써 시가 어떤 이데올로기나 형식에 얽매이는 것을 경계한다. 이는 김기림의 기상도를 비판하면서 시의 수미일관적인 구조를 비판하는 부분과도 어느 정도 부합하는 지점이다. 박용철은 시의 형식적인 측면이나 이데올로기의 개입을 시에 있어서는 부자연스러운 것으로 평가했다. 그래서 "이론적으로 긍정하는 미래일망정 태양의 노래를 부를 수가 없고 이렇게 일즉 구원의 손이 오는 데서는" "그 진정한 깊이에 다다르지 못한다"고 김기림의 기상도를 비판한다.

이는 현실이 너무 암울한 데 그것을 있는 그대로 자연스럽게 표출하지 못하고 구조적 형식적 측면에 맞추기 급급해 인위적으로 미래의 희망을 구색맞추기 식으로 짜넣는 오류를 범하고 있다는 평가이다. 그러면서 B에서 보이듯이 박용철은 외부적 기상 악화에 의해 시민들의 감정이 악화된 것이 사실이나 그러한 상황을 극복하기 위해서는 자기 자신에 대한 반성으로부터 비롯되어야 한다는 의미를 제안한다. 박용철의 자기혐오감, 즉 자기 반성을 통하여 현실을 인식해야 한다는 의미 속에는 우리 것에 대한 되돌아봄을 통해 현실이 극복될 수 있다는 의미까지 내포한다. 따라서 박용철에게는 식민지배담론에의 동

---

126 박용철, 「병자시단의 일년성과」, (박용철, 『박용철전집 제2권』, 깊은샘, 2004,106~111면/ 조광, 1936).

화나 거부의 문제 이전에 우리 것에 대해 되돌아보는 것, 즉 타자에 대한 반응으로서가 아니라 우리 것을 지켜나가고 지속시키는 것이 중요한 문제로 떠올랐다.

민중 다수를 위로부터 이끌려는 프로파간다적 시가 '뼈다귀'처럼 말라간 것은 민중의 공감을 얻지 못했기 때문이다. 위에서 내려다 본, 앞에서 이끌려고만 하는 관념적이고 추상적인 시는 민중의 공감을 얻기 힘들다. 직접적으로 무언가를 교시하지는 않지만, 서정시는 그 감동의 깊이를 통하여 사람들 사이에서 널리 확산되고, 그럼으로써 사회적 시의 면모를 갖추게 된다. 낭만주의의 본질이 서정시의 근간을 이룬다고 생각했던 박용철은 낭만주의의 유기체론을 통해 서정시의 '사회적 존재로서의 시'의 의미를 제공하게 된다.

> 우리의 모든 체험은 피가운대로 용해한다. 피가운대로, 피가운대로. 한낮 감각과 한가지 구경과, 구름같이 피올랐든 생각과, 한근육의 움지김과, 읽은 시한줄, 지나간 격정이 모도 피가운대 알아보기 어려운 용해된 기록을 남긴다[127].

신체는 외적 체험을 불러오며, 그러한 외적 체험이 자아와 결합되는 부분이다. 박용철은 이러한 신체를 상징적으로 '피'라 하였다. 따라서 신체는 정신과 물질이 가장 밀접한, 유기적 결합을 증명하는 장소이다. 우리는 세계와 나를 대립시켜 파악한다. 그러나 요나스는 "인간이 자신의 내면에서 발견하는 커다란 모순들은 가장 원시적 형식의

---

127 박용철, 「시적 변용에 대해서」, (박용철, 『박용철전집 제2권』, 깊은샘, 2004, 3면/삼천리문학, 1938).

생명 속에 배아처럼 이미 형성되어 있다[128]"고 밝히고 있듯이 결국 주관과 대상의 대립은 이미 자아의 내면에 포괄되어 있는 것으로 '나'로부터 극복될 수 있는 것이다. 이는 박용철이 '피' 속에서 체험의 용해를 통해 시의 생명성을 포착한 것과 같은 의미를 내포한다. 우리의 피 속에는 이미 외적 체험의 물질계와 내적 체험의 정신계가 접촉하고 있는 것으로, 체험의 신진대사를 통해 시인은 세계 내적 존재가 되며, 시는 사회·역사성을 띠게 된다.

박용철은 시인을 한 포기 나무라고 정의했다. "청명한 하늘과 적당한 온도아래서 무성한 나무로 자라나고 長霖과 曇天 아래서는 험상궂인 버섯으로 자라날 수 있는 괴이한 식물이"라고 시인의 존재가 외적 환경에 민감하게 반응하는 존재임을 간파했다. 또한 시는 "왼통 시인이 변용"된 것이라고도 하였다. 시 또한 한 포기의 나무로서 세계에 대응하는 존재가 되는 것이다. 시인의 '피' 속에 세계의 체험이 용해되듯이 시속에도 역시 사회와 역사성이 녹아 있어야 할 것이다. 그것이 뚜렷하게 전면에 드러나지 않을 뿐, 그 바탕에는 그러한 외적 세계의 경험이 섭취되어야 할 필요가 있음을 내비친 것이다. 이는 작품이 사회에 끼칠 '효과의 민감한 계량기' 또는 '효과의 예보인 청우계'라 언급한 부분을 통해서도 확인할 수 있다. 박용철의 유기체론은 시라는 작품을 '피'라는 상징성을 통해 파악함으로써 시와 세계와의 관계에 생명성을 부과했다는 데 의의가 있다. 외적 체험이 용해된 시는 사회적 존재로서 하나의 혈족과 닮아 있을 가능성을 지닌다. 외적 환경에 따라 무성한 나무로 자랄 수도 있고 '험상궂인' 버섯으로 자랄 수도 있

---

128 이진우, 『녹색 사유와 에코토피아』, 문예출판사, 1998, 31~32면.

는 시는 외적 환경이라는 사회가 낳은 하나의 생명체로서의 의미를 획득하는 것이다. 나 개인의 감정 표시적 발화는 제국의 지배담론에 대항 담론으로 포착되지 않는 전략으로 제국의 동일화 담론에 반응하지 않는 양식이 된다. 그러나 박용철은 그의 순수담론 안에 이미 이러한 사회·역사적 요건이 내포되어 있다는 점을 암시하고 있었다. 그리고 이러한 생명체는 그냥 자라는 것이 아니라 시인의 수련과 고난을 통해 이상적인 완성에 이르는 것이므로 주어지는 수동적 창조가 아니라 노력에 의한 능동적 창조로서 주체적인 양상 또한 전제했다.

4. 소결−낭만주의의 주체탐색과정과 민족의 재생

식민지에서 피식민자는 하나의 대상이거나 부재의 지표가 되어야 했다. 이는 감시 받는 대상이거나 시선에서 소거된 대상일 뿐, 사회·역사적 존재로서의 주체적 모습을 아직 부여받지 못한 비자아였다는 의미이다. 어떤 주관이나 의식을 갖지 않는 이들 비자아는 식민자들에게는 하나의 물질적 대상으로밖에 비치지 않는다. 임화, 김기림, 박용철은 이러한 비자아들의 위치에서 문학의 서정화와 현실인식의 측면을 낭만주의 선상에서 도모하는 공통점을 지닌다.

임화의 낭만주의는 객관현실을 중시함으로써 미래가 불투명했던 리얼리즘 문학에 주관성을 제공하게 되는데, 이는 작가의 정신을 통해 객관현실을 극복하고자 하는 나의 방안이다. 계급 이데올로기에 의해 식민지 현실은 전면적으로 드러나지 않는다. 민중 해방이라는 모토는 국제주의를 향해 제국과 식민지의 불평등관계 보다는 자본주의의 모순을 파헤치는 데 중점을 둠으로써 프롤레타리아의 해방이라는 측면만을 부각시킨다. 따라서 피식민자로서의 식민주체는 소거된 상황이 계속된다. 이는 프롤레타리아의 이데올로기를 확산시키기 위해 임화가 민족을 삭제한 측면과 무관하지 않다. 민족해방은 민중해방의 국제주의 노선에서 중심적 과제로 채택되기 보다는 무시되거나 비판되는 상황이었다. 이는 민중해방이 구체적인 식민지 현실 내에서 개별적 상황에 따라 적용되기 보다는 이념적이고 이론적인 형태로 보급되었고 수용되었던 결과였다. 따라서 임화는 계급이데올로기라는 상징 질서로 편입하기 위해, 즉 계급이데올로기라는 아버지의 세계에 등록되는 주체로 확립되기 위해 민족공동체의 운명을 돌아볼 여유가 없었다.

리얼리즘 문학의 객관화의 방향은 현실을 그리는 데에만 급급했을 뿐 현실을 극복하는 대안이 되지 못함으로써 낭만주의의 수용을 필연적으로 제안하게 된다. 이러한 낭만주의는 본질적으로 주관성에 근거한 문학으로 그 주관성은 임화에 있어서는 작가의 정신이 된다. 이 정신은 미래를 지시하는 주체적인 주관성으로 현실의 모순을, 타자에 의해 규정되었던 이데올로기에 의한 자본주의 모순으로 파악하는 것이 아니라 주체의 현실 공간에서 이루어지고 있는 구체적인 식민지 모순으로 파악하게 한다.

따라서 그동안 타자에 의해 움직였던 비자아는 주체적인 자아로 자기의 정체성을 확보하면서 타자의 이데올로기에 의해 거부되고 기각되었던 민족을 발견하게 된다. 이 민족은 고대국가로부터 지속된 연속적인 개념이다. 따라서 계급 이데올로기라는 상징 질서에 편승하기 위해 추방하거나 거부했던 민족이라는 개념은 다시 식민지 현실을 극복하기 위한 노력 속에서 계속적으로 발견되어져야 하는 하나의 모성적 존재로 표기 된다. 아버지 세계의 상징 질서는 국제주의라는 계획을 위해 민족 단위를 거부하거나 무시해야 했지만, 그러한 이데올로기의 전파가 식민지 현실 극복의 대안으로 작용하지 못하는 허위의식임이 드러나자, 식민담론에서 삭제되었던 비자아는 낭만주의의 주관성을 통해 주체화되는 과정 중에 있게 된다. 따라서 한편으로는 계급 이데올로기를 고수하는 측면에서 민중해방을 지향하지만, 다른 한편으로는 거부되고 삭제되었던 민족을 통해 식민상황을 의식하는 식민지 주체는 민족과의 분리 충동과 결합 충동 사이의 존재성을 표출하게 된다.

이에 비하여 김기림은 근대성이라는 타자적 기호를 적극적으로 전유하고 폐기하는 주체이다. 김기림의 과도한 근대성 추구는 우리 것에 대한 혐오를 동반한다. 그래서 전통부정을 제안한다. 이때 김기림은 타자에 완전히 동화된 비자아적 존재이다. 그의 객관성 지향은 서구적 근대성의 본질인 과학지식과 문명적 삶의 바탕을 이룬 지성의 다른 이름이었다. 따라서 객관성으로의 움직임은 당연히 타자와의 동화와 흡수의 욕망인 것이다. 이는 자기 자신을 소거해가는 과정이며, 이를 통해 타자를 자아 안에 확립하는 과정이다. 그렇지만 김기림의 타자 지향은 이중으로 분절되고, 그 분절 가운데서 근대성은 폐기의 절차를 맞게 된다.

우선 김기림은 타자를 두 가지로 분절한다. 근대성의 타자는 오로지 서구이다. 따라서 서구 근대성에 비추어 우리 것, 전통을 비판하는 이면에는 일본제국과 우리를 동격으로 보는 시각이 숨어 있다. 김기림의 서구와 동양의 이분법은 서구의 근대성은 동화 흡수되기를 욕망하는 대상이 되지만, 일본제국의 근대성은 아직 전근대성을 벗어나지 못한 불완전한 근대이기 때문에 동화의 대상이라기보다는 오히려 조롱의 대상으로 파악되는 것이다. 그러한 이중적 근대 의식은 식민지적 문명화 과정에서 피식민자들에게 나타나는 자기모멸적 열등감에서 어느 정도 자유로울 수 있게 해주었다. 타자를 이중적으로 의식하지만, 실제적이며 직접적인 접촉이 이루어지는 일본제국의 근대화 정책에 계속적으로 노출됨으로써 타자화된 비자아는 근대성의 식민성을 의식하게 되고, 그러한 과정에서 피식민자로서의 주체성을 확립하게 된다.

식민지 건설을 목표로 제국의 근대성은 세계적인 추세로 확장되고 있었고, 그에 따라 세계는 황무지가 되어갔다. 근대성을 맹목적으로 추종하던 비자아는 이제 문명 개척의 명제로서의 근대성이 식민성의 확장이라는 인식을 깨닫게 된다. 근대성의 횡포를 극복할 대안으로 김기림이 제시한 것은 낭만주의이다. 전대의 낭만주의의 감상성과는 구별되는 휴머니즘적인 성격으로 규정되는 이 낭만주의는 그 주관성을 인간성으로 파악한다. 이 인간성은 측은지심과 같은 타인을 사랑하는 마음을 토대로 하고 있다. 타인의 아픔과 절실함을 서로 같이 느낄 수밖에 없다는 공동체의식을 바탕으로 하는 이 의식을 통하여 김기림은 근대성의 폐단으로부터 벗어날 수 있다고 믿었다. 따라서 그의 근대성 비판은 인간성의 훼손과 파괴에 놓여 있다.

근대에 의해 억압되는 인간, 소외되는 인간의 모습이 첨예하게 드러나는 지역이 식민지이다. 소거되는 인간을 다시 불러옴으로써 근대 극복을 도모하는 가운데 그 인간이 집단으로 형상화된 민족일 것을 제안함으로써 식민 극복이라는 명제로 이어진다. 그의 민족 형태의 공동체는 미래에는 해체될 집단이다. 그러나 지금 이 시기에는 근대 극복과 근대 기획을 위해 유지되어야 하는 집합체로서 의미를 갖는다. 이는 완전한 근대는 식민지 극복을 통해 완성될 수 있다는 것으로 민족적 구속과 억압이 사라진 현실에서는 근대의 모순이 제거될 것이라는 의미를 내포하는 것이다. 김기림에게 근대성의 전유는 식민성을 의식하는 과정이었으며, 그 과정을 통해 근대성은 폐기되어야 할 것으로 파악된다. 이러한 식민 주체는 그 폐기를 통해 식민성 극복을 도모하면서도, 근대성은 민족의 집단적 힘으로 완성되어야 할 것으로 전제함으로써 제국을 극복하고 더 나아가 그 위치를 전도하고자 하는 욕망을 드러낸다.

박용철은 감정의 시화라는 측면에서 낭만주의자로 분류되었다. 이런 측면에서 김기림은 박용철을 센티멘탈리즘 낭만주의자로 평가한다. 이에 대하여 박용철은 낭만주의의 주관적 감정표현에만 몰두한 감상적 낭만주의를 극복하고자 하는 노력을 통해 내면세계나 과거세계로의 퇴영적인 비−자아로부터 탈주하는 면모를 보여주게 된다. 먼저 그는 시의 공감력을 강조한다. 이는 정서의 확장을 통한 의식의 통합과정이며, 감정의 사회화를 통한 공동체의식의 확장이다. 따라서 개인적 감정을 사회 내에 분포시키는 것은 그동안 내면적 감정의 세계, 개인적 감정의 형태에 몰입했던 비자아적 존재를 사회역사적 주체로 주체화하는 과정이라 할 수 있다. 이러한 감정의 공감력은 그가 말한 체험이라는 과정을 거쳐 형성되는데, 체험이라는 것은 직접 경험하는 사실이나 독서, 그리고 다른 사상의 영향 등에 의한 것으로 외적 관계와 전혀 무관할 수 없는 자아의 위치를 정의한다.

따라서 1920년대의 낭만주의의 센티멜탈리즘에서 벗어나기 위해

체험을 강조했던 측면에는 시인의 타고난 본질의 천재성이 아니라 노력과 고뇌의 주체를 탄생시키는 결과로 이어진다. 체험을 시적으로 승화시키기 위해, 그러한 체험을 통해 변화된 감정을 시적으로 형상화해서 공감력을 얻기 위해 언어 선택에 대한 노력과 시대에 대한 고뇌가 전제되어야 했던 것이다. 이러한 공감력을 좀 더 구체적으로 드러내는 것이 효과주의적 문학관인데, 여기서 박용철은 문학의 독자에게의 감염력을 주장함으로써, 그러한 위치에 선 작가의 제 사회관계를 의식하는 면을 뚜렷하게 드러내게 된다.

특히 그의 언어와 민족의 밀접성에 대한 인식에는 언어의 독자성 차별성을 통해 제국의 중심성을 해체하는 전략이 내재되어 있다. 조선어의 확립과 확산은 민족적 정신과 정서의 지속과 발굴을 통해 주변화된 우리 문학을 중심의 문학으로 계발하려는 노력의 일환이라고 볼 수 있다. 조선어 말살정책이라는 제국의 동화정책에 대응하여 조선어로 표기된 문학만을 위한 발표 지면을 구축하고 조선민족이 조선어로 채록된 문헌을 지속적으로 접촉할 수 있도록 표방함으로써 박용철은 식민지의 주변성을 인식했고, 그러한 주변성을 지속적으로 고수하고 발굴하는 노력을 통해 주변성 극복, 새로운 중심성 만들기의 기초가 구축되는 것으로 파악했다. 아울러 「조선문학의 과소평가」나 희곡 「석양」 등에서 드러나는 민족의식 면에서 그간의 논의가 박용철을 순수문학자라는 굴레 속에서 식민지배에 굴복한 시인으로 평가해 왔던 것은 상당히 편향된 관점의 관습으로부터 자유롭지 못했기 때문이 아니었나 묻게 한다.

지금까지의 논의를 앞에서 제기한 표에 주체화의 과정으로 표기하면 다음과 같다. 비자아들은 결국 객관과 주관의 상호작용[129] 속에서 현실을 인식하는 과정을 거치며 식민성을 의식하고 그 식민성으로부터 탈주하는 주체화되는 과정 속에 위치하게 된다.

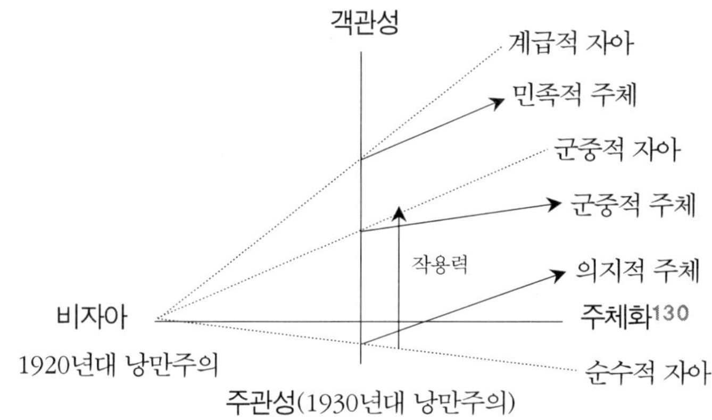

129 니체는 주체와 객체의 분리를 진리가 아닌 근대적 해석구도로, 즉 근대적 패러다임으로 여긴다. 니체에게 있어서의 자아는 사회적 과정의 연관 속에서 하나의 과정적·진보적 자아, 즉 비폐쇄적 자아로 서게 되며, 그의 자아개념은 자아의 자기 논리적, 비사회적 전망을 넘어선다는 사실을 논증한다. 결정적 비결정성이라는 용어로 표현한 바 있는 한 개인의 자기 자신과의 비동일성에 대한 항상적 반성을 통해 그의 개체성은 경험적 세계체험 속에서 사회적·심리적 동일성을 형성하게 된다. 니체에 있어서 자아의 동일성(주체성-필자)은 행위를 통해, 즉 역사적 전승과 문화적 규범을 동시에 공동코드화하는 사회적 행위양식을 통해서, 그리고 그 가치에 대한 자기반성적 행위를 통해 규정된다. 니체의 자기에 대한 행위론적 견해는 내면적 심리세계와 사회 간의 이중적 관계를 전제한다(김정현, 『니체의 몸 철학』, 지성의 샘, 1995, 76~151면). 자아의 동일성 회득의 과정을 주체화의 과정으로 파악하면, 내주관적 영역의 자아는 객관세계와의 관계를 통해 상호주관적 경험의 세계에 도달하게 되는 주체화 과정으로 나아가게 되는 것으로 파악할 수 있다. 여기서 자아는 보존충동이 강한 개인적 차원의 내주관적 영역에 머물러 있는 상태라 보았다.

130 이 주체는 하이데거의 세계-내-존재와 비슷한 의미를 지닌다. 개인적 경험은 개인적 양상을 띠기도 하면서 많은 동시대 사람들의 경험이기도 하다. 인간 존재가 항상 세계 속에 살고 있는 형식으로 삶을 경험한다는 뜻이다. 따라서 세계-내 존재는 세계를 떠난 단독적인 주관은 허락되지 않음을 의미한다. 현존재는 어디까지나 세계 속에서의 존재다. 세계는 더불어 사는 공동체이며, 현존재의 존재는 더불어 있는 존재다(김상환·장경렬 외, 『문학과 철학의 만남』, 민음사, 2000, 224~225면).

임화는 1920년대부터 견지해온 프롤레타리아 이데올로기로 파악한 현실을 민족의 시각에서 다시 쓴다. 국제주의 지향으로 바라보던 민중에 대한 시각은 일본제국과의 동일성을 획득하는 하나의 기제로 작동하고 있었다. 이때 식민지 상황은 하나의 괄호 치기가 되어 제국주의에 대한 시선 포착을 불가능하게 한다. 계급성과 민족성 사이에서의 분열은 지배자와 피지배자의 대립체계 위에 식민자와 피식민자의 대립체계를 포개놓음으로써 프롤레타리아 이데올로기의 권위를 해체한다. 현실의 묘사로부터 현실 타개책의 모색으로 이동하면서 프롤레타리아 계급을 대변하면서도 자기 계급으로부터 탈피하지 못하는 소시민성과 피지배계급의 입장에 서 있으면서도 지배계급을 선망하는 관념적 계급성을 회의하는 지점에서 계급적 관계와 식민적 관계 사이에 놓여 있는 식민지식인의 위치를 자각하게 된다. 이때 비로소 임화는 엘리트의식에서 벗어나 그렇게도 경계했던 소시민성으로부터 벗어날 수 있게 된다.

김기림에게 있어서 근대문물에 대한 맹목적인 추수는 근대문물이 갖고 있는 편리와 신기, 세련과 같은 지적 우월성 때문이었다. 이러한 근대성에의 지향은 제국의 식민체제에 순응하게 만드는 우민화 정책에 동조하는 결과를 낳을 뿐이었다. 군중적 자아인 작은 자아는 이러한 근대성에 편승하는 자아이다. 근대성 이면에 도사리고 있는 제국의 확장 욕망과 제국의 통제 체계를 인식하지 못하기 때문에 근대성은 군중적 자아에게 권위적인 기표로 등록된다. 그러나 군중적 주체는 근대성 내면을 꿰뚫어보고 비판하는 자이다. 근대성 내부에 존재하는 식민성을 의식하고 근대성 비판을 식민성 비판으로 연결하면서 제국의 식민지 근대를 극복한 완전한 근대를 지향한다는 의미에서 제국의 근대성을 되받아치는 면모를 보인다.

한편 박용철은 낭만주의의 순수시관의 표명을 통해 개인적 감정 수준을 벗어나지 못하는 반사회적 주관적 경향이 강한 퇴행적인 문학자로 간주된다. 순수한 자아는 현실 인식의 측면을 도외시하고 개인의 주관적인 감정에 몰두하는 극단적인 주관성 지향의 경향으로 결국 제국의 동화정책에 순응하는 결과로 표기되었다. 그러나 이러한 낭만주의의 순수성을 지양하는 면모를 통해 우리는 박용철의 순수자아가 현실과 완전히 격리된 자아가 아니며, 더 나아가 조선말의 확산과 고수를 표방함으로써 식민지 현실을 극복하는 측면이 있는 의지적 자아임을 확인하게 된다.

제4장

탈주하는 식민 주체의 언술과 공간 좌표

우리는 기존연구들에서 임화와 김기림, 박용철의 시 텍스트를 계급성, 근대성, 순수성 담론으로 읽어왔다. 이러한 관점은 제국의 영향에 포획된 담론의 확장이거나 제국의 괄호치기에 따른 담론의 확장이었다. 다시 말해 카프의 계급적 이데올로기를 논할 때 나프와의 연관성을 배제할 수 없었으며, 일본 본토에서 프롤레타리아 운동을 경험하고 지식을 축적한 청년들에 의해 프로문학이 주도되었다는 사실 또한 일본과의 영향관계에서 자유로울 수 없었다는 것을 입증하는 것이기 때문이다. 모더니즘의 근대성 또한 서구와의 직접적 영향 관계를 통해 습득된 지식이라기보다는 일본으로부터 굴절된 지식의 축적이었음을 부정할 수 없다. 이렇게 제국의 영향 하에서 이루어진 계급성과 근대성 담론은 어떻게든 제국의 이데올로기가 개입될 수밖에 없는 담론의 확장이었다. 그리고 박용철의 '순수성' 또한 그의 시들이 제국의 존재와 식민적 상황을 도외시하는 비현실적 담론이라는 평가를 내놓는 데 작용한다. 그러한 측면에서 우리는 식민지 시기라는 특수한 역사성과 시대성, 사회성의 국면에 직면한 현실상황을 반영하는 탈식민적 시각을 투영하지 못했다. 따라서 본고는 앞에서 고찰한, 각 시인들의 당시의 시대정신이 반영된 비평담론을 바탕으로 하여 각 시인들의 시 텍스트를 대위법적1으로 읽을 것을 제안한다. 결국 우리가 각 시인들을 평가한 기준은 그동안 타자담론2의 테두리를 벗어나지 못한 한계를 지닌 셈이다. 따라서 그 타자담론을 둘러싸고 있는 주체담론을 같이 읽어 낼 때 우리는 식민시기를 살아온 각 시인들의 현실을 좀 더 구체적으로 파악하게 될 것으로 기대된다.

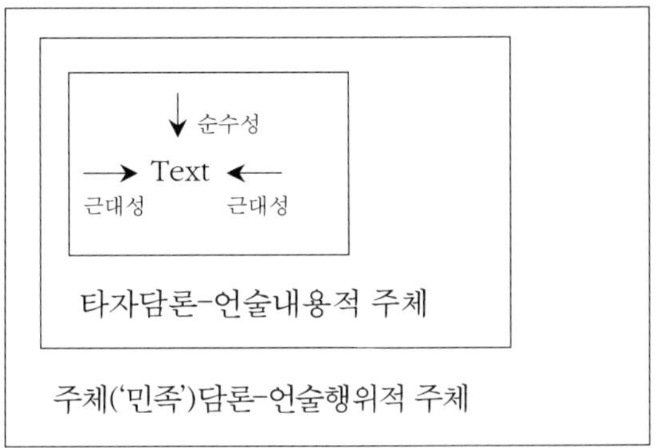

---

1 사이드는 대위법적 글읽기를 "서술되는 본국의 역사와 지배적인 주요담론에 반대하는 다른 역사"를 동시에 인식하는 것으로 규정했다. 본고에서는 임화나 김기림 박용철의 시 텍스트를 주로 다루어왔던 계급성, 근대성, 순수성의 관점을 현실을 구체적으로 표기하지 않은 관념적 시각으로 보고 제국과 연관된 타자담론의 한 유형으로 파악했으며, 이러한 시각을 재고하는 민족담론을 식민주체의 관점으로 파악하여 전자와 후자를 함께 읽어내는 것을 대위법적 읽기라고 전제했다.

2 세 시인들의 구체적인 식민지 상황을 도외시한 채, 그들을 지배했던 이데올로기나 이론으로, 즉 타자의 담론으로써 시 텍스트를 평가하고 이해하는 움직임이 반복적으로 지속되어 왔다.

임화는 식민화에 따른 민족적 차별과 억압의 실태를 고발함으로써 제국이 식민지에서 행하는 횡포에 초점을 맞춘다. 따라서 계급적 이데올로기에 따른 민중에의 관심은 민족으로의 관심으로 이동하고 이러한 민족의 발견은 제국이 식민지에서 행하는 지배와 착취를 문제로 삼는다. 또한 김기림은 식민지 상황에 그렇게 민감하게 반응하지는 않는다. 다만 제국의 근대를 바라보던 시각은 팽창의 욕구를 내면에 품게 되면서 다른 국가들의 경제를 지속적으로 약탈하여 부와 권력을 확보하려는 방식으로 전개되었던 제국주의 행위[3]의 모방을 통해 세계로의 확장 욕망을 드러낸다. 이에 반하여 박용철은 순수 서정시의 세계를 추구하면서도 일본 제국의 문학에 우리 문학이 종속되는 것을 비판하면서 민족적 식민 현실을 견뎌내고 있었다. 그러한 시각은 민족주의를 외치면서 일본 제국의 문학 제도에 편승했던 이광수와 같은 민족주의 계열의 작가들과는 차별적인 모습을 보여준다. 행동하는 지성은 아니었지만 고뇌하는 지성으로서 박용철은 암울한 시대적 상황을 보내고 있었던 것이다.

이러한 관점에서 주체의 진리는 항상 자아와 사회 사이에 있는 법이라는 사실이 확실시 된다. 주체구성의 문제는 발화의, 발언 틀의 겹겹의 층들, 그것들의 퇴적작용, 기입들 사이에서 일어나는 협상과정이 된다[4]. 또한 텍스트의 가치는 그 문화와 사회가 공유하는 가치이며, 이러한 공통성이 만들어낸 맥락적 약호가 텍스트에 깊은 영향을 끼치게 된다. 주체와 텍스트는 사회·문화와의 맥락적 관계를 이루면서 다중적 의미를 산출하게 됨으로써 단순한 형식 논리로 환원될 수

---

3 존 맥클아우드, 『탈식민주의 길잡이』, 박종성 외 편역, 한울아카데미, 2003, 22~23면.
4 로지 브라이도티, 『유목적 주체』, 박미선역, 여이연, 2004, 47면.

없는 현상학적 의미를 제공한다5. 본고에서 '계급적 자아', '군중적 자아', '순수 자아'는 모두 민족적 상황을 도외시한 채 국제주의 노선을 지향하거나 근대의 타자성을 자각하지 못한 채 제국의 근대에 추수적이거6나 식민지 현실, 민족 공동체의 운명을 간과하고 개인적 정서 표출에 몰두하는 비자아들이다. 이러한 비자아들은 타자적 담론에 귀속된 존재들로 시 텍스트 내에 '계급성' '근대성' '순수성'을 표기하는 언술내용적 주체들이다.

이에 반하여 '민족'적 각성을 통하여 '계급성' '근대성' '순수성'의 의미들 사이에서 '식민성' '제국성' '민족성'을 반향하며 현실을 직시하는 주체들이 언술행위적 주체들이다7. 이러한 언어를 통해 구성된 주체들은 비판적이고 저항적인 존재들인데, 이들은 근거 없이 단정된 제국의 '중심'을 대규모로 폐기하기 위해 자신의 정체성을 은폐하고 가장하는 주체이다. 언술내용적 주체와 언술행위적 주체로 분열된 목소

---

5 송효섭, 『문화기호학』, 아르케, 2000, 233~261면.

6 김기림의 서구 지성에 관한 폭넓은 이해는 깊이를 갖지 못한 백과사전식 박학에 그치고 만다. 이는 시대 여건을 무시한 선구성으로 식민지 현실을 고려치 않는 한계를 가지기 때문에 공허한 근대추구에 그치고 마는 것이다(이남호, 「현실과 문학과 모더니즘」, (정순진 편, 『김기림』. 새미, 1999), 39~68면).

7 문학 과정에서 한 개인으로서 작가는 자기가 살고 있는 시공의 여러 심급들과 교섭하고 대화하면서 인간과 세상의 처지를 이해하고 성찰하게 되는데, 그것을 통해 작가의 현실은 구성된다. 이렇게 구성된 작가의 현실은 문학적 언어와 규약, 형식적 실험을 거쳐 문학 텍스트 속의 현실로 형상화된다. 독자 또한 세계와 대화적 관계를 유지하면서 자기의 현실을 구성하고, 그것을 통해 텍스트 속의 현실을 읽으며 새로운 단계의 대화를 시도하게 된다(우찬제, 『텍스트의 수사학』, 서강대학교 출판부, 2005, 201~201면). 이런 의미에서 작가적 현실이 작용하여 구성되는 주체를 언술 행위적 주체라고 파악하였으며, 텍스트 속에 언어적 제약, 시대적 제한, 역사적 한계 등의 구속력의 작용을 받아 형상화된 것을 텍스트의 현실이라고 보았으며, 그러한 텍스트의 현실을 구성하는 주체를 언술내용적 주체로 표기하였다. 또한 이러한 두 층위를 동시적으로 읽어냄으로써 새로운 해석의 가능성을 제공하는 독자는 당대의 세계와 현재의 세계를 대화적 관계로 형성하는 탈식민적 관점을 가능하게 하는 지점으로 전제된다.

리의 실현은 제국의 시선을 교란시키고 탈식민적 사유의 다양한 소리들로 분포하게 된다.

탈식민주의는 아주 범박하게 두 개의 시각으로 분류해볼 수 있다. 식민지라는 상황을 경험한 시기와 그 이후의 상황은 물론 다를 것이다. 또한 식민자와 피식민자의 탈식민주의도 다르게 해석될 수 있다. 그런 의미에서 바트 무어 길버트의 논의는 많은 시사점을 던져 준다. 그는 사이드의 오리엔탈리즘을 하나의 분기점으로 설정해서 탈식민주의 비평과 탈식민주의 이론으로 이분화하고 있다. 이는 제3세계 국가들이 지향하고 있는 탈식민주의와 서구 이론과 자본이 개입되는 탈식민주의를 차별적으로 바라보는 시각이다. 이러한 견해는 식민시기와 주체의 위치를 통해 좀 더 세분화할 수 있다. 식민시기와 피식민자의 위치, 식민시기와 식민자의 위치, 식민시기 이후와 피식민자의 위치, 식민시기 이후와 식민자의 위치가 그것이다.

본고에서 문제가 되는 것은 식민시기와 피식민자의 위치이다. 1930년대 식민지 피식민자였던 세 시인의 문학적 지향을 탐색하는 것이 목표이기 때문이다. 따라서 본고의 탈식민주의의 토대는 제3세계의 반식민적 민족주의가 된다[8]. 이는 탈구조주의나 해체론에 기대고 있는 탈식민주의 이론을 배제한다는 의미가 아니다. 탈식민주의 이론은 식민지 상황을 벗어나려는 저항적 탈식민주의가 되기 어려운 점이 있다. 예를 들어 스피박의 하위주체들에 관한 연구에 토대를 두고 여성을 초점화할 경우, 여성의 해방이라는 차원에서 식민지 남성

---

[8] 이러한 입장에서의 탈식민주의 개념은 "식민주의의 이원론이 양단시키고 이질화시켜 놓은 민중들을 민족성이나 인종적 토대와 같은 급진적인 방법을 동원해서라도 하나로 통일시키려는 운동"을 일컫게 된다(이석호, 『아프리카 탈식민주의 문화론과 근대성』, 동인, 2001, 24면).

과 분리되면서 제국의 여성과 동질성을 획득하려는 식민지 여성의 입장은 식민지 극복이라는 방향을 어렵게 하는 측면이 있다. 식민지라는 상황을 같이 경험하는 식민지 남성 대신, 제국의 여성과 동질성을 획득하는 측면에서 이러한 시각은 프롤레타리아 이데올로기가 민중 해방이라는 테제를 통해 국제주의를 표방하면서 식민지 해방이라는 지점과 거리를 두고 있는 것과 유사하다. 프롤레타리아 이데올로기의 고수는 현실 대중과의 거리를 내포한 추상적이고 관념적인 문학적 특성으로 거론될 수 있다. 이는 마르크스 운동을 하나의 타자성으로 인식하게 한다. 마르크스 운동을 근대성의 한 측면으로 인식할 때, 마르크스의 포기는 근대성으로부터의 이탈이며, 마르크스 운동이 자본화된 근대 사회에서만 일어날 수 있는 이념으로 파악한다면, 마르크스 운동은 서구적 운동일 수밖에 없기 때문이다. 파농에 의하면, 여성 해방이라는 이슈는 식민자들에 의해 피식민자들의 저항의 지점을 교란시키기 위해 사용되는 반민족적 전략이 되기도 했다. 파농이나 코널 등의 피식민 민족의 지도자들은 식민시기에서 탈식민주의는 민족의 발견을 통해서만 가능성하다고 보았다.

현대문학에 동참하기 위해서 식민지 문학자들은 자신의 문화적·역사적 자산을 포기하도록 종용받고 과학적이고 기술적이며 정치적인 합리성에 동참하는 것이 요구되었다. 그러나 모든 문화는 현대문명의 충격을 흡수하지 못했다. 어떻게 낡고 잠들어 있는 문명을 되살려 내며 동시에 세계 문명에 동참할 것인가가 김기림의 문제의식이었다. 근대성에의 접근은 제국주의의 자질을 획득하면서 제국과의 차이를 무화시키거나 최소화하는 전략으로서 제국의 차이의 정치학을 부정하고 교란하는 역할을 떠맡는다. 이는 식민지 근대를 향유하면서도 식민지 근대문명이 내포한 식민성을 의식하는 이중적 의식을 통해 발현된다. 임화나 김기림에서의 '민족'이라는 기표는 탈식민주의 이론들이 우려하는 민족중심주의적 경향을 내포할 만큼 강력하지 않다. 가령, 스피박은 식민통치에 의해 단절되었던 문화나 비하되었던 민족성을 이상화고, 식민담론이 사용하였던 허구적 이분법을 그대로 본받는 '역민족중심주의'을 우려한다. '민족'의 발견은 제국주의를 의식하는 하나의 지점으로 제국의 허상을 짚어내고 식민지 주체로서 피식민자가 분열하는 지점이다. 제국의 시선에 갇히지 않기 위해 이러한 식민 주체들은 계속적으로 타자를 응시한다. 이러한 응시는 식민자의 시선을 교란시킨다는 측면에서 저항의 지점이 되나, 식민자를 직접적으로 비판하거나 부정하는 목소리를 내지 못한다는 측면에서 민족중심적인 강력한 이데올로기가 되지 못한다. 따라서 이들이 발견하는 '민족'적 주체를 민족 담론을 절대시하는 주체들과 동일하게 파악해서는 안 될 것이다[9].

이들 식민주체들은 식민주의의 허약한 틈에서 '민족'적 기표를 발견하고 타자와 주체 사이에서 분열하는 존재이다. 박용철 또한 탈식민주의의 태도를 혼합화와 토착화로 구분할 때, 비평담론들을 통해 토착화를 고수한 측면이 있다는 점에서 제국에 오염되지 않으려는 탈식민주의적 경향으로 다분히 읽어낼 수 있는 여지를 발견하게 된다.

---

9 탈식민주의에서 민족문학 개념은 넓은 의미의 민족문학 개념에 비해서 제한적인데, 민족어와 민족어 문학에서의 제국어의 영향력을 중화시키고 제국어를 탈권력화 탈식민화시키는 문학행위만을 민족문학이라고 부른다(Bill Ashcroft, 「텍스트 다시 쓰기」, 이석호 역, 『포스트콜로니얼 문학이론』, 민음사, 1996, 133~192면). 이때의 '민족' 문학은 '민족주의' 문학과는 엄격히 구분되는 것이다. '민족'문학은 제국의 헤게모니를 청산하려는 노력을 의미하는 것임에 비해, '민족주의' 문학은 제국주의 세력과의 대립각을 세우며 형성되지만, 제국에 의해 통제되는 포섭담론이 되기도 하는 이중성을 가질 수 있다.

그러나 시 텍스트 속에서는 그러한 토착성이나 민족성이 강력하게 발휘되지 않는다. 오히려 불확실성과 같은 불안감과 망설임의 태도를 통해, 또는 디아스포라의 반복을 통해 개인의 감정적 상태와 공동체의 운명을 산포시킴으로써 순수한 자아와 공동체적 주체 사이에서 분열하는 모습을 보인다. 이는 '민족'의 발견을 통해 강력한 저항의 지점, 민족주의의 부름에 응답한 형태가 아니라 제국의 부름에 무응답의 형식으로 버텨냄으로써 탈식민주의를 획득한 사례라 할 수 있다. 따라서 '민족'의 발견을 강력한 민족주의 담론과 연결하는 것은 무리일 것 같다. 본고는 '민족'의 발견을 통해 분열하는 주체가 제국의 식민성을 교란하는 지점이라는 것에서 시 텍스트 분석을 시작하고 있는 것이다.

1. '민족'의 메시지를 내면화하는
계급적 주체의 혼성성

1920년대 카프시대의 임화의 시들에서 우리는 프롤레타리아의 계급을 전면에 내세우고 민중해방의 목표를 향해 나아가는 젊은 청년들을 주인공으로 하여 국제주의를 표방하는 시적 경향을 뚜렷하게 확인하게 된다. 이때의 언술내용적 주체와 언술행위적 주체는 청년의 목소리로 일치된다. 청년의 시선은 계급적 문제에 입각한 단일한 사건에만 초점을 고정하고 집중적인 관심을 피력하게 된다.

조금도 염려는 말아라

뒤에는 무수한 우리가 있지 않느냐

가장 위대한 세계 프롤레타리아트의 조직이

오오 우리는 안다

작코·반제티군 등이 죽지 않은 것을

거리마다 가득한 그대들의 시체를

태양을 물들인 그대들의 핏방울을

폭풍우다 ∞이다

우리들의 진격하는 전열을 향하여 두 동지는 외어치지 않느냐

세계의 동지야

1927-리아

∞에 대하기를 ∞으로

우리들은 동무와 같이 용감하게 전장에로 가자.

담(曇)-1927 「작코」·「반제티」의 명일(命日)에

이 시는 부르주아의 폭압과 이에 대한 국제 공산주의 운동의 투쟁
상을 〈작코·반제티 사건〉을 모델로 한 것으로, 1927년 미국에서 이
탈리아 출신 이주민인 아나키스트 반제티와 작코가 노동조합운동을
하던 중 체포되어 〈메사추세츠주 봉급 살인강도 사건〉의 범인이라는
누명을 쓰고 사형당한 사건을 형상화 한 것이다[10]. 이처럼 계급주의

---

10 김정훈, 『임화시연구』, 국학자료원, 2001, 51면.

사상에 입각하여 제작된 시들에서는 세계 프롤레타리아의 결속을 강한 주제로 포착한다. 젊은 청년들은 식민지인 나라와 조국의 해방을 위해 목숨을 바치는 존재들이 아니라 “죽음으로써「노동자의 봄」을 짓”(제비, 1930)는 존재들로 등장한다. 따라서 ‘독일의 프롤레타리아’(젊은 순라의 편지, 1928)와 우리의 프롤레타리아를 동일한 위치에 세우고 바라보는 관점을 드러내게 되는데, 이와 같은 시각은 제국이라는 본국과 식민지의 관계를 삭제하고, 자본주의 사회의 모순만을 제거하려는 움직임만을 포착하기 때문에, 식민지에서는 이러한 운동이 일정정도 한계를 지닐 수밖에 없게 된다.

조선의 식민 상황을 고려하지 않는 맑스주의의 유포는 민족주의와 결합할 수 없었다. 그 사회의 특수성을 의식할 때만이 맑스주의의 혁명성이 반식민적 운동으로 전환될 수 있는 것이다. 자신들이 처해 있는 상황에 따라 맑스주의 이론을 개발하고 해석하려는 노력 없이 고전적 맑스주의의 이론을 그대로 사용함으로써 혁명성은 하나의 이념으로 끝나고 마는 결과를 가져오게 되고 말았다. 이는 세계의 제국주의적 추세를 인지하고 식민지 상황을 극복하려는 제3세계의 탈식민적 운동에 역행하는 태도이다. 계급주의적 사상에 입각하여 “우리들은/세계의 일체를 파괴하고/세계의 일체를 건설한다”라고 외치는 계급적 자아는 서구 제국주의의 테두리 안에서 움트고 있는 계급주의 이데올로기의 한계를 인식하지 못하고 계급적 이데올로기에 의해 세계를 개편할 수 있다고 믿는다. 그리하여 이러한 제국주의의 모순에 천착하지 못한 비자아들은 이 땅의 식민화 문제 보다는 제국 본토의 민중해방의 문제에 좀 더 치중했던 일본 제국의 프롤레타리아와 동질성을 확인하려하고, 일본 제국과의 제휴의 가능성을 강하게 믿는 경향을 드러내게 된다.

그렇지만

나는 너를 위하고 너는 나를 위하여

그리고 그 사람들은 너를 위하고 너는 그 사람들을 위하여

어째서 목숨을 맹세하였으며

어째서 눈 오는 밤을 몇 번이나 거리에 새었든가.

거긔에는 아모 까닭도 없었으며

우리는 아무 인연도 없었다

더구나 너는 이국의 게집애 나는 식민지의 산아회

그러나 오즉 한 가지 이유는

너와 나 우리들은 한낫 근로하는 형제이었든 때문이다.

　　　　　　　　　　　-〈우산 받은 요꼬하마의 부두〉[11] 중에서

　임화에게 있어서 일본 문단 및 사상계는 회의의 대상이거나 허구가 아니고 현실 자체, 그러니까 언제나 「실체」였던 것이다[12]. 식민 지배 -피지배라는 바로 눈앞의 현실이 강요하는 민족적 구별의식을 넘어 식민지 조선의 노동자가 일본 노동자와의 일체의식을 지니고 그것을

---

11 『조선지광』, 1929.9. 발표시의 제목 표기는 '雨傘밧은 『요꼬하마』의 埠頭'. 『카프시인 집』에 재수록 되었다. 한국과 일본의 노동자계급의 연대를 노래한 이 시는, 조금 앞서 발표된 일본 시인 나까노 시게하루(中野重治)의 "비나리는 品川驛"과 동일한 주제, 동 일한 모티프로 구성되어 있어 주목된 바 있다(신승엽 편, 『임화전집1·시』, 풀빛, 1988, 53~54면).

12 김윤식, 『임화연구』, 문학사상사, 1989, 397면.

강조할 때 거기에 담긴 프롤레타리아 국제주의는 훨씬 강렬한, 일종의 절대적인 것으로 부각되는 것이다[13]. 이러한 의식은 민족적 투쟁의 기념일로 상징되는 육십만세 운동을, "우리들의 사랑하는 용감한 내 나라의 백성들이"(병감에서 죽은 녀석, 1929) 제국주의에 저항하여 자유를 위해 싸웠을 그 날을 "6월 10일은 우리들 조선의 프롤레타리아의 가슴에서 영구히 쓰러지지는 않으리라"라고 언급함으로써 "근로하는 노동자 농민을 예속과 착취에서 해방하려는 날"로 해석해버리고 만다. 이는 식민화에 따른 우리 민족적 현실 보다는 자본주의 하에서 지배되고 있는 노동자 현실을 중시하는 태도로 제국과 식민지라는 관계를 모호하게 유포시키게 된다.

정통적인 맑시즘에게는 하나의 타자, 즉 소수에 해당하는 노동자 계급만이 있을 수 있었다[14]. 식민지의 청년과 제국의 계집과의 연인 관계의 설정은 계급적 동맹관계를 강조하는 하나의 기제로서 적대관계가 아닌 제휴관계임을 분명히 한다. 제국의 계집과 식민지의 청년은 '근로하는 형제'로서 목숨을 맹세한 관계이다. 여기서 식민지와 제국이라는 차별성은 '근로하는 형제'라는 것에 의해 지워진다. 식민지이거나 제국이거나 중요한 과제는 근로하는 형제들의 지속적인 민중 해방 운동이다. 쫓겨 가면서도 식민지 사나이는 '노동자들의 물결'에 제국의 계집이 계속해서 동참하기를 북돋는다. 이때까지만 해도 계급적 이데올로기의 무장만이 식민지 청년에게 중요한 화두였다.

그러나 임화는 어느 순간 민족적 자각을 통해 식민성을 인식하고

---

13 정호웅, 『임화』, 건국대출판부, 1996, 45면.

14 Ato Quayson, *Postcolonialism—theory, practice or process?*, Polity Press: Cambridge, 2000, 52면.

일본으로부터 이식된 사회주의 이데올로기의 허구를 간파한다. 민족적 자각은 식민지에서의 사회주의 운동이 식민본국에서의 사회주의 운동과는 근본적으로 차이를 가질 수밖에 없다는 인식으로 발전됨으로써 식민 본국과의 분리의식을 드러내게 된다. 이러한 민족의식의 내면화는 사회주의 이데올로기에 대한 관점에 균열을 일으키면서 혁명의 본고장이라는 제국에 대한 동경과 공모적 태도를 지양하게 한다.

1) 사건 묘사와 식민주체의 진술적[15] 개입

서사성을 지양하는 임화의 감정시들에는 1920년대부터 지속되어 온 계급적 이데올로기의 관점을 표시하는 언술내용적 주체와 민족을 자각하는 언술행위적 주체가 동시에 존재한다. 시라는 담론에 재현된 언술내용적 주체는 묘사되는 사건 속에서 계급적 이데올로기를 기표화하고 있지만 말하기를 행하고 있는 언술행위적 주체는 민족과의 정서적 일체감으로 언제나 미끄러져 나가게 된다. 언술내용적 주체는 3인칭이라는 시점을 고수함으로써 사건의 객관성을 담보 받고 싶어 하는데, 이는 자신의 언술에 대해 객관성·진실성을 획득하고 싶어 하는 전략이다. 묘사체계나 비유를 통해 현실적 상황을 보고하고 세계관을 드러내는 논평의 개입으로 언술행위적 주체의 주관적 관점이 드러난

---

15 진술은 보고와 논평의 결합양식이다. 세계에 대한 상태나 상황을 알리는 보고와 세계에 대한 평가를 드러내는 논평은 텍스트의 화자의 주관적인 의도를 드러내는 방식이다. 보고가 어떤 사건에 대한 묘사로서 상황이나 상태를 알리는 것이라면, 논평은 사람, 장소, 대상, 행동들에 대한 설명이나 해석이다. 그것의 중요한 기능은 추상적인 용어로 정치적, 사회적, 경제적인 판단뿐만 아니라 윤리적이고 심미적인 판단을 내려서 그것들의 성격을 정의하는 것이다(헬무트 본하임, 『서사양식』. 오연희 역, 예림기획, 1998, 34면/ 66면).

다. 여기서 민족적 유대감을 포착하게 되는데 이는 시 텍스트의 Matrix[16]로 활용된다. 이 Matrix에 의해 언술행위적 주체의 의도가 확장되며, 이를 통해 임화의 식민주체의 탈식민성이 확인된다.

이야기체를 특징으로 하는 임화의 시는 단편서사 양식을 출현시켰다. 이러한 그의 시적 성향은 1930년대에 이르면 사건 기술이라는 측면에서 어느 정도 부합하는 지점이 있지만, 여타 등장인물들과 강한 민족적인 정서 유대감을 가지고 이들이 처한 문제적 상황에 대해 감정적으로 분노하는 화자가 등장한다[17]는 데서 차별성을 갖는다. 이러한 시들의 특성을 고려하여 1930년대 임화의 시는 '감정시'라는 명칭을 획득하기도 한다. 이러한 감정시는 감정표시기능을 하는 문장부호들과 함께 표기됨으로써 개성적인 사적 감정을 주도한다.

이전의 시들이 공적 영역의 사상을 유포하기 위해 단정적이고, 간결한 문장으로 구성되었다면, 이때의 시들은 감정의 증폭을 위해 상황과 예들을 중첩적으로 기술하거나 동사를 지연시킴으로써 모호하고 암시적인 기술적 특성을 갖게 된다. 특히 이야기로 구성된 시에서는 이전처럼 계급이데올로기라는 뚜렷한 주제에 제한되지 않음으로써 여러 가지 상황 묘사를 통해 주제를 암시하게 된다. 관찰자로서 사건을 객관적으로 서술하는 양식을 표출함으로써 담론의 진실성을 획득하고, 그 속에 있는 인물을 초점화하는 방식으로 민족적 정서를 개입함으로

---

16 시가 하나의 통합체로 구성되어 있다면, 세계에 대한 진술을 구성하는 문장들은 반드시 또 다른 언어 구조인 핵심어나 모형matrix의 변체로 파악되곤 한다. '모형'이란 텍스트의 구조적 해독에서 핵심어 구실을 하는 하나의 지표로서 시에서 작고 축어적인 문장을 보다 길고 복잡하며 비축어적인 문장으로 변형시키는 가설적인 개념이다. (미카엘 리파떼르, 『시의 기호학』, 유재천 역, 민음사, 1993, 36~40면). 본고에서는 식민성이나 민족성을 환기시키는 단어나 문장을 중요한 모형으로 파악하였다.

17 김정훈, 『임화시 연구』, 국학자료원, 2001, 168면.

써 세계를 응시하게 된다. 따라서 언술행위적 주체는 객관적 사건 서술을 통해 진정성을 획득하려는 언술내용적 주체에 민족적 정서를 함의한 주관적 관점을 개입한다. 3인칭 관찰자 시점으로 객관적 거리와 관점을 유지하려는 의도는 다분히 언술의 객관성을 통해 진실성을 획득하려는 전략이며, 이러한 전략에 틈입하는 여타 인물들과의 정서적 유대감은 그의 시적 담론이 객관적인 중화된 언술이 아니라 주관적 관점이 개입된 주체적 태도의 문학적 성향임을 나타내는 것이다.

문학적 담론의 대상이 되는 현실은 저기 바깥에 객관적으로 실재하는 것이 아니라 사회·역사적으로 구성된 것이며, 따라서 핍진성의 근거를 이루는 것은 사실주의가 다루는 현실이라는 추상적 실체 속에 있는 것이 아니라 그러한 실체적 전도를 불러일으키는 사실주의적 인식과 사유의 방식에 있다. 요컨대 사실성 혹은 핍진성은 실제 세계가 지닌 어떤 자연적 본질에 대해 사유하고 인식하는 언어적 방식에 의해 구성되는 것이다[18]. 따라서 진실성을 획득하기 위해서 임화의 주체는 자기 목소리를 객관화하는 3인칭 관찰자의 시점으로 자신의 위치를 가장한다. 민족적 시각에 접근한 주관적 목소리는 텍스트에 산포되어 있어서, 또는 잠재되어 있어서 확고한 목소리를 내지 못한다. 그러나 이러한 산포된 민족적 언술들을 텍스트의 Matrix로 연결시켜 확장적으로 바라볼 때 재현된 현실의 핍진성 이상의 의미를 그 이면에 내포하고 있음을 파악하게 된다. 텍스트 내에서 사건을 객관적으로 기술하고 있는 것 같으면서도 시적 자아는 식민지 주체로서의 주관성을 확장시키면서 자신의 의도를 진술적으로 개입하는 양상을 보

---

18 곽상순, 『사실주의 소설의 재인식』, 한국학술정보, 2005, 17면.

이게 되는 것이다. 세계에 대한 자신의 생각을 단적으로 제시하는 보고와 논평을 통해 언술행위적 주체는 식민지 상황을 주제화하는 측면이 있다. 이런 언어 전략을 통해 식민주체는 민족적 현실의 핍진성을 획득하게 되는 것이다.

묘사에서 가장 두드러진 역할을 하는 것이 관형사와 비유이다. 관형사는 명사를 꾸며줌으로써 명사의 속성을 도드라지게 표출시킨다. 비유는 유추를 통하여 언술 대상을 구체화하는 성향을 지닌다. 이러한 관형사와 비유에는 주관적인 감정이 개입되기 때문에 담화 주체의 의도를 좀 더 명확하게 드러내는 기제로 작동한다. 따라서 사건이라는 객관적 사실이 묘사됨으로써 사건은 하나의 사실로 존재하는 것이 아니라 주관적인 관점으로 치우치게 된다. 인물이나 사물을 꾸며주는 속성들의 자질에 의해 담화의 주체는 자신의 생각을 빗대어 제시하게 되기 때문이다. 이야기나 사건 기술은 임화의 서사지향적인 연속적 성향을 그대로 드러내면서, 묘사에 의한 확장을 통해 객관적 시각에 주관성을 개입하는 양상을 보여주게 되는 것이다.

뭐, 인젠 그 연한 풀잎이
알몸으로 또약볕을 쏘여야 하니까……
정말 가는 이파리들은 아직 나이 어려도,
炎天 아래서 찌는 듯한 暴陽을 온 終日 받아야 할 쓸아림을 잘
알고 있다.

外國말을 쓴 세모난 다홍 旗가
勝利者처럼 흰 깃대 위에 너울거린다.

흘러가는 흰 구름이나 엷은 바람,

모두가 그에겐 幸福스런 音樂 같다.

-〈골프장〉 중에서

연한 풀잎은 골프장에서 공 줍는 일을 하는 아이들을 비유한다. 이 연한 풀잎에 대척적인 위치를 점하고 있는 것이 '그'이다. '그'는 앞 연에 나온 '까만 발들' 중의 하나이다. 어리고 약한 아이들을 짓밟는 이미지의 '까만'색은 억압적이고 공포스럽다. 골프를 즐기는 이들은 폼을 잡고 웃음을 흘리고 손뼉을 치며 행복의 시간을 보내는 반면에 그 시간 동안 아이들은 그들이 친 공을 잡기 위해 알몸으로 뙤약볕을 뛰어다녀야 하는 '연한 풀'의 신세에 다름 아니다. 여기까지 읽으면 언술내용적 주체는 골프를 즐기는 상류 사회의 사람들과 그 밑에서 생계를 유지하기 위해 사냥개처럼 뛰어다니는 아이들의 대비를 통해 고용주와 고용인 관계의 계급적 대립을 하나의 사건을 주제화한다. 전체적으로 '공채를 매고 자동차로 온' 부르주아틱한 '그'와 골프장에 고용되어 '그'의 시중을 드는 '아이'와의 대비를 통해 부르주아와 노동자의 계급적 대립을 주제화하는 것 같다. 또한 '골프장'이라는 장소를 통해 자본주의의 모순을 극대화한다.

자본과 생산의 관계는 유희의 주체와 객체를 형성하며, 결국에는 인간과 물질로 극단화한다. 언술내용적 주체에 의해 기술된 '까만'과 '연한'의 대립은 지배자와 피지배자라는 계급적 관계의 의미자질로 파악된다. '외국말(언어)'의 깃발이 '승리자처럼' 펄럭인다는 묘사에 대해 계급적 관계로 파악하는 언술내용적 주체는 외국사람들이 래왕할 만큼 유명한 '골프장'의 번성과 발전을 의미화한다. 그러나 '승리자처럼'

펄럭이는 '외국말'의 '깃발'을 통해 그 공간이 침략된 공간임을 알아차리는 것은 언술행위적 주체이다. 여기서 '연한'과 '까만'이라는 묘사체계는 '너희'와 '그이들', 그리고 '아이들'과 '어른'을 피식민자와 식민자의 의미자질로 구체화한다. 이는 언술행위적 주체의 민족적 정서가 개입된 것이다. '나'는 '너'와 '우리'라는 정서적 유대감을 가질 수 있으나, '그'는 '우리' 밖의 존재이다.

'너희'에 밀착된 언술행위적 주체는 민족적 정서를 좀 더 구체적으로 개입하기 시작한다. 여기는 '그'가 행복한 공간인 반면, '너희'는 섧고 슬픈 공간이다. 오로지 웃고 즐기는 쪽은 외국말을 쓰는 그들이며, 웃을 줄 아는 이들이 그들이고 칭찬과 인사를 받는 이들도 그들이다. 이는 우리말을 쓰는 아이들은 그 공간에서 소리를 내는 주체로 존재할 수 없다는 의미이다. 아이들의 소리가 소거된 그 곳은 우리말이 금지된 공간이 된다. 제국에 기생하는 뽀이 놈만이 제국에 아첨하는 우리말을 어쩌다 튀어낼 뿐이다. 그 마저도 아주 작은 혼잣말이라 아무도 듣지 못하는 의사소통 불가의 언어가 된다. 이는 언어로서의 자질을 잃어가는 우리말의 처지를 단적으로 제시하는 부분이다. 언술행위적 주체는 "만세! 소리 박수 소리 찌여지는 여자의 목소리 똑 가축시장 같/다."라는 논평을 통해 자신의 목소리를 드러낸다. 소리의 주체들은 '가축'과 등가가 된다.

식민자들에게 식민지는 유희의 공간이다. 고상한 취미로 식민지를 누리는 그들의 시선은 공에 고정되어 있다. 공의 위치는 그들의 시선이 점유된 공간이다. 공이 멀리가면 갈수록 좋아하는 그들의 유희는 제국주의의 습성과 닮아 있다. 3인칭 시점은 전지적 시점과 관찰자 시점 사이에서 주관적 개입과 객관적 태도의 바로미터를 조율하고 있다. 이는 지배와 피지배의 자본주의적 종속관계의 불평등 상황을 객관적으로 묘사하면서도 외국말을 쓰는 식민자와 강요된 침묵 속에 있는 피식민자와의 불평등한 관계, 국토 유린의 침략적 상황 등을 드러냄으로써 언술행위적 주체의 주관적 관점은 식민자의 유희에 대해 민족적이며 냉소적인 응시로 되돌려지게 된다. "가축시장 같다"거나, 끊이지 않는 그들의 손벽과 웃음에 대해 "유별난 병에 걸렷나 보다", 또는 골프장을 "미움을 심는 곳!"이라고 비유하거나, 뚫어진 잠방이만을 입은 아이들과 값진 옷을 입은 신사어른들과의 대비를 통해 언술행위적 주체는 식민자들에 대한 민족적 감정을 심화시킨다. 언술행위적 주체는 정서적 유대감을 통해 계급적 관계로만 파악될 수 없는 식민지 현실을 직시하고 민족성을 획득하는 주체이다.

> 아이들아! 내 이 아히들아!
> 萬一 우리로 할 수 있는 무엇이 있다면,
> 大體 무엇을 아끼겠는가? 네들의 幸福을 爲하는데……
>
> 햇님까지도 그 큰 입을 벌리어 말하지 않니?
> 이따위 일은 두 번 다시 있어서는 안 된다고.
>
> ―〈골프장〉 중에서

아이들의 시선과 근접해서 움직이던 언술행위적 주체는 마지막 연에서는 아이들의 실체를 나의 아이들이라고 밝힘으로서 피식민자로서의 자신의 위치를 확실하게 드러내면서 미래적인 전망을 통해 식민지 극복의 방향감각을 잃지 않고 있음을 표면화한다. "이곳은 우리들의 미움을 심는 곳!"이라든지 "이따위 일은 두 번 다시 있어서는 안된다"는 진술은 '그들'과 '우리'가 차별적인 존재임을 의도적으로 드러내고 '외국말'을 쓰는 '그들'을 부정함으로써 '외국말'을 쓰지 않는 '우리'들의 행복이 이 땅위에 심어져야 한다는 주관적 관점을 개입시키는 것이다. 그러나 아이들의 미래 행복을 위해 어떻게 해 나갈 것인지에 대한 구체적 전략, 전망이 부족함으로써 '혁명적 낭만성[19]'의 정신을 향한 노정이 순탄치 않음을 예고한다.

이 시 텍스트에서처럼 어린이와 여성의 발견 내지 계발은 제국주의의 과도한 남성성을 전복한다. 이러한 남성주의적인 폭력을 드러내는 것은 식민자들의 실체를 확인하게 하는 계기가 된다. 임화는 비청년화됨으로써 식민주의의 과도한 폭력적 남성성에 굴복당한 기표로 평가되기도 하지만, 대항세력을 물리적인 힘으로 제압하려 했던 청년의 선동성이 오히려 대항 세력의 실체를 막연한 '부르주아'나 '거칠은 구두 소리'나 '구두발이 들어간 흙자국'으로 모호하게 가공하여 추상적으로 표기하는 데 그친 것에 비하여, 비청년의 어조는 강하지도 선동적이지도 않은 반면에 적의 실체를 '반사이'나 '빠가'와 같은 구체적인 언어로 명시함으로써 자아의 피식민의 위치를 분명하게 드러내는 경향을 띤다.

---

19 비판적 리얼리즘을 지양하기 위해 도입된 혁명적 낭만주의는 계급적 이데올로기를 표방하는 국제주의를 향한 하나의 노정이었다. 그러나 '혁명적 낭만주의'를 통해 구체적 현실로 접근해 간 곳은 민족적 현실이었다. 안용만의 강동의 품에 대한 그의 긍정적 평가는 진실한 낭만주의의 일례라는 것이었으며, 그것이 진실한 낭만주의인 것은 거기에 진정한 민족성과 향토에 대한 한없는 사랑이 표시되어 있기 때문이라고 한 지점에서 발견할 수 있다.

怒하지 마라 너의 아버지는 소 같구나.

빠가! 잠결에 기대인 늙은이의 머리를 밀처도,

엄마도 아빠도 말이 없고 허리만 굽히니……

오오, 물소리가 들린다. 넓고 긴 洛東江에…….

대체 어디를 가야 이 밤이 샐가?

애들아, 서 있는 네 다리가 얼마나 아프겠니?

車는 한창 江가를 달니는지.

물소리가 몹시 情다웁다.

필연코 故鄕의 강물은 이 꼴을 보고 怒했을 게다.

-〈夜行車 속〉 중에서

　객관적인 시각은 사건을 기술한다. 나는 사투리와 양복장이의 '모를 말' 사이에서 그들을 관찰하고 있다. '되놈의 땅으로 농사' 지으러 가는 민중과 그들과는 이질적인 '점잔한 사람', '양복장이'가 함께 타고 있는 밤기차가 사건의 장소이다. 사투리를 알아듣지 못하는 '나'와 양복장이의 말을 알아듣지 못하는 '나'는 아직까지 민중과의 동질감을 획득하지 못한 자이며, 그렇다고 양복장이와 같은 '나으리들'과 공모한 자도 아니다. 사투리를 쓰는 까만 얼굴의 그들을 '몹시 낯닉'은 사람들로 인식하고 있으면서도 '나'는 양복장이를 "모든 것을 다 아"는 사람이라고 생각함으로써 동경하는 이중의식을 드러낸다. 밤기차라는 공간은 그러한 현실적 상황에 어두운 '나'의 의식의 한계를 보여주는 공간이다. 이때까지만 해도 언술내용적 주체는 '소 같은 아버지'와 양복장이의 대비를 통해 농부와 부르주아로 분류된 계급적 관계를 형성한다. 시대를 흘러가는 기차는 밤의 어둠 때문에 "정거장 표말도 안 보인다./답답워라 산인지 들인지 대체 지금 어디를 지내는지?" 분간할 수 없는 상황을 암시함으로써 계급적 관계가 표류하고 있는 상태를 드러낸다. '시계'를 소유하고 있는 양복장이는 시간의 통제를 통해 노동을 착취하는 부르주아의 표식이다.

'까만' 얼굴의 '너'는 '낯닉은' 존재이다. 여기서 '까만'은 이데올로기로 무장한 '힌청년'의 얼굴과 대비되는 노동에 찌든 '얼굴'을 말한다. 그래서 언술내용적 주체에게 '너'는 '낯닉은' 얼굴인 것이다. '너'는 "내 방법으로 내어 버린 벤또를 먹는", "늙은 아버지"를 둔 젊은이다. 젊은이의 기표, 청년의 기표를 통해 임화는 계급적 이데올로기를 표출해 왔다. 이런 측면에서 바라보았을 때 '벤또'는 "내 방법으로 내어버린", 다시 말해서 자진 철회한 계급적 이데올로기일 수 있다. 이러한 해석은 '벤또'를 버리는 데 있어서도 어떤 절차와 이유가 있었다는 의미로 읽히기 때문이다. '벤또'를 나의 허기진 욕망을 채우는 또 다른 투영물로서, 사상이나 이데올로기로 해석할 때, '벤또'라는 제국의 음가는 카프의 계급적 이데올로기의 근원을 의미하는 것일 수 있기 때문이다. 이는 또한 타의적으로 잃은 것이 아니라 자발적으로 '내어버린' '벤또'를 또 다른 가난한 청년의 허기를 채움으로써 민중 해방의 사명을 포기하지 못하는 시각의 내포이기도 하다. '벤또'라는 제국의 음가는 카프의 계급적 이데올로기의 근원이라 할 수 있는 나프에 대한 상징적 의미를 내포하면서 1930년 초부터 급속하게 괴멸되기 시작한 나프의 영향에 따라 그 운명을 상실하고 있는 카프에 대한 자책감을 "내 방법으로 내어버린"것으로 의미화하고 있는 것인지도 모른다.

이러한 시 텍스트는 '나으리들'로 분류되는 '점잔한 사람', 또는 '양복장이'와 같은 부류와 까만 얼굴의 "자리가 없어 일어서 있는 늙은 아버지"를 대비시킴으로써 계급적 차이를 파생시키게 된다. 그러나 이러한 흐름은 전환의 Matrix[20]에 의해 변화된다. 전환의 Matrix인 '빠가!'라는 이질적 발화는 언술내용적 주체에게 제국의 존재를 각인 시킴으로써 언술행위적 주체를 불러오게 한다. 여기서부터 소급적 독서가 수행된다. 소를 비유적으로 활용함으로써 아버지는 노동하는 민중의 모습으로 표기된다. 소같이 일만하는 아버지를 향해 민중의 계급적 차별에 "노하지 마라"라는 반어법으로 민중적 시선을 계속해서 견지하던 언술내용적 주체는 '빠가!'라는 제국의 언술이 침략적으로 개입함에 따라 민족적 정서를 되살리는 언술행위적 주체로서의 자기 존재를 드러낸다.

제국의 언술은 계급적으로 분화된 노동자 농민, 부르주아, 뿌띠, 룸펜 등의 단위들로가 아니라 다양한 민족 단위들로 분화된, 엄마, 아빠, 늙은이, 아이들로 표상되는 우리 민족들을 폭력적으로 제압하고 있다. 제국의 한마디에 힘없이 제압당하는 피식민자의 설움은 '물소리' 와 포개진다. "넓고 긴 낙동강"의 물소리는 민족의 강으로서 역사의 흐름을 표기하며, 앞을 볼 수 없는 민족의 참담한 현실에서 민족적 정서를 불러일으킴으로써 흘러가고 있는 위치를 가늠하게 한다. 이때, 양복장이는 '시계'를 소유함으로써 암흑의 시공간을 마음대로 선점하는 식민자로 표기된다. 양복장이는 시간의 움직임과 기차의 속력을 가늠해서 공간의 이동점을 추론하고 기차의 위치와 흘러가는 지점을

---

20 '민족'을 발견한 식민지 주체의 목소리는 텍스트 내에 여기 저기 산포되어 흩어져 있다. 이렇게 분산된 목소리는 강한 주체의식으로 집결되지 않는다. 이러한 언술행위주체의 목소리를 하나의 실타래에 엮듯이 소급적으로 관련지어 읽을 수 있게 하는 지점이 Matrix인 것이다.

파악함으로써 불안과 공포에 떨고 있는 피식민자들 보다 먼저 상황을 선점하는 식민자들의 면모를 보인다. 여기서 "필연코 고향의 강물은 이 꼴을 보고 노했을 게다"라는 진술은 언술행위적 주체가 고향을 떠나 '되놈의 땅'으로 농사지으러 가는 우리 민족들의 이산적 상황에 대해 주관적인 감정을 드러낸 것으로 기차 안에서의 사건이 민족적 갈등 양상임을 표출한 것이다.

'고향의 강물'이 분노한 것은 기차 안에서의 사건이 민족적 멸시와 모멸감을 배태했기 때문이다. 피식민자의 감정에 동화됨으로써 '나'는 민족적 정서에 감염된 식민주체가 된다. 이러한 민족적 감정을 직접적으로 드러내는 주체의 진술은 식민지 상황을 구체화하는 기능을 하게 된다. 제국은 피식민자의 시각을 마비시켜 제멋대로 끌고 가려고 하지만, 피식민자는 제국에게는 들리지 않는 '고향의 강물' 소리, 민족의 소리를 기억함으로써 민족적 저항, 분노의 감정을 불러내어 식민 상황으로부터 벗어나려 하고 있는 것이다.

2) 사이공간과 표류하는 '혁명적 낭만성'

제국으로 가기 위해 건너야 하는 현해탄은 식민지 청년에게 희망과 결의라는 이중의 의미를 표기한다. 식민지 청년은 선진 문물을 배우고 알기 위해 제국으로 건너간다. 선진 문물이라는 것은 임화에게 있어서 국제주의를 표방하는 계급적 이데올로기에 다름 아니다. 이때까지 제국은 적이 아니라 연합해야할 하나의 대상이 된다. 그런데 '힌 얼굴'의 지식 청년은 '낯선 물과 바람과 빗발'에 찌든 얼굴로 돌아온다. 지배와 피지배라는 계급적 관계의 상황이 첨예하게 대립하는 자본주의 체제라는 측면과 피지배자인 민중을 해방하려는 목적을 공유한 측면에서 제국이나 식민지를 같은 상황으로 파악했던 청년에게 제국이 낯설다는 것은 제국과의 차이를 목격한 것을 의미하는 것이다. 계급적 이데올로기를 공부해 온 '흰 얼굴'의 청년에게 제국이 낯설게 느껴졌다는 것은, 그리고 그런 낯섦에 의해 청년이 찌들고 무거운 임무를 자각했다는 것은 청년이 제국의 내부에서 비로소 식민지 주체인 자신을 발견하게 되었다는 의미이다.

　계급적 이데올로기의 확산을 통해 민중 해방이라는 목표를 공통분모로 공유할 것이라고 믿었던 제국의 사회주의는 식민지 청년이 생각했던 것만큼 낙관적이지도 않았으며, 오히려 프롤레타리아 이데올로기에 입각한 운동은 제국주의의 횡포 아래 포섭되거나 배제됨으로써 제국주의에 헌신하는 양상으로 흘러버리고 말았다. 식민지 청년은 여기서 국제주의의 모순을 자각하게 되고, 제국에서의 계급적 이데올로기 생산의 한계를 경험하면서 희망의 불씨가 검은 재로 변하여 민족적 자각의 결의로 나아가는 자신을 발견하게 되었던 것이다. 따라서 현해탄은 돌아오지 않는 청년들의 죽음의 해협이 된다. '혁명'의 꿈을 간직하고 떠났던 청년들의 계급해방이라는 포부는 찌든 청년, 또는 죽은 청년, 즉 비청년의 모습으로 계급이데올로기에 대한 회의로 돌아온다.

비록 청춘의 즐거움과 희망을

모두 다 땅 속 깊이 파묻는

비통한 매장의 날일지라도,

한번 현해탄은 청년들의 눈앞에,

검은 喪帳을 내린 일은 없었다.

—〈현해탄〉 중에서

이 시의 matrix는 "현해탄은 청년들의 눈앞에, 검은 喪帳을 내린 일은 없었다"는 것이다. 이는 끊임없이 청년들이 현해탄을 건넜고, 또 그만큼의 죽음이 존재했다는 의미이다. 이 시는 제국에 대한 저항과 공모의 이중의 공간으로 읽히기도 하지만, 공모적으로 보이는 주체는 제국에 공모한 주체라기보다는 국제주의의 이데올로기, 즉 식민지보다 일찍 계급적 이데올로기를 발아한, 억압적 권위에 반항하는 세력과의 연대를 모색하는 주체로 파악하여야 할 것이다. 국제주의의 이데올로기에 가려졌던 민족적 현실을 제국의 본토에서 비로소 인식하게 된 식민지 주체는 현해탄이라는 공간이 우리 청년들을 죽음으로 내몬 죽음의 바다라는 것을 얘기한다. 이 '죽음'은 계급적 이데올로기의 허구를 목격하고 계급적 이데올로기를 포기한 상태의 비청년을 의미하는 것이기도 하다. 임화의 '청년'은 근로하는 청년이거나 계급적 이데올로기의 실천자였다. 현해탄의 거친 물결은 선진 지식, 문명, 또는 제국이라는 지배적 위치를 말한다. 청년의 죽음, 청년의 패배는 국제주의의 허상을 의미하며, 이로부터 나는 현해탄이라는 공간의 허상을 깨닫는다.

오늘도 또한 나젊은 청년들은
부지런한 아이들처럼
끊임없이 이 바다를 건너가고, 돌아오고,
내일도 또한

현해탄은 청년들의 해협이리라.

영원히 현해탄은 우리들의 해협이다.

3등 선실 밑 깊은 속

찌는 침상에도 어머니들 눈물이 배었고,

흐린 불빛에도 아버지들 한숨이 어리었다.

어버이를 잃은 어린 아이들의

아프고 쓰린 우름에

대체 어떤 죄가 있었는가?

나는 울음 소리를 무찌른

외방 말을 역력히 기억하고 있다.

–〈현해탄〉 중에서

　국제주의를 위해 현해탄은 청년들이 건너야 할 해협이었고, 우리들의 해협이 된다. 이는 현해탄이라는 공간이 제국과 식민지의 구별의 공간이 아니라 '민중해방'이라는 공통분모를 통해 응당히 공유되어야 공간이고, 자유로울 수 있는 친근한 공간이라고 파악한 것이다. 현해탄은 청년들의 해협이라는 명제는 국제주의적 발상이다. 그러나 곧 현해탄 위에서 임화는 민족 간의 갈등을 보았고, 불평등한 관계를 보게 된다. 현해탄은 계급적 평등을 위해 건너가야 하는 강이 아니라 민족적 불평등을 배태하는 강이었던 것이다. 청년의 시각에서 현해탄을 긍정적으로 바라보던 나는 '청년'이 아닌 사람들을 통해 현해탄의 검은 물결이 제국의 속성과 닮아 있음을 인식하게 된다. 청년으로 현해탄을 건너갔던 사람들은 '찌들고' '굽은' 모습으로 변모해갔으며, 돌아오지 않은 사람, 죽은 사람, 생사를 모르는 사람, 변절한 사람으로 처참한 상황으로 치닫고 있었다.

'청년'을 통해 계급적 이데올로기의 희망을 노래하던 피식민자는 '청년' 기표의 제거를 통해 계급적 이데올로기의 허상, 국제주의를 통한 제국과의 연대의 허구, 평등한 교류가 불가능하다는 것을 깨닫는다. 현해탄을 '우리들의 해협'이라고 말하는, 즉 희망의 해협이나 결의의 해협으로 바라보는 청년의 목소리는, 현해탄을 '검은 상장'의 해협으로 바라보는, 즉 현해탄을 죽음의 해협이나 상실의 해협으로 바라보는 '非청년'의 목소리와 혼합된다. '3등 선실'은 현해탄의 불평등성을 드러내며, '어머니의 눈물'과 '아버지의 한숨', '어버이를 잃은 어린 아이들의 울음'은 현해탄이 쏟아내는 식민지적 현실을 드러낸다. 피식민자들의 '울음소리'를 무찌르는 '외방'의 식민자의 말은 식민지 현실을 아직 구체적으로 인식하지 못한 비자아에게 민족적 자각을 일깨워준다. 그리하여 제국의 봄바람/반도의 북풍, 현해의 큰물결/대륙의 물결로 제국과 식민지를 분리시킨다. 제국과 식민지에 대한 뚜렷한 자각은 이전의 '아세아의 하늘엔 별빛마저 흐리고'(현해탄)라고 바라보던, 즉 '아시아'라는 통합적이고 연합적인 시각에서의 이탈을 의미한다. 차이의 인식을 통해 식민지 주체는 반도의 북풍이 제국의 봄바람보다도 따스하고, 대륙의 물결이 현해의 큰 물결보다 얕지 않다고 언급한다. 그리하여 아직까지는 제국의 검은 물결, 현해라는 높은 물결 위에 우리가 서 있지만, 미래에는 그 검은 물결, 높은 물결이 잠잠해지고, 실내처럼 얕고, 가늘어졌을 때, 제국의 허상, 이데올로기의 허상에 희생당한 모든 청년을 기리게 될 것이라고 낙관한다. 식민지 주체는 현해탄의 물결이 실내처럼 될 것을 전망함으로써 제국의 광포한 전횡들이 패배나 몰락으로 치달을 것을 예견하고 있는 것이다.

> 네거리 복판엔 문명의 신식 기계가
> 붉고 푸른 예전 깃발 대신에
> 이리저리 고개를 돌린다.
> 스텁-主意-꼬-
> 사람, 차, 동물이 똑 기예(教鍊) 배우듯 한다.
> 거리엔 이것밖에 變함이 없는가?
>
>
> 낯선 建物들이 普信閣을 저 위에서 굽어본다.
> 옛날의 점잔은 看板들은 다 어디로 갔는지?
> 그다지도 몹시 바람은 거리를 씻어 갔는가?
> 붉고 푸른 '네온'이 지렁이처럼,
> 지붕 위 벽돌담에 기고 있구나.
>
> -〈다시 네거리에서〉 중에서

「다시 네거리에서」(1935)는 「네거리의 순이」(1929)의 후속편이다. 「다시 네거리에서」는 순이의 오빠가 화자이다. 공간은 종로 한 복판이다. 여기서 '네거리'는 노동자인 민중의 거리를 상징한다. 따라서 화자인 '나'는 가난 속에서 여읜 어머니를 언급하면서도 근로하는 청년인 순이의 연인의 행방불명에 더 무게를 둔다. 어머니를 여읜 슬픔은 청년의 존재를 통해 위로받을 수 있었고, 청년이 있었기 때문에 그 아픈 시절을 견딜 수 있었다는 것이 이 작품의 요지이다. 그런데 이 '청년'은 나와 순이 사이에서 실종된다. 청년의 실종을 통해 '네거리'는 과거의 공간이 된다. 청년은 순이의 근로하는 연인, 계급투쟁의 주체이자, 계급적 이데올로기 그 자체이다. 나에게서 계급적 이데올로기가 실종됨으로써 청춘이 소실된 나는 「다시 네거리」로 돌아와 민족적 현실을 발견하는 식민지 주체가 된다. 나의 시각 속에서 네거리는 행복의 거리가 아니라 제국의 문명이 어설프게 건설된 식민지에 다름 아니었다. '청년'을 이미 지나온 '나'는 계급적 이데올로기가 물결치던 옛날의 거리에 들어서 있는 문명이 낯설다. '나'는 청년의 거리로서 네거리를 기억하지만, 네거리는 그 시절을 잊은 듯 변해버렸다.

'나'는 '붉고 푸른 예전 깃발 대신' '붉고 푸른 네온'이 들어선 이 도시에서 "이 길을 흘러간 청년들의 거센/물결을,"을 추억한다. "나는 손을 들어 몇 번을 인사했고 모든 것에게 웃어 보"이며 네거리에서의 정치적 실천을 되살려내고 싶어 한다. 그렇지만 네거리는 이미 문명의 신식기계가 점령하여 노동자들을 몰아내고 있었다. 문명의 점령은 사람과 차, 동물을 모두 조종하고 지배하는 도시를 형상화한다. 이는 자본주의 착취 구조를 적나라하게 드러내는 것이지만, 그 이면에는 문명의 점령으로 파괴되는 식민지의 현실을 보여주는 것이다. 낯선 건물들이 굽어보는 보신각의 형국은 식민지를 감시하는 제국의 지배적 위치를 암시하는 것 같다. '옛날의 점잖은 간판들'은 모두 사라지고 제국의 '네온'이 지렁이처럼 도시를 감시하는 시선으로 꿈틀거리고 있다. 식민지 주체는 제국의 근대화에 놓인 식민지에서 더 이상 계급적 이데올로기가 통하지 않는다는 사실을 내면화하는 주체이다.

비청년인 '나'는 계급적 이데올로기의 혁명을 지속적으로 기표화하면서도 청년들이 멀리 가버리고, 죽어버렸다고 가정해버림으로써 사회주의 이데올로기의 허상을 인식한다. 이를 두고 패배주의적 시각이니 저항적 경향의 후퇴이니 하면서 전향과 연결 지어 해석하기도 한다. 그러나 식민지 주체는 문명화된 종로 '네거리'에 대하여 "웬일인가? 너는 죽었는가, 모르는 사람에게 팔녓는가?"라고 부정적으로 응시함으로써 제국의 문명화를 의심한다. 문명의 점령은 혁명의 거리를 대신하면서 제국의 침략을 가시화하는 것이다. 문명에 의해 고향의 거리는 옛날의 모습을 잃고 죽어가고 있거나 팔린 형상으로 노예의 거리가 되어가고 있는 것이다. 고향의 거리를 떠나는 '나'는 분명 계급적 이데올로기를 신봉하는 주체의 쇠퇴하는 모습이다.

'네거리의 순이'에서의 '순이'는 계급적으로 각성하는 주체이다. 하지만 '다시 네거리에서'의 비청년인 '나'는 '네거리'를 계급적 모순으로 점철된 공간으로 인식하기보다는 '네거리'가 가지고 있는 문명의 낯섦과 그 낯섦으로 인한 폐허의 이미지, 친숙한 것들의 공동화로 인한 공허의 이미지로 인해 제국으로부터 이식된 문명으로 파괴되어가는 식민지 현실을 인식하는 주체인 것이다. 따라서 '네거리'를 떠나는 '나'는 조국(불상한 도시)과 민족(사랑하는 내 순이)을 떠나 한 마디 유언도 없이 사라지는 식민지 주체들의 모습을 반영한다.

이전의 계급적 이데올로기를 고양시키던 시들에서 '순이'는 시적 화자로서 청년인 오빠와 노동자들을 초점화하는 존재였다. 청년들을 통해 이데올로기를 각성해가는 민중의 하나였던 순이는 계급성 안에서 동지로 표상되던 제국의 여성과는 달리(우산받은 요꼬하마의 부두) 계급적으로 고양되지 못한 무지한 개인 내지는 가부장제 안에서 여성의 역할에 충실한 아직 문명화되지 못한 오빠나 남동생에 순종하는 역할에 한정되어 있었다. 그러나 제국의 언어로 이름붙이기가 주된 식민

과정이21라는 측면에서 볼 때, 순이라는 이름의 상징성은 여자의 이름 위에 민족적 자아의 기표를 새겨 놓는 것으로 파악될 수 있다. '순이'의 호명은 자기 정체성을 구체화하지 못하는 청년에 비하여 존재의 드러남의 표시이다. 청년이 관념적이고 이념적인 상징성이라면 '순이'는 아직 이념이나 상징적 체계에 물들지 않은 원시성의 하위주체로서 비자아적 위치로부터의 탈구를 의미하는 것이다. 청년의 시기를 회고하는 '비청년'으로서의 '나'는 '순이'의 울음과 순이 딸의 죽음을 회고하고 기억함으로써 뿌리 없는 민중들의 이산적 기표들을 서로 연결하고 매개하는 지점으로 '순이'를 호명하고 있는 것이다. '순이'는 청년들의 이산적 계급적 기표들이 매개되는 불상한 도시이며, 종로 네거리인 장소이다. 따라서 순이는 고향의 거리이며, 혈연공동체의 중심으로서 민족적 상징체로 파악할 수 있다.

이렇듯 네거리와 현해탄으로 상징되는 사이공간들은 계급적 이데올로기를 회의하면서 민족적 상황을 인식하는 식민지 주체의 위치를 대변하게 된다. 아직까지 계급적 이데올로기를 추억하며 미련을 떨쳐버리지 못하지만, 이미 청년의 시기를 지나온 식민지 주체는 이데올로기의 관념성에 몰두할 수 없는 현실상황을 깨닫고 있었다. 그리하여 청년을 통해 계급적 이데올로기를 확산하려던 지난 시기와는 달리 1930년대 들어서면 계급적 이데올로기의 퇴조로 인해 초점이 다양해진다. 청년에 집약되었던 초점은 이제 다양한 사물과 인물 군에 대한 관심으로 확장된다. 이러한 확장은 주제의 선명성이나 운동의 선동성을 흐리는 측면이 있으나, 암시적이며 비유적인 표현을 통해 감성적

---

21 Bill Ashcroft · Gareth Griffiths · Helen Tiffin, *The Body and Performance*, Bill Ashcroft · Gareth Griffiths · Helen Tiffin ed, *The postcolonial studies reader*, 321~322면.

이며 정서적인 감정을 드러냄으로써 식민지 주체의 심리를 강하게 표출한다. 1920년대 카프 시들이 경향성으로 인해 사상의 극치로 흘러갔다면 1930년대 임화의 시들은 좀 더 사적이고 감정적이 됨으로써 사상성을 내면화시키고 민족적 정서를 바탕으로 서정적으로 흘러가는 면모를 보이게 되는 것이다.

임화의 시에 나타나는 공간은 모두 제국에 오염된 공간이다. 따라서 거기에 서 있는 피식민자는 두 가지 양상으로 분류될 수 있다. 제국에 오염된 비자아이거나 제국의 오염에서 벗어나고자 하는 주체의 모습이 그것이다. 민족적 역량을 확신하며 낙관적 미래를 전망하는 민족적 주체와 계급적 이데올로기의 실패를 되씹으면서 미래를 부정적으로 바라보는 계급적 자아의 간극 사이에서 방황하고 있는 것이 임화의 식민주체이다. 흘러가버린 계급적 이데올로기에 대한 미련은 여전히 간직하고 있다. 그러나 현실적으로 그러한 이데올로기의 실현이 불가능하다는 것을 인식하고 있는 자아가 1930년대의 임화의 식민지 주체이다. 민중해방 운동을 통해 평등한 세계를 꿈꾸었던 주체는 그러한 이데올로기의 퇴조로 인해 주체의 죽음을 경험한다. 김윤식은 아비찾기의 여정으로 임화의 문학과정을 설명하고 있다. 아비찾기를 통해 아비되기를 꿈꾸었던 임화의 여정은 계급적 이데올로기를 아버지의 법으로 규정하고 계급적 이데올로기의 실행자로서 이데올로기 그 자체의 법이 되고자 했던 것으로 파악된다. 그러나 외부적 힘에 의해 파괴되는 아버지를 목격함으로써 임화는 자신의 아버지가 단단하게 뿌리내린 존재가 아니라는 사실을 실감하게 된다. 아버지는 꿈이었을 뿐 시대의 현실이 되지 못했다. 아버지는 허상이었고, 시대성에 비껴나 있었다.

시가 서정화되면서 자연이 민족의 공간으로 구조화된다. 따라서 식민지 주체의 관점은 시골이나 향토적인 공간으로 이동한다. 도시공간이나 해협이 제국에 오염된 공간이라면, 자연은 민족적이고 역사적인 공간이다. 도시나 해협은 자본주의 생산의 공간으로 계급적 이데올로기의 유포의 공간이며, 따라서 민중이 해방되는 공간, 노동자의 거리가 된다. 하지만 1930년대 도시나 해협은 이데올로기 실행에 있어서 그렇게 낙관적이지 않다. 따라서 계급적 자아에게는 패배의 공간이자 회고의 공간이며, 따라서 그동안 방기했던 민족적 각성이 일어나는 공간이기도 하다. 자연공간이 그 자체로 우리 민족의 삶과 전통을 보유한 지점이라면, 도시는 그러한 민족의 삶과 전통이 폐기되는 지점이었다. 자연공간은 민족적 뿌리가 자라는 공간, 민족적 생명력을 부여하는 공간이 되기 때문에 "얼싸안고 나는 네 볼에 입맞추고 싶다./ 한 손을 젓고 말없이 웃어 대답하는/오오, 착한 네 얼굴.(들, 1936)"에서처럼 식민주체에게 국토에 대한 애착을 유발하고 민족적 정서를 주입하는 식민지 극복의 공간으로 초점화된다.

3) 다시 쓰는 근대 이식의 식민지

임화에게 근대는 자본주의화 자체가 아니었다. 임화가 선진 일본에서 본 것은 자본화된 문명 세계가 아니라 계급적 모순을 지닌 자본주의의 한계였다. 따라서 근대화한다는 것은 그러한 계급적 모순을 극복하는 운동의 지속성을 의미하였다. 나프와의 영향관계 속에서 도입된 계급적 이데올로기는 근대이식의 산물이었다. 이는 계급적 이데올로기가 표방하는 국제주의 노선을 향하여 국경을 초월하여 제휴할 수 있다는 믿음이 있었기 때문에 가능한 것이었다. 그러나 나프가 제국에 포섭되고, 전향의 길로 접어들면서 그러한 동맹관계는 허구적인 것임이 밝혀진다. 이 땅은 계급적 차별만이 존재하는 공간이 아니라 민족적 차별이 더 크게 작용하는 공간임을 확인하게 된 것이다. 이러한 식민지 인식은 제국으로부터 이식된 계급적 이데올로기를 재고하게 한다. 계급적 이상 실현을 동경하던 정치실천가로서의 '나'는 민족적 현실을 목도하고 제국으로부터 이식된 근대이념이 식민지 현실에서는 허구적이고 추상적인 것일 뿐이라는 것을 의식한다. 따라서 계급적 시각으로 세계를 관찰하던 '나'는 민족적 시각으로 식민지의 역사를 다시 쓰기 시작한다.

> 아마 그는
> 日本列島의 긴 그림자를 바라보는 게다.
> 흰 얼굴에는 분명히
> 가슴의 '로맨티시즘'이 물결치고 있다.
>
> 藝術, 學問 움직일 수 없는 진리……
> 그의 꿈꾸는 思想이 높다랗게 굽이치는 東京,
> 모든 것을 배워 모든 것을 익혀,
> 다시 이 바다 물결 위에 올았을 때,
> 나는 슬픈 故鄕의 한 밤,
> 해보다도 밝게 타는 별이 되리라.
> 靑年의 가슴은 바다보다 더 설레었다.
>
> ─〈海峽의 로맨티시즘〉 중에서

‘부산 부두’를 떠나온 청년의 ‘나’는 ‘흰 얼굴’의 지식청년이다. 일본으로부터 ‘움직일 수 없는 진리’를 배우고자 하는 ‘청년’의 기표를 통해 학문과 예술이 프롤레타리아 사상에 관한 것이라는 것을 추측할 수 있다. 이때의 낭만주의는 계급적 이데올로기의 꿈이 현실화될 수 있다는 전망이다. 이때까지 일본은 ‘흰 얼굴’의 ‘청년’이 동경하는 도시이며, 이상적인 공간이다. 임화는 다다이즘이나 미래파에 빠져들어 정신을 못 차릴 적에도 일본 문단의 압도적인 영향 아래 있었고, 그와 꼭 같은 연장선상에 카프의 목적의식론이 있었을 따름이다. 임화는 자기 동일성의 확보라는 환상에 빠져 일본의 프로계열 서적을 열독하였다[22]. 고향이 슬프게 그려지는 것은 그러한 계급적 이데올로기의 진리가 밝게 타오르지 못하는 공간이기 때문이다. 프롤레타리아 사상의 이식은 국제주의 노선을 실행하는 하나의 과정으로서 당연한 절차였다. 이식은 타율적인 것이 아니라 민중을 주체로 세우기 위한 하나의 과정으로서 일본의 전철을 그대로 답습해서라도 일본을 따라가야 하는 것이기 때문에 받아들여야 하는 역사적 사실이었다.

이러한 근대 이식을 통해 임화는 일본을 동질적으로 파악했으며, 확실한 경계를 긋지도 않았다. 현실적이지 못한 낭만주의는 공상적이거나 환상적인 것으로 그칠 수 있다. 계급적 이데올로기 위에서 임화가 꾼 낭만주의는 조선의 현실을 반영하지 못함으로써 “꿈같이 허물어”져버리는 결과를 낳고 말았다. 여기서 임화는 일본 베끼기의 폐단을 인식한다. 결국 계급적 이데올로기가 가진 국제주의는 식민주의의 연장으로 파악되어야 할 것이었다. 따라서 국제주의로부터의 일탈을

---

22 김윤식, 『임화연구』, 문학사상사, 1989, 77면.

통해 식민주의로부터 벗어날 수 있다는 자각이 들기 시작한다. 근대화를 통해 봉건적 현실을 탈피하고자 했던 임화는 계급적 이데올로기를 계속적으로 진행시킬 수 없는 현실적 사정과, 또는 계급적 이데올로기가 우리 현실이나 국제 정세에 강력하게 대응하지 못하는 한계를 표출시킴으로써 계급적 자아를 대신할 새로운 주체를 상정할 필요를 느끼게 된다. 일본으로부터 근대문학의 세례를 답습하며 성장해왔으나 어느 정도 성장한 임화는 자기를 길러 온 성채가 자기를 가두는, 또는 자기의 시야를 가렸던 성채임을 깨닫게 된 것이다. 성채 안에서 국제적 이데올로기를 꿈꾸었던 피식민자는 정작 자신의 구체적인 상황, 코앞의 현실은 주시하지 못했던 것이며, 카프라는 성채 안에 갇혀 있었기 때문에 성채 밖의 민족적 삶, 민족적 역사는 등한시하는 오류를 범해왔던 것이다. 또한 성채 안에서 먼 국제주의를 동경함으로써 성채 외부 접점에 위치한 민족은 관심 밖이었던 것이다. 따라서 그가 다시 쓰는 대상은 성채 내부도 성채로부터 먼 원경의 외부도 아닌 계급적 이데올로기나 국제주의를 탈피한 민족주의적인 관점에 입각한 근대 이식에 실패한 식민지의 모습이다.

'근대 이식'에만 초점을 두었던 그동안의 관심은 식민지라는 역사적 상황에 방점을 두는 기술로 변화한다. 근대 이식, 이식 문학론의 관점에서 임화는 민족적 주체성을 몰각한 인물로 부정적인 평가를 받아왔다. 그러나 임화에게서 전통적인 것, 자기 문화유산을 토대로 한 관점을 발견함으로써 주체적인 태도를 함의한 해석이 가능하게 되었다. 임화는『개설조선신문학사』에서 신문학사를 근대문학사로 보고 이전의 일반 조선문학사와 구별하여 이식사라 칭한다. 그런데 이러한 신문학사는 지나의 영향, 즉 한자라는 외국어로부터의 해방을 의미하는 하나의 역사적 과정으로 평가함으로써 신문학사의 이식을 서구의 영향과 동양의 극복 차원에서 바라보는 관점을 보여주게 된다. 이런 점에서 신문학사를 선행하는 조선 어문학사와 조선 한문학사의 표현 형식을 가진 조선인의 문학 생활의 역사적 종합이오, 지양으로 보고, 신문학사 연구를 서구적 형태의 문학이 성립하고 발전한 역사를 중심으로, 가능한 한 이상의 두 문학사적 조류와의 교섭을 천명하는 것으로 파악한다. 이는 신문학사를 이식문학으로 규정한 것이라기보다는 과거 조선문학과의 영향관계를 고려하여 계속성을 강조한 측면이 있는 것이다. 또한 『신문학사의 방법』에서는 문화의 이식, 외국문학의 수입에는 축적된 자기 문화의 유산을 토대로 하지 않고는 불가능하다는 주장을 제시한다.

> 외래 문화의 수입이 우리 조선과 같이 이식문화, 모방 문화의 길을 걷는 역사의 지방에서는 유산은 부정될 객체로 화하고 오히려 외래 문화가 주체적인 의미를 띠지 않는가? 바꿔 말하면 외래 문화에 탐닉하게 된다. 외래문화에의 탐닉은 곧 고유 문화, 재래 유산의 해체를 촉진하고 그것의 완료가 곧 새 문화의 창조가 된다. 그러나 문화 교류에 있어 이러한 일방법적 교섭은 정치적 침략의 정신적 표현에 불과하다. 또한 이러한 침략이 완전히 수행되기는 문명인과 야만인과의 사이에서만 가능한 것이다. 동양 제국과 서양의 문화 교섭은 일견 그것이 순연한 이식 문화사를 형성함으로 종결하는 것 같으나, 내재적으로는 또한 이식 문화사를 해체하려는 과정이 진행되는 것이다[23].

---

23 김외곤 편, 『임화전집2·문학사』, 박이정, 2001, 379면.

임화는 이식이라는 말을 제국의 문화에 동화되는 것, 또는 제국이라는 타자-되기로 파악해서는 안 된다고 강조한다. 임화의 이식의 의미는 주체적인 유산과 전통에 그 뿌리를 두고 있다. 제국이라는 타자와의 교섭에서 타자에 의해 점령되는 것이 아니라 우리의 유산이 주체적인 바탕이 되어 교섭되어야 함을 역설함으로써 이식은 제3의 창조적 산물이 된다는 것이다. 이럴 때만이 과거의 고유의 문화가 다시 '전통'으로서 부활될 수 있다고 주장함으로써 주체적 관점을 드러내게 되는 것이다. 이는 신문학이 유산과 같은 고유한 가치를 새로운 창조 가운데 부활시키는 문화사의 한 영역이라고 인식한 것이다.

계급적 이데올로기를 통해 보았던 일본의 모습과 근대 이식이 해체되는 과정에 있는 식민지의 상황에서 바라보는 일본의 모습은 확연히 차이를 가질 수밖에 없다. 계급적 이데올로기라는 렌즈를 통해 바라볼 때, 조선과 일본은 하나의 일관된 표어, 즉 '민중해방'이라는 국제주의 목표 아래 동질적인 상황을 맞이하게 된다. 그러나 근대 이식이 전통과 유물에 뿌리를 내린 내부로부터의 주체적 시각에 맞부딪히며 균열할 때, 일본 제국으로부터의 근대 이식은 해체되는 수순을 밟게 된다. 그 해체의 과정 중 하나가 근대 사고체계의 하나이었던 맑시즘에 대한 회의로 진행된다. 이러한 차이의 인식은 이 땅의 사람들을 바라보는 관점의 차이를 낳는다. 계급적 차이로 이 땅의 사람들을 바라볼 때에는 제국의 횡포나 억압의 상황이 잘 드러나지 않는다. 제국주의적 규정성에 대한 몰각은 결국 일본 침략에 대한 수긍에 지나지 않는 결과로 진행된다. 그러나 민족적 차이의 시각으로 사람들을 바라보게 되면 제국과 식민지, 식민자와 피식민자의 위치가 전경화되면서 식민주체의 민족적 시각이 함의된 텍스트로서의 시를 발견하게 된다.

임화는 '진보적 시가의 작품—푸로시의 거러온 길—'(풍림, 1937.1)에서 로맨틱한 경향의 프로시를 〈감정시〉라고 명명했다. 이것은 이 부류의 시들이 "미래에 대한 불굴의 신념과 변혁의 정열을 간단없이 노래하고 있다"는 점에서 붙인 명칭이다. 이는 현실에 주체적으로 대응해 나가는 인물에 중점을 둔 것으로 현실을 추상적으로 논의하는 데 그칠 것이 아니라, 그 시대 현실을 자기의 삶 속에서 구체적으로 체험하고 있는 한 개인의 자기표현인 것이다[24]. 서정성은 계급적 사상에 치우쳤던 현실 반영의 프로시의 추상성을 지양하게 하면서도 민족적 삶에 기초한 사회의식을 민족적 정서로 시 텍스트 속에 발현시키는 양식으로, 현실에 대한 대결의식과 미래에 대한 전망을 담은 저항양식이며, 낭만성[25]과 현실성의 조화를 꾀하는 탈식민적 성격을 띤 문학양식으로서 의미를 가진다.

> '반사이!' '반사이!' '다이닛……'……
>
> 三等 캐빈이 떠나갈 듯한 아우성은,
>
> 感激인가? 위협인가?
>
> 깃발이 '마스트' 높이 기어 올라갈 제,

---

24 김정훈, 『임화시연구』, 국학자료원, 2001, 129~153면.

25 그 의미의 폭을 세계인식의 측면과 관련시켜 말해본다면, 그것은 있는 현실 자체보다는 그 너머의 세계에 대한 관심이라든지 사유의 비현실성에서 나오는 감각이라 할 수 있다. 특히 후자의 측면은, '낭만성'을 이성의 바깥에 서서 현실의 구체성을 거부하고 타매하는 허구적·퇴폐적 감각으로 인지시키는 데 결정적인 기여를 해왔다. 그러나 '현실 너머'라는 구절이 암시하듯이, 그것은 또 한편으로는 부정적인 현실 세계를 극복하려는 자세와 결부될 때 일종의 유토피아 충동으로 작용해 왔다. 예컨대 사회주의 리얼리즘의 '혁명적 로맨티시즘'은 그 성과와는 상관없이 '낭만성'의 해방적 기능을 극대화한 결과물이라 할 수 있다.(최현식, 「낭만성, 신념과 성찰의 이중주」, (문학과사상연구회, 『임화문학의 재인식』, 소명출판사, 2004), 206면).

청년의 가슴에는 굵은 돌이 내려 앉었다.

(중략)

정말로 무서운 것이……
불붙는 신념보다도 무서운 것이……
청년! 오오, 자랑스러운 이름아!
적이 클쑤록 승리도 크구나.

(중략)

오오, 海峽의 浪漫主義여!

−〈海峽의 로맨티시즘〉 중에서

선진 문명에 대한 기대로 일본은 동경의 대상으로 지향되어 왔다. 그러나 어느 순간 식민주체는 "해협의 한낮은 꿈같이 허물어졌다."는 것을 인식하게 된다. 그동안 '나'는 '몽롱한' 꿈을 꾸고 있었던 것이다. 그것은 현실이 아니었다. 꿈에서 현실로의 전환은 '반사이!' '반사이!' '다이닛……'이라고 외치는 아우성에 의해 이루어진다. '대일본'을 찬양하는 외침과 깃발은 식민지 청년에게 위협이 될 수밖에 없었다. 계급적 이데올로기의 테두리에서 파악할 때 일본과 조선은 동등한 관계 속에 놓여야할 존재들이었다. 그러나 식민지 청년은 그것이 허상이라는 것을 알게 된다. 이등 캐빈과 삼등 선실은 계급적 차이뿐만 아니라 민족적 차이를 드러내고 있는 것이다. 해협은 계급적 이데올로기에 대한 동경과 민족적 자각이 혼유하는 공간이다. 그러나 계급적 이데올로기는 '한낮의 꿈'으로 끝나는 것이었으며, 일본은 조선의 민중 해방을 위해 문명을 전수해주는 동지적 관계가 아니라 민족적 지배를 전제로 하는 차등적 관계였던 것이다. 그리하여 식민지 청년은 프롤레타리아 사상에 입각한 '불붙는 신념'보다도 무서운 어떠한 감정을 '가슴에' 넘치게 된다. 제국을 적으로 규정하는 청년은 계급적 이데올로기에 의해 바라보던 시각을 재고하고 민족적 사명감에 입각하여 이 땅의 역사를 다시 쓰기 시작하는 것이다. 계급적 이데올로기의 퇴조를 문학의 현실 연관성을 포기한 것으로 해석함으로써 1930년대 후반의 문학들을 환멸의 문학, 허무주의 문학으로 몰아간 것이 그동안의 평가였다. 조선의 현실에 대한 깊은 성찰로부터 민족적 승리를 예견하는 청년의 낭만주의는 "어머니를 부르는 어린애를 부르는 남도 사투리"와 겹쳐짐으로써 민족을 발견하는 탈식민적 경향을 담지하게 된다.

2. '근대'의 메시지를 극복하는 군중적 주체의 중심성[26]

근대문명은 김기림의 식민지주체에게 '제국주의'를 함의한 기표가 된다. 피식민자로서 식민지주체는 제국의 횡포에 의해 건설되는 근대문명은 부정되어야 할 것으로 인식하지만, 과학과 지식의 축척에 의해 선진화되는 제국의 모습은 오히려 선망의 대상이 됨으로써 근대문명의 제국주의적 성향은 욕망의 대상이 되어버린다. 근대문명은 지양되어야 할 것으로 인식되든, 지속되어야 할 것으로 인식되든 김기림의 식민지 주체에게는 현재의 근대 문명은 식민지를 도구화하는 측면이 있기 때문에, 그리고 아직은 식민지 상황을 벗어나지 못한 타율적인 것이기 때문에 극복되어야 하는 것으로 인식된다.[26]

> 백화점의 옥상정원의 우리 속의 날개를 드리운 「카나리아」는 「니히리스트」처럼 눈을 감는다. (생략-필자)
>
> 기둥시계의 시침은 바로 12를 출발했는데 籠안의 胡닭은 突然 森林의 습관을 생각해내고 홰를 치면서 울어보았다. (생략-필자)
>
> 건물회사는 병아리와 같이 민첩하고 「튜-립」과 같이 신선한 공기를

---

26 마르크스 비평가인 프레드릭 제임슨은 1988년 '모더니즘과 제국주의'라는 논쟁적인 에세이에서 전통적으로 가장 근대적인 도시의 문화를 인식적이고 정치적인 경험에 따른 다양한 배타적인 카테고리들에 기초하여 식민지로부터 분리된 체계를 만들었다. 식민지 체계의 공간적이고 경제적인 분화는 피식민자를 중심 감각으로부터 방해했다. 반면에 때때로 중심지는 지배받는 피식민자들보다 좀 더 자기 인식을 허락받았다. 이러한 분화는 제국의 시대에 본질적으로 잔인한 존재론적 저항의 하나로 피식민자 지역의 특징으로 강화된다. 반면에 Laura Chrisman은 제임슨에 반대하여 강조한 것과 같이 중심과 식민지 사이의 경계들이 흡수적이고 움직인다고, 그리고 피식민자 저항들이 유럽의 수평선들 안에서 보여 질 수 있다고 제안한다. 문화와 정치가 전통적인 식민지 중심과 주위 지방 사이에서 교환한다는 것이다. 중심의 문화들에 다른 방법들로 침투한 다른 주위 지역들의 주체들 사이에서와 마찬가지로(Elleke Boehmer, *Empire, The National, And the Postcolonial*, 1890~1920, The University of Oxford Press, 2002, 171면). 본고에서는 이러한 두 가지 논의가 대립적이라고 보지 않는다. 피식민자는 제임슨의 논의대로 식민지 중심의 도시문화, 즉 제국의 중심성을 통해 자신의 주변성을 의식하면서 식민지 중심의 문화나 정치 경제에 이질적인 존재로 침투한다. 이때 제국의 중심성을 통해 자신의 주변성을 의식한다는 것은 이미 피식민자가 중심 문화에 이질적인 존재라는 것을 인식을 했다는 것이며, 이를 통해 하나의 저항점으로 작용하게 됨으로써 식민지 중심과 주변의 경계를 교란시키면서 제국의 정체성을 폐기하게 되고, 더 나아가 결과적으로 중심의 약화를 도모하게 된다는 의미를 띤다. 약화된 중심은 결국 주변부의 부상이 가능한 지점이 되는 것이다.

방어하기 위하야 대도시의 골목골목에 75센티의 벽돌을 쌓는다. 놀라운 전쟁의 때다. 사람의 선조는 맨첨에 별들과 구름을 거절하였고 다음에 대지를 그리고 최후로 그 자손들은 공기에 향하야 宣戰한다. 거리에서는 띠끌이 소리친다. 『도시계획국장각하 무슨 까닭에 당신은 우리들을 「콩크라-트」와 鋪石의 네모진 獄舍 속에서 질식시키고 푸른 「네온싸인」으로 漂洎부하려합니까? 이렇게 호의적인 洗濯의 實驗에는 아주 진저리가 났습니다. 당신은 무슨 까닭에 우리들의 飛躍과 成長과 戀愛를 질투하십니까?』그러나 府의 살수차는 때없이 태양에게 선동되어 「아스팔트」 우에서 반란하는 띠끌의 밑물을 잠재우기 위하야 오늘도 쉬일새없이 네거리를 기여댕긴다. 사람들은 이윽고 익사한 그들의 혼을 분수지 속에서 건저가지고 분주히 분주히 승강기를 타고 제비와 같이 떨어질게다. 여안내인은 그의 팡을 낳은 시를 암탉처럼 수없이 낳겠지.

『여기는 지하실이올시다』

『여기는 지하실이올시다』

-〈屋上庭園〉 중에서

이 시 텍스트는 문명과 자연의 대비가 전면화되는데, 인간이 문명화를 통해 어떻게 전멸해가는 지를 보여주고 있다. 이는 인간성의 회복, 자연성의 회복을 언급하고 있지만, 그 내면에는 그럼에도 불구하고 문명을 추구하는 인간의 의지가 잠재되어 있다. 백화점 옥상정원의 카나리아[27]는 근대문명의 한 복판에서 문명의 소리에 귀를 닫아버린 허무주의자로 꿈을 잃고 방황하는 상징적 존재이다. 또한 전근대적 세기를 주름잡던, 즉 근대 이전의 자연적 색채가 농후한 시절, '때의 전령'으로서 명예를 얻었던 호닭은 자연의 죽음을 예고하는 존재로 제시된다. 문명이 건설됨에 따라 인간의 '심장'은 '메말러버'리고 자연과의 싸움은 계속된다. 별들과 구름과, 대지와 공기와의 싸움을 통해 사람들은 '띠끌'을 질식시키고 푸른 '네온싸인'으로 표박하려한다. '띠끌'은 '콩크라-트'와 '포석'이라는 문명 건설에 질식당하고 있고, '도시계획국장'은 '띠끌=우리들'을 '네온싸인'의 시선 안에서 떠도는 기표가 되게 한다. 문명건설이라는 명제를 위해 '띠끌'은 세탁되어야 하는 존재가 되어야 했고, 도시국장이나 '부'의 감시에서 자유롭지 못한 존재가 되어 언제나 떠돌아야 했다.

여기서 중요한 Matrix는 '府'이다. '띠끌'은 '도시계획국장'에게 '콩크라-트'와 포석의 네모진 '옥사' 속에 자기들을 질식시키냐고 항의한다. 이렇게 타자를 향해 항의하는 '띠끌'들은 문명건설에 희생당하는 다수의 군중들의 비유이다. 이들은 타자의 근대성이 자연을 파괴하고 인간성을 고갈하는 것임을 분명히 자각하고 있는, 그리고 그러한 상황을 타자에게 정당하게 물을 줄 아는 지식을 축적한 인텔리적인 군중이 될 때, 무지한 다수의 군중이 아니라 근대문명의 비판 지점을 정확하게 집어낼 수 있는 주체적 군중이 된다. 문명을 건설한 주체는 '도시계획국'이며, 그 문명에 대한 항의를 잠재우는 것은 정부 조직의 하나로서의 '부'이다. '도시계획국'이나 '부'는 그 당시 제국의 조직으로 식민화의 한 기구였음을 파악할 때, '띠끌'이 상징하는 바가 뚜렷이 드러나게 되는 것이다. 이는 아직 근대화되지 못한 식민지의 군중들

---

27 김기림은 「시와 현실」에서 '카나리아'를 근대문명의 현실을 비판하고 초극하려는 문학에 귀속되지 않는 문학자들로 간주하였다. 그들은 무해무익한 가련한 '카나리아로서 그러한 근대문명의 현실을 방임하거나 방임을 장려하는 그러한 부류라고 평가함으로써 '카나리아'를 근대문명의 현실을 도외시하는 문학자로 비유하고 있었다.

을 의미하는 것으로 이러한 '띠끌'의 항의는 곧 우리 민족적 저항의 한 지점으로 읽힐 수 있다. 제국에 의해 건설되는 근대에 대한 시위는 정부의 살수차에 의해 와해된다. 이때 태양은 일본 제국을 상징하는 하나의 기표로 작용하고 있다. 제국의 기표로서의 태양 또한 김기림의 식민주체에게는 부정과 긍정의 지표로 활용된다. 우리 민족을 지배하는 제국의 기표로서 부정되어야 할 것으로 인식되면서도 세계를 배경으로 떠오르는 태양의 이미지는 우리 민족이 지향해야할 세계 속에서 중심으로 우뚝 솟아나야할 우리 민족의 미래의 이미지로 긍정되기도 한다.

익사한 군중들은 사람들에 의해 승강기에 오른다. 여기서 사람들은 띠끌과 대비되는 군중이다. 사람들은 日氣와 주식과 서반아의 혁명에 대해서만 관심을 가지고, 근대문명이 파괴하는 자연에 대해 우려를 표명했던 '루소의 유언'은 '설합 속에 꾸겨 넣어'버리고 부나 도시계획국장에 맞서다 익사한 '띠끌'들을 목격하고도 아무렇지도 않게 제국의 근대에 탑승하려는 작은 자아이다. 사람들은 제국에 의한 군중들의 희생을 목격하고도 근대문명에 대한 추구를 멈추지 않는다. 근대에의 추구는 우리 민족이 세계적인 존재가 되기 위해 필수적으로 거쳐야 하는 한 도정이다. 그렇지만 일제에 의해 건설된 근대문명에의 합류는 결국 떨어질 운명을 벗어날 수 없다. 그러한 위험을 목격한 '여안내인'은 공황의 언어를 공허하게 날린다. 식민지에 건설되는 문명을 추구하는 것은 결국 '여안내인'의 안내처럼 '지하실'과 같은 추락의 지점에 이를 뿐이다.

책상과 나와/「칼렌다-」의 막장과/燈불과……

회색의 전야에서는/내가 잊어버리고 온/수없는 전사자와 부상자의 무리가/
하나씩 둘씩 무덤의 먼지를 떨치며 일어난다.

어줄없이 바짝마른 이리 한 마리(그 이름은 生活)/오늘도 내 발굼치에서
떨어지지 않는다.

어둠의 홍수-꿈틀거리는 검은 물바퀴의 얼굴에 떴다 꺼졌다 떠오/르는/
춤추는 한팔……
파-란 부르짖음……/찢어진 심장……

엑……/이런/독수리가 파먹다 남은/생활은/하수도에나 집어던저라.

열두時 넘어서/별과 燈불을 띠우고/防川아래/꿈을 알른 하수도에……
무한히 띠끌을 생산하는 이 도시의 모-든 排泄物을 運搬하도록/명령받
은 충실한 검은 노예.

똥……/먼지/타고 남은 석탄재/棄兒 때때로 死兒/찢어진 유서쪼각

-〈어둠 속의 노래〉 중에서

'어둠 속의 노래'라는 시 제목은 지금의 상황을 이중적으로 표현하
고 있다. 지금 '나'는 마지막 달력 한 장을 남겨 놓은 어두운 밤에 책상
앞에 등불을 켜 놓고 앉아 있다. '「칼렌다-」의 막장'은 세기말적인 병

적 이미지를 확산시킨다. 또한 달력 막장 앞에 앉아 있는 '나'는 마지막 달력 한 장 속에서 생활을 반추해보는 일상적인 인간이다. 이렇게 볼 때, '회색의 전야'는 '내가 잊어버리고 온' 과거의 생활터전을 의미하게 된다. 반추하는 과정에서 일어나는 기억들은 '수없는 전사자와 부상자의 무리'로 이미지화된다. 이는 무수한 '나'의 파편들이다. 이러한 이미지들은 '어둠의 홍수'로 확장된다. '어둠' 이미지의 확장은 이러한 무리들이 한 팔로 춤을 추고, 절규하고, 찢어진 심장을 가진 불구의 존재들이었으며, '홍수'는 그러한 무리들이 넘쳐나는 현실을 반영한다. 이는 절망의 생활 자체를 의미한다. 이러한 다수의 무리들은 '나'가 파편화된 군중들이다. '나'의 파편화된 존재의 무리들은 맹수에 습격당하고 하수도에 버려진다. 오염된 군중들은 이제 꿈을 잃는 도시의 '검은 노예'라는 이미지로 구체화된다.

도시는 식민자의 야만성이 드러나는 공간이다. 도시는 오염의 공간이고, 환락의 공간이며, 파멸의 공간이다. 도시 공간은 인공적으로 물질성을 조립하여, 인간성을 잃어가는 불모의 공간으로 군중들이 표류하는 공간이다. 물질성의 군중들은 먼지처럼 사라진다. 군중적 자아는 떠다니는 낱낱의 개인들이다. 이들이 민족적 단위 의식을 획득할 때 군중적 주체들이 되는데, 이들은 군중들을 근대도시 속에 망령처럼 떠돌게 했던 식민자의 감시의 시선을 응시한다. 순응적 형태로서의 군중적 자아는 도시 공간 속에서 물질화되지만, 그러한 감시의 시선을 뚫고 응시로 맞서는 군중적 주체는 근대의 이면에 존재하는 식민성을 알아챈다. 무한히 '띠끌'을 생산하는 도시 문명의 배설물은 '똥', '먼지', '석탄', '기아와 死兒', '찢어진 유서쪼각'이다. '띠끌'은 「옥상정원」에서도 언급했듯이 문명의 배설물들을 통해 형성되는 군중의 이미지다. 군중적 자아는 문명의 배설물로 형성되는 물질이다. 제국에 의한 근대를 무조건적으로 추수하는 군중들은 문명의 찌꺼기에 다름 아닌 대상, 비자아일 뿐이다. 도시문명은 계속해서 어둠을 생산하는 부정의 기표로 작용한다. 어둠의 이미지는 도시문명으로부터 배태되고 생활 속에서 전사자와 부상자로 등장하는 무리들은 도시를 배회하는 군중의 무리로 이미지화된다. 이는 또한 '하수도'라는 어둠의 물결, 홍수로 전이되면서 도시문명 속에서 하층민으로 존재하는 '검은 노예'라는 이미지로 피식민 계급을 의미하게 된다. 이들의 생활은 똥이나 먼지, 타고 남은 석탄이나 버려진 아이, 죽은 아이나 찢어진 유서조각과 같은 신세로의 전락을 의미한다. 군중들은 똥이나 먼지처럼 더러운 존재로 부정되거나, 타고 남은 석탄처럼 이용가치로 대체되고, 이용가치가 없을 때에는 버려지는 물질화된 존재가 되거나, 굶어 죽는 생존의 위협으로부터도 보호받지 못하는 궁핍한 생활적 존재들이며, 타자에 의해 규정된 아버지의 법에 따라야하는 타율적인 존재가 되어가고 있었던 것이다. 이러한 개체들의 타락은 '무한히 생산되는 띠끌', 즉 문명의 배설물이 되는 것이다. 이러한 어둠 이미지들의 확산은 근대문명의 부정성과 폭력성을 드러내고, 원주민들의 비인간적인 조건을 부각시킨다[28]. 이는 근대문명이 군중들을 노예화하는 과정을 구체화하는 것으로, '검은 노예'라는 Matrix를 통해 근대문명의 전개를 식민화 과정의 연장에서 바라보아야 할 것이라는 메시지를 담는다.

---

28 김의락, 『전환기의 영미문학』, 한신문화사, 1999, 90면.

파랑 모자를 기우려 쓴 불란서영사관 꼭댁이에서는

삼각형의 기빨이 붉은 금붕어처럼 꼬리를 떤다.

지중해에서 인도양에서 태평양에서

모-든 바다에서 육지에서

펄 펄 펄

기빨은 바로 항해의 일초전을 보인다.

기빨 속에서는

내일의 얼굴이 웃는다.

내일의 웃음 속에서는

해초의 옷을 입은 나의 「희망」이 잔다.

-〈旗빨〉 전문

　　프랑스의 '기빨'은 세계로 뻗어가는 프랑스 제국의 힘을 동경하는 인식을 드러내며 일본 제국에 대한 조롱과 비웃음을 내재한다. 우리의 국토를 식민화한 일본의 제국주의는 식민지에 어떠한 문명적 시혜도, 선진적 지식도 제공할 처지가 되지 못한다는 비하의 인식이 바탕이 되어 서구의 항해와 차별적인 것이 된다. 서구의 항해를 바라보는 시선에는 "내일의 웃음"이 보인다. 서구의 전지구적 항해는 긍정적 지표로 읽힌다. 그러나 "모-든 바다에서 육지에서" 펄럭이는 프랑스의 '기빨'은 제국의 식민지 점령의 표시이다. 프랑스의 점령 하에서 내일을 낙관적으로 전망하는 주체는 제국주의의 세계화, 선진화를 선망하는 주체이다. 그 프랑스의 항해를 통해 제국주의의 욕망을 그려보는 주체는 무의식적으로 '기빨' 속에 나의 희망을 새겨 넣음으로써 제국주의의 얼굴을 갖게 된다. 동양을 서구 침탈에 유린당하는 공동운명체로 놓고 이를 방어하려는 논리는 전체주의적 전쟁 동원과 대륙침탈을 떠받치는 가장 강력한 일본제국의 논리 체계였다. 이러한 측면에서 서구에 대한 적개심은 곧 일본제국에 대한 동조나 찬양이었다. 김기림은 이러한 분위기 속에서 서구에 대한 이중의 시선을 갖는다. 제국주의라는 차원에서 서구는 비판되기도 하며, 일본제국의 대항 세력이라는 점에서 동경의 대상이 되기도 한다. 이는 모두 일본 제국주의에 대한 부정의 인식이 바탕이 된 것이라 볼 수 있다.

이러한 주체들은 근대문명을 이미 경험하고 그 근대문명에 오염된 시인으로 자주 등장한다. 이런 인테리겐차들의 출현을 통해 현재를 부정하고, 문명의 부정성을 적나라하게 제시하면서도, 그러한 병든 문명을 치료하는 것 또한 그러한 문명에 오염된 시인임을 주장한다. 시인은 "지구는 파선했다"(해상)라고 단정한다. 그리고 "오늘도 지구는 원만하다고 가르쳤다나./「갈릴레오」의 거짓말쟁이."(오후의 꿈은 날줄을 모른다)라고 현실을 조롱한다. 이러한 현실 인식의 단초는 "석간신문의 대영제국의 지도/우를 도마배암이처럼 기여가는 별들의 그림자의 발자국들."(해도에 대하야)에 제시되어 있다. 현실은 '대영제국'이라는 명칭이 불러일으키는 제국주의의 확장과 그 아래에서 꿈을 짓밟히는 식민지의 모습으로 드러난다. 계속되는 어둠 속에서 '나'는 지구가 항해를 잊을까 걱정한다. 언젠가는 '나'의 "海圖를 펴"야(해도에 대하야)하기 때문에 지구가 좌초되는 것은 끔직한 일이 되는 것이다. 제국주의화에 따른 문명의 건설은 부정되고 비판되어야 하는 것이지만, 이러한 문명을 파괴하고 극복하는 힘 또한 문명에 의한 것임을 안다. 문명 파괴는 새로운 문명을 세우기 위한 필수적인 과정인 것이다. 식민지화에 따른 문명을 파괴하고 문명의 주체가 되고 싶어 하는 식민지 주체가 김기림의 군중적 주체이다. 이러한 주체는 문명에 의해 '메말라버린 심장'을 가진 주체가 아니라 세계로의 항해를 위해 언젠가는 "나의 해도를 펴"야 하는 야심을 가진, 세계의 중심에 서고자하는 욕망의 주체이다.

탄식하는 벙어리의 눈동자여
너와 나 바다로 아니가려니?
녹쓰른 두 마음을 잠그려가자
토인의 여자의 진흙빛 손가락에서
모래와 함께 새어버린
너의 행복의 조약돌들을 집으러 가자.
바다의 인어와 같이 나는
푸른 하눌이 마시고싶다.

「페이브멘트」를 따리는 수없는 구두소리.
진주와 나의 귀는 우리들의 꿈의 육지에 부대치는
물결의 속삭임에 기우려진다.

오-어린 바다여. 나는 네게로 날어가는 날개를 기르고 있다.
-〈꿈꾸는 진주여 바다로 가자〉 중에서

"바다의 안개에 흐려있는 파―란 향수를 감추기 위하야" 일부러 벙어리를 꾸미는 '진주'는 어느 항구에서 "한 벗도 한 친척도 불룩한 지갑도 호적도 없는/거북이와 같이 징글한 한 이방인"(이방인)인 '나'와 동일하다. "오늘도 네가 듣고싶어하는 獨木舟의 노젔는 소리는" 미친 세기를 홀로 유랑하고 있는 군중적 주체의 미숙한 '삐―걱'거림으로 형상화된다. 말 못하는 눈동자들은 군중의 이미지이다. 이러한 군중과 함께 바다로 나가려 하는 것은 세계를 향해 항해를 시작하려는 주체의 의지이다. 탄식에 녹쓰른 군중들을 바다로 이끌어 원주민 여자의 손가락 사이로 빠져나간 행복의 시간들을 집어 온다는 설정은 이방인처럼 살아온 시간, 벙어리로 살아온 시간을 되돌려 놓고 싶어 하는 식민지 주체의 언술이다. 바다의 인어와 같은 족속이 되어 바다를 누비고 싶어 하는 '나'는 세계의 중심을 향한 욕망과 다른 것이 아니다. 이러한 해석이 가능한 것은 "「페이브멘트」를 따리는 수없는 구두소리."라는 Matrix에 의해 가능해진다.

이전까지의 언술내용은 이국에서 고향을 그리는 진주를 의인화하여 향수를 주제화한 것으로 파악할 수 있다. 그러나 Matrix는 이러한 시 텍스트의 해석을 전환시킨다. 정작 말하고 싶었던 것은 이러한 Matrix의 지점에서 무의식적으로 드러난다. 갑자기 등장하는 '페이브멘트'에 울리는 '구두소리'는 앞의 장면들과는 이질적인 장면으로 충돌되는 이미지를 생성한다. 이 소리들은 '우리들의 꿈'에 의해 군중적 힘의 움직임을 의미화한다. '우리들의 꿈의 육지'에 "부대치는 물결의 속삭임"은 '구두소리'와 겹쳐져서 바다로의 항해를 고무시킨다. 군중의 뜻에 고무된 주체는 바다를 만만하게 보는, 출항에 자신감을 가진 존재이다. 바다로의 출항은 세계의 중심이 되고자 하는 세기를 앞질러가려는 욕망의 실현이다.

1) 이미지의 병치와 식민주체의 무의식적 재현

의식과 무의식은 함께 형성되며, 의식이 무의식을 찾아냈을 때, 이 미지는 그 최적의 효력을 띠게 된다고 한다[29]. 이는 이미지로부터 무 의식의 욕망을 엿볼 수 있다는 의미이다. 이미지의 생성에 의해서 상 상적인 세계는 하나의 가치체계를 이루게 된다. 〈가치가 사실을 변 질〉시키는 상상세계는 결코 객관적인 세계가 아닌 것이다. 왜냐하면 거기서는 가장 미세한 사실조차도 작가의 격양된 욕구를 드러내며, 가장 미세한 사실조차도 그 욕구에 의해 선언되는 열띤 가치판단을 공포하기 때문이다[30]. 김기림의 시[31]에 대표적으로 드러나는 핵심 이 미지들, 즉 태양이나 기차, 또는 태풍 등은 두 개의 상반되는 의미자 질들을 획득하면서 경험적 자아인 시인의 의도를 확장해 간다. 근대 성과 반근대성, 제국주의와 역제국주의, 식민성과 반식민성의 의미를 유포시키는 이러한 이미지들의 분열은 시선과 응시의 교차지점이다. 안과 밖, 위와 아래로의 시선과 응시가 존재하는 데, 타자적 시선으로 세계를 바라볼 때에는 기차와 같은 근대문명의 안쪽에서 밖으로 향하 거나 동경이나 지향을 의미하는 위로 향한다. 반면에 식민지 하위주 체들로서의 군중을 바라볼 때에는 근대문명 밖에서 안으로 향하거나

---

29 레지스 드브레, 『이미지의 삶과 죽음』, 시각과 언어, 1994, 58면.

30 곽광수, 『가스통 바슐라르』, 민음사, 1995, 93면.

31 「기상도」시는 '독립적이고 병합되지 않은 여러 목소리들과 의식, 사건들을' 병치하고 심히 모순되고 부조화한 여러 가지 현상(발화)들을 아무 설명없이 병치하여 이중성을 창조한다. (김승희, 『현대시 텍스트 읽기』, 태학사, 2001, 244면).

그들의 굴욕적인 삶을 의미화하면서 아래로 향하게 된다.

근대문명을 추수하거나 향유하는 작은 자아는 근대성에 시선을 집중시킴으로써 현실을 표백된 상태로 인식한다. 이에 반하여 자각적 응시는 근대문명의 외부에서 현실의 상황을 전달한다. 기차의 안쪽에 위치한 군중적 자아는 '함경선 오백킬로 여행풍경'에서처럼 여행자의 여유로움으로 밖의 공간을 바라본다. 안과 밖의 분할은 중심과 주변부의 분할이다. 문명의 안쪽, 중심에 위치한 군중적 자아는 타자적 시선으로 밖의 식민지 공간을 풍경으로만 바라보게 된다. 철로는 근대적인 문명기구로 세계로 나아가는 통로이면서 일본 제국주의에 의해서 철저히 통제되는 공간이었다[32]. 따라서 기차의 밖에서, 즉 식민지 현실인 주변의 풍경 속에서 바라보는 식민지 주체의 응시는 군중적 자아처럼 여유로울 수 없다. 그가 철도를 통해 포착하게 되는 것은 「북행열차」에서처럼 디아스포라이다. 이러한 시선과 응시의 교차지점, 이미지가 충돌하는 지점이 피식민자가 분열하는 지점이며, 그러한 분열이 식민지 주체로서 제국주의와 식민지 근대성을 인식하는 지점이다. 이러한 이중의 '시선과 응시'의 주체를 언술내용적 주체와 언술행위적 주체로 표기할 수 있는데, 언술내용적 주체는 근대성을 목격하는 주체로 객관적인 거리에서 문명을 바라보는 여유로운 주체이고, 이에 반하여 언술행위적 주체는 근대성에 내재해 있는 식민성을 발견하고 제국주의적 욕망을 무의식적으로 드러내는 주체이다.

---

[32] 사실상 철도의 부설은 일본의 제국주의적 욕망의 표상이라 할 수 있다. 철도의 목적도, 부설과정에 드러난 그들의 행태도 오로지 속악한 제국주의적 욕망을 드러낸다. 1930년대는 식민지 근대성이 정점에 이른 시기이자 그 한계가 드러나는 시기였다(손종업, 『극장과 숲』, 월인, 2000, 95면).

우리는 세계의 시민
세계는 우리들의 「올리피아-드」
시컴언 철교의 엉크린 嫉妬를 비웃으며 달리는 障害物競走選手들
기차가 달린다. 국제열차가 달린다. 전망차가 달린다……

해양횡단의 정기선들은 항구마다
푸른 기빨을 물고 「마라톤」을 떠난다……

럭키. 히말라야. 알프스.
산맥을 날어넘은 여객기들은 어린 전서구

마래군도는
토인들의 경주용 獨木舟다.

새끼를 호주머니에 감추고
기적을 피해가는 「캉가루」는
「오-스튜레일리아」의 수접은 가족주의자.
홍 너희들은 양모를 팔어서
영국제 식품의 이름을 부르기 위하야
비싼 영어를 삿고나.

자-아메리카도 시끄럽다.
여자의 웃음소리와 주머니의 돈소리가 귀를 부신다.

어느새 사막과 要塞들 사이에 씨피는

여즈러진 푸른 진주-가련한 지중해다.

런돈. 뉴욕. 파리. 푸라-그. 뿌다페스트.

동방의 거리 콘스탄티노-플

회교도

아미리가영사관

성페이트로의 뾰죽집은 구름을 찌른다.

(마리아는 높은 데 계시단다 아-멘)

-〈여행〉 중에서

 우리는 '세계의 시민'이고 세계를 무대로 경쟁의 관계를 형성하는 주체들이라는 세계주의의 의미를 확산하고 있는 언술내용적 주체는 문명의 속도를 동경한다. 세계를 올림피아드로 설정함으로써 문명의 경주를 벌이고 있는 문명의 기기들은 대륙횡단과 해양횡단, 그리고 창공횡단으로 세계를 향해 나아가는 활기찬 모습을 형상화한다. 이런 이미지들의 확장은 문명의 확산과 속도가 전 세계적으로 광범위하게 이루어지고 있음을 강조하며, 이러한 조류로부터 누구도 자유로울 수 없다는 점을 상기시킨다. 전 세계적으로 이루어지고 있는 이러한 문명의 경쾌한 전진은 '토인들의 경주용 독목주'와 병치됨으로써 대비적인 의미를 확산시키게 된다. 속도의 기기들과는 달리 독목주는 정지와 느림의 기구로 문명과 비문명의 대비되는 관계의 세계 형태를 드러낸다. 이어 갑자기 이어지는 장면은 오스트레일리아라는 장소로 바뀐다. 문명의 속도에 대한 이야기는 독목주에 의해 식민지에 대한 장면 전환의 계기를 맞는다.

언술내용적 주체는 근대문명을 통해 세계화되어가고 있는 추세를 올림픽경기로 비유함으로써 하나의 놀이나 문화형태로 가볍게 관전하는 자세를 취한다. 그러나 언술행위적 주체는 그러한 근대문명 속에 침략과 폭력적 기제가 작용하고 있다는 사실을 말하려 한다. 근대문명을 거리를 두고 바라보는 시선은 명랑하다. 그러나 근대문명에 밀착해서 그 내면의 의미를 포착하는 응시는 비판적이다. "파랑 날개를 팔락이는 어린 비행기는/일요일날 아침의 유쾌한 악사올시다."(아츰 비행기)에서처럼 비행기는 삶을 유쾌하게 하는, 아무 폭력성도 담지하지 않은 편리한 문명일 뿐이다. 근대성은 유쾌(비행기)하고 여유롭다(식당차, 커피잔을 들고). 그러나 근대성에 밀착해서 그 내면을 들여다보면, 거기에는 세계를 재편하는 제국주의가 편재해 있는 것을 알게 된다. '독목주'는 근대문명의 속도에 반하는 언술행위적 주체의 그러한 잠재의식을 드러내는 Matrix이다. '빠름'과 '느림'으로 재편되는 세계화 추세에 대하여 간파하고 있는 언술행위적 주체는 '독목주'에 시선을 집중시킴으로써 문명기기의 출격을 여유롭게 관전할 수 없는 의미를 제공한다. '독목주'는 원주민들의 생활상이 그대로 살아있는 도구로 문명의 출격에 의해 언제든지 침략당할 수 있는 원주민들의 위태로운 삶을 비유한다.

이와 같은 의미에서 '기적을 피해가는 캉가루'는 영국 식민화 정책에 아직 문명화되지 않은 호주 원주민을 상징한다. 영국이 산업혁명을 맞아 모직물 공업이 발전하자 이곳의 양모 생산은 급속하게 확대되었다. 영국의 식민화 정책 아래서 오스트레일리아는 원주민을 내몰고 영국화되어간다. 언술행위적 주체는 산업혁명의 본국인 영국의 근대문명에 현혹되어 영국의 언어에 동화되어가는 식민지의 행태를 조롱한다. 근대문명에 의해 자본화되어가는 세계적 추세는 끝없이 상승하고자 하는 인간의 욕망으로 표출된다. 번성하는 인류의 자만심은 "성페이트로의 뾰죽집은 구름을 찌른다./(마리아는 높은 데 계시단다 아-멘)"에서처럼 '빠름'과 '느림'이라는 속도전을 통해 타민족을 억압하고 자본을 축적하면서 높아만 간다. 근대성에 의한 세계 재편은 결국 식민지를 확장하는 결과를 가져오며, 식민지 확장이라는 추세는 결국 계속적인 전쟁의 상태를 의미하게 된다. 근대성에 대한 이러한 비판은 근대성이 조선사회의 와해라는 문제를 초래할 수 있다는 지점까지 이른다[33].

이미지의 병치[34]는 두 가지 양상으로 나타날 수 있다. 의미의 확산을 가져오는 이미지의 병렬과 의미의 전환을 가져오는 이미지의 충돌이 그것이다. 전자의 경우에는 한 이미지의 강박적 노출을 통해 자아의 무의식적 욕망을 의식의 수준으로 떠오르게 한다. 하나의 이미지

---

33 이 무렵 쓰여진 「정조문제의 신전망」에서 김기림은 근대성이 조선사회에 초래하는 분열의 조짐을 포착한다. 남성들은 가부장적 제도에 의해 무의식적으로 정복적 폭군성의 잔재를 갖고 있는 반면에 여성은 「아메리카니즘」에 의하여 도발된 허영심으로 불안한 상태에 놓여 있다고 진단한다. 아직 과거의 가부장제 안에 갇혀 있는 남성과 맹목적으로 서구의 근대를 동경하는 여성 사이의 괴리는 조선 사회의 신가정을 무참히 파괴시키고 있다는 관점을 내비친 것인데, 이는 그 당시 근대성 내부에 이미 불안과 동요의 자질이 내포되어 있다는 의미를 함축한다. 다시 말해 필요에 의해 주체적으로 축적해간 근대성이 아니라 상황과 환경을 고려하지 않고 강제로 이식된 근대성이기 때문에 상당한 고통을 수반해야만 했던 측면이 있다. 이런 의미에서 김기림은 근대를 허영적이고 불안한 것으로 인식한다.

34 이미지는 시의 중심에 있을 수 있으며, 그것은 다른 설명이나 언급없이 스스로를 밝힌다. 짧은 순간에 두 개의 시각적 이미지와 두 개의 서로 대조적인 움직임을 병치할 때 우리는 새로운 세계를 발견하게 된다. 각각의 시는 여러 수준의 병치를 포함하는 "복합체"라 할 수 있다. 이미지를 통해 시의 의미와 정서가 드러나기 때문에 이미지는 인식과 경험의 복합체라고 정의될 수 있는 것이다(A, Welsh, *ROOTS OF LYRIC*, Princeton University Press, 1978).

로 우연하게 표출된 이미지는 메시지를 강하게 전달하지 못한다. 무의식적으로 노출되었던 이미지는 여러 동류의 이미저리로 확산되었을 때에라야 확고한 하나의 의미로 포착되는 것이다. 또한 후자의 경우 이미지의 충돌은 이미지의 자질지표들이 반대의 성향을 가질수록 이질감의 폭과 차이를 크게 느끼게 하여 본래 이미지를 파괴하고 해체하는 과정에서 새로운 이미지를 생산하게 되고 그로부터 새로운 의미를 전달하게 된다.

김기림의 이미지들은 이러한 두 가지 양상을 하나로 구조화하는 방식이 된다. 하나의 이미지는 시선과 응시의 교차로서 분열되는 의미 자질들을 획득하면서 반복적으로 드러나기 때문이다. 분열 양상의 반복은 분열을 의미화하면서 고정된 정체성과 동일성의 법칙을 넘어설 수 있는 가능성과 차이를 향한 길을 열어놓았다. 이는 근대성이 서구와 비서구, 제국과 식민지, 군중적 자아와 군중적 주체 사이에서 상이하게 인식될 수 있다는 차이를 효과적으로 드러낸다. 지금까지 비서구의 근대성은 서구적 전형에 동화되어왔을 뿐 아니라, 그에 대한 논의 과정에서도 서구라는 원본에 대한 복제로 여겨지거나, 더 나쁜 경우 서구적 근대성의 대안으로 거론되곤 했다. 근대성이 아시아의 준주변부나 식민지 지역들에서 다양한 방식으로 굴절되었다[35]는 의미를 놓치고 있었던 것이다. 이미지들의 분열은 이러한 근대성의 차이를 드러내며, 차이 인식을 통해 근대성 극복의 지점을 짚어내는 전략이 된다.

김기림의 시 텍스트 전체를 통해 충돌하는 의미를 생산하고 있는

---

35 해리 하르투니언, 『역사의 요동』, 윤영실·서정은 역, 휴머니스트, 2006, 41~65면.

이미지가 태양이다. 태양은 태풍으로 인한 기상악화 후에 찾아오는 밝은 내일의 의미를 지니기도 하지만, '쇠수레바퀴'라는 이미지의 변형을 통해 근대성이 갖고 있는 여러 의미자질, 즉 지식이 되기도 하고 제국주의적인 폭력적 기제로 작동하기도 한다. 전자의 경우 태양은 평화와 안정의 상징이 되지만, 후자의 경우 태양은 폭력과 식민화, 또는 제국의 상징이 된다. 이러한 태양의 양면성을 구조화하는 식민지 주체는 평화와 안정의 내일만을 의미화하는 것이 아니라 새로운 문명에의 도전과 우리 역량의 세계로의 확장까지도 염두에 두고 있는 것으로 읽혀진다.

> 예지의 날개를 등에 붙인 나의 날음은
> 태양처럼 우주를 덮을게다
> 아름다운 행동에서 빛처럼 스스로
> 피여나는 법측에 인도되어
> 나의 날음은 즐거운 궤도 우에
> 끝없이 달리는 쇠바퀴게다
>
> 벗아
> 태양처럼 우리는 사나웁고
> 태양처럼 제빛 속에 그늘을 감추고
> 태양처럼 슬픔을 삼켜버리자
> 태양처럼 어둠을 살워버리자

- 〈쇠바퀴의 노래〉 중에서

태풍 속에서 "나의 숨소리는/생쥐보다 커본 일이 없다" 그리고 나는 "강아지처럼 얻어맞고 발길에 채어"(올배미의 주문) 거리를 배회해야 했다. 태풍이라는 기상 악화는 나의 억압의 상태를 의미하는데 반해 태양은 나에게 자유로운 상태를 불러온다. 이윽고 태양의 밝은 자질은 '예지'의 의미를 첨가하게 된다. 지식과 앎에 대한 의지는 근대적 인간의 특성이다. 예지는 지식의 축척을 통하여 미래를 미리 앞서서 내다볼 수 있는 능력이다. 이러한 능력의 보유를 통해 '나'는 우주적 존재로서 형상화될 수 있게 된다. 지배와 억압의 구조 속에서 숨소리조차 제대로 낼 수 없었던 '나'는 피식민자의 위치와 다르지 않다. 태양은 그러한 피식민자들의 해방의 의미 이상을 내포한다.

'태양처럼' '사나운' 존재의 설정은 동적이며 위협적인 이미지를 결부시켜, 타자의 지배하에 예속되는 일이 없어야 할 것을 주문하는 동시에 '우주를 덮을' 만큼의 큰 야욕을 드러낸다. '태양처럼' '제빛 속에' 그늘과 슬픔과 어둠을 모두 삭이고 참고 견디면, 다음날 '쾌청'한 날씨를 맞아 '우울과 질투와 분노와/끝없는 탄식과/원한'으로부터 벗어날 수 있을 것이라고 전망한다. 그리고 다시 '태양의 옷'을 갈아입으라고 주문하는 데, 이는 해방으로 모든 것이 끝나는 것이 아니라 태양과 같은 주체, 즉 세계를 비추는 태양처럼 세계적 주체가 되어야 한다는 암시를 제공한다. 이는 피지배민족으로서의 위치를 극복하면서도, 삼켜버린 분노와 원한에 의한 식민주체의 지배민족에 대한 반역성을 의미한다. 따라서 이 시 텍스트에서 태양의 이미지는 내일의 희망과 안정, 평화의 의미로 확장되다[36]가 '예지'라는 지식과 앎에 결부된 근대 기

---

[36] "모성애는 자연이 인류에게 준 다른 한 개의 태양이 아니고 무엇이랴."(김기림, 「신가정」 1권 5호, 1933.5.). 여기서 태양은 모성성을 지닌 안락과 안식, 평화의 기표로 제시된다.

표에 의해 제국주의적 의미로 전환된다. 평화와 안정의 기호는 근대 지식 획득을 통해 폭력적이고 역동적인 이미지로 바뀐다. 언술내용적 주체는 '태양'이미지를 통해 세계의 암울한 현실로부터 벗어난 내일의 희망을 의미화하고 있으나, 언술행위적 주체는 그러한 이미지 속에 내포된 제국주의적 욕망을 내비치게 된다.

태풍 또한 이중의 분열을 보이는 이미지이다. 태풍은 '묵시록의 기사'처럼 피폐해진 근대문명을 파괴하는 의미를 지닌 기표이면서 중국과 같은 아세아의 '늙은 왕국의 운명'을 흔드는 제국주의의 표상이기도 하다. 이러한 부정적 의미 한편에는 그러한 폭력적 근대성과 제국주의를 부정하고 조롱하는 측면을 내보임으로써, 타자적 시선과 자각적 응시의 교차점으로서 활용된다. 『기상도』는 424행의 7부 구성을 가진 문명 비판 장시로서 태풍은 서구 열강 제국주의에서 불어오고 있고 동양의 식민지 시인은 그 불안과 혼란과 위험을 수신자의 위치에서 바라보고 있다[37]. 이처럼, 김기림의 기상도는 제국주의적 세계 정세를 전면에 내세움으로써 식민지 주체로서의 위치를 전제하고 시작한다. 태풍이 걸어오는 말 속에는 여러 정치, 종교, 역사, 윤리의 파탄의 증후들이 내재해 있으며 그 태풍 속에 담긴 다양한 의식이나 다성적 목소리는 제1부 「세계의 아침」, 2부 「시민의 행렬」, 3부 「태풍의 눈」, 4부 「자최」까지에서 진술, 또는 담론으로 나타나고 있다.

『세계의 아침』은 오전 7시에서 10시 사이의 시간에 일어나는 세계의 풍경을 보여준다. 이 시간에 해협은 '배암'처럼 살아나고 산맥들은 「아라비아」의 의상을 두른다. 해협과 산맥을 횡단하는 무리들은 '사

---

37 김승희, 『현대시 텍스트 읽기』, 태학사, 2001, 244면.

악함'과 사막지대 국경을 넘나드는 '상인'의 이미지로 표기되면서 문명을 의미화한다. 오전의 시간은 해협과 산맥을 건너 떠나는 시간이다. 문명을 전파하려는 목적으로 떠나는 이들의 움직임을 '오만한 풍경'으로 보는 식민지 주체는 그들의 떠남 이면에 자리한 제국주의의 의미를 간파하고 있는 것이다. 또한 "낡은 향수를 뿌리는/교당의 녹쓰른 종소리"는 '낡은 쇠바퀴'의 이미지와 함께, 쇠퇴하는 기독교적 계몽성, 또는 문명의 쇠퇴를 예견한다. 이 시에서 국제열차나 여객기, 또는 선박은 근대문명의 대표적 산물로, 식민자들의 교통수단이나 여행수단으로서 표기된다. 또한 '라디오'는 본국과의 교신 수단으로 본국의 통제를 의미하고, '전서구들'은 이국의 상황을 다시 본국 수도에 전파하는 기능을 수행하고 있는 것으로 나타난다. 교통수단과 통신수단은 식민지를 통제하는 수단으로서 의미화된다.

반면에, 『시민열차』는 세계 시민들의 지금의 상황을 병치시킴으로써 국제열차의 마님이나 신사들과는 다른 삶, 즉 종속과 수난을 겪고 있거나 전쟁에 시달리거나 자본주의에 착취당하고 있는 삶을 전면화하면서 문명의 제국주의적이며 파괴적인 속성을 의미화한다. 그런 의미에서 '태풍'은 아시아의 연안의 경계 대상으로(태풍의 기침시간), 늙은 동양의 왕국인 중국의 운명을 흔드는 서구 제국주의의 표상이면서, 또한 침략의 '바다'를 '몸부림' 치게하거나 문명의 상징인 '삘딩'이나 전주를 파괴함으로써 근대를 비판하고, 「양키-」씨를 겁주거나, 서양 복음인 기독교를 비웃는(자최) 이중적인 이미지로 표현된다. 따라서 '지치인 바람'은 제국주의의 몰락을 나타내면서, 동시에 '슬픈 전설'이 됨으로써, 그리고 '섬을 부둥켜안는/안타까운 팔'이나 '축대를 어루만지는/가엾힌 손길'(병든풍경)이 됨으로써 '등불'도 '별들'도 피지 않는 불모의 땅, 암흑의 지대를 지키는 힘없는 구원의 손길로 의미화된다.

『올배미의 주문』은 이러한 태풍의 이미지를 더욱 확장시킨다. 태풍은 '유행을 쫓아버'리 듯이 "요란스럽게 마시고 지껄이고 떠들"던 패들의 '깨어진 잔들'과 '함부로 지꾸어진 방명록'과 그들의 '서명'을 '빨아버리'는 '기억'이 된다. 여기서 태풍은 '나'의 분노로 확장된 것이다. '나'는 '황홀한 불빛의 영화의 그늘에' '비둘기처럼 거짓말쟁이'인 '등불'을 '비틀어 죽인다'. 언술내용적으로 보면 '나'는 화려한 '등불'로 형상화되는 근대문명의 허구를 알아차린다. 그러나 근대에는 희망도 내일도 없다는 것을 알고 있지만, 그러한 근대의 허구성이 어디서부터 기인한 것인지 알아채지 못한다. 한편 언술행위적 주체는 그것이 '동방의 전설처럼 믿을 수 없는' '실패한 실험'로부터 연유한다는 것을 통해, 아직 '19세기처럼 흥분할 수 없는' 상태에 있는 동양의 근대성 때문이라고 암시한다. 동양의 근대라는 것은 제국에 의해 이식된 근대이므로 희망도 내일도 없는 '결론'이며 '헌 이빨로 밤을 깨무'는 것처럼 암울한 상황을 극복할 수 없는 한계를 지닌 것이다.

> 오늘은 삼색기의 행진을 축복하는
> 사막의 태양.
> 차—나호 푸른 거울에
> 오월의 얼골이 태연하고나.
>
> 한니발도 짓밟고 칼타고도 불지르고
> 오늘은 천년 묵은 사막의 정적을 부시고 가는
> 피묻은 늙은 쇠바퀴야

너 달려가는 곳이 어디냐.

-〈아프리카 광상곡〉 중에서

이 시는 '로마'가 아프리카의 신성한 땅의 역사에 침범하는 장면으로 구성된다. 1연에서는 '로-마의 풍속'을 흉내내는 추장 딸이 등장한다. 서구의 문화를 흉내낸다는 것은 이미 서구에 동화되었다는 의미를 지님과 동시에 대대로 지켜온 '왕조의 역사', 풍속의 고유성 등이 무너져가는 세태를 드러낸 것이다. 추장 딸의 흉내내기는 서투르다. 그것은 서구문명을 흉내낸다고 해도 결코 그들과 똑같아 질 수 없다는 의미이며, 자기의 정체성과 고유성을 완전히 폐기할 수 없다는 의미이다. 동경하는 타자는 자기와 똑같아지도록 피식민자를 허용하지 않는다. 그리고 피식민자는 자기의 민족적 테두리를 완전히 벗어날 수 없는 그들과 차별적 존재들인 것이다. 따라서 식민지에서는 제한된 근대 모습만이 재현될 뿐이다. 식민지 근대는 식민지의 원료와 노동력을 토대로 하기 때문에 제국주의와 밀접한 함수 관계를 가진다.

이 시는 근대문명에 침식당하는 제3세계의 상황을 극적으로 전개시키고 있다. 2연의 서구로부터의 급하게 육박하여 오는 '검은 쇠바퀴'는 마지막 연의 '늙은 쇠바퀴'에 연결된다. 「쇠바퀴의 노래」에서 '쇠바퀴'는 태양의 이미지로서 강력한 동력을 상징하는 근대문명이었다. '검은' 색은 '쇠바퀴'의 부정적 속성으로 읽힌다. 따라서 '검은 쇠바퀴'에 이어지는 '검은 말발굽 소리'는 근대문명 뒤에 따라오는 '로마 제국'의 침략을 상징한다. '서투른', '검은' 등의 관형격은 근대의 소외적 존재로서의 피식민자와 근대의 폭력적 존재로서의 식민자의 모습을 재현한다. 3연은 원시의 땅에 침입한 식민자들만의 축제 장면을 재현하고 있다. '기린의 피'를 마시고 '소생하는 로마'는 근대문명을 발판으로 제3세계를 착취하면서 일어나는 제국주의 국가들을 이른다. 그들은 이미 식민지의 자원을 소유하고, 지배체계로서 '정의' 등과 같은 아버지의 법체계를 새롭게 구성한다. 여기서 "「소생하는 로-마야 마셔라 기린의 피를……/정의도 상아도 문명도 석유도 우리 것이다」"라고 외치는 목소리는 식민지를 확장하는 제국주의가 식민지를 침식하고 약탈하는 측면을 드러낸다. 이러한 목소리는 4연에서 "새로 엮인 페-지에 세기의 범행이 淋漓하고나"라고 하는 언급을 통해 근대문명의 침략을 비판한다.

　이처럼 이 시 텍스트는 근대문명의 제국주의적 속성을 극명하게 드러내고 있다. 그런데 과거의 근대문명이 제국주의적 성격으로 침략적 이미지로 형상화되었다면 '오늘은' '삼색기의 행진을 축복하는' 평화로운 이미지로 형상화된다. '사막의 태양'은 '삼색기의 행진을 축복하는' 제국주의 욕망의 기표이다. 침략적이지 않은 이 '늙은 쇠바퀴'는 오히려 '차-나호' 푸른 물결의 잔잔한 느낌으로, 그리고 5월의 날씨처럼 따스한 느낌으로 다가온다. 말발굽 소리 요란했던 과거의 침략적 등장이 오늘은 행진으로 바뀌고, 많은 변화를 수반함으로써 역사를 소멸시키고 문화를 훼손했던 과거의 침략이 오늘은 평화롭게 진행된다. 이는 문명이 늙었음을 의미하는 것이며, 이와 아울러 제국의 힘도 노쇠함을 의미하는 것이다. 문명의 발주자들인 이들 제국의 쇠퇴를 표기함으로써 언술행위적 주체는 노쇠한 쇠바퀴의 전진이 멀지 않아 멈춰질 것을 예견하며, 제국의 행진을 '사막의 정적을 부시고 가는' 하나의 儀式으로 파악함으로써 침묵의 땅이 정적에서 깨어나 그들의 역사가 시작됨을 알리게 된다.

제국주의에 대한 욕망은 일본 제국주의에 대한 반항으로 읽혀질 수 있으며, 일본 제국은 넘어 서야할 하나의 과제로서 인식된다. 따라서 호미 바바가 언급했던 피식민자의 혼성성은 김기림의 식민주체에게는 일어나지 않는다. 식민자에 단지 저항하거나 공모하는 그런 인물은 텍스트에 존재하지 않는다. 식민주체는 일본 제국을 넘어선 세계로의 야심과 포부를 내면에 안고 있는, 식민자를 극복하는 존재로서만 제시될 뿐이다. 세계주의를 표방하고 문명을 비판하는 이면에는 일본을 넘어서고 일본을 부정화하는 의식이 숨어 있는 것이다. 일본 제국을 넘어서 세계적 존재로서의 자신을 드러내고자 하는 것은 일본 제국을 비하하거나 일본 제국을 조롱하는 태도이다. 일본 제국보다 우월한 우리의 존재 인식이 이 안에 내면화되어 있는 것이다.

> 금붕어는 아롱진 거리를 지나 어항 밖 대기를 건너서 지나해의
> 한류를 끊고 헤염처 가고 싶다. 쓴 매개를 와락와락
> 삼키고 싶다. 옥도빛 해초의 산림속을 검푸른 비눌을 입고
> 鱮魚에게 쪼겨댕겨 보고도 싶다
>
> 금붕어는 그러나 작은 입으로 하늘보다도 더 큰 꿈을 오므려
> 죽여버려야 한다. 배설물의 침전처럼 어항 밑에는
> 금붕어의 연령만 쌓여간다.
> 금붕어는 오를래야 오를 수 없는 하늘보다도 더 먼 바다를
> 자꾸만 돌아가야만 할 고향이라 생각한다.
>
> ─〈금붕어〉 중에서

근대문명과 제국주의의 관계 틀 안에서 식민주체는 일본 제국주의를 전제로 하고 그것의 부정의식을 간접화하는 방식으로 근대문명을 비판적으로 읽게 한다. 반면에 세계 문명의 전파라는 명목으로 재현되는 서구식 제국주의에 대해서는 동경의식과 지향을 갖는다. 이러한 식민주체의 양가성은 일본을 하나의 온전한 근대적 국가로 인정하는 것이 아니라 우리와 같이 근대화가 덜 된 타자로 인식하는 것이며, 좀 더 세계라는 큰 바다에 근접할 때라야 진정한 근대, 하나의 진정한 주체가 될 수 있다는 인식을 갖는 것이다.

이 시 텍스트에서 '금붕어'는 그러한 식민주체의 모습이라 할 수 있다. 지나해는 중국본토와 제주도, 일본 규우슈우·남서제도·대만으로 에워싸인 해역이다. "지나해의 한류를 끊고 헤엄쳐 가고 싶"은 것은 더 넓은 세계로의 시야 확장을 의미한다. 한중일의 좁은 해협 안에서 갇혀 있던 금붕어는 어느 순간에 바다를 보게 된다. 그 순간부터 상어라는 포식자에 쫓기는 한이 있더라도 동경하는 바다로의 항해를 꿈꾸어본다. 이는 한중일은 동양이라는 비문명화된 세계라는 측면에서 동일자라는 의식을 나타내며, 더 큰 세계로의 진출이 위험을 내포하지만, 그것마저도 실행해볼 만한 가치가 있는 것이라는 의식을 통해 식민주체가 동양을 극복함으로써 일본제국을 넘어서려는 욕망을 지닌 주체라는 것을 보여주는 것이다. 가혹한 현실은 그러한 금붕어의 꿈을 죽여 버려야 할 것으로 인식시킨다. 입으로는 그러한 꿈을 표출할 수 없는 극한의 상황 속에서 금붕어는 세월에 묻혀가지만, 자신이 "오를 수 없는 하늘"을 대상으로 헛된 망상을 꿈꾸기 보다는 '먼 바다'를 "돌아가야만 할 고향"이라고 인식한다는 측면에서 극한 현실에서 이상향을 향해 환상이나 이룰 수 없는 꿈으로 도피하는 대신, 보다

현실적인 미래를 계획하는 모습을 보여주게 된다.

2) 병적공간과 배타적인 '계몽의 계몽성'

김기림의 시 텍스트에 자주 등장하는 밤과 어둠의 세계는 이중의 의미를 내포한다. 근대문명에 아직 눈뜨지 못한 무지와 원시성을 의미하면서도, 문명화에 따른 반휴머니즘적인 전쟁과 같은 상황을 불러오는 근대문명의 폭력성과 파괴성을 의미한다. 식민주체에게 근대 문명의 중심은 가 닿지 못할 하나의 상상적 신기루이면서, 반면에 근대문명은 현실적으로는 제국의 지배체제를 유지하는 폭력적 기제로서 직접적으로 맞닥뜨리는 생활이기도 한 것이었다. 근대문명은 소유할 수 없는 하나의 동경이며, 꿈이라는 점에서, 그리고 타자의 소유물로만 존재한다는 측면에서 우리에게는 배타적인 대상이 된다. 근대문명의 지식체계를 소유한 식민자의 계몽성은 폭력적일 수밖에 없다. 근대문명은 피식민자의 무지와 열등의식을 배태하는 기제이기 때문에 보다 먼저 서구식 지식체계를 받아들인 제국의 예속 하에 놓이게 되는 것은 당연하다는 논리를 정당하게 성립시키기도 한다. 따라서 제국의 계몽에 대한 계몽의식은 제국에 대한 반항의식의 발현이며, 제국을 오히려 우리가 계몽시킬 수 있다는 의지의 발현이다. 아직 근대문명에 이르지 못한 전근대적인 현실과 식민지하에서 체험하게 된 근대문명의 폭력적인 현실, 모두를 극복해야 할 과제로서 인식하고 있었던 김기림은 현실을 병적인 상태로 파악했다.

굳은 어둠의 장벽을 시름없이 「녹크」하는 비들의 가벼운 손과 손과 손
과 손……
그는 「아스팔트」의 가슴속에 오색의 감정을 기르며 온다.

대낮에 우리는 「아스팔트」에게 향하야
『엑 둔한자식 너도 또한 바위의 종류고나』하고 비웃었다.
그렇지만 지금 우둑허니 하눌을 쳐다보는
눈물에 어린 그 자식의 얼굴을 보렴

루비 에메랄드 싸파이어 琥珀 翡翠 夜光珠……
「아스팔트」의 호수면에 녹아나리는 네온싸인의 음악.
고양이의 눈을 가진 전차들은(대서양을 건너는 타이타닉호처럼)
구원할 수 없는 희망을 파묻기 위하야 검은 추억의 바다를 건너간다.

-〈비〉 중에서

길은 미래를 향해 뻗어 있다. 어떠한 길을 가느냐에 따라 운명이 달
라질 수 있다. '아스팔트'는 문명의 길이다. 이 문명의 길은 '굳은 어둠
의 장벽'으로 형상화되어 있다. 여기에는 근대문명은 인간성을 상실
한 '수척한 지성'의 산물이라는 비판의식이 내면화되어 있다. '비'는
이러한 근대문명의 부정성을 우려하는 '인간성'의 상징이다. 굳고 어
둡던 장벽은 '비'의 출현으로 오색의 감정을 기르게 된다. 근대문명의
산물로서 건설된 '아스팔트'는 어느 순간 우리에게 '바위의 한 종류'로
인식된다. 무지와 원시성 탈피의 근대적 지성은 우리에게 새로운 것
이 아니었다. 그것은 근대 지성의 산물들이 대부분 제국에 의해 건설

된, 제국을 위한 도구였기 때문이다.

'아스팔트'를 '바위의 종류'로 파악한 시각에는 일본 제국의 근대성에 대한 회의적 시각과 조롱의식이 반영된 것이라고 이해할 수 있다. 그러므로 '네온싸인'이나 '전차' 등의 근대 산물은 슬픈 표정이거나 절망적인 상황인식을 표출한다. "다음 역에서도 기차는 그의 수수낀 로맨티시즘인 기적을 불테지. 그렇지만 이민들의 얼굴은 차창에서 웃지 않습니다."(북행열차)에서도 근대의 산물인 기차는 마음이 산란하고 서글픈 표정으로 기적을 불고 있다. 근대 산물이 그러한 표정을 짓는 것은 이민자들을 태우고 있기 때문이다. 근대산물은 편리와 부강의 기표가 아니라 이민의 기표로서 본래 그 땅에 살고 있는 사람들을 쫓아내는 기제로 작동되고 있었던 것이다. 따라서 근대 산물은 식민지 주체의 시각에서 긍정적으로만 바라볼 수 없는 한계점이기도 했다. 사상누각처럼 굳게 뿌리를 내리지 못한 근대는 언제 좌초될지 모르는 타이타닉인 것이다.

우리의 근대는 주체적으로 수용되지 못하고 제국에 의해 이식된 산물이었기에 언제든지 허물어질 수 있는 것이었다. 그러한 근대는 "구원할 수 없는 희망을 파묻기"위하여 운행될 뿐이다. 그러므로 시 텍스트 말미에서 드러나는 절망의 거리를 헤매는 '여자'와 '사나이'는 "구원을 찾지 않는다." '아무도' 좌초된 상황에서 구원될 수 없다. 소외된 그들의 상황은 계몽성의 허구를 인식시킨다. 제공된 근대 산물은 그들(우리)의 예견된 침몰을 함의하고 있었으며, 그들(우리)이 일단 침몰되면 구원될 수 없고 버려지는 존재가 된다는 사실을 내포하고 있었다. 아무도 구원을 찾지 않고, 구원의 소리에 귀기울이지 않는 근대는 인간성이 상실된 비인격적 공간이다. 이러한 공간은 비닭이가 날지 않는 공간이며, 절름발이로 살아가는 공간(우울한 천사)이다. '나'는 "날지 않는 비닭이" '절름바리'의 '상한 날개'를 싸매는 '우울한 어린 천사'이다. '내'가 우울한 것은 우리가 문명에 의해 순결성을 잃어가기 때문이다.

나는 도무지 시인의 흉내를 낼 수도 없고

「빠이론」과 같이 짖을 수도 없고

갈메기와 같이 슬퍼질 수는 더욱 없어

상한 바위틈에 파선과 같이 慘憺하다.

-〈파선〉 중에서

시인이 "시인의 흉내를 낼 수 없"다는 것은 시를 쓸 수 없는 공간의 제약을 의미한다. 이는 생각을 마음대로 언어화할 수 없다는 제한된 상태를 표출한 것으로 자유분방한 낭만파 시인인 바이론을 대표적으로 거론함으로써 '나'의 제한과 구속의 상황을 극대화한다. 한편, 이탈리아 애국주의 운동과, 그리스 독립운동에 관여한 바이론의 이력은 간접적으로 '내'가 짖고 싶어 하는 것이 무엇인지를 암시한다. 갈매기와 같이 슬퍼질 수 없는 '나'는 동물보다도 못한 처지의 존재임을 전달하면서, "슬퍼질 수는 더욱 없"다에 방점을 둘 때, 슬픔에만 빠져 있을 수만은 없다는 주체적인 의미로도 읽혀진다. 이때 시 텍스트의 전체적인 의미는 회의적이고 타율적이고 절망적인 의미를 넘어 새롭게 의미화 된다. 진짜 시인처럼 느끼고 생각하는 대로 시를 쓰지 못할 바에야, 즉 시인의 흉내만을 내는 일은 할 수 없다는 의미로 강화된다. 또한 바이론처럼 무절제하게 아무거나 짖을 수 없다는 의미로도 해석될 수 있다. 따라서 내가 파선한 배와 같이 참담한 것은 시를 쓰는 일이 오히려 시를 배반할 수 있다는 의미를 내포하기 때문이다. 진심을 담아 시를 쓰는 일이 여의치 않은 상황에서 시를 쓰는 흉내를 낼 수밖에 없다는 것은 시에 거짓을 담는 일이 될 뿐이다. 그래서 '내'가 시를 쓰지 않는다면, 시인인 나는 파선한 배와 같은 참담한 상황에 놓이게 되는 것이다. 따라서 시인이 시를 쓰지 못하는 사회는 인간성이 말살된 비인격적인, 병적인 사회인 것이다.

> 어느새 검은 차고의 쇠문을 박차고
> 병아리와 같은 전차들이 뛰여나옵니다
>
> 옷자락에서 부스러떠러지는 간밤의 꿈쪼각들은 돌보지도 않으면서 그는
> 고함을 치면서 거리거리를 미끄러저가는
> 난폭한 「스케-트」 선수올시다
>
> 오-전조선의 시민제군
> 고무공과 같이 부프러오른 탄력성의 대지의 가슴으로 뛰여나오렴.
> 우리들의 경주를 위하야 이렇게도 훌륭하고 큰 아침이 준비되었다.
>
> <새날이 밝는다> 중에서

'검은 차고'와 '쇠문'은 근대 문명에 굳게 닫혀 있던 상황을 암시한다. '병아리와 같은 전차들'은 아직 근대화에 어린 우리의 실정을 비유한 것이다. 여기에는 근대문명에 대한 호기심과 앙증맞은 대상에 대

한 소유욕을 유발할 만한 시선의 움직임이 있다. 근대에 대한 이러한 용이하고도 호감어린 접근은 이후 근대성의 허구성에 부딪힌다. '간밤의 꿈쪼각들'은 안중에도 없이 달려 나가는 전차는 인간성을 돌아보지 않는 문명의 비인간성을 폭로한다. '밤'은 어둡고 암울한 시대상황을 의미하면서 무의식이 발현되는 꿈이 생성되는 시간이다. 꿈을 통해 우리는 식민지 주체의 무의식의 욕망을 엿보게 되는데, 그러한 꿈의 조각들을 돌보지 않으면서 '거리거리'를 달리는 '전차'는 식민지 주체들에게 근대화를 통해 식민화를 획책하는 제국의 이미지를 드러낸다. 군중들을 향해 고함을 치며 달려 나가는 '전차'는 근대화를 건설하는 데 걸림돌이 되는 장해물을 제거하려는 움직임이다. 그래서 근대문명의 산물인 '전차'는 편리한 것으로 인식되는 것이 아니라 난폭한 것으로 인식된다.

그러한 근대적 산물에 내포된 폭력성이 식민화와 연결되는 것은 마지막 연의 '오-전조선의 시민제군'에서이다. 근대적 산물의 폭력성을 배척하는 '전조선의 시민제군'을 '대지의 가슴'으로 뛰어나오라고 식민지 주체는 요구한다. 문명과 자연의 대립은 폭력적 근대와 '전조선의 시민제군'의 대립으로 연결된다. 문명의 딱딱한 지성은 인간에게 상처를 입히지만, 탄력적인 '대지의 가슴'은 모든 충격을 흡수하고 포용한다. 이는 근대화에 따른 인간성 상실을 우려하면서 자연을 닮은 모습을 우리 '전조선의 시민제군'들은 잃지 말자는 의미를 내포한 것이기도 하다. 이는 제국의 근대를 그대로 모방하는 차원을 넘어 우리의 본성, 자연성을 통해 세계와 경주할 때에라야 모방의 근대를 극복할 수 있다는 의미이다.

3) 되받아 쓰는 제국의 근대성

식민지의 무지와 원시성을 이용하는 제국의 논리에 맞서 그러한 계몽의 구실을 되받아치는 저항적 논리로서 '계몽의 계몽성'은 세계주의와 연관된다. 민족과 국가의 국경과 경계를 무너뜨리는 세계주의의 논리에는 인종과 민족의 차별성을 제거하려는 휴머니즘의 논리가 배태되어 있다. 이러한 논리는 지배와 피지배의 논리를 무너뜨리고, 제국의 식민화통치를 무력화시키려는 전략이다. 인간성 절멸의 시대에 나라와 나라의 위계성을 무화시키는 이러한 전략은 평화의 세기에는 새로운 세기의 주체로서 '우리'를 강조하는 가운데, 민족적 기표는 포기할 수 없다는 의지를 표현하고 있으며 문명의 속도전에 동참함으로써 문명의 선두 주자로서 세계를 이끌어 갈 위치로의 격상을 욕망하는 의미에서 역제국주의적인 모습을 보인다. 제국의 근대를 관찰하고 비판적으로 수용함으로써 식민주의자의 앎의 방식에 도전하는 태도를 취하고 있는 것이다. 식민성의 극복이 서구나 제국의 근대화와는 다른 주체적 근대화의 경로임을 인식하고 서구나 제국의 근대와 우리의 근대를 동일하게 특수한 근대의 하나로, 복수의 근대의 하나로 바라보는 관점을 보유하게 되었다는 측면에서 탈식민주의적 관점이라고 볼 수 있다[38].

싸악……싸악……싸악
부스러지는 애처러운 눈의 비명을

---

38 하정일, 『20세기 한국문학과 근대성의 변증법』, 소명, 2000, 168~180면.

> 신바닥 아래 눌러 죽이며
> 거리를 쓸고가는 바쁜 발자취 소리 소리 소리
> 창 밑을 굴러가는 수레바퀴의 이빨 갈리는 소리
> 소리 소리(그 자식은 언제든 군소리 뿐이야)
>
> 낡은 절의 겨으른 북이 갑자기 울어야 할 그의 의무를 기억했나보다.
> 자―나는 어서 들창을 열어야지.
> 아침해를 마시고 싶어서 밤이 새도록 말러서 탄 탐욕한 입을……
>
> ―〈새벽〉 전문

김기림의 시 텍스트에서 '새벽'은 밝은 내일이 오기 직전의 희미한 어둠이다. 다가오는 새 희망의 동트는 순간이자, 아직 밝지 않은 어슴푸레한 어둠의 순간이기도 하다. 따라서 '새벽'은 어둠에서 밝음으로의 역전의 순간성이 포착되는 시간이다. 여기서 '눈'은 군중적 기표이다. '부스러지는 애처로운 눈의 비명'은 문명의 그늘아래서 착취당하는 피식민자의 운명이다. 눈의 비명은 '신바닥 아래'에서 억압된다. '거리를 쓸고 가는' 신바닥의 '바쁜 발자취'는 '수레바퀴'와 함께 억압적이다. '바쁜', 그리고 '굴러가는' 운동성은 근대문명의 속도와 동력의 움직임과 연결될 수 있다. '바쁜 발자취'와 '수레바퀴의 이빨'은 근대문명의 폭력적 흔적이다. 이러한 근대문명의 폭력적 소음 속에서 눈의 비명은 희미하게 사라진다. 괄호 안의 언술을 '바쁜 발자취'와 '수레바퀴의 이빨' 소리로 본다면, 이는 근대문명의 폭력적 소리가 군중들의 '군소리'를 잡아먹는 것으로 해석될 수 있다. 이때 군중의 소리는 근대문명에 의해 파열되고 분열되는 하찮은 소리로 취급된다. 괄호 안의 언술이 식민주체의 목소리로 해석된다면, 즉 '바쁜 발자취'와 '수레바퀴의 이빨' 소리들을 비판하는 언술행위적 주체의 목소리로 읽는다면 근대문명은 언제나 '군소리'일 뿐이라는 의미를 갖게 된다. 이렇게 근대문명을 폭력적으로 의미화 하는 것은 근대문명 자체의 부정성 때문만이 아니라 제국주의적 기표를 달고 있기 때문이다.

문명은 군중들을 억압하고 착취하는 매개로서 희미한 어둠의 시간을 낳는다. 이는 식민지에서의 근대문명은 제대로 된 근대성이 아니라 사이비 근대성, 유사 근대성에 다름 아니기 때문이다. 아직 잠에서 덜 깬 '낡은 절'은 그런 근대성의 사이비성을 응시한다. 전통은 낡고 게으른 것이라는 인식이 있었으나 한민족이 세계를 향해 그 자신이 이해되길 원한다면, 자신의 문화, 즉 전통과 생리와 보편성과의 충격이 끊임없이 이루어져야 한다[39]는 견해를 통해 김기림의 식민주체가 사이비 근대성을 극복하고 세계적인 존재가 되기 위해 전통을 무시할 수 없는 것으로 간파했음을 알게 된다. 오래된 유적에서 울려오는 '북' 소리는 새벽이라는 시간을 어둠에서 밝음으로 역전시키는 순간임을 알린다. 역사적 소명으로서의 북의 울림은 '나'를 군중적 주체로 이끈다. '나'는 들창을 열고 '아침 해'를 마셔야 한다. 밤새 군중들의 억압된 소리, 앓는 소리를 들으면서 괴로웠던 '나'는 억압되었던 욕망을 분출하고자 한다. 해는 '내'가 탐욕 했던 대상이다. 탐욕적인 대상을 마셔버림으로써 '나'는 탐욕적인 존재가 된다. 이는 억압에 차압당했던 욕망을 되돌려 받음과 동시에 타자를 억압하는 욕망의 존재가 될 수 있다는 의미를 받아들이는 것이다.

---

39 김기림, 「우리신문학과 근대의식」, (『김기림전집』2, 심설당, 1988, 51면).

넥타이를 한 흰 식인종은

니그로의 料理가 칠면조보다도 좋답니다

살갈을 회게 하는 검은 고기의 위력

(중략)

아메리카에서는

여자들은 모두 해수욕을 갔으므로

빈 집에서는 망향가를 불으는 니그로와

생쥐가 둘도 없는 동무가 되었습니다

-〈市民行列〉 중에서

'시민행렬'은 전 세계의 현재의 상황을 하나의 장면으로 포착하여 병치하고 있다. 「여행」이나 「이동건축」등을 통해 자주 사용되었던 구조이다. 세계의 여러 공간을 하나의 시 텍스트에 담아냄으로써 시대성과 역사성을 조망하려는 의도가 다분한 이 기법은 아이러니나 풍자적인 수법과 어울려 세계의 부정성을 폭로한다. 세계는 창백한 전야의 회색지대이며, 1930년대는 毒瓦斯의 전운이 감도는 질식할 것 같은 시기였다. 그런데도 시적 자아는 "훌륭한 아침이 아니냐?"(이동건축)고 반문한다. 훌륭한 아침의 세기는 이 시 텍스트에서 인종적 착취와 전쟁, 파시스트, 자살, 실업, 독재자 등의 장면들로 구성된다. 이는 '훌륭한 아침'이 아니라 흉물스러운, 흉악한 아침이다. 반어법은 의미의 전도를 통해 부정의 의미를 강력하게 전달한다. 또한 부정적인 장면들의 병치는 인간 존재가 하락된 세계, 인간의 존엄성이 폐기된 세계를 중층적으로 드러냄으로써 세계의 부조리성을 극대화한다.

근대는 살상의 무기를 통해 인종적, 민족적 갈등을 해결하려고 하는 무모한 도전을 실행했던 것이다. 폭력적이고 억압적인 도구들을 통해 인종적 민족적 사냥에 성공한 백인들은 우아하게 넥타이를 매고 그들의 구미에 맞게 검은 니그로를 요리하기 시작한다. 식민자의 식욕은 탐욕적이어서 더 많은 니그로의 희생을 통해 자신들의 백색의 세를 불리며 위력을 확장해간다. 또한 아메리카의 노예 니그로는 고향으로 돌아가지 못하고 빈 집을 지키는 짐승과 다르지 않은 상황을 보여준다. 세계의 시민들은 행복한 표정, 평화로운, 평등한 표정이 아니라 불평등하고 불행하며, 폭력적이고 우울한 표정으로 살아가고 있다. 근대의 풍경 속에 기입된 니그로의 장면들은 근대가 갖고 있는 제국주의적인 성향을 폭로하는 기제이다.

이러한 최후의 한계까지 육박하는 근대의 폭력성은 태풍의 비유에서도 확인된다.(태풍의 기침시간) 태풍의 접근에 경련하는 아시아(자최)는 '늙은 왕국'의 흔들리는 운명과 같다. 아시아의 운명에 대한 인식은 "가엾슨 아세아의 지도는 태평양의 검은 니빨에 씹혀서 비치업습니다."(고대)에서처럼 바다로부터 침입해오는 서구의 식민화에 대한 기술로 드러난다. 결국 근대 문명은 제국주의를 동반하며, 그러한 근대는 그 폭력성에 스스로 자멸하리라는 예언을 통해 식민지 주체는 새로운 세기의 건설을 욕망한다. 태풍은 "세기의 밤중에 버티고 일어섰던/오만한 도시를 함부로 뒤져놓고"휘파람을 불며 비꼬며 사라진다(자최). 근대적 공간인 도시는 세기의 밤을 버티고 서 있는 오만한 존재이다. 그러한 도시를 파괴하고 사라지는 태풍은 근대문명 건설 뒤에 따라오는 근대의 폭력성이다. 그러한 폭력성은 전쟁이라든지 식민화를 통해 인간을 억압하고 파괴하는 행위로 드러나게 되는데, 이로부터 근대문명 자체를 회의하게 한다. 따라서 식민주체는 근대성에

대한 맹목적인 추수나 지향을 경계하게 된다. 이러한 근대성에 대한
자각으로부터 식민주체는 "얽매인 이 현재로부터" "언제고 탈주를 계
획한다."(서시) 이러한 식민지 주체는 "새해는 우리의 것이"(어머니
어서 이러나요)라는 것을 알아간다. 미래가 우리의 것이라는 인식은
다가올 세기는 우리가 주체적이 되어야 할 것이라는 의지이다. 이는
일본 제국에의 예속 상태를 벗어나야 한다는 의미이며, 더 나아가 주
체적으로 세계를 끌고나갈 위치로의 격상을 통해 위치의 전도를 꿈꾸
는 은밀한 욕망의 발현이기도 하다.

　　―여러분―
　　여기는 발달된 활자의 최후의 層階올시다
　　단어의 시체를 짊어지고
　　日本 조희의
　　漂白한 얼골 우헤
　　꺽구러저
　　헐떡이는 활자―

　　「뱀」을 수술한
　　白色 무기호문자의 해골의 무리―
　　역사의 가슴에 매여달려
　　죽어가는 斷末魔
　　시의 샛파란 입술을
　　축여줄 「쉼표」는 업느냐?

―〈시론〉 중에서

가장 발달된 활자는 일본을 빈정거리고 놀리는 언어유희의 활자들이다. 이러한 시들은 풍자적으로 제국을 조롱하기 때문에 언어를 발설하는 피식민자나 언어를 대면하는 식민자의 얼굴을 하얗게 질리게 한다. 피식민자는 제국의 감시의 시선을 피해, 눈치 채지 못하게 간접적이고 암시적인 언어로 제국을 은밀하게 비판하고 부정해야 한다. 그러면서도 그러한 풍자성은 검열에 걸릴 위험성이 내포되어 있기 때문에 언제나 '표백한 얼굴'로 무표정하게 연기해야 한다. 정작 표정을 대신해서 제국 비판의 임무를 완수하고 있는 활자는 그러한 트릭이 무사통과할 지 노심초사하며 식민자의 표정을 살핀다.

한편 식민자는 자신을 조롱하는 피식민자의 언술에 당황하면서도 그것이 확실한 물증이나 명확한 의미로 제시되지 않기 때문에 피식민자에게 어떠한 혐의를 씌우기가 곤란한 상황임을 간파한 순간, '표백한 얼굴', 즉 창백한 얼굴을 숨길 수 없게 된다. 그러한 식민자의 시선과 피식민자의 응시가 교환되는 순간 텍스트에서 소비되는 활자는 그 의도를 의심하는 식민자의 해석력과 표면과 내면의 의미 낙차의 폭을 가늠하는 피식민자의 전략 사이에서 무수한 기의의 잔뿌리들이 또 다른 기의의 뿌리를 생성시키며, 의심과 전략 사이를 긴장시키는 리좀적 글쓰기를 수행한다.

「뱀」은 사악하고 유혹적인 존재로 근대성의 이미지와 포개질 수 있으며 1연의 '일본'과 연결되는 측면에서 제국의 근대성의 기표로 추정된다. '뱀'을 수술한 '백색 무기호문자의 해골의 무리'는 제국을 교묘하게 속임으로써, 제국을 마음대로 수술하고, 정작 자신은 기호성을 잃고 제국과 함께 역사 속으로 소멸해가는 군중들을 의미화 한다. 이러한 군중들은 제국을 교란시키는 무기호문자이나, 그러한 역할을 수

행하기 위해서는 결코 무지해서는 안 되는 인테리겐차적 지성이 요구되는 군중적 주체이다. '뱀'의 내부를 파헤치고 들여다보는 과정에서, 곧 제국의 근대성을 들여다보는 과정에서 언어는 제국의 근대성을 고발하고 부정하고 비판하는 가운데 검열에 걸려 삭제되거나 폐기되는 운명을 겪게 되기도 하는데, 그러한 시대 상황은 詩가 시들어가는 병적인 공간을 역사화하며, 죽어가는 시를 소생시킬 방법이 부재한 자리를 대신하는 침묵의 시간을 의미한다.

김기림의 식민주체는 제국의 시선을 의식하면서도 세계주의를 표면화시킴으로써 자신의 제국주의의 욕망을 은밀하게 드러내고 있었던 것이다. 세계주의는 국가와 민족, 인종의 경계를 허무는 인류를 하나의 동포로 인식하는 것이다. 겉으로 보기에는 포괄적이고 보편적인 이념으로 제국을 자극하지는 않지만, 그 내면에 감추어진 욕망은 세계주의가 그러한 평등한 관계를 수립하고자 하는 이념을 넘어 세계적 존재로서의 선구자적 위치에로의 움직임이라는 측면에서 반역성을 함의한다. 김기림의 식민주체는 군중의 억압적 상황을 극복하려는 차원에서 제국주의를 비판하는 탈식민주의라 할 수 있으며, 그러한 군중이 민족적 집단임을 비평을 통해 피력하지만, 식민주의가 극복된 상황에서는 민족을 넘어서야 한다는 언급을 통해 민족 중심주의로부터 벗어난 진정한 탈식민주의라고 볼 수 있다. 그런데 또 한편으로는 완전한 근대로의 욕망이 강렬하다는 측면에서 일본 식민제국을 넘어서 우리 문명을 새로 건설해야 한다는 입장에서는 역제국주의적인 면이 다분하다 할 수 있다. 이러한 욕망을 숨기고 살아가는 식민지 주체는 제국의 시선으로부터 자유롭기 위하여 시인으로서가 아니라 배우로서 살아가야 했다.

『여보 인젠 배우라는 직업은 그만둬요』

(사나이의 눈은 대답이 없었다)

『당신의 말과 몸짓이 대체 어디까지가 연극인지 참말인지 알 수 없어
요』

-〈배우〉 중에서

시대성과 역사성을 의식하지 않았다면 삶에서 연극은 하지 않아도
되었을 것이다. 그러한 삶이 계속되다 보니 이젠 삶 자체가 연극이 되
어버렸다. 이러한 측면에서 김기림의 시 텍스트에 표기되어 있는 기
표들의 표정들을 주의 깊게 살펴볼 필요가 있다. 표면적으로는 근대
성을 이야기하고 있지만, 그는 복화술사처럼 무표정한 얼굴로 내면의
욕망의 언어, 무의식의 언어를 발언하고 있었던 것이다. 근대성 비판
이면에서 울리고 있는 제국주의적인 욕망을 함께 읽어내야 하는 이유
가 여기에 있는 것이다.

3. '실향'의 메시지를 반복하는
의지적 주체의 공감성

고향은 생명의 원천으로서 돌아갈 곳이 되어야 하지만, 또는 생활
의 터전으로서 풍요로운 다산의 공간으로 연상되어야 하지만, 박용철
의 시 텍스트에 등장하는 고향은 이산을 배태하는 공간으로 제공된
다. 민족적 동일성, 공동체가 성립될 수 없는 훼손된 공간으로서의 고

향은 민족적 기원에 근거한 순수한 동일성의 불가능성을 예기하며, 이질적인 문화와 타자에 의해 끊임없이 분열되고 동요하는 상태임을 암시한다. 따라서 잃어버린 대상-민족의 고향-이 공백[40] 속에서 반복되며, 이때 공백은 고향을 탈향의 불길함으로 만드는 동조를 예시하고 선취한다[41]. 고향을 떠나온 이방인으로서 살아가는 망명자의 정체성 찾기가 박용철의 식민주체이다. 훼손된 고향을 반복적으로 소환함으로써 자기의 훼손된 정체성을 자각하려는 이면에는 고향이라는 공간의 소환을 통해 자기의 지속성을 보장받으려는 의지가 숨어 있는 것이다. 훼손된 고향은 그 자체로 주체의 훼손, 정체성의 훼손이나, 그것의 반복적 소환은 나의 정체성 찾기, 나의 지속적인 복원의 차원으로 읽혀지는 것이다.

이는 배타적인 민족주의 의식이 잠재된 형태인데, 제국에 의해 오염된 공간이나 대상에 동화될 수 없기 때문에 도시나 문명화된 사물을 기피하는 피식민자의 일종의 강박증이다. 이는 제국의 영향이 두드러진 도시 보다는 민족적 뿌리의 공간인 고향의 반복적 소환만이 자기의 정체성을 잃지 않고 간직하는 길이라는 것을 인지한 것이다. 이러한 의지는 시 텍스트 표면에 드러나는 이별과 떠남에 따른 개인적 감정표현에 현실을 불안하게 의식하는 집단적 정서들을 녹아넘으

---

40 역사는 식민자들의 전유물이었다. 세계의 지도는 유럽의 지배를 써왔던 양피지였다. 따라서 세계는 서구의 관점에서 재편되었으며, 비유럽인들은 서구의 관점에서 묘사되고 기술되었다. 가령, Perter Hulme은 서인도의 거주민들이 서구적 관점에서 '식인'이라는 단어로 출현했다고 언급했다. 식민자들은 피식민자들을 원시인이나 식인종으로 의미화하면서 그들의 권력을 획득하는 기술로 역사를 서술했던 것이다. 따라서 피식민자들에게 식민시기의 역사는 공백을 의미했다. 제국의 타자로서 존재했던 식민지의 공백의 역사를 박용철은 고향 상실이라는 명제를 통해 채워나가고 있었던 것이다.

41 호미바바, 『문화의 위치』, 나병철역, 소명출판사, 2002, 321면.

로써 낭만파들이 범했던 자의적인 심정토로의 형식으로부터 거리를 두게 된다.

우리의 시를 "살로 색이고 피로 쓰듯 쓰고야 만다"고 선언했던 것은 시문학파들이 이전까지 근대시가 걸어온 영탄조에서 벗어나고자 했던[42] 그러한 의식의 반영이다. 정지용의 '시의 우위'가 "안으로 열하고 겉으로 서늘옵기"를 제시한 것은 그러한 관점과의 연계 선상에서 감상성을 배제하고 지양하려던 태도로 보인다. 이는 박용철이 "시는 한 낱 고처이"라고 하면서 '시의 心境'이 더 섬세하고 장대해야 한다고 보았던 의미이기도 하다. 이는 가벼운 정서의 표출이 아니라 '피와 살'의 맺힘으로서 체험적으로 살아나는 시적 정서를 강조한 것으로 개인적 정서 표출을 넘어선 정서의 심화, 주관적인 감정을 넘어선 보편성을 담지 한 감정으로의 확장을 전제하고 있는 것이다.

> 한 개의 존재에 대한 개인의 인상은 제각기 상이한 것이나 그 상이한 가운데의 공통성이 우리의 공동감상의 기초가 되는 것인 이 공통성의 규정이 없다면 비평은 성립불가능이 될 것이다[43].

박용철이 "우리의 시는 우리 살과 피의 맺힘이다"라고 했을 때, 시는 공감력을 갖는 주술적인 존재로 이해된다. '우리'라는 존재는 공통성을 전제로 한 공동체이며, 이러한 공통성을 바탕으로 하여 시가 제작되고, 감상되는 것인 만큼, 시의 공감력은 우리 사이에 존재하는 피와 살의 연계성과 공통성에 근거한 것이다. 공감은 타자의 감정 체험

---

42 김학동, 『정지용연구』, 민음사, 1984, 97면.
43 박용철, 「시문학 창간에 대하야」, 『박용철전집』, 시문학사, 1963, 142면.

을 내가 그의 감정 체험 그대로 감정적으로 이해하는 것을 의미한다. '공감'을 바탕으로 해서 성립하는 우리 인간의 '동정감' 내지 '동정'은 객관적이며 보편타당한 윤리·도덕성을 가진다. 그러므로 바로 '공감' 이 도덕 원리 내지 윤리성에 그 객관성을 부여하는 것이라 할 수 있 다. 이러한 공감의 논리는 예술창작과 인간의 사회심미심리에 대한 이해에 있어서 중요한 의미를 제공해 준다. "일정한 시기의 예술작품 과 문학 취미에는 사회의 심리가 표현되어 있으며, 모든 민족예술은 그 민족의 심리에 의해 결정된다[44]."는 관점이 그것인데, 이러한 주장 은 식민지 시기라는 뚜렷한 민족적 자각의 시기에 더욱 타당성을 갖 는다. 왜냐하면 피식민자는 사회적으로 제약된 민족적 위치를 언제나 의식해야 했기 때문이다.

나 두 야 간다
나의 이 젊은 나이를
눈물로야 보낼거냐
나 두 야 가련다

안윽한 이항구ㅡㄴ들 손쉽게야 버릴거냐
안개같이 물어린 눈에도 비최나니
골잭이마다 발에 익은
뫼ㅅ 부리모양
주름ㅅ살도 눈에 익은 아ㅡ사랑하든 사람들

---

44 劉偉林, 『중국문예심리학사』, 沈揆昊 역, 동문선, 1999, 37면.

버리고 가는이도 못 잊는 마음

쫒겨가는 마음인들 무어 다를거냐

돌아다보는 구름에는 바람이 희살짓는다

앞대일 어덕인들 마련이나 있을거냐

－〈떠나가는 배〉 중에서

'나두'라는 말은 '나' 역시도 다른 사람과 마찬가지로 떠나야 하는 상황임을 나타낸다. 이는 '내'가 떠나는 상황이 나 혼자만이 겪어야 될 상황이 아니라 '우리'라는 공동체의 몫임을 암시한다. 이는 '나'와 '너'의 민족적 현실이 다르지 않다는 동류의식으로부터 비롯된 '우리'의식이다. '나'는 젊은 청춘을 눈물로 보내고 있는 청년이다. 그런 '나'는 떠남만이 눈물의 상황을 종결 지울 수 있다고 생각한다. 그 떠나려는 공간은 '안윽한' 항구인데, 그 항구의 공간은 '발에 익은' 친밀한 공간이며, '눈에 익은' 익숙한 공간으로 사랑하는 사람들이 살고 있는 곳이다. 아늑한 공간을 굳이 버리고 떠나야 하는 것은 그 공간이 극한적인 상황에 놓여 있기 때문이다. 아늑하고 친밀하며 익숙한 공간은 모태와 같은 공간으로 대개 청년이 그러한 모태의 공간인 고향을 떠날 때에는 자립적인 인간이 되었다거나, 넓은 세상에서 이상을 실현하기 위해서 이기 때문에 낙관적이거나 희망찬 포부나 의지가 표현되기 쉽다. 그러나 이 시 텍스트에서 '나'는 고향을 '버린다'고 한다. 고향을 버린다는 것은 고향이 살 수 없는 공간이 되어버렸다는 것을 암시한다. 그래서 '쫒겨가는 마음'이라고 표현한 것이며, 그러한 의미에서 "나두야 간다"라는 언술의 반복은 마지못해서 사람들이 떠나고 나서 어쩔 수 없어서 떠나는 의미로 읽힌다.

살 수 없는 고향으로부터 쫓겨나면서도 '나'는 고향을 잊지 못한다고 한다. 지금은 어쩔 수 없이 고향을 버리고 가지만, 그 고향은 잊어지는 공간이 아닌 것이다. 타향살이의 시작은 결국 나그네와 같이 떠도는 기표로서 주체를 확립한다. '앞대일 어덕'도 없이 떠도는 구름은 그러한 주체의 동일성이다. 여기서 '앞'이라는 것은 '미래'라는 시간이다. 미래에 가 닿을 공간 하나 마련하지 못하고 떠도는 구름은 고향을 돌아다보는 주체의 모습이다. 그러한 떠도는 기표로서의 주체는 바람의 장난에 떠밀리다 결국에는 사라지게 되는 존재이다.

이러한 상황은 역사적 상황을 포개놓을 때 더욱 확실하게 의미화된다. 우리 민족의 삶의 터전인 국토는 우리민족이 나고 자란 '아늑한' 공간이다. 이러한 공간에의 타자 점령은 그 안에 살고 있는 '나'를 비롯한 우리 민족 모두를 눈물로 보내게 한다. 식민지화를 통해 살 수 없는 공간으로 변해버린 국토로부터 내쫓기듯 몰리게 된 우리 민족은 국토를 버리고 가지만 그러한 국토에 대해 '못 잊는 마음'의 표현을 통해 민족적 울분을 토해낸다. 이때 "나두야 간다, 나두야 가련다"라는 표현은 이미 침략당한 국토 안에서 눈물로만 세월을 보낼 것이 아니라 밖으로 나가서 무엇인가를 도모해야 한다는 의지를 함의한다. 이러한 주체들은 세상을 향해 눈물을 흘릴지라도 세상을 향한 시선은 싸늘하게 응고되어 있다. 소위 정지용의 "안으로 열하고 겉으로는 서늘한" 시의 위의를 품고 있는 태도를 보인다. 마음속의 뜨거운 '속의 덩어리'는 눈물을 뿌리지만, 시선은 쫓겨가는 상황을 직시하며, 의지에 차 있는 것이다.

「떠나가는 배」를 비롯한 대부분의 시들이 이별이나 떠남 등을 소재로 하여, 무엇에 대한 반발과 울분의 감정을 내비치게 된다. 우리는 이별이나 떠남에 의한 원망, 그리움의 감정 표현에 초점을 맞추어 시 텍스트 표면에 드러난 개인적인 서정의 차원에서 사회·역사·시대와 분리된 순수시의 관점에서만 박용철의 시를 평가해왔다. 무카로브스키에 의하면, 시를 비롯한 예술작품은 자율적이며 소통적이라는 두 측면의 기호기능을 갖고 있으며, 이것들은 예술의 전개에 있어 근본적으로 변증법적 대립을 이룬다고 한다. 말하자면 문학은 사회구조의 불가결한 부분이며, 그 미학적 기능이 자율성을 갖는다는 것이다. 시는 나름의 자율성을 지니면서도 동시에 다른 면으로는 언제나 역사적으로 규정되는 상대적인 사회구조의 한 형성요소인 담론이라 볼 수 있다는 것이다. 따라서 한국현대시의 형성에 관한 논의는 그 현대시가 일본 제국주의의 식민지 현실이라는 조건아래에서 이루어져 왔다는 면을 유의해야 한다. 담론은 가장 인접한 구체적인 상황과 맺는 관계 밖에서는 이해될 수도, 설명할 수도 없기 때문이다[45]. 이러한 관점에 따라 식민지 상황을 고려하면, 이별이 슬픔이나 원망의 감정만을 갖는 것으로 파악하고 개인의 서정을 표현한 순수시로 분류하는 것은 재고되어야 할 것이다. 그러한 서정시의 내면에는 개인적 차원의 슬픔이나 원망의 감정을 넘어선 사회·역사성 내지 시대성에 대한 자각을 바탕으로 한 민족 공동체적 감정과 무엇인가에 대한 의지가 담겨 있는 까닭에 간단히 순수시로 간과할 수 없는 부분이 있기 때문이다.

---

45 박인기, 『한국현대시의 모더니즘 연구』, 단대출판부, 1988, 17~18면.

고향은 찾어 무얼하리

일가 흩어지고 집흐너진데

저녁 가마귀 가을풀에 울고

마을앞 시내도 넷자리 바뀌었을라.

어린때 꿈을 엄마 무덤우에

남겨두고 떠도는 구름따라

멈추는듯 불려온지 여나무해

고향은 이제 찾어 무얼하리.

하늘가에 새 기쁨을 그리어보랴

남겨둔 무엇일래 못잊히우랴

모진바람아 마음껏 불어쳐라

흩어진 꽃닢 쉬임어디 찾는다냐.

험한발에 짓밟힌 고향생각

-아득한 꿈엔 달려가는 길이언만-

서로의 굳은뜻을 남게 앗긴

옛사랑의 생각같은 쓰린 심사여라.

-〈고향〉 전문

　　고향 잃은 이방인으로서 살아가고 있는 주체는 "고향은 찾어 무얼
하"냐고 반복하고 있다. 여기에는 고향이라는 공간이 민족적 뿌리가
묻힌 공간으로서 구심력의 작용이 더 이상 가능하지 않다는 의미를

내포한다. 혈통의 뿌리가 존재하는 공간인 고향은 무슨 일이 있으면 일가친척들을 불러 모으는 구심력이 작용하는 공간이다. 낱낱이 흩어진 개인들도 고향이라는 한 공간에 뿌리를 내린 한 가지에 불과한 존재들이다. 그런 의미에서 고향은 넓게 국토로 확장될 수 있다. 우리의 국토는 단일민족이 굳건하게 뿌리를 내린 공간이다. 따라서 우리의 국토는 민족적 구심력이 작동하는 공간이며, 우리 민족 공동체가 주체적으로 살아가는 공간이었다. 그런데 이제 그러한 공간이 훼손되고 파괴되는 형태로 변해버렸다. '일가'는 모두 흩어지고, 무너지고, 옛 자리도 바뀌어 아주 딴 공간이 되어버린 것이다. 이러한 공간의 낯섦은 내부로부터 오는 것이 아니라 외부로부터 오는 것이다. 내가 나고 자란 고향의 공간은 어머니의 자궁에 흔히 비유된다. 그만큼 그 공간은 성스러운 공간이며 함부로 훼손할 수 없는 공간인 것이다. 그러한 공간의 파괴를 자행하는 무리들은 그러므로 외부의 침입자라는 추정이 가능하게 된다.

또한 민족은 종종 여성을 상징하는 것으로 묘사되곤 하는데, 이는 많은 민족주의 담론에서 여성과 어머니가 민족적인 수사로 사용되고 있는 예에서도 잘 드러난다. 이런 의미에서 어머니와 대지와 민족은 하나의 수사적 연관성을 갖는다. 국토와 민족은 모성적인 의미와 연결되는 고향의 확장이거나 전유이다. 나고 자란 '나'의 뿌리의 공간에서 '나'를 떠돌게 하는 무리들은 고향이라는 공간을 변형시키거나 훼손함으로써 '나'와 일가들이 발붙일 수 없게 조장한다. '나'와 일가는 고향을 잃어버림으로써 '어릴때 꿈'마저 엄마 무덤우에 남겨두고 떠도는 존재들로 살아간다. 고향의 훼손은 엄마의 죽음을 통해 좀 더 구체화되고 이 죽음의 공간은 폭력적이고 무력적인 상징계임이 드러난다.

의식의 검열적인 자기 관찰자적 목소리를 내는 주체는 상징계의 폭력성에 "어릴때 꿈", 이상적인 자아, 완벽한 자아에의 꿈, 어머니와의 전체적인 통합의 꿈을 억압당하고 타자의 시선 가운데서 떠도는 기표가 된다.

회귀하지 못하는 '흩어진 꽃닢'은 '모진 바람' 속을 건너가는 이산의 존재들이다. 이들은 흩어진 존재들이지만, '남겨둔 무엇이' 있는지 고향을 잊지 못하는 공동체적 주체들이다. "험한 발에 짓밟힌 고향"에로 달려갈 수 없는 우리는 억압받는 피지배적인 존재들로 드러난다. 가고 싶어 생각에서 지울 수 없는 고향이지만, 쉽게 다가갈 수 없는 고향은 꿈에서만 도달할 수 있는 상상의 공간이다. 고향으로 회귀할 수 없는 피지배적인 존재들의 '서로의 굳은 뜻'은, 고향에로의 귀환을 말하는 데, 이는 고향의 복원을 의미하는 것으로 민족적 공동체의 회복을 이르는 것이다. 이러한 '뜻'을 남에게 빼앗긴 이들 존재들은 고향과 국토로 돌아갈 수 없는 식민지 주체의 모습으로 파악된다.

> 가즉이 들리는 시내ㅅ 물소리도 귀챦고
> 개고리우름은 견딜수없이 내 부아를 건드립니다.
> 내가 고개숙이고 들어가지 아니치못할
> 저 숨막히는 초가집웅을 생각고
> 나는 열 번이나 돌쳐서 나무칼을 휘둘러서는
> 애믄 풀잎사귀를 수없이 뭇지릅니다.
>
> 비웃어주는 별들도 숨어버리고
> 반넘은달이 구름에 싸여 희미합니다.

힘없는 조으름이 왼나라를 다사리고
배고픔이 날랜손톱으로 판장을 긁을뿐입니다.

-小惡魔 중에서

'나'는 무엇에 대한 울분과 반발 때문에 자연의 소리에도 민감하게 반응하는 작은 악마이다. 1연에서 나의 '심장'은 '끓어오르는 콜타르' 모양으로 '몹슬냄새'를 뿜어내고 있는데, 이는 분함을 이기지 못하는 '나'의 심정을 드러내는 것이다. '끓어오르는' '심장'은 '부아', 즉 분하거나 노여운 마음을 표현한다. 여기에 시냇물 소리와 개구리 울음소리는 '나'의 분함과 노여움을 극에 달하게 하는 대상이다. 첨예한 갈등 속에 있는 '나'는 작고 좁은 초가집으로 표상되는 옹색한 살림살이들 때문에 불만을 품고 사는 사람으로 표면화된다. 그러한 '나'는 '나무칼' 로 아무 죄도 없는 '풀잎사귀'를 휘두른다. 자연을 화풀이 대상으로 삼는 태도를 통해 '나'는 유약하고 소시민적인 성향을 드러낸다. 이러한 자신의 행동에 대하여 '나'는 별들의 비웃음의 대상이 되는 것을 안다. '나'의 자아의 이상은 '별들'로 나는 별을 통해 자신의 행위에 대해 양심의 목소리를 듣게 되는 것이다. 별들도 숨어버리고 달도 희미해진 어둠의 공간은 다음의 '조으름'이나 '배고픔'과 함께 시대 역사적 의미를 환기시키게 된다.

"힘없는 조으름이 왼나라를 다사리는" 현실은 식민지 현실 그대로를 표출시킨다. 힘이 없는 피식민자들은 식민자들에 의해, 마취된 짐승과 같이 의지적인 행위를 하지도 못하고, 이성적으로 생각할 수도 없고, 눈 뜬 장님처럼 보고도 못 본 척 해야 하는 무자각적이며 무의지적인 존재로서 살아가야 했다. 식민자들은 피식민자들을 지배체계에 예속시키기 위해 훈련해야 할 필요를 갖고 있지만, 피식민자들이 식민자들의 수준으로 지식체계에 접근하는 것은 경계했다. 지배를 계속하기 위해 피식민자들은 어느 정도 무지의 수준을 유지해야 할 필요가 있었으며, 그러한 피식민자들의 반수면 상태는 식민지 지배를 위해 식민자들에게 필요했던 조치였다. 또한 배고픔의 궁핍한 생활은 '날랜손톱으로' 자멸을 초래할 뿐임을 암시한다. '나'는 힘없는 조으름의 나라에서 배고픔에 시달리는 이중고를 겪고 있는 피식민자이다. 이러한 피민자의 위치는 "내가 고개숙이고 들어가지 아니치못할/숨막히는 초가집웅"이라는 구절에서 한 번 더 억압의 상황과 의미를 더하게 된다. '고개숙이면서'까지 들어가 살아야 하는 '초가집웅'은 타자에 점령된 '고향'과 '국토'의 또 다른 이름이다.

식민지화가 진행되면서 우리 민족은 궁핍한 생활에 시달려 만주나 간도로 이주해가거나 일제의 지배와 예속관계에서 벗어나기 위해 고향과 국토를 버리거나, 아니면 우리의 땅에서 고개 숙인 낮은 자세로 그 숨 막히는 역사적 현실을 견뎌 내거나 하는 길밖에 없었다. 어쨌든 모든 경우의 수도 우리 땅을 잃어버렸다는 상실감에서 벗어나지는 못하게 했다. 이러한 고향상실감이 갖는 당대적 의의는 국가 상실감의 구체화라는 점에서 찾을 수 있다[46]. 이러한 실향의 메시지는 식민화에 의해 훼손된 국토와 흩어지는 민족에 대한 우려의 목소리를 표출시킨다.

---

46 최두석, 『시와 리얼리즘』, 창비, 1996, 174면.

1) 직설적 발화와 식민지 주체의 가공적 독백[47]

나의 감정과 나의 상태, 나의 위치를 직접적으로 드러내는 경향은 개인 서정시의 특징이다. 이러한 개인감정의 전경화를 통해 '나'는 피식민자로서의 나의 의도를 알아채지 못하도록 암시하거나 이면에 숨겨 놓음으로써 식민자의 검열에서 자유롭게 된다. 순수한 개인 차원의 서정시를 지향함으로써 시는 시대와 역사성이 입혀지지 않은 순수한 흰색으로 보인다. 그러나 시 텍스트에 드러나는 개인의 감정이 '우리'에 의해 가공됨으로서 이러한 순수성을 변질시킨다. 이때가 직설적인 발화가 개인의 감정을 넘어 공동체의 정서로 전이되는 지점이다. 정서 상태나 감정표현이 두드러진 시를 읽을 때, 개인 서정시로 간주하기 쉽다.

박용철의 시에 자주 등장하는 청자 지향의 어법은 실제적인 진술을 모방하는 대화체 형식으로 지금까지 우리가 순수서정시로서 읽어 온 시 텍스트를 다시 읽게 한다. 이러한 일상적인 의사소통의 양식을 모방하는 대화체 형식을 통하여 발화와 세계는 일치성을 획득하게 된다. 말이 곧 세계를 지시하는 것으로 표기되는 것이다. '너', '그대', '당신', '여보게' 등을 불러내는 화자인 '나'의 진술은 누군가가 나의 발화를 들어주었으면 하는 의도를 갖는다. 그 무수한 청자들을 향한 화자

---

47 독백은 무대에서 배우가 상대역 없이 혼자 중얼거리는 대사이다. 이는 개인감정의 발화 수준으로 타자에게 영향을 끼치지 못한다. 따라서 독백이 사회 역사적 의미를 전파하기 위해서는 인위적으로 가공될 필요가 있다. 마치 무대 위의 배타적인 타자에게는 들리지 않으나 호응을 얻어야 하는 청중에게는 들리는 방백처럼 독백이 가공됨으로써 청중과의 동화를 통해 웅변적인 기능을 수행하게 되는 것이다. 박용철의 직설적인 감정 발화 역시 개인의 독백처럼 순수한 감정표시로 기능하나, 공동체를 향한 반향을 기도함으로써 사회역사적 의미를 띠게 된다.

의 발화는 그러므로 개인적인 감정표현의 확산을 도모하는 측면이 있으며, 그럼으로써 '나'의 감정을 넘어서 보편성을 획득하는 측면이 있다. 또한 대화체 양식은 그 당시의 일상적 의사소통을 모방하기 때문에 현재성과 사실성을 시 텍스트에 제공한다는 측면에서 '나'의 개인적인 감정적 발화는 '너'를 통해 사회성과 역사성, 시대성을 획득하게 된다.

따라서 직설적 발화는 화자의 감정과 생각이 솔직하게 표현된 것으로 일차적으로는 사적인 의미로 읽을 수 있다. 그렇게 되었을 때 시 텍스트는 독백시의 수준에 멈추고 만다. 나의 내면을 드려다 보는 나의 거울로서의 시 텍스트가 존재하는 것이다. 그렇지만 박용철은 끊임없이 청자를 불러옴으로써 개인적 감정으로부터 탈출하고 싶어 하는 경향을 유포한다. 나의 우울과 연민과 사랑과 그리움은 나 개인의 사적 차원의 감정표현으로 그치고 말 것이 아니라 '너'나 '그대', '당신'을 향해 들려지기를 원하는, 또는 그러한 청자들의 목소리가 '나'의 목소리가 되기를 욕망하는 '우리'라는 공동체를 지향하는 주체를 불러온다. 박용철 역시 표면적인 언술내용적 주체와 거기에 내포되어 있는 언술행위적 주체로 파악될 수 있다. 언술내용적 주체는 개인의 감정 발화를 표면화하는 주체이며, 언술행위적 주체는 그 개인적 감정 표현 내면에 식민지 주체로서의 민족 공동체 의식을 출현시키고자 하는 주체이다.

아-그러나

고향! 고향!

이말속에는 무상의 명령이 숨어 있네

나는 억센 팔장에서 몸을뻗히려 부등거리는 애기와같이

나의 가슴은 두쪼각으로 빼개지려하네

여보게

내가 이고향을 사랑하지않게되는수를 가르켜주게

눈은 감고 다니게

귀는 막고 다니게

그렇지않거든 여기를 버리고가게

-〈무제〉 전문

　고향은 '나'와 애증의 관계에 있는 대상으로 파악된다. 이 시 텍스트는 표면적으로 보면, 고향을 그리워하는 '나'의 격정의 감정이 표현된 서정시로 분석된다. 그러나 곧 '여보게'라는 청자를 향한 언술은 '나'의 격정의 감정을 현실 속으로 확장한다. '나'는 '고향'에 대한 나의 고민과 고통의 상황을 '여보게'에게 언급한다. '여보게'는 '있네, 하네, 주게' 등의 종결형을 통해 볼 때, 가까운 벗으로 추정된다. 그것은 '고향'에 대한 나의 고민이 무엇인지를 이미 알고 있는 청자로 추정되기 때문이다. 나는 그냥 '고향을 사랑하지 않게 되는 수를 가르켜' 달라고만 했을 뿐인데, '여보게'는 그 이유를 묻지도 않고 대안을 제시해줄 만큼, 내가 지금 여보게에게 가르켜달라는 것이 무엇이고, 어떤 상황에서 발화된 것인지를 잘 안다. 이는 '나'와 '여보게'가 이미 같은 시간과 같은 공간의 작용을 받는 공감적 관계에 있다는 것을 의미한다. 화자의 언술에 이미 시공성이 작용하고 있다는 의미이다.

　박용철 시 텍스트에 나타나는 표현단위들이 구체적이지 않은 것은 그러한 시대 역사적 공감력에 대한 믿음이 배태되어 있었기 때문인지도 모른다. 정확하게, 또는 구체적으로 하고 싶은 말을 다 하고 살 수 없는 위치는 감정의 직설적 발화를 통해 감정을 전경화 시키면서, 염화시중과 같은 문답법으로 나와 청자만이 알고 나의 배타적인 타자는 알 수 없는 대화의 기법을 고안해낼 수밖에 없었던 것인지 모른다. 청자를 통한 대화체는 나의 의도와 감정을 내 안에 가두어 두지 않고 누군가와 공유하는 관계를 형성함으로써 감정의 폭을 확장하는 계기를 제공한다. 언술내용적 주체인 '나'는 고향을 그리워하는 한 개인이지만, 언술행위적 주체인 '나'는 '고향'을 왜 사랑하고 싶지 않은지의 숨은 원인을 갖고 있는 주체이다. 개인의 감정발화라는 형식을 통해 시 텍스트의 의미가 축소되는 경향으로 흘러가는 것을 지양하고 '우리'라는 공동체의 문제로 확장적으로 바라봄으로써 개인의 감정에 사회 역사적 의미를 입혀서 그 시대의 민족적 감정으로 구체화하는 경향을 갖게 되는 것이다. 개인의 감정이 '우리'라는 공동체적 정서로 가공되는 형식이 박용철의 시 텍스트였던 것이다.

이 시에서 '고향'은 '나'에게 있어서 가장 최고의, 가장 중요한 명제이다. 이는 고향에 대한 가치가 '나'에게 있어서는 가장 우선이라는 말이다. 이렇듯 고향을 최고의 명제로 가슴에 품고 사는 '나'는 고향을 목숨보다도 더 사랑한다고 말하는 것이다. 그렇지만 '나'는 고향을 생각할 때마다 "가슴이 두쪼각으로 빼개지"는 고통에 시달린다. 고향은 아픈 현실로 '나'에게 다가오는 것이다. 고향을 아프게 인식하는 이유는 무엇일까. 그것은 "나는 억센 팔장에서 몸을 뻗히려 부둥거리는 애기와 같이"에서 추론해 볼 수 있다. 나는 '억센 팔장'에 억눌린 존재이다. 누군가의 감금에서 벗어나려 애쓰지만, 나는 애기와 같이 미약하기 때문에 벗어날 수가 없다. 고향을 향한 나의 사랑은 그렇기 때문에 이루어질 수 없다. 고향을 향한 어떠한 몸짓도 제한당하고 제재당하는 상황에 처한 나는 어쩔 수 없이 고향을 사랑하지 않기로 한다. 그렇지만 '여보게'는 '눈'과 '귀'를 닫고 살거나 고향을 버리라는 결행할 수 없는 불가능한 대답을 내놓음으로써 나의 "이고향을 사랑하지않게 되는수를 가르켜" 달라는 직설적 발화가 거짓된, 또는 무모한 질문임을 알려준다. '나'와 '여보게'는 '나'의 직설적 발화처럼 그렇게 되는 수는 없다는 것을 이미 알고 있는 주체들인 것이다.

고향은 나의 정체성을 형성하는 공간인데, 그 고향에서 눈을 감고 귀를 막고 살라는 것은 내가 나로 살아서는 안 된다는 얘기이다. 이는 '나'로부터 정체성, 즉 민족적 뿌리를 뽑아내고 살라는 것이며, 나의 제한된 삶, 억압된 삶에 대해서도 어떤 이의나 반항도 없이 살아야 한다는 것이다. 이는 제국의 횡포에 대해 아무것도 할 수 없는 식민주체의 비애의식으로 확산된다. 근대문물을 한 발 앞서 받아들인 제국의 힘은 막강한 것이었다. 그러한 제국에 비하여 우리는 애기와 같이 아무것도 할 수 없는 위치에 있었던 것이다. 억센 팔장에서 벗어나려고 부둥거릴수록 '나'는 제국의 횡포에 맞서 고향에 대해 아무것도 할 수 없는 '나' 자신을 발견하고 아파해야 했다. 나는 인간적 존재로서는 고향에서는 살 수 없는 존재가 되었으며, 그런 인간 이하의 취급에서 벗어나는 일은 고향을 버리는 일이라는 것을 알지만, 고향은 나의 지상명제이기 때문에 마지막까지 버릴 수 없는 지켜내야 하는 공간인 것 또한 잘 알고 있다.

조그만 시인이여 어찌 내앞에와 서는가

내앞에와서 무슨말을 써보려는가

아프리카의 탁터져 끝없는벌판에

욱어진숲그늘과 촬촬거리는 시내물이그리워

내눈이 눈물을 흘린다고 마치

게집애의 사랑을 잃고 가슴짜내여우는

두볼여윈 시인의 얼골로 내낱을 그리려는가

네 스사로의 달금한서름을 버리고

나의 가슴을 네가슴에 받아드리여

나의 굵은말을 네말을삼으라 시인이여

-〈失題〉 전문

　'조그만 시인'은 나의 또 다른 자아일 수 있다. '조그만'이라는 관형격은 보잘 것 없는, 왜소하고 작은 시인의 존재를 드러내고 있다. 이 '조그만 시인'은 '내앞에' 와서 무슨 말인가를 하려고 한다. 이 조그만 시인은 나의 눈물을 시로 형상화하려는 시인이다. 그는 내 눈물을 보고 '게집애의 사랑' 때문이라고 생각한다. 그러나 '나'의 눈물은 막힘 없는 아프리카의 벌판과 숲과 시냇물의 자연, 원시림에의 동경 때문이다. 한낱 사랑 때문이 아니라 자연의 광활함과 평화로움, 풍요로움과 같은 자연이 주는 고유성과 안온성에의 지향이 제약되기 때문에 흘리는 눈물이었던 것이다. 이는 나의 눈물의 기원이 개인적 차원의 감정, 즉 사랑에 실패한 한 사람의 눈물로만 읽어서는 안 된다는 언술 행위적 주체의 의도를 드러낸다.

　시 텍스트에 드러나는 이별의 애틋함과 그리움과 외로움과 절망의 모든 감정을 표면적으로만 읽어서는 '눈물'의 진의를 알 수 없을 것이라는 의도를 암시적으로 드러낸 것이다. 따라서 '조그만 시인'은 감상성을 극복할 수 없는 언술내용적 주체를 지시한다. 나는 시 텍스트 표면에 사랑 때문에 눈물 흘리는 감성적인 '조그만 시인'과 대척되는 지점에 있다. 이러한 언술행위적 주체는 그 눈물의 기원이 원시세계를 지향하는, 자연이 가진 막힘없는 광활함과 평온함을 동경하는, 좀 더 공적인 이유로부터임을 표기하는 주체인 것이다. 자연성이 가장 잘 보존되어 있는 '아프리카'는 외부의 침입, 문명의 침입을 받지 않은 원시적 공간으로 제국의 주변부를 상징한다. '나'의 관념 속에 광활한 자연 공간을 이상 공간으로 설정함으로써 식민지주체는 상대적으로 근대공간에 침묵하게 된다. 임화나 김기림에게 근대성은 하나의 시대적 화두였다. 자본주의 비판을 통해 민중의 해방을 명제로 삼았던 임화나 과학주의나 합리적 사고를 바탕으로 한 지성체계의 확립을 통해 봉건적 과거로부터 탈피를 주장했던 김기림이나 근대성은 우리 민족이 당면한 하나의 과제였다. 그렇기 때문에 근대의 재현공간으로서 도시와 같은 문명 공간은 시적 공간으로서 자주 활용된다. 그러나 박용철에게 있어서 문명공간은 관심에서 제외되는데, 그것은 원시적 순수성, 민족적 고유성을 오염시키는 공간이기 때문이다.

'탁터져' 끝이 없는 자연 세계로의 그리움은 그곳이 본향이거나 적어도 그러한 유사 공간이기 때문이고, 원시적 대지에로의 귀환을 꿈꾸면서 눈물을 흘리는 것은 본향과 같은 유사 공간을 잃었거나 회귀할 수 없는 현실의 극한 상황 때문이다. 따라서 나의 눈물을 하나의 연애 사건으로 읽는 것은 현재의 극한 상황을 나만의 상황으로 축소하는 경향을 지닌 것으로 보았다. '나'는 나의 눈물을 하나의 연애 사건으로 인식하는 '조그만 시인'에게 그렇게 인식하는 것은 '너'의 '달금한 서름'이라고 지적한다. 원시 공간에 대한 지향이 지향으로만 그치는 그러한 서름의 눈물을 연애사건의 눈물과 동격으로 보려는 '조그만 시인'의 시각은 달콤한 서름이니 그것을 버리라고 '나'는 언급하고 있는 것이다.

'달콤한'과 '서름'의 조합은 '조그만 시인'이 가진 인식의 한계이다. '서름'은 달콤할 수가 없다. 이는 아직 '서름'이라는 감정을 겪어보지 않은 사람의 관념적 인식일 뿐이다. 따라서 '서름'이라는 감정을 한낱 사랑의 눈물과 연결 짓는 시인은 '조그만 시인'일 수밖에 없는 것이다. 그래서 '나'는 그러한 환상에 불과한 '달금한 서름'을 버리고 광활한 벌판을 향해 달려나가는 '나의 가슴'을 '네가슴에' 받아들이라고 종용하고 있는 것이다. 그러할 때 '조그만 시인'은 나의 진정을 알고 나의 가슴에 품은 참뜻을 전할 '굵은말'을 쓰게 될 것이다. 이 '굵은 말'은 사랑을 잃고 가슴짜내여 우는 울음과는 전혀 다른 종류의 언어인 것이다. 이런 측면에서 박용철의 시 텍스트의 표면에 존재하는 눈물을 이러한 '굵은말'이 내면화 되어 있는 것으로 해석할 수 있게 된다.

> 오-그대시어 허리가느단 계집애앞에
> 무릎꿇고 비는 사랑을 버리옵고
> 몸에서 스사로 빛을내는 사나이가 되옵소서
>
> 고개빠트리고 마음떨리는 사랑을 버리옵고
> 온비들기같이 가슴내밀고 날아가시어
> 다만 나의 흐린눈으로 그대의 빛나는 자최를 따르게하옵소서
> —〈빛자는 자최〉 중에서

‘나’는 그대를 통해 나를 자각하는 존재로 등장한다. ‘나’는 ‘그대’가 하나의 ‘계집애’에게 연연해하는 남자로서 살지 않기를 바란다. 그렇게 사는 것은 ‘무릎꿇고 비는’, 또는 ‘고개빠트리는’ 낮은 자세로 사는 삶인 것이다. ‘나’는 ‘그대’가 한 ‘계집애’를 사랑하면 그러한 삶을 살 수밖에 없다고 생각하지만 한 ‘계집애’의 사랑을 버림으로써 빛나는 사람이 될 수 있다고 생각한다. 한 ‘계집애’를 사랑한다는 것은 한 사내를 비루하게 살게 하는 방법인 것이다. ‘빛을 내는’과 ‘가슴내밀고’는 당당한 사나이의 모습을 표기한다. 사랑은 이러한 당당한 자세들과 반대되는 자질을 갖는다. 사랑을 버림으로써 사나이는 가슴내밀고 날아가고 빛나는 자최를 남기는 사나이가 되는 것이다. 나는 그런 사나이를 따름으로써 사랑을 버릴 각오가 되어 있는 존재로 드러난다.

한 ‘계집애’와의 사랑을 과감하게 버릴 각오가 되어 있는 ‘나’는 사랑이라는 사적인 감정을 배반함으로써 당당한 공적인 사람으로 존재하게 되는 것을 인식하게 된 것이다. 이 당당한 사람이란 “우리는 영웅이로세 참된 영웅이로세/어두운 장막은 따우에 무거이 드리워있고” “새로운 새벽을 앞에 바라는 우리는 참된 영웅이로세”(三部曲)라고 외치듯이 어두운 세계에서 새로운 새벽을 바라는 영웅이다. 사적인 사랑이라는 감정을 버릴 때라야 이러한 어둠의 세계를 극복하고 새로운 새벽을 오게 하는 ‘우리’라는 공동체의 영웅이 될 수 있는 것이다. 박용철은 시 텍스트 속에 암시적으로 이러한 어두운 세계를 공동체의 운명, 우리의 상황으로 인식하고 그것을 극복하려는 고뇌를 드러냄으로써 공적인 영웅의 모습에 접근하려는 의지를 보여주게 된다.

고달퍼 누은 큰무리는

다만 무서운 꿈에 가위눌리어

버둥거리며 알른소리 하나니

어둠나라 지키는 두뿔난짐생

한뿔로 깨랴는 무리를 달래여재우며

한뿔로 뿜는 독한기운은 우리를 뭇질르려하나니

어두운 거리로 우리들 밤사람 앞장서

고양이같이 가만이 메뚝이같이 뛰여다니며

눈마다 일깨워 크게웨치며 가만히 속살거리는

우리는 영웅이로세 참된 영웅이로세

동모야 우리 손마조잡고

동산에올라 날개처소리처 저해를 불러올리자

동산에 올라 동아줄얽매여 저해를 끌어올리자

새해를 끌어올리는 우리는 복스런영웅 참된 영웅이로세

―三部曲 중에서

"이얍이속같은 어둑나라를 위해 달을 물어올 개는 누구며 해를 물어올 개는 누군고."(失題)라고 언급하고 있듯이 박용철은 달과 해가 떠오르지 않은 어둑한 세상으로 이 나라를 파악하고 있었다. 또한 "매마른 황토의 이나라에 옴추린 이집웅아래 태여난 우리라", "우리는 아부지어머니 다 잃어버린 다만 두 마리 병든새아기"(두마리의 새)라고 하며 극한상황에 처해 있는 '우리'의 처지를 제시하며, 더 나아가 부모를 잃은 병든 새아기와 같은 상황을 중첩함으로써 조국을 잃고 시름시름 죽어가는 우리민족의 모습을 구체화한다. 이렇게 살아가는 민족적 삶의 형태에 대해 이 시는 '고달퍼 누운'이라고 표현하고 있다. '큰 무리'는 "무서운 꿈에 가위눌리어" 버둥거리는 민족 공동체이다. 무서운 꿈을 꾸고 있는 큰무리는 어둠나라를 지키는 두뿔난짐생의 위협을 받고 있다. 큰무리는 그러한 하나의 꿈을 동시에 꾸는 동질적 존재로 드러난다.

이 두뿔난 짐생은 한뿔로는 깨어나려는 무리를 달래고, 한뿔로는 독한기운으로 우리를 제압한다. 이는 제국의 식민지에 대한 양면적 정책을 상징적으로 표기한다. 당근과 채찍의 정책을 통해 제국은 제국의 속셈을 파악하고 저항하려는 세력들을 달래기도 하고 그러한 저항 세력들을 힘으로 제거하기도 하는 이중성을 통해 식민화를 획책하고 있는 것이다. 이는 식민지에서 제국이 침략을 정당화하기 위해 계몽이나 문명보급이라는 측면을 내세우면서도 피식민자들이 계몽되거나 문명화되어 무지의 상태로부터 벗어나는 것을 우려했던 식민화정책을 우의화하고 있는 것이다. 식민화된 그 '어두운 거리'를 우리들은 숨어다녀야 하는 어둠의 존재들로 대낮 동안에는 그 거리를 소유할 수 없는 피식민자들인 것이다. 따라서 밤사람인 우리들은 깜깜한 밤을 이용해서 고양이같이 조용하고도 메뚝이같이 뛰어서 두뿔난 짐생의 실체를 알리고, 그들로부터 벗어나야 한다는 의지를 확산시키는 영웅이다. 이러한 식민지주체로서의 자각은 동모와 손을 마주잡고 민족적 동질감을 회복하며 민족을 불러들이고, 날개를 펴고 소리쳐 민족적 기개를 펼쳐보이며, 해를 끌어오는 민족적 이상을 달성하려는 노력으로 이어진다.

2) 낯선 공간과 사라지는 '원시적 순수성'

「떠나가는 배」를 비롯한 몇 편의 시들에서는 간도나 만주 등으로 이민 가는 겨레의 슬픔을 노래한 듯한 흔적이 발견된다[48]. 떠남은 자의적인 것이 아니라 쫓겨 가는 것이기 때문에 '모도 빼앗기는 듯'한 느낌을 지울 수 없다. "자유의 푸른하날은 우리의 젓어머니/우리는 어둔 속에 엄마를 찾어우니"(우리의 젓어머니)라고 인식하고 있는 것은 자유와 어머니를 등가로 놓고 자유를 잃은 어둠 속에 갇혀 있는 우리의 상황을 고발하고 있는 것이다. 어머니를 잃은 상황은 "시퍼런칼 피를 보는 싸홈에서/얼굴에 칼흔적있는 사나히가 되"(우리의 젓어머니)어야 하는 것으로 제시된다. 이는 자유를 찾기 위해 피를 보는 싸움에 나서야 하는 우리의 극한적 현실을 보여주는 것이다. 이렇듯 박용철의 시 텍스트에는 이러한 현실을 암시하는 문장들이 산포되어 있지만 그것들이 구체화되지 않고 개인적 감정의 표현들 속에 묻혀버리기 때문에 의미를 획득하지 못하고 간과되는 경향이 있었다.

어머니를 찾아 헤매는 어린 영웅은 원시적 순수의 세계로 돌아가고 싶어 하는 식민지 주체들이다. 식민지화를 통해 훼손되고 파괴된 국토는 우리 민족에게 낯선 공간으로 변한다. 낯선 공간은 그러므로 폭력적이며 절망적인 의식을 배태하는 공간으로 민족적 삶이 더 이상 지속되기 힘든 공간이다. 따라서 "피를 보는 싸움에서" "칼흔적이 있는 사나히"가 되어야 하는 대결의 공간이 되었던 것이다. 또한 제국의 횡포는 우리 민족의 고유성이나 전통성을 유린하고 이 공간에서 더

---

48 정태용, 『한국현대시인연구·기타』, 어문각, 1976, 141면.

이상 버텨낼 수 없게 한다. 그러한 민족적 디아스포라의 결과는 민족의 붕괴라는 극단적 상황으로 치닫는다.

> 내가 그날에 사랑해 만지든 말이 이제 내 눈앞에 있다,
> 그 털의 윤택함 빛나는 흰눈ㅅ자위 뒤ㅅ다리의 탐스러움
> 자랑스럽든 그태도를 어디하나 남겨있진 않으나,
> 나는 다만 깊히백인 사랑의 총명함으로 알아볼수 있느니.
>
> 여기 멍에아래 마차 끄으는 추렷한 말은
> 그시절 봄날빛아래 금잔디 넓은 마당에서
> 호-통소리치며 네굽놓고 달리다가 가볍게 잔거름 놓든
> 그 아름답든 나의사랑하든 망아지 그놈이다.
>
> 저의 두눈은 굴러 하날을 처다볼 생각도없이,
> 저의 네발은 따에서 두자 뛰여오를 기운도 없이,
> 쉴틈없이 내리는 채찍에 몰려다니다가는
> 목에 여물통을 건대로 배채울것을 먹고있다.
>
> 나는 넘처오르는 가슴과 떨리는 주먹으로 디려다보며,
> 눈을 감지도못하고 깊고높은 하날로 돌려바리도 못한다.
>
> —〈사랑하든 말〉 전문

'나'는 옛날에 사랑하던 말을 어느 거리에서 마주친다. '나'는 사랑의 총명함으로 그 추려한 말이 나의 사랑하던 말임을 안다. 이 시 텍

스트는 한때 소유했던 대상에 대한 사랑과 연민의 감정을 중점적으로 표현하고 있다. 그러나 그 애정의 과도함은 단순히 한 동물에 대한 사랑의 표현 수준을 넘어선다. 과거와 현재를 대비하여 말의 현재의 극한 상황을 통해 분노를 표출하는 '나'는 말을 단순히 하나의 소유물로 보았던 것이 아니라 나의 또 다른 자아의 모습으로 파악하고 있는 것이다. 내가 사랑하는 대상에의 동격화를 통해 나는 그 대상에 감정을 이입해서 그 대상을 대신해서 감정을 드러내게 되는 것이다. 낯선 공간에서 마주친 '말'은 그전의 모습과는 현저하게 다른 모습으로 내 앞에 나타나기 때문에 나에게는 낯선 존재가 된다. 여기서 낯설다는 것은 그 옛날의 '자랑스럽든 태도'를 잃어버렸다는 의미이다. 따라서 낯설다는 것은 윤택하고 건강하고 총명하고, 당당하고 아름답다는 것의 반대 의미로 '추렷하다'는 의미를 내포한다. '그시절'은 '봄날'이라는 시간과 '금잔디 넓은 마당'이라는 공간을 통칭한다. 따라서 '그날'이나 '그 시절'은 과거의 시간으로 말이 활개를 치고 달리던 자유롭던 공간의 시간이다.

하지만 지금은 '멍에아래' 이상을 꿈꿀 새도 없이 마차를 끌어야 하는 종속된 상황을 살아가는 공간 속에 놓여 있는 존재의 시간이 되어 버렸다. 지금의 말은 "네발은 따에서 두자 뛰여오를 기운도 없"는 말의 정체성을 잃은 존재가 되었다. 자기 정체성의 파괴는 "쉴틈없이 내리는 채찍" 때문이다. 드넓은 공간을 자유롭게 달리던 '말'은 이제 지배되고 종속되는 위치로 하락되었던 것이다. 휘둘리는 채찍을 맞으며 노동에 시달리고 배 채우기에 급급한 열악한 삶은 피지배자들의 삶의 방식을 그대로 노출한다. 이러한 말의 고된 삶을 보는 '나'의 시선은 연민의 감정을 넘어 분노의 감정으로 전이된다. 이는 사랑의 감정을 통한 동격화의 결과이다. 사랑은 나와 너를 동격화시키고 너를 나로 인식하게 만든다.

식민자들은 그들의 문학 장Field에서 피식민자들을 동물이나 아동 등으로 묘사함으로써 열등한 존재로 파악하려 하고, 그러한 열등한 존재들은 은혜로운 식민자의 보호를 받고 무지에서 깨어나는 존재들이 된다. 따라서 그러한 식민자의 문학은 식민지에 유포됨으로써 피식민자들의 지배를 정당화하는 기능을 하게 된다. 반면에 피식민자들의 문학 장에서 동물이나 아동에 빗대어서 말하는 것은 간접적으로 식민지배를 비판하는 형식이 된다. 동물과 인간의 관계, 또는 어른과 아이의 관계에서 동물과 아이는 약자로서 보호받는 형식이 아니라 약자이기 때문에 제약당하는 형식으로 표기됨으로써, 식민자들의 폭력성과 피식민자의 현실을 폭로하는 기제가 되는 것이다. 피식민자인 '나'는 보호받지 못하는 동물에 자신을 투영함에 따라 너에 대한 어떤 강압적 제재도 용서할 수 없다는 의지를 표출하게 된다. 그 분노의 강도는 '넘쳐오르는', '떨리는', '눈을 감지도 못하는' 태도로부터 감지할 수 있게 된다.

이러한 어떤 지배자에 대한 증오, 또는 지배에 종속되어 힘없이 초라하게 살아가는 말(자아)에 대한 증오는 '나'의 내부에 잠재되어 있다가 어느 순간 의인화나 비유를 통해 드러나게 된다. 의인화나 비유를 통해 표출된 언술은 암시적일 수밖에 없다. 그러나 그러한 암시성을 배제하고 표면적인 언술내용만을 파악할 때 박용철의 시 텍스트는 순수시의 영역 밖으로 나갈 수가 없다. 순수한 감정에 기반 한 시로 그의 시를 읽어낸다면, 텍스트에 분포되어 있는 절망과 분노, 슬픔과 상실감이 까닭 없는 감정의 남발에 그치고 말 것이다. 그러나 그렇게 읽을 때, 우리는 "나 두 야 가련다"와 눈물로 보낼 수 없다는 결의(떠나가는 배)와 험한 길 가는 그대를 붙잡지 않고 보내는 나의 의도(밤기차에 그대를 보내고[49])와 어둠 가운데 홀로 불밝히고 견디려는 나의 의지(싸늘한 이마[50])와 고향을 사랑하지 않으려는 숨은 뜻(무제)을 이해할 수 없게 된다.

이길은 어드메로 가는길이오

저기 구름은 어느발로 넘는다오

해는 누엿누엿 산마루에 걸리는데

하날에는 집없는 새들만 가득이 날아드오

(중략)

마조보는 거울에는

수없이 그림자가 비최여지나

　끝간데없이 비최이는 그림자

없는데 혼자 무서워하는 개같이

가끔가다 소리높혀 짖어도보나

너는 참으로 무엇을 기다리느뇨

---

49 이 시 텍스트에서 이별은 남과 여의 개인적 사건이 아니다. 떠나가는 '그대'에게 '잊는다'는 말로 원망을 표현하고 싶지만, 차마 그러지 못하는 '나'는 '그대'가 '험한 길'을 헤쳐 나가야 하는 사람이기 때문이며, 그 걸음이 본받을 만한 의로운 방향으로 나아가기 때문이다.

50 이 시 텍스트는 국토와 고향이라는 대지의 공간이 파멸되었을 지라도 그 속에 살고 있는 민족적 정신은 살려내고 싶다는, 또는 '싸늘한 이마'처럼 정신은 파멸되기는커녕 더 한층 선명해질 수 있다는 의미를 확장시킨다.

촘촘히세운 소학생들 가온데
어느것이 나의 슬픈 아들이뇨

(중략)

돌아갈집, 고개를 숙으리고 들어가야할 대문
불ㅅ기없는 방
그는 다만 돌아다닌다.

-〈「곫은 날개」편〉중에서

　'너'는 '집없는 새들'이고, '나'는 슬픈 아들을 찾아 헤매는 아버지이
며, '그'는 비오는 거리를 '유연히 태연히' 돌아다니는 산책자이다. '나'
와 '너'와 '그'는 집과 가족이 없이 거리를 배회하는 구심점 없이 떠도
는 우리들인 것이다. 고은 날개로 '나래질'을 쳐도 하늘에 닿지 못하는
'너'는 '집없는 새'로 드러난다. 그런데 그 '너'는 다음 연에서 무서워서
개같이 짖어대는 거울 속의 그림자로 전환된다. 그 '그림자'는 마주보
는 거울에 비친 대상이다. 세워진 거울 속 '그림자'는 '촘촘하게 세운
소학생들'과 연결된다. 이 무수한 소학생들은 나로부터 배태된 우리
이다. 여기서 '너'는 '그림자'가 되고, '그림자'는 '소학생들'이 되고, 그
중 하나는 '나의 슬픈 아들'이 된다. 동질적인 존재들로 공동체적인 우
리는 떠도는 기표들로 이산적 존재들이 되어 간다.
　이산은 제국의 지배를 어렵게 하는 하나의 전략일 수 있다. 흩어짐
으로써 일괄적인 지배를 어렵게 하는 측면이 있다. '나'는 무수한 '우
리'의 개별적 존재로 변장되거나 분화됨으로써 감시의 시선으로부터

벗어난다. 이산은 중심으로부터 벗어남으로써 감시의 시선으로부터 자유로운 주변성이다. 이렇게 '우리'를 무수한 '나'로 쪼개고 분포시킴으로써 개별발화를 반복적으로 의미화 하는 것이 박용철의 식민주체이다. '나래질'을 쳐도 하늘에 닿을 수 없는 '새'는 날짐승의 원시성을 잃어버린 존재로 표기된다. 식민자들에게 원시적 순수성은 야만성, 전근대성을 의미하지만, 피식민자들에게 원시성은 고유성, 본질, 전통성, 다시 말해 나의 본래성을 의미한다. 따라서 식민주체들에게 원시성은 자기 정체성의 근간이 되는 고유한 본질을 의미하는 것이므로 파괴되거나 훼손되어서는 안 되는 것이다.

이 시에서 원시적 순수성을 고수하는 것은 집 없는 새들이다. 집은 보호와 안식의 공간이 아니라 "고개를 숙으리고 들어가야할" "불기없는" 장소이었던 것이다. 우리가 집을 떠나 떠돌 수밖에 없었던 것은 집이 이미 타자에 점령된 부정적 지표임을 알았기 때문이다. 마주보는 거울 속에 비치는 반사되는 상들은 그 실체가 뚜렷하지 않은 그림자들이다. 이 어둠의 실체들은 기하급수적으로 늘어난다. 그림자는 제국의 그늘로 존재하는 식민지의 모습이다. 그림자들의 무수한 복사로부터 실체의 본질은 사라진다. 우리는 우리의 정체성을 잃고 떠도는 기표가 되어 가고 있었던 것이다. 따라서 나의 슬픈 아들을 찾아 떠돌아다니는 기표로서 '나'는 제국의 그늘인 식민지에 정착할 수 없는 존재라는 것으로 드러난다.

3) 버터 쓰는[51] 식민지의 전통

박용철은 제국의 근대적 기호들이나 제국의 위압적인 지배 언술 체계에 침식당하지 않고 조선어에 대한 천착과 고향과 국토에 대한 집착과 연민, 그리고 민족문학의 정체성을 고민하면서 그 시기를 보냈던 것으로 파악할 수 있다. 우리 민족의 감정을 나타내는 데에는 한자보다도 우리말이 더욱 알맞다고 주장해[52]왔고, 새로 인위적으로 만들어낸 표준어보다도 자연스럽고 좀 더 우리말스러운 방언이나 속담 등

---

51 이홍필,「달콤한 유혹과 고통스런 버터읽기」,『외국문학 38』('94. 2.).
본고에서는 이 논문에서 '버터읽기'라는 개념을 차용하여 '버터쓰기'라는 용어를 사용하게 될 것이다. '버터읽기'는 대략 두가지 의미로 추측해 볼 수 있다. 첫 번째로, '버터읽기'는 식민자의 식민적 사고의 틀에서 벗어나지 못하는 운명적 식민자나 그 영향 하에서 벗어나지 못하는 무력한 피식민자가 그러한 상황을 극복해야 한다는 당위성을 갖고 탈식민적 시각으로 텍스트를 읽어내려고 노력하는 태도이다. 식민자들은 자신들의 시각, 식민자적 인식·사고 틀에서 원초적으로 벗어나지 못하지만, 그럼에도 불구하고 식민자 텍스트에 존재하는 식민적 요소를 읽어내려는 노력을 통해 탈식민적 자세를 포기하지 않는 측면을 갖는 것이다. 마찬가지로 피식민자들은 식민자들의 강제적이거나 유혹적인 형태로의 접근이나 영향에서 자유롭지 못하지만, 자신들의 고유성, 원초성을 지켜내기 위해 그 시간을 견디고 버텨냄으로써 정체성과 주체성을 잃어버리지 않게 된다. 이처럼 피식민자들이 그들의 정체성과 주체성을 식민자의 감시적인 시선 속에서도 지속적으로 들키지 않으면서 텍스트에 기입하거나 등록하는 행위형태를 '버터쓰기'라는 용어로 정의하고자 한다. 또한 '버터읽기'의 다른 의미는, 민족주의 텍스트로 간주되던 텍스트를 식민주의적 사고나 인식체계의 여러 유형이 내포된 텍스트로 읽어내는 작업을 의미한다. 이런 텍스트들에는 식민주의의 핵심사항 중의 하나인 인종주의(민족주의) 이데올로기가 상당 부분 변형되어 암시 또는 축소된 형태로 나타나기 때문에 '버터읽기'를 통해서만 그러한 텍스트들의 식민성을 포착하게 되는 것이다. 이와 반대되는 경우로 박용철의 텍스트들은 '순수성'의 텍스트로서 읽어냄으로써 그 안에 내포된 식민지 주체의 민족적 정체성이나 식민지 현실 인식적 면모를 간과하는 경향이 농후했던 것으로 보인다. '순수성'으로 정의된 텍스트를 '버터 읽어'낼 때에만 그 안에 내포된 탈식민주의적 시각을 포착하게 되는 것이다. 이런 의미에서 박용철은 텍스트에 식민성의 흔적과 민족적 정서를 표기함으로써 식민시기를 버텨내고 있었던 것으로 볼 수 있다.

52 정태용,『한국현대시인연구·기타』, 어문각, 1976, 141면.

에 가치를 두었다. 그러한 관점은 서양 문학을 번역하는 작업에서도 드러나는데, 그는 우리말의 어감을 살려 서양 문학을 재생산하는 태도를 보여주었던 것이다.

제국의 근대성은 식민지의 뒤쳐진 문화에 침입해서 문명을 건설한다는 명목 하에 새롭고 편리한, 그리고 보기 좋은 것만을 선호하고 계발함으로써 우리 고유의 것을 변화시키고 파괴하는 데 거침없었다. 제국의 문물을 받아들인다는 것은 표면적으로는 문명화되는 하나의 방편으로서 유혹적인 제도나 물질로 포장하는 것이었다. 그러나 그 대가는 너무나도 치명적인 결과로 나타났다. 거기에는 식민지의 전통을 파괴하고 민족적 동질감을 소멸시키는 위악적인 의도가 숨어있었던 것이다. 민족문화에 뿌리가 닿아 있는 것들은 역사의 보존을 돕는 기억장치로서 뿐만 아니라, 서구(또는 제국-필자)와의 접촉 이전의 지역적인 관습과 관련된 특별한 가치들을 통해서 문화적 차이를 유지하는데 효과적인 전략이 된다[53]. 따라서 그러한 외부의 회유와 유혹에 박용철의 식민주체는 전염되지 않고 버텨내는 자세를 취하고 있었던 것으로 파악된다.

> 남국의 어리석은 풀닢은
> 속임수많은 겨울날 하로햇빛에 고개를 들거니.
> 가믄 하날에 한조각 뜬구름을 바랄고
> 팔을 벌려 불타오르는 나뭇가지같이.

---

[53] 헬렌 길버트·조앤 톰킨스, 『포스트 콜로니얼 드라마』, 문경연 역, 소명, 1996, 87면.

오-밤ㅅ 길의 이상한 나그네야
산기슭 외딴집의 그물어가는 촛불로
네 희망조차 헐되이 날뛰려느냐 아-

그 현명의 노끈으로 그 히망의 목을 잘라.

걸으라 걸으라 무거운 짐 곤한다리로
걸으라 걸으라 가도 갈길없는 너의 길을
걸으라 걸으라 불꺼진숯을 가슴에안아
새벽 돌아옴 없는 밤을 걸으라 걸으라 걸으라.

-밤 중에서

　절망의 밤거리를 헤매고 있는 나그네를 향해 언술내용적 주체는 희망 없는 밤을 계속 걸으라고 재촉한다. 언술내용적 주체가 왜 나그네를 향해 밤을 계속해서 걸어가라고 종용하는지 아는 주체가 언술행위적 주체이다. 언술내용적 주체의 시각으로는 풀닢과 나뭇가지의 비유와 나그네와의 연관성을 통해 어떤 메시지를 전달하려고 하는지 잘 파악되지 않는다. 희망 없는 거리를 계속해서 걸어가라는 의미는 그냥 암담한 현실을 받아들이고 살아라는 의미로밖에 해석되지 않는다.

　그러나 "히망의 목을 잘라"라는 Matrix는 그러한 표면적인 의미를 다시 생각하게 한다. 언술내용적으로는 희망 없음, 나머지 희망마저 버리라는 뜻인데, 그렇게 되면, "네 희망조차 헐되이 날뛰려느냐"와 상치되는 국면을 보이게 된다. 이는 네가 간직한 희망을 헛되이 소비하지 말기 바란다는 언술행위적 주체의 의도를 내포한다. 지금은 '현명의 노끈'으로 무작정 날뛰려는 희망의 불씨를 처단하고 "불꺼진숯을 가슴에 안아" 두고 견디면서 걸어가는 도리밖에 없는 상황임을 직시하고 있는 것이다. 지금은 "새벽 돌아옴 없는" 깊은 밤이다. 이러한 밤의 시간을 버티는 길은 새벽이 올 때를 기다려야 하는 것이다. 새벽이 아직 멀었는데도 불구하고 섣불리 희망의 불씨를 보임으로써 밤의 어둠이 계속될 지도 모를 상황의 악화를 불러올 수 있기 때문이다. 아무 근거 없는 희망은 무모한 결과를 초래하기 때문에 우리는 희망 하나만을 믿고 움직여서는 안 된다는 것이다.

밤은 희망이 없는 무거운 짐, 곤한 다리로 걸어가야 할 나그네의 시간이다. 새벽 돌아옴이 없는 밤은 무거운 짐과 곤한 다리로 걸어가야 하는 상황의 계속을 암시하며 이러한 시간의식을 통해 우리는 그 시대성을 의식하게 된다. "돌아옴 없는 새벽"은 일상성의 파괴이며 과장이다. 새벽의 부정은 나그네가 길을 걸어도 시간이 흐르지 않는 상황이다. 이 시간의 멈춤은 역사가 소거된 피식민자들의 시간이다. 이러한 의미는 앞의 연에서 계속해서 전해주고자 했던 경솔함에 대한 경고의 메시지를 통해서 확인된다. 남국의 풀닢은 겨울날 '하로햇빛에' 어리석게도 그 따뜻함에 속아서 봄날인 줄 알고 고개를 든다. 그리고 가문 날 구름 한 조각을 바라고 나뭇가지는 하늘에 닿기 위해 불타오른다. 이러한 비유들은 희망과 새벽을 통해 식민지 극복을 암시했던 식민주체의 시각으로 읽게 되면, 제국의 회유와 유혹에 포섭되고 이용되었던 피식민자의 어리석음과 일맥상통한다. 겨울을 견디던 풀닢은 그 추위를 조금 더 견딘다면 곧 봄을 맞아 활짝 필 수 있는 행복을 누릴 시기를 가지게 될 텐데, 그것을 기다리지 못하고 '하로햇빛에' 유혹됨으로써, 무모한 희망에 섣불리 움직임으로써 파멸을 자초하게 된다.

그 모습은 식민시기를 참고 견디지 못하고 제국에 유혹되어 제국의 보호를 받고 제국의 시민이 될 수 있다는 환상을 버리지 못하는 피식민자들의 모습과 유사하다. 가문 날의 고통을 견디며 묵묵히 살아냈더라면 헛되이 자신을 자멸의 순간으로 이끌지 않았을 것이다. 한 조각구름에 혹해서 불타오르는 나뭇가지의 경솔함 또한 헛된 희망을 쫓는 피식민자의 모습과 다르지 않다. 밤길을 가고 있는 '이상한 나그네'는 낯선 공간을 헤매는 우리의 모습이다. 밤의 시간에 '산기슭의 외딴집' 앞에 와 있는 나그네는 식민시기라는 암울한 시간에 제국에 의해 파괴된 험한 국토 어디를 가도 이방인처럼 타지에 와 있는 것 같은 식민지 주체의 모습이다.

여기서 조국의 이방인인 식민주체는 '외딴집의 촛불'에 유혹되어 헛된 희망을 품는다. 그러나 곧 그것이 '그물어가는' 촛불이라는 것을 안다. 이방인처럼 식민지 조국을 걸어가는 나그네는 제국이 내어주는 안욱한 외딴집의 촛불을 외면한다. 이는 그 촛불이 꺼져가는 불빛임을 알기 때문이다. 따라서 외딴집에 뛰어드는 것은 희망을 안고 불 속으로 뛰어드는 나방과 같이 되는 것이다. 이러한 언술행위적 주체는 이제 멀지 않아 촛불이 꺼지듯이 제국의 힘도 약화될 것을 확신하는 주체이다. 그렇기 때문에 언젠가 희망의 불씨를 지펴낼 '불꺼진숯'을 가슴에 안고 이 밤을 걷고 또 걸어가야 한다는 것을 안다. 암흑을 암흑으로 인지하고 이 암흑의 시기를 버텨내는 도리밖에는 없음을 알고, 지금은 걷고 또 걸으면서 시간을 견뎌야 하는 시기이며, 살아남아야 하는 시기인 것을 자각하고 있는 식민주체는 식민시기의 종말, 그 끝을 암암리에 예언하고 있는 것이다.

나는 이제 절망의 흙속에

파묻혀 엎드린 한 개의 씨

　아-한없는 어둠…………….

　과 고요………………………

그러나 그러나

　천 천 이 천 천 이

나는 고개를 든다.

　천 천 이 천 천 이

　그러나 힘있게 우으로

나는 머리를 밀어 올린다……

나는 숨을 쉬었다 지구를 나는 뚫었다ㅡㅡ

　나는 팔을 뻗힌다ㅡ

　나는 다리를 뻗힌다ㅡ

아-나는 이제 아츰해 비췬 언덕우에

두팔 처들어 왼몸 훨신 펴고 서있는

오-서있는 사람이로라

-〈절망에서〉 전문

　나는 절망의 흙속에 파묻힌 한 개의 씨이다. 절망의 시간을 견뎌내야 하는 씨는 식민지라는 상황을 겪고 있는 당시의 피식민자들의 모습과 포개진다. "치위와 어둠에 우리의 숨 끄치기전에/우리의 피ㅅ줄에 새피를 부어너주라"(Invocation)며 봄을 기다리는 우리는 추위와 어둠에 사라져가는 민족적 상황을 인식하고 있는 존재들이다. '우리의 피'는 민족적 뿌리와 연관이 깊다. 피는 민족적 공감력을 가진 물질이며, 따라서 피를 살려내는 것, 새피의 공급은 민족적 연대, 전통의 뿌리에 대한 인식이다.

"기다림에 지친 우리의 절을 받어주라"고 봄을 향해 절을 하는(Invocation) 우리는 하나의 기다림을 공유한, 동질적 존재들이었던 것이다. 그 봄을 기다리며 한없는 어둠과 고요의 절망을 견디던 '나'는 드디어 지구를 뚫는 존재가 된다. 기다리고 견디며, 고통을 감수한 후에 '나'는 비로소 지구 위에 한 존재로서 굳건히 뿌리를 내릴 수 있었다. '빛갈도' 가리지 않고 "안에서 스사로 트이고" "형상을 지지 않아도" "부드럽고" 교만하지 않는 "걸친것 없이 천연스러운 너"(만폭동)는 "속물들을 피하여" "세상을 건지려는 이들의 손에서"(기원) 벗어나려는 우리의 모습이다. 물질과 자본에 오염된 세력들의 침입은 세상을 건진다는 명목 하에 우리를 "취하고 멀미하고 어지럽"게 하여 비척거리게 했다. 그러한 인위적인 "사람훈기에서" 벗어나 우리만의 원시적 순수성을 지켜나가고 싶은 것이 우리의 바람이었다. 그리하여 우리는 "가진것이 없는 우리에게서 슬퍼하는 마음을 마자 빼앗으시고/ 장승같이 아침을 기다리게"(기원) 해달라고 기원하고 있는 것이다. 슬퍼하는 연약한 마음, 센티멘탈한 감상성의 제거는 식민지의 상황을 극복하기 위한 최소한의 노력이며, 장승같이 국가와 민족의 수호신으로서 아침을 기다리게 해 달라는 것은 아침이 올 때까지 국가와 민족의 수호신으로서의 역할을 견디어 낼 것이라는 주체적 다짐이 내포되어 있는 것이다.

4. 소결—식민주체의 분열과 이산적 발화[54]

임화는 계급 이데올로기에 의해 '민중해방'을 슬로건으로 문학의 정치화를 수행할 당시에는 일관된 청년의 목소리를 대변하는 양상을 뚜렷이 보인다. 청년은 국제주의 노선을 주도해야 할 주체로서 초점화되는 인물로 시텍스트 전면에 등장하는 반면에, 노동자로서의 청년의 타자들은 선명하게 제시되지 않는다. 다만 노동자라는 계급의 억압적 상황을 고려해서 청년의 타자는 자본주의, 부르주아라는 정도로 추측이 가능할 뿐이다. '민중해방'이라는 국제주의의 표어는 제국과 식민지라는 시대 역사적 상황을 무력화시키며, 노동자 농민의 결속이라는 명제아래 제국과 식민지의 연계점을 시사한다. 세계를 자본주의와 사회주의로 분할하는 이러한 단순한 이분법적 구도는 각 나라나 민족, 인종의 구체적 상황을 간과하는 경향이 있다. 이렇듯 '나'의 구체적 상황에서 벗어나 추상적이고 관념적인 계급이데올로기의 전파에 편승하려는 태도는 타자의 표면적인 시선에 사로잡힌 결과라고 볼 수 있다. 따라서 '청년'의 시선은 표면적인 타자적 시선으로 식민지의 구체적 상황을 포착하지 못하는 경향이 있다. 이러한 청년의 시선은 현해

---

54 하나의 지배 목소리는 다중의 목소리에 의하여 허물어뜨려진다. 식민자의 지배적인 목소리는 피식민자들의 다중의 목소리에 의해 분열되고 와해된다. 임화는 계급적 목소리와 민족적 목소리로 분열되고, 민족의 목소리는 다양한 민족적 단위들의 상황들을 대변함으로써 여러갈래로 갈라지며, 김기림는 근대향유의 목소리와 근대극복의 목소리와 분해되고, 더 세부저으로는 근대 지향과 근대 비판, 근대 기획 등의 목소리와 갈라진다. 박용철은 순수한 개인적인 감정 표현의 목소리와 공동체적 운명을 공명시키는 목소리로 갈라진다. 이러한 이중 삼중, 다중의 목소리는 식민자의 지배적인 목소리를 폭로하고 교란시키고, 마침내는 권위를 무너뜨리게 된다.

탄 건너기를 통해 제국의 실상을 조금씩 파악해가는 과정을 거쳐 확장된다. 외부적 이데올로기에 의해 획득된 시선의 움직임은 이제 내부적인 자각을 통해 현실을 심층적으로 꿰뚫어보는 응시로서 작용하게 된다. 이러한 응시의 관점은 '청년'이라는 인물 주위로 확장된다. 초점화되었던 '청년' 또는 '젊은이' 주위로 다양한 민족 단위들이 분포된다. 어린이, 어머니, 아버지, 아기, 농군, 장년 등등의 '비청년'의 인물군들은 폭력적 언어로 실체화되는 제국의 출현에 의해 시텍스트 전면에 가시화되고, 그럼으로써 계급적 이데올로기를 유포시키던 청년의 목소리는 민족적 단위들의 상황을 매개하는 비청년의 목소리와 겹쳐진다. 그렇게 되자 식민지 상황을 겪고 있는 피식민자들의 다양한 형태들이 산발적으로 감지되고 발화되기 시작한다.

김기림은 근대 지향과 근대 극복이라는 두 가지 관점 사이에서 분열하는 양상을 보여주게 된다. 서구적 근대를 향유하고 추구하고자 하는 단순한 욕구에서 비롯되는 근대 지향은 결국에는 식민지 상황에서 비롯되는 일본제국 흉내내기에 다름 아닌 것이 되고 만다. 과학기술의 우수함과 진보적 도구들로 세련되고 편리함까지 갖춘 근대문명은 식민자들이 자신의 우수함을 과시하며, 피식민자들의 열등함을 조장하는 하나의 전략으로 사용되면서, 피식민자들을 식민자들의 제도와 규범 속으로 끌어들여 규율할 수 있도록 유혹하는 미끼와 같은 기능을 한다. 제국에 의해 전수되는 근대문명은 식민지 착취의 매개 수단으로 이용되는 도구가 되는 것으로, 맹목적으로 근대문명을 동경하거나 향유하는 것은 타자가 놓은 덫에 걸리는 경우가 되는 것이다. 그러므로 제국의 제도와 규범 속에서의 근대 추구는 제국의 울타리를 넘지 못하는, 즉 제국의 통제에서 벗어날 수 없는 한계를 지닌다. 여기에 근대성에 내포된 식민성이 포착되는 것이다. 지성의 추구에 의해 인간이 소거되는 근대의 지점을 포착하고 근대를 극복의 산물로 인식하면서 김기림의 식민주체는 지성적인 관점과 인간적인 관점으로 갈라진다. 이러한 관점의 분열은 근대를 추구해야할 진행 중의 과정으로 인식하면서도 근대를 비판하는 입장으로 분해한다. 타자적 시선은 여전히 일본 제국에 의해 이식된 근대를 향유하지만, 근대에 내포된 식민성을 포착한 심층적인 응시는 새로운 근대 기획을 통해 식민자/피식민자, 제국/식민지라는 위치를 해체하고 세계 속에서 중심의 위치가 되고자 하는 욕망을 제시한다. 이러한 식민주체의 의식은 이미지의 분열55을 통해 잘 드러나게 되는데, 어떤 대상에 대한 이미지는 고정된 의미로 표현되는 것이 아니라 상반되는 의미로 해석됨으로써, 즉 지성적 이미지와 인간적·감성적 이미지로 포개짐으로써 근대성과 반근대성의 의미를 표출시킴과 더불어 식민성과 탈식민성의 의미를 획득하게 된다.

박용철은 낭만주의의 인간적 감정 중시 사상을 토대로 하여 인간의 순수한 감정이 표현되는 이별이나 떠남의 상황에 초점을 맞추어 슬픔이나 그리움의 감정표현을 두드러지게 나타내는 직설적 발화형식을 취하고 있다. 그러나 청자 지향적 어조나 '우리'라는 복수성의 주체표기를 통해 개인적 감정 표현의 발화는 공감력을 얻어 공공적 의미의 발화로 해석될 여지를 남기게 된다. 슬픔이나 그리움을 표기하는 감정적 발화들은 구체적인 상황이나 대상과 매개되지 못함으로써 분절

---

55 파운드는 "한 순간에 지적, 정서적 복합체를 제시하는 어떤 것"으로 이미지를 파악하고 있었다(David Perkis, *A History of Modern Poetry*, Cambridge: Harvard University Press, 1976, 333면). 따라서 이미지의 분열은 지적, 정서적 분열을 수반하는 것이 된다. 지적 지향인 근대성 추구와 인간성 회복인 정서적 지향은 김기림이 분열하는 지점이 된다.

되는 양상으로 개인적 차원의 감정적 의미들로 해석되어 왔다. 그러나 그러한 발화의 반복적 표기는 분절된 감정과 의식을 중층화시킴으로써 개인적 감정표현을 굴절시키게 된다. 식민지라는 현실을 도외시하고 오로지 개인적 감정 표현에 몰두하는 절대적 주관성에 기대인 순수시는 제국이라는 타자의 시선에 굴복한 혐의를 벗어날 수 없었다. 그러나 분절된 감정의 반복적 발화는 청자를 향해 조각난 메시지를 산발적이지만 계속적으로 주입하면서 마침내는 하나의 완성된 메시지를 포착하게 하는 지점이 있다. 이런 점에서 감정의 수사학은 제국주의 담론의 이성적인 과정들을 혼동시키고 그것들의 포획과 구속을 거부하는 측면이 있다. 제국에 어떤 저항적 제스처도 취하지 않는 개인적 감정의 세계 속에 침잠한 것 같은 이러한 피식민자의 발화는 식민지 상황을 주체적으로 인식하지 못하는 표면적인 타자적 시선에 다름 아니다. 그러나 청자를 향한 발화를 통해 '우리'를 발견하고 분절된 발화를 반복적으로 발설하는 과정은 심층적인 응시로 식민지 상황 아래에 있는 우리 민족 공동체의 운명을 간파하고 공감력을 획득하게 된다.

제5장

낭만주의,
현실인식의 접점과 민족적 주체의 발견

　본고는 1930년대 시의 서정화에 주목하고, 그러한 시의 서정성이 현실인식의 후퇴나 사회·역사성의 약화로만 평가될 수 없는 측면이 있다는 자각으로부터 출발한다. 시의 서정성이 현실인식의 후퇴나 사회·역사성의 약화로만 평가된다면, 1930년대 후반의 이용악이나 백석, 오장환 등의 시나, 해방 전의 윤동주나 이육사의 시들은 모두 그러한 범주의 평가에서 자유롭지 못할 것이다. 오히려 이들의 시들은 서정성을 통해 좀 더 강고한 역사의식을 드러내는 경향이 있었다. 시의 서정은 한 시대나 공동체의 문제에 대해 공통의 감정을 감염시킴으로써 감동을 전파하는 공명성의 기능이 있으며, 주관성의 문학으로 주체의식을 전면화하는 특성을 함유함으로써 시의 사회·역사성과 접목될 수 있는 지점이다. 이는 "모든 집단적 저류"가 시 속에 배태됨으로써 시대적 문제로부터 촉발된 감정의 공감성이 좀 더 깊게 사람들

사이에서 사회·역사성의 효과를 발휘하며 파고들게 된다는 의미이다. 시의 서정의 힘이 여기에 있는 것이다.

본고에서는 1930년대 시의 서정화를 주도했던 것이 기교주의 논의라고 파악했다. 기교주의 논쟁이 중요한 의미를 띠는 것은 이 논의를 통해 1930년대를 대표하는 프로문학과 모더니즘, 그리고 시문학파가 대화의 물꼬를 트고 시에 대한 본격적 논의를 시작했다는 데 있다. 또한 1930년대 초 중반에 걸쳐 이루어진 이들의 논쟁은 1930년대 후반과 그 이후의 시적 경향과 정체성에 대한 방향을 정립하고 영향을 미쳤다는 데 의의가 있다. 이 기교주의 논쟁을 주도했던 임화, 김기림, 박용철은 1920년대 낭만주의를 부정적으로 인식하지만, 계급성, 근대성, 순수성을 극복하는 지점으로서 낭만주의가 현실인식의 측면이 있다는 점을 시사하면서 시에 새로운 낭만주의를 기획하게 된다.

임화는 『백조』를 다시 평가하면서 1920년대 낭만주의와의 봉합을 통해 문학사의 연속성을 제시하며, '계급성'에 의해 소거되었던 식민지 현실을 인식하는 계기를 마련하게 된다. 임화는 사적 유물론이라는 이데올로기에 의해 문학을 평가함에 따라 생활의 발견을 외치지만, 결국 추상적인 관념이 될 수밖에 없었다[1]. 현실의 식민 상황은 전혀 고려되지 않은 채 계급적 이데올로기를 어떻게 형상화시킬 것인가

---

1 1930년대 후반기에 접어 들며 프로문예비평이 얻은 성과는 마르크스주의라는 담론구성체에 내재한 타자의 욕망이 비로소 타자의 그것으로 인식되었다는 점이었다. 이러한 의식이 가능했던 이유는 무엇보다도 사회주의 문예비평의 현실 대응 실패였다고 할 수 있다. 자신들을 주체로 호출했던 바로 마르크스주의의 실패를 목도하면서, 주체와 현실의 엄격한 거리를 깨닫게 되었다. 임화는 그 담론구성체의 요구가 현실을 앎으로써 힘을 얻는다는 속성을 지니고 있었음에도 현실을 구체적으로 파악하지 못했기 때문에 실패하게 되었다고 진단한다(서경석, 『한국 근대 리얼리즘 문학사 연구』, 태학사, 1998, 275~276면).

하는 이론에만 부합하려고 하는 측면이 강했기 때문이다. 이는 "조선과 같이 근대 근로층의 자각적××가 옅은 계단에 있는 곳의 유소(幼少)한 문학이 맛보는 제 곤란이란 특히 큰 것이다"라는 인식에서 엿볼 수 있듯이 프롤레타리아 이데올로기에 대한 정치적 수준이 미약하다는 자각이 지배적이어서 이론적으로 무장할 필요가 더욱 요청되는 시점이었기 때문이다. 이것이 극단적으로 지향됨에 따라 내용편중주의니 사상편중주의라는 비판에 내몰리는 상황에 처하게 되자, 임화는 낭만주의를 통해 이러한 문학의 정치적 성향을 극복하려는 노력을 기울일 필요를 느끼게 된다. 따라서 낭만주의는 계급 이데올로기를 예술적으로 승화하면서 국제주의의 편향된 시각을 다시 되돌아보는 계기가 되며, 이러한 과정을 거쳐 민족을 발견하고 조선문학사를 다시 쓰게 되는 토대를 제공한다. 이는 곧 해방 공간에서 민족 문학론으로 넘어가는 단초로서 작동하게 된다. 이러한 민족의 발견은 막연하게 지향하던 민중의 해방이라는 국제주의 노선에서 식민지라는 구체적인 현실로 돌아오는 계기가 되며, 이를 통해 민중의 기표들은 민족이라는 기의를 각인시키며 식민성에의 자각으로 이르게 한다.

김기림은 우리의 근대를 결여의 상태로 부인하면서 제국의 근대를 모방하지만, 근대의 파괴성을 인식하면서 근대 내면에 내포된 식민성을 확인하게 된다. 그의 근대 비판에서 우리는 이중의 의미를 포착할 수 있게 된다. 근대라는 명목 하에 획책되는 식민주의의 폭력성이 그 하나이고, 지금의 근대를 부정의 근대, 미완의 근대로 파악하고 지금의 근대를 넘어 미래의 근대를 기획하는 의미에서 제국주의적 욕망이 그 하나이다. 김기림에게 근대성은 계속해서 지향해야 할 과제처럼 인식되었다. 그런데 김기림에게 이러한 근대 비판이나 근대 극복의 열쇠로 요청되었던 것이 낭만주의였다. 근대는 지성의 확장을 통해 편리하고 세련된 형태로 지식을 축척하고 발전모델을 형성하면서 문명의 이기를 제공하고 있었다. 김기림은 그러한 근대의 지성적 요건에 매료되어 지성의 확대를 주장하며, 감성적인 낭만주의를 부정했다. 그러나 근대가 과학문명과 계몽이데올로기를 앞세워 세계를 부식시키는 방향으로 전개되고 있다는 것을 목격함으로써 김기림은 지성을 보완할 낭만주의의 도입이 필요함을 역설하게 된다. 김기림에 의해 '휴머니즘'으로 발견된 낭만주의는 지금의 근대성을 비판하고 극복하는 이중의 의미를 통해 식민주의를 극복하고 세계의 선두주자로서의 위치에 도달할 민족적 역량을 확신하는 계기가 된다. 따라서 김기림의 '나'는 합리적인 근대인이라는 인격과 탈출의 욕망을 지닌 식민지인으로서의 인격이라는 두 겹의 인격을 갖게 된다. 이는 제국의 근대를 그대로 받아쓰는 피식민자의 모습이 아니라 제국의 근대를 비판하고 넘어서는 태도를 확고하게 견지하고 있는 식민지 주체의 모습이다. 이는 완전한 근대를 민족적 역량으로 이루어낼 수 있다는 믿음과 욕망을 통해 현재 상황을 극복하려는 자세이다.

박용철은 칸트의 자율성 이론과 하우스만의 낭만주의 시관과의 연계성에 초점을 두어 그의 시론을 반지성적인 것으로 평가함으로써 개인의 감정, 정서에만 호소하는 내면지향적, 주관적인 경향이 다분한 측면에서 현실인식의 문제와 거리를 두고 바라보려는 시각이 대체적이었다. 그러나 그는 감정의 공감력이나 체험적 시화, 효과주의 문학관 등을 통해, 즉 천재성이나 영감설, 또는 순수 서정의 세계만을 포착하던 낭만주의를 변용함으로써 낭만주의의 감성 중시, 비현실성으로부터 벗어나는 경향을 제시하게 된다. 그런 그의 의지는 식민지 안에서 자라고 있는 전통성을 되살리고 지키기 위해 근대성에 오염되지 않으려는 자세를 고수하는 측면을 설명하는 계기가 된다. 방언이나 속담, 격언 등에 관심을 가지고 우리말의 수립과 민족문학의 확립을 식민시기 문학자로서의 역할과 사명이라고 생각했던 박용철은 신문명의 결여로 부인되었던 토착문화의 이질성을 발굴하고 지켜냄으로써 서구나 제국의 신문명을 모방한 상징들을 분열[2]시키는 역할을 담당했던 측면이 있다. 제국에 응답하지 않는 방식으로 우리 것에 대한 문화와 전통을 되돌아보고 확인하는 과정 속에서 식민자의 지배이데올로기를 무력화시키고 권위와 합법성에 회의를 제기하는 성향을 내포하게 되는 것이다.

1930년대 낭만주의는 1920년대 감상적 퇴폐적 낭만주의의 주관성이나 내면성 편향의 관점을 지양하고 주관성과 객관성의 결합을 통해 현실을 인식하고 민족을 발견하여 식민성을 극복하려는 지점이었다. 객관성은 역사의 보편성을 통해 식민화를 획책하는 경향이 있는데, 주관성은 그러한 객관적이고 보편적인 역사성에 이질성을 부여하는 하나의 관점이 된다. 누구의 역사인가, 또는 누구에 의한 역사인가가 주관성의 개입으로 확실하게 부여되기 때문이다. 임화는 그런 의미에서 주관성을 주체의 문제와 연결하는 관점, 주관성-작가의 의지로 파악하고 있었고, 그런 의미에서 피식민자인 작가의 의지를 통해 문학 다시쓰기를 시도하면서, '계급성'에 가려져 있던 반식민적 전망을 제시하게 된다. 김기림은 주관성을 인간성이라는 맥락으로 이해함으로써 근대성에 의해 소외되고, 거부되거나 소거된 인간들을 본래의 자

---

2 나병철, 『탈식민주의와 근대문학』, 문예출판사, 2004, 120면.

리로 회복시키려는 자세를 취한다. '휴머니즘'에 입각해서 근대성에 내재한 식민성을 인식하고 제국주의적 근대성을 전유함으로써 완전한 근대로 이르기 위한 제국주의적 욕망을 통해 제국주의에 의해 쓰여 진 역사를 전도하려는 경향을 보유하게 된다. 이는 '근대성'에 가려져 있던 제국주의적 욕망을 드러내는 것이다. 박용철은 개인적 주관성에서 벗어나 사회 역사를 의식하는 주관성을 지향함으로써 제국주의에 침묵하는 자세로부터 주변성을 의식하고 중심의 언어나 규율로 체계화된 경계 지우기로 나아간다. 이런 의미에서 주관성은 주체화의 과정과 연결되는 지점으로 제국주의 역사의 완결성, 단일성, 진실성을 혼란스럽게 하는 지점이며, 균열시키는 지점으로 작동하는 것이며, '순수성'에 가려져 있던 민족주의적 소망을 표기하는 것이다.

이런 관점에서 낭만주의는 주체가 분열하는 지점이라고 할 수 있다. 먼저 임화의 식민지 주체는 계급 이데올로기를 지향하면서도 회의하는 분열된 주체로 드러난다. 이 회의하는 지점에서 발견되는 타인[3]들이 민족이라는 다양한 객체들이다. 따라서 이때의 식민주체는 민족이라는 구성체를 내면화하는 계급적 주체의 모습이 된다.

김기림의 식민지 주체는 근대성에 대한 태도로 드러난다. 근대성을 향유하고 추수하는 자아는 아직 주체화되지 못한 군중 중의 하나이다. 타자의 근대성을 동경하면서 그것을 향유하는 군중적 자아는 아직 근대성에 내포된 식민성을 인식하지 못한 비자아이다. 반면에 근대성 극복에 대한 태도를 드러내는 주체는 근대성에 내포된 식민성, 제국주의를 포착하고, 근대성을 비판하는 데서 멈추지 않고 그러한 근대성을 극복해서 완전한 우리의 근대를 기획하는 주체이다. 이렇게 근대성의 표면과 이면의 식민성으로 분열되는 주체가 김기림의 주체이다. 이처럼 이중적으로 분산되는 지점에서 발견되는 타인들이 군중인데, 이 군중들은 식민지 근대에 억압당하는 모습으로 형상화되는 민족 단위이다.

박용철은 이별이나 사랑의 주제를 통해 개인적 순수감정을 드러내게 되는데, 이는 식민현실을 외면하는 순수시의 한계점을 노출시키는 비자아일 수 있다. 그러나 이러한 이별이나 사랑, 떠남 등의 자아는 반복적으로 구성되면서 '우리'의 이별이나 사랑, 떠남의 문제로 확장된다. '너'나 '그대' 등을 향해 던져진 감정은 우리라는 공동체의 공간을 가로지른다. '나' 개인의 독백이 타자에게 들리지는 않으나, 같은 동질성을 획득한 '우리'만의 암호로 식민지 상황을 얘기하고 있는 것이다. 따라서 순수한 감정표현을 통해 현실에 대해서는 아무 말도 하지 않는 침묵 상태의 언어는 이방의 언어처럼 식민현실을 우리에게만 공명하게 된다. 이렇듯 박용철의 식민주체는 순수한 감정을 표현하는

---

3 본고에서 '타자'는 주체와 투쟁적 관계를 형성하는 대상인 반면, '타인'은 주체와 윤리적 관계를 형성하는 대상으로 파악했다. 이는 사르트르와 레비나스의 타자개념을 차용한 것으로 사르트르에게 타자 체험은 나의 지향성이 좌절하고 내가 타자의 지향성에 포착되는 전적인 실패를 의미하지만, 레비나스에게서 타자의 체험은 세계 저편으로 초월하는 구원의 의미를 지닌다. 이러한 의미로 본고에서는 '타자'는 피식민자들을 식민주체로 탄생시키는 공격적 '시선'이며, '타인'은 식민주체가 윤리적인 태도로 바라보는 고통받는 피식민자들의 '얼굴'이다. 레비나스에게 있어서 타자는 고통받는 얼굴의 나약함, 헐벗음으로 호소해온다. 이 타자의 얼둘을 통해 존재 유지만을 추구하는 나의 이기적 폐쇄성은 깨어나가고 나는 타자에 대한 '윤리적 책임을 지닌 주체'로 서게 된다. 사르트르에게 있어서 타자는 얼굴의 헐벗음과는 정반대로 나를 압도하는 시선을 가지고 나를 그 시선에 포착된 대상으로 만든다(서동욱, 『차이와 타자』, 문학과지성사, 2000, 189면). 이렇듯 나 이외의 대상은 두 가지로 구별될 수 있다. '나'를 대상으로 만드는 타자와 '나'를 주체로 정립하는 타자로 구별할 수 있는데, 그러나 서동욱은 결국 '나'가 보여짐으로써 나를 존재하게 한다는 측면에서 대상화 역시 '인격적인 주체'의 출현을 의미하는 것이 된다고 파악했다. 이점을 참고해서 본고에서는 이렇듯 '나'를 대상화하는 제국이라는 타자의 시선을 자각하는 측면과 '나'를 주체적으로 민족이라는 타인의 얼굴을 바라보게 하는 측면이 모두 피식민자로서의 '나'를 주체적으로 형성하는 것으로 파악한다.

자아와 식민현실을 알리기 위해 반복적으로 그러한 감정 표현의 언어를 가공하는 의지적 주체로 분열된다.

임화의 식민주체는 계급성에 의해 식민현실을 도외시했던 소시민적 성향을 반성하는 주체이며, 김기림의 식민주체는 근대성에 내포된 식민성을 포착하고 제국의 근대성을 극복하려는 반역적 욕망의 주체이다. 그리고 박용철의 식민주체는 고향상실이나, 이별, 고독, 파괴 등을 반복적으로 발화함으로써 '우리'에게 그것이 민족 공동체적 문제임을 고발하고자 하는 주체이다.

이렇게 낭만주의는 계급성과 근대성, 그리고 순수성에 의해 타자의 문화에 접근했던 피식민자가 제국의 경험에서 깨어나 민족 주체의 모습과 접합되는 지점이었다. 이 탈중심화된 '문화'의 위치는 타자와 주체의 만남의 접점으로서 탈주의 공간이 됨으로써 시대 의식을 산출하고 사회·역사적 의미를 띠게 되었던 것이다. 또한 세 시인은 낭만주의를 새롭게 기획함으로써 문학의 예술성과 현실성을 접목하는 계기를 제공하고, 서정시의 의미를 확장적으로 바라볼 수 있는 여지를 제시하게 된다. 이는 문학에 대한 고정된 관점을 파기함으로써 다각적인 시선의 가능성을 열어두는 것으로, 제도화되고 보편화되었던 기존의 논의들로부터 탈구된 세계를 보여주는 것으로 탈식민적 태도로 문학에 접근하기에 다름 아닌 것이다.

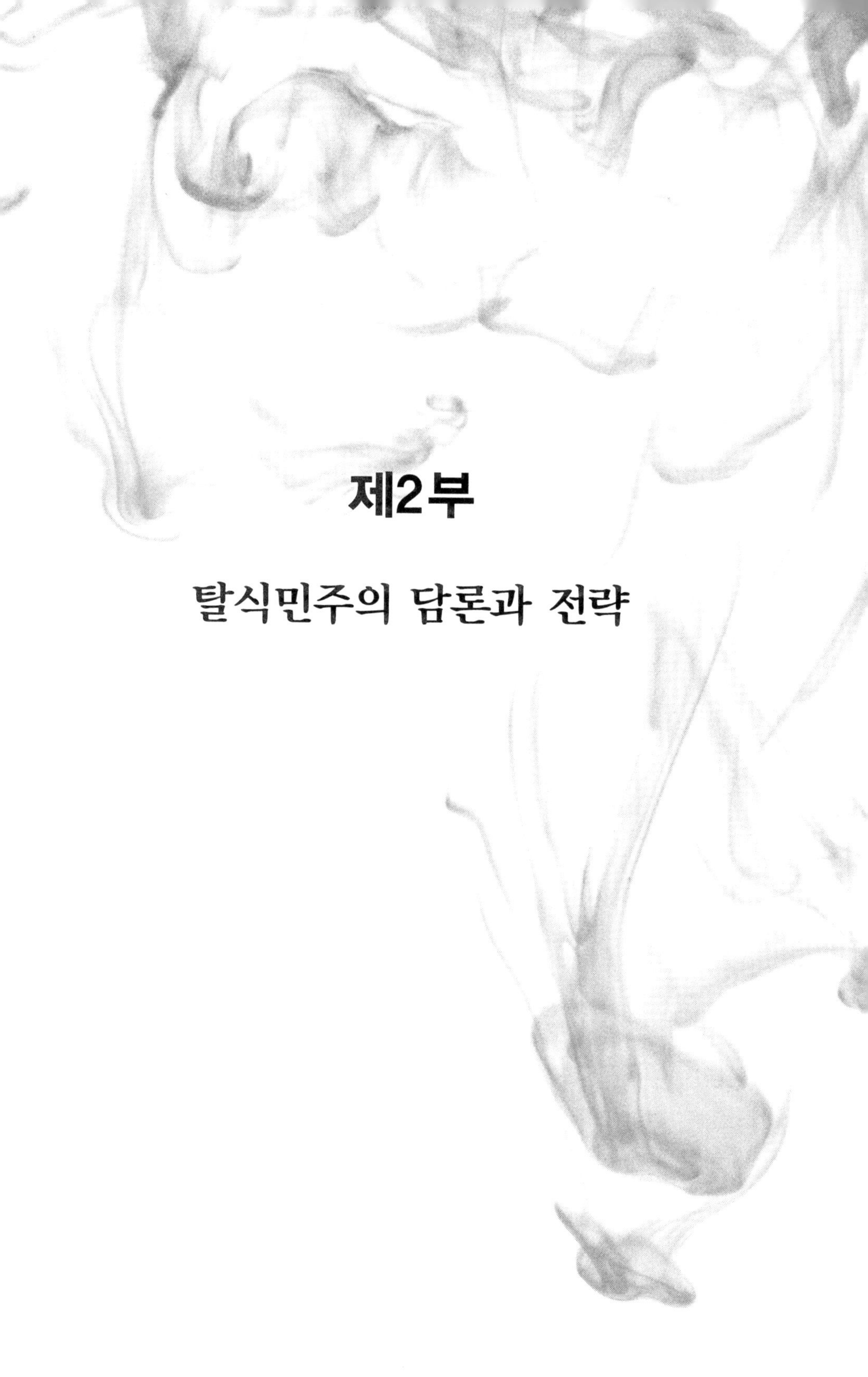

제2부

탈식민주의 담론과 전략

1930년대 낭만주의와 탈식민주의

제1장

윤동주 시의 타자로 구성되는 주체의 탈식민성

1. 엇갈리는 두 가지 관점–순수와 저항의 교합적 탈식민성

그동안 윤동주에 대한 논의는 뚜렷하게 두 가지 관점으로 갈린다. 하나는 윤동주의 삶의 행적과 시작품을 연계해서 저항시인으로 평가하는 것이며, 다른 하나는 삶과 시작품의 연계성에 회의를 제시하며 순수 서정시의 입장에서 파악하려는 시각이 그것이다. 전자의 관점[1]

---

1 권오만, 『윤동주 시 깊이 읽기』, 소명, 2009.
　김용직, 「비극적 상황과 시의 길」, (이건청 편저,『나의 별에도 봄이 오면』, 문학세계사, 1981).
　김우종, 「암흑기의 최후의 별」, (이건청 편저,『나의 별에도 봄이 오면』, 문학세계사, 1981).
　김윤식, 「한국 근대시와 윤동주」, (이건청 편저,『나의 별에도 봄이 오면』, 문학세계사, 1981).
　김현 · 김윤식, 『한국문학사』, 민음사, 1973.

은 윤동주의 삶의 비극을 과도하게 작품에 투영하여 평가한 예와 저항의 의미를 폭넓게 적용시켜 심리적 반사 정서로서의 저항시인으로 볼 수 있다고 평가한 예로 나눌 수 있다. 삶의 비극성을 작품에 투영한 평가는 대체로 윤동주의 시가 일제치하에 씌어졌다는 점과 그가 사상범으로 형무소에서 죽었다는 점에 초점을 맞춘다. 그리고 '저항'의 의미를 포괄적으로 넓게 포착한 평가는 "혼탁하고 암울한 현실 속에서 순결한 신념을 고이 지켜 나간다는 것만으로도 충분히 저항적 의미가 내포되어" 있다고 확장 해석한다. 후자의 관점[2], 즉 순수 서정시의 입장에서 윤동주의 시를 고찰하는 관점은 시의 순수성을 비판하는 시각으로서 시대 역사성의 탈락 현상으로 보는 입장과 인간의 참된 가치 실현, 인간의 진실한 내면 탐구의 측면에서 가치가 발견된다고 긍정적으로 보는 입장으로 나뉜다. 사실 이 두 가지 관점은 저항과 순수라는 이분법적 도식 위에서 작품과 시인을 평가하는 것으로 작품의 개별성과 시인의 상황과 사회문화적 맥락 등의 구체성을 외면하는 결과를 초래할 수 있다. 식민지라는 억압적 현실은 시의 순수성과 저항성으로 명확하게 해석될 수 없는 시공간성을 지닌다. 시라는 매체는 식민지 현실을 직접적으로 드러내는 대신에 정서적이고 암시적이고 내면적인 매체적 특성을 좀 더 드러낼 때 피식민자의 가슴에 더 많은 의미를 공명할 수 있게 되기 때문이다. 그런 의미에서 시의 서정

---

2 김열규, 「윤동주론」, (국어국문학회, 『국어국문학』, 이회문화사, 1964).

　김우창, 「손들어 표할 하늘도 없는 곳에서」, (이건청 편저, 『나의 별에도 봄이 오면』, 문학세계사, 1981).

　오세영, 「윤동주의 시는 저항시인가?」, (권영민 엮음, 『윤동주 연구』, 문학사상사, 1995).

　이희중, 「진실한 내면의 길-序詩의 경우」, (김수복·최동호 편저, 『나 한테 주어진 길』, 웅동, 1999).

　정의홍, 「윤동주 시의 정신사적 성격」, (김학동 편, 『윤동주』, 서강대출판부, 1997).

성[3]이 저항성의 반명제로서 시를 평가하는 기준이 될 수는 없을 것 같다. 이는 민족적 정서를 더 절실하고도 진실하게 표기함으로써 억압적인 시대, 광포한 역사를 뛰어넘을 수 있는 비전을 제시할 수 있다는 것이다. 시의 서정성은 민족적 저류를 바탕으로 그 시대와 역사를 살아가고 있는 민족 공동체의 정서적 표출의 한 측면이라 할 수 있다. 또는 외부의 불합리한 객관현실을 부정하는 한 계기로서 주관성의 환기는 주체 형성을 위한 전제가 되기도 한다. 이때 주관적이고 개인적인 자아는 민족적 저류를 내포하게 됨으로써 자신의 구체적인 신분을 노출하게 되고 사회역사적 위치를 간파하게 됨으로써 주체적 면모를 갖게 되는 것이다.

윤동주의 시는 자연과의 교섭을 통해 자신의 암울하고 억압적인 현실의 실존적 상황에서 벗어나려는 끊임없는 인간의 노력을 보여준다[4]는 측면에서 탈식민적이다[5]. 파농은 제국주의 국가에 강제 병합된 '식민지 국가의 민중'뿐 아니라 노예화된 삶을 사는 개인의 해방에도 주목하면서 식민주의는 자연 상태에 대한 폭력이라고 규정했다. 따라서 자연적인 인간의 추구, 순수한 인간의 추구는 식민주의에 대한 하나의 저항점이 되며, 본래적인 인간으로의 회복을 의미한다는 측면에서

---

3 인간의 내면의 정서만 표출하고 사회·역사적 문제를 도외시하는 측면에서 서정시들은 역사적으로 순수시라는 표지를 달게 된다.

4 여기서 탈식민주의라는 것은 강력한 민족 이데올로기가 반영된 '민족주의'와 구별된다. 제국의 헤게모니를 청산하려는 모든 노력, 또는 제국이 그어 놓은 한계상황을 뛰어 넘으려는 모든 노력을 끊임없이 시도하려는 의지를 탈식민주의라고 보는 입장이다. 제3세계에서 '민족주의'는 '제국주의'와 대립끼을 세우며 형성되지만, 제국에 의해 통제되는 포섭 담론이 되기도 한다는 점에서 강력한 정항성과 훼절성의 이중성을 드러내는 관점이다(최윤정, 「1930년대 '낭만주의'의 탈식민성 연구」, 서강대학교, 박사학위논문, 2007, 102면).

5 고부응, 『초민족 시대의 민족 정체성』, 문학과지성사, 2002, 16면.

피식민자의 정체성을 문제 삼는 지점이라 할 수 있다. 문명적 인간이라는 것은 외부적 제도나 법률에 귀속된 인간일 수밖에 없고, 그러한 인간은 권력에 지배되는 인간일 수밖에 없다. 그러한 외부적 강압적 타자들에 굴복되지 않는 자아로서의 정체성의 바탕에는 자연에 대한 지향의식이 깔려 있는 것이다. 그러나 이러한 자연을 대상으로 한 내면의식의 형상화는 그동안 사회역사적인 문명적 세계를 도외시했다는 혐의로 비판되었었다. 이제까지 순수성은 저항성의 반명제로서 비판의 대상이 되었던 것이다. 그러나 윤동주에게 있어서 순수성은 저항성의 반명제가 아니라 저항성의 동의어가 된다. 객관현실을 지배하고 있는 일본 제국의 제도적 삶과 문명의 대척점으로 자연을 표기함으로써 자연의 순수성으로 표출되는 시의 서정은 피식민자들의 정서적 공유점으로 하나의 저항의 지점이 될 수 있는 것이다. 여기서 서정적 자아는 사회역사성을 소거한 존재가 아니라 민족 공동체의 정서를 표기하고 자연적인 인간의 회복의 염원을 통해 억압적 시대 상황을 노출시키며, 공통적인 민족적 정서의 울림으로 시대성을 공명시켰던 측면이 있다.

2. 주체의 기원으로서의 타자, 주체 구성으로서의 타자

라캉은 현실의 장은 욕망의 대상으로서의 타자와 자아와 상징적 질서의 타자 사이의 관계로 형성된다고 보았다. 이때 자아와 타자들 사이의 관계에서 타자들이 지배적인 것이며, 자아는 타자에 의해 형성되는 것이 된다. 이에 대하여 사르트르는 타자는 특별한 방식으로 존재함으로써 그에 대한 나의 주체적 행위를 특정한 방식으로 구조화한다는 언급을 통해 나의 주체적 행위가 결국 타자에 의해 부여된다는 점에서 타자가 나를 지배한다고 보았다. 이에 반하여 레비나스는 주체가 타자를 있는 그대로 보는 것이 아니라 자신의 논리에 맞춰서 본다는 측면을 강조함으로써 나와 동일자로서의 타자의 성격만 포착하는 것이고 나와는 전혀 다른 타자로서의 타자의 성격, 즉 타자의 타자성은 포착하지 못한다고 규정하였다. 이러한 논의들은 타자를 통해 주체가 어떻게 형성되는 지를 제시한다. 욕망의 대상으로서의 타자는 주체가 지향하는 지점을 짚어주고, 상징적 질서의 타자, 즉 사회역사적 타자는 그 존재 방식으로 나의 주체적 행위를 구조화하는 것이다. 이때, 상징적 질서의 타자는 두 개의 성향으로 분류될 수 있는데 하나는 레비나스의 윤리적 타자로서 타자에 대해 내가 가지는 윤리적인 책임성이 나의 나됨, 즉 나의 주체성을 구성하는 근본이라[6]는 것이다. 여기서 주체란 기존의 문화로부터 자유로운 고유한 내면성을 가진 존재이다. 이 고유한 내면성에 입각해서 주체는 타자의 타자성에 근접할 수 있게 된다[7]. 또 다른 하나의 타자성은 사르트르의 그것으로 나를 대상화하는 타자를 의미한다. 여기서 타자와의 만남은 나의 자유를 위협한다. 타자와의 만남은, 다른 자유의 시선 앞에서의 나의 자유의 박탈과 동치이다[8].

　윤동주에게 욕망의 대상으로서의 타자는 자연이다. 욕망의 대상이

---

6 서동욱, 『차이와 타자』, 문학과지성사, 2000, 141면.
7 이종영, 『가항중·타자성·자유』, 백의, 1996, 141면.
8 서동욱, 위의 책, 192면.

라는 것은 현실에서의 부재상태를 의미하는 것이다. 그러나 이러한 자연이라는 타자들은 부재하는 것이 아니라 타자에 대한 자아의 경험적 사실성이 부재할 뿐이다. 이러한 타자는 어디든 존재하지만, 거리상 내게서 너무 멀리 있기 때문에 욕망의 대상이 되며, 그 욕망의 대상을 욕망함으로써 나는 인간의 순수성을 복원하려 한다. 민족적 저류를 바탕으로 훼손되지 않은 인간성을 추구하려는 자아는 자연과 분리된 상황에 직면함으로써, 즉 자연을 하나의 타자로 목격함으로써 근원으로부터의 이탈을 경험하고 상징계를 찢고 근원을 향한 욕망을 들여다보게 된다. 통일적인 상징계적 주체는 상징계를 찢고 나의 기원, 내가 욕망하는 타자를 불러냄으로써 분열하는 주체가 된다. 자연이라는 기원을 향한 욕망은 현실의 비문명성, 비인간성을 내포하며, 자연을 대상으로 하는 인간의 폭력성에 포함될 수 없음을 피력하는 것이 된다.

다음으로 윤리적 타자는 고통 받는 민족의 얼굴로 출현한다. 이 타자에 의해 나의 이기적 자아는 그 타자의 윤리적 주체로서 탄생하게 된다. 이들 타자로부터 나는 나의 자유가 존중되어야 한다는 것을 알게 되며, 나의 자유를 존중하는 타자의 자유가 존재한다는 것을 알게 된다. 이러한 의미에서 '나'는 타자에 의해 이기적 폐쇄성을 깨고 타자를 이해하고 그들과 공유하려는 공동체적 주체가 된다. 이산된 민족의 얼굴들은 나약함과 헐벗음으로 나에게 동질성을 부여하며 하나의 민족적 자각의 계기가 된다. 이들과의 동질성은 고유한 내면성을 통해 획득된다. 민족적 정서, 민족적 신념, 민족적 유전성과 같은 동질성은 내가 타자에 가 닿을 수 있는 고유한 내면성의 기초이며, 이를 통해 나는 그들과 소통하면서 민족적 주체로서 자신을 정립하게 되는 것이다.

마지막으로 투쟁적 타자는 압도하는 시선으로 나를 대상화시키는 타자이다. 나의 대상화는 나의 물질화이므로 이 타자는 나를 비인격적으로 대우하는 적대적 세력이라 할 수 있다. 이러한 시선에 대하여 나는 두려움을 느끼기도 하지만, 그러한 시선을 향해 응시함으로써 나는 암울한 시대 상황을 초점화하고 나의 자유의 한계 제약성을 문제시한다. 이러한 자유의 제약성을 통해 나는 내면에 적대적 타자에 의해 고민하고 괴로워하는 독학자로서의 주체를 형성하게 되며, 주체-타자간의 억압적인 고통의 관계 속에서 내가 이르러 갈 수 없는 절대적인 타자성을 인식하게 되면서 나는 식민지의 피식민자로서의 위치를 실감하게 된다.

3. 주체-타자의 관계형성과 탈식민지 주체의 반성성

자연과 자아가 일체화된 세계는 순수성의 세계이다. 순수성의 세계로부터의 일탈은 이러저러한 인간적 관계를 형성하면서 순수자아의 변형을 유도한다. 인간의 본원으로부터의 분리를 통해 인간은 동기화되고 순수자아의 범주를 뛰어넘게 된다. 타자와 마주함으로써 자아는 타자를 경험하고 타자를 수용하고 배척하는 가운데 자신의 정체성을 획득하면서 주체화된다. 순수한 자아는 자연과의 일체화를 통해 자신의 존재에 대한 무적 경험(없음) 또는 유적 경험(있음) 그 자체를 문제시하지 않는다. 그러나 자연과의 분리를 통해 자신의 불완전함을 경험하게 된 자아는 타자를 욕망함으로써 인간적 한계를 뛰어넘고자 하거나 타자를 동일시함으로써 동질적 자아들과 함께 이 현실적 한계를 극복해보고자 하거나 타자를 배척함으로써 자신의 정체성을 잃지 않고 굳건히 지키려고 한다. 주체-타자의 관계로부터, 즉 타자에 의해 조건 지어지고 동기화되는 주체, 주체에 의해 획득되어지고 배척되는 타자의 관계로부터 현실은 새롭게 구성되고 의미화된다. 이러한 의미에서 윤동주 시는 주체-타자의 역학 관계로부터 다양한 해석의 가능성을 포착하게 됨으로써 단선적으로 순수시냐 저항시냐로 파악했던 기존의 논의를 재고하고 얼마나 시대를 치열하게 인식했고, 살았나를 문제 삼게 된다.

1) 생태학적 타자: 순수 소년의 자연성

여기서 생태학적이라는 의미는 데카르트의 합리주의에 깔려있는 인간중심주의를 지양하고 자연중심주의적 시각의 지향을 의미한다. 따라서 생태학적 타자라는 것은 자연의 파괴로 인해 인간과 자연 사이의 물아일체적 일원론적 관계가 깨지고 인간에게 자연이 타자화되는 현상을 의미한다 하겠다. 자연의 순환론적 비전은 근대의 이분법적 논리인 중심과 주변의 위계를 거부·전복하는 측면이 있다[9]. 이러한 분할과 분리의 경험세계와는 달리 순환론적 비전은 모든 것이 어우러지는 조화의 세계인 공동체적 삶을 지향하는 것으로 우리의 본원적 세계로의 되돌아감이다. 이윤과 편리를 추구하는 인간의 이기심에

---

9 고인환, 「생태주의 문학 논의의 심화와 확장을 위하여」, 『시작』(제9호), 천년의 시작, 2004, 여름, 88면.

따른 자연의 도구화 과정 대신 자연의 가치를 알아보고 자연을 배려하고 자연을 동등하게 생각하는 과정을 추구함으로써 자아는 지금의 개인의 이기적 세계로부터 일탈을 시도하게 된다. 그럼으로써 자아는 자아를 폐기하고 자아의 이상을 향해 새로운 자아를 정립하려는 과정 속에서 이전의 자아와 계속해서 갈등하며 분열을 경험하게 된다. 자연에 대한 동경은 자기 본원으로의 회복이며, 이는 지금의 자기의 세계, 즉 상징계를 찢고 세속적인 물질 소유의 관점, 즉 물질 관장적 자아로부터 일탈하여 관조적 내면세계로의 체험을 시작하는 행위이다.

(1) '괴로움'의 기원-분열하는 주체

윤동주에게 있어서 생태학적 '타자[10]'는 주체의 기원으로서 자아의 동일자적 형태로 '나'의 확장된 세계였다. "나는 세계관, 인생관, 이런 좀 더 큰 문제보다 바람과 구름과 햇빛과 나무와 우정, 이런 것들에 더 많이 괴로워해 왔는지 모른다[11]"고 한 것처럼 윤동주는 자연의 세계로 표상되는 그런 것들에서 인간의 본질과 인생의 참의미를 깨닫게 된다[12]. 따라서 그러한 자연세계와의 멀어짐은 마치 어머니와 분리된 아이처럼 분리불안을 배태시키게 된다. 생태학적 관점에서 생명을 기

---

10 자연과 인간을 엄격하게 구분하는 데에 대하여 일정한 반성적 인식을 제공하고 그 근원에서부터 자연과 인간의 관계를 다시 성찰하게 하는 의미로 '생태주의'의 라는 용어를 사용하게 된다. 그런 의미에서 본고에서는 인간과 자연의 일원론적 세계관, 순환론적 세계관을 지향하도록 자각의 계기가 되는 하늘과 바람과 별과 같은 자연적 대상물들을 하나의 타자로 보았다.

11 윤동주, 「화원에 꽃이 핀다」, (윤동주, 『하늘과바람과별과시』, 연세대출판부, 2005), 279면.

12 윤동주에게 있어서 하늘과 별과 바람과 햇빛과 같은 것은 시와 동격으로 자아의 삶의 환경으로 생명의 공간이며 대상이다. 자아를 자라나게 하고 싱싱하고 건강하게 키운다는 의미에서, 그리고 지금 자아가 서 있는 공간의 불모성을 지양할 욕망하는 공간·대상이라는 의미에서 자연물을 생태학적 타자라 명명해 보았다.

르고 보살펴주는 대지의 여신 가이아처럼 시에서 자연은 모성적 의미로 형상화된다. 그래서 자아는 자연적 공간에서 순수 소년으로 표기된다. 자연과 분리되지 않은 자아는 아직 상상계적 자아의 이상인 어머니와 일치된 존재이다. 바꾸어 말하면 그러한 상상계로부터 일탈된 자아는 어린 아이와 같이 어머니와 같은 자연의 세계를 지속적으로 욕망하는 존재가 되는 것이다.

산모퉁이를 돌아 논가 외딴 우물을 홀로/찾아가선 가만히 들여다봅니다.//

우물 속에는 달이 밝고 구름이 흐르고/하늘이 펼치고 파아란 바람이 불고 가을이 있습니다.//

그리고 한 사나이가 있습니다./어쩐지 그 사나이가 미워져 돌아갑니다.//

돌아가다 생각하니 그 사나이가 가엾어집니다. 도로 가 들여다보니 사/나이는 그대로 있습니다.//

다시 그 사나이가 미워져 돌아갑니다./돌아가다 생각하니 그 사나이가 그리워집니다.//

우물 속에는 달이 밝고 구름이 흐르고 하늘이 펼치고 파아란 바람이/불고 가을이 있고 추억처럼 사나이가 있습니다.

-〈자화상〉 전문

우물 속에는 완전한 전체로서의 자연이 존재한다. 자연은 안정적이고 균형적인 대상들로 세계를 구성하는 것이다. 거기에 한 사나이는 세계, 자연을 균열시키는 존재로서 등장한다. 자연인으로서의 인간은 자연의 한 대상으로서 완전성의 한 요소이다. 그러나 한 사나이의 내면은 우물의 심연에 갈등하는, 분열하는 흔적을 남긴다. 이 사나이는 이미 소년이 아니며, 자연의 공간으로부터 떨어져 나온 존재이다. 사나이는 이미 자연의 원시 공간을 벗어났기 때문에 자연을 대상화하게 된다. 이 사나이는 이제 사회역사적 존재로서 부름 받는 상황에 놓이게 된 것이다. 자연인의 삶으로부터의 일탈은 평화로운 공간과 화해로운 공간으로부터의 일탈이며, 증오와 연민이 공존하는 시대 역사적 사건 속으로의 출현을 의미하게 되는 것이다.

특수한 현실에 놓인 한 존재로서 증오와 연민·그리움의 감정의 양분화는 괴로움의 기원이 된다. 한 사나이가 미워지는 것은 생태학적 타자들과 '나'의 일치를 분할하는 지점이 되기 때문이다. 소년의 시기를 지나 이제 우물을 마주 대하고 서 있는 자아는 성년이 된 사나이다. 우물을 들여다보는 것은 자신을 깊이 읽기 위한 태도이다. 깊이 읽는 것은 자신의 위치를 확인하는 계기가 된다. 자연을 배경으로서 타자화시키고 있는 자아는 증오와 연민과 그리움으로 분열되는 자아이다. 그런데 이러한 분열은 이 사나이가 자연과 분리된 세계에 대응하는 방식이 된다. 자기가 미워지고, 때로는 가엾기도 하고, 또 어떤 때는 그립기도 하다는 것은 세계에 내 던져진 존재가 실존적으로 자기를 순간순간 마다 인식하는 방식인 것이다.

한 사나이가 미워지는 것은 그 사람이 이미 한 사나이로서 존재하기 때문이다. 우물 안의 세계는 가을의 풍경 속에 달과 구름과 하늘과 바람이 어울려 있는 세계와 한 사나이의 세계로 이분(二分)되어 있다. 한 사나이가 가엾어지는 것은 생태학적 타자와 분리된 자신을 확인하는 과정이기 때문이다. 완전한 세계, 충만한 세계로부터 떨어져 나온 자아는 한 사나이가 됨으로써 자연적 세계와는 다른 세계에 속한 존재가 되는 것이다. 그 다른 세계란 증오와 연민, 그리움의 감정을 동반하는 세계이며, 시시각각으로 자아의 감정을 동요시키는 세계이며, 갈등의 구조로 표시되는 세계이다. 따라서 자아는 다시 그러한 사나이를 생각할 때 불안하고 불합리한 세계로 걸어가는 그가 가엾어지는 것이며, 그러한 사나이가 다름 아닌 자아 자신임을 발견하고 자연의 풍경 속 한 존재가 되어버린 추억의 사나이를 그리워하는 것이다. 풍경 속으로 걸어 들어간 사나이가 추억의 한 장면이 됨으로써 사나이는 자연을 타자화하는 세계가 아니라 자연 그 자체가 되는 세계, 인위적이지 않은, 무언가로 규제되거나 범주화되지 않는 세계의 존재가 되고, 그리운 존재, 근원으로 되돌아가는 존재가 되는 것이다.

여기서 증오와 연민, 그리고 그리움의 감정은 자아가 세계에 대응하는 태도로서 타자와의 관계로부터 형성된다. 우물을 들여다보고 있는 사나이는 자연이라는 나의 본원적 세계와 분리됨으로써 두 가지 의미의 얼굴로 표시된다. 증오와 연민(그리움)이 그것인데, 미워진 얼굴은 세계를 밉게 보는 얼굴을 내가 보는 얼굴이다. 들뢰즈는 무서움에 질린 얼굴은 내가 무서운 세계라는 인식적 재산을 가질 수 있게 한다고 했다. 즉 무서움이라는 내용으로 채워진 나의 세계의 성립을 가능하게 해 준다는 것이다. 이런 의미에서 미워진 얼굴은 세계에 대한 미움을 표시하는 얼굴로 대치될 수 있다. 또한 '가엾다'는 의미도 세계를 가엾게 본다는 의미로 대치될 수 있다. 이렇게 볼 때, 나는 사나이의 얼굴을 통해 세계에 대한 두 개의 감정을 드러내는 것으로 볼 수 있다. 그런데 이때, 문제가 되는 것은 사나이가 세계의 어떤 측면을 보는가라는 것이다. 이러한 세계에 대한 반응양식으로부터 우리는 세 가지 타자를 추론할 수 있게 된다. 식민시기라는 시점을 염두에 둘 때, 증오를 유발하는 적대적 타자로서의 일본제국, 연민을 동반하는 윤리적 타자로서의 민족공동체, 그리움을 배태하는 주체기원으로서의 타자인 자연이 그것이다. 이러한 타자들에 대한 고찰은 주체가 어떻게 세계에 대응해 갔는지를 파악할 수 있는 중요 지점이 될 것이다.

(2) 성장통의 반영으로서의 우물(강물)

〈자화상〉의 시를 통해 우리는 충만하고 완전한 상상계적 세계로부터 분리된 한 사나이를 만나게 된다. 하늘과 바람과 별로 드러나는 생태학적 타자들은 나의 괴로움의 기원이다. 그러한 세계와의 분리라는 사건은 무자각적 자아에 크나큰 지각변동을 불러온다. 즉 현재의 갈등의 상태를 자각시키는 계기가 된다. 자연의 세계와는 다른 세계에 서 있는 존재로서, 비자연적 세계에 우뚝 서 있는 사나이는 이미 성년이 된 존재이다. 이미 세계를 알아버린 이 사나이는 여러 가지 감정을 발산함으로써 자신의 존재를 알린다. 이러한 존재 알리기는 자신이 이미 자연의 풍경으로 존재하는 자아가 아님을 표시하는 것이다. 자아의 존재성을 드러냄으로써 무표화되었던, 추상적인 현실 세계는 구체적인 경험 세계로 채색되고 자아는 풍경 속 존재가 아니라 본원으로의 회복을 꿈꾸며, 경험 세계를 이탈하려는 움직임을 추동시키게 된다. 그러한 과정에서 자아는 경험 세계와의 갈등을 통해 자신의 의지를 드러내는 주체성을 확보하게 된다. 사나이가 되었다는 것은 그 본원적 세계를 잃어버렸다는 것이며, 추억처럼 서 있다는 것은 다시 그 시공간의 그 존재가 될 수 없다는 것이다.

여기저기서 단풍잎 같은 슬픈 가을이 뚝뚝 떨어진다. 단풍잎 떨어져 나온 자리마다 봄을 마련해 놓고 나뭇가지 위에 하늘이 펼쳐 있다. 가만히 하늘을 들여다보려면 눈썹에 파란 물감이 든다. 두 손으로 따뜻한 볼을 쓸어 보면 손바닥에도 파란 물감이 묻어난다. 다시 손바닥을 들여다본다. 손금에는 맑은 강물이 흐르고, 맑은 강물이 흐르고, 강물 속에는 사랑처럼 슬픈 얼굴----아름다운 순이의 얼굴이 어린다. 소년은 황홀히 눈을 감아 본다. 그래도 맑은 강물은 흘러 사랑처럼 슬픈 얼굴----아름다운 순이의 얼굴은 어린다.

-〈소년〉 전문

자연이 내가 되고 내가 자연이 되는 세계 속에서 순수 자아인 소년은 사랑을 앓는다. 그런데 그 사랑하는 사람이 슬픈 얼굴로 표기됨으로써 맑은 강물도 슬픔의 빛깔이 입혀진다. 파랗고 따뜻하고 맑은 자연의 세계는 소년의 사랑하는 순이로 인해 찢겨진다. 순수한 소년은 순이의 얼굴을 대면함으로서 슬픔을 알게 된다. 슬픔을 알게 된다는 것은 어떤 세계의 고통을 알게 된다는 것이다. 갈등 없는 세계, 즉 서로가 서로에게 자연스럽게 물들 수 있는 세계가 자연인데, 순수 파랑의 자연적 색채는 슬픔의 세속적 인간적 색채와 혼합된다. 파란 하늘→손금→맑은 강물→순이 얼굴→슬픈 얼굴→슬픈 강물의 흐름 속에서 우리는 훼손되지 않은 자연의 세계를 들여다보던 소년이 자연의 파란 색으로부터 기원하는 것을 알게 된다. 그 기원의 흐름은 손금을 통해 자아의 개인적 역사를 문맥화한다. 손금을 타고 흐르는 강물은 내가 자연으로부터 기원된 존재라는 것을 파랗고 맑은 하늘색의 물듦으로 설명한다.

그러나 나의 개인적 역사인 강물에 어리는 순이의 얼굴로 인해 나는 맑고 파란, 때묻지 않고 꿈 많은 소년의 시간을 벗어나게 된다. 순이는 과거의 순수한 타자의 얼굴이었는데, 그 자연을 닮은 순수한 얼굴이 슬픔의 얼굴로 드러남으로써 나는 소년의 시간에서 일탈되는 것이다. 이러한 의미는 윤동주의 동시쓰기라는 형식을 통해서도 확인된다. 티 없이 맑고 순수한 세계인 동시에는 전체로서의 자아와 자연의 조화로움이 잘 표현되어 있다. 동시들은 연희 전문에 입학하기 직전, 광명중학교 시절에 제작된 것으로 자연의 순수성과 풍요로움의 맑은 세계를 표기함으로써 인격적이며 생명으로 충만한 자아를 전제하고 있다. 어미 닭과 병아리와의 친화관계를 노래한 〈병아리〉와 같은 작품[13]을 통해 자연의 순수세계를 포착해내는 소년이 어머니와의 동일화를 꿈꾸는 상상계적 존재임을 확인하게 된다. 따라서 그러한 어머니적 자연을 타자화시킨다는 것은 무의지적·익명적 존재로서의 자아를 상징적 질서 속에 세우는 것으로 순수한 자발성으로서의 욕망은 사회역사적 관계들에 통제 되면서 조건지어지고 변질되게 되는 것이다.

바람이 어디로부터 불어와/어디로 불려가는 것일까//바람이 부는데/내 괴로움에는 이유가 없다//

내 괴로움에는 이유가 없을까//단 한 여자를 사랑한 일도 없다/시대를 슬퍼한 일도 없다//

바람이 자꾸 부는데/내 발이 반석 위에 섰다//강물이 자꾸 흐르는데/내 발이 언덕 위에 섰다

-〈바람이 불어〉 전문

---

13 김학동, 『별하나에 사랑과 별하나에 시』, 새문사, 1998, 147면.
동심적인 시세계를 보인 작품으로는 〈병아리〉를 위시하여 〈빗자루〉·〈무얼 먹구 사나〉·〈굴뚝〉·〈봄〉·〈버선본〉·〈기왓장 내외〉·〈오줌싸개 지도〉·〈거짓부리〉 등이 있는데, 이러한 동시들은 거의가 순수한 서정과 신비의 시세계를 형성하고 있다.

강물의 흐름은 '자아'의 역사화를 내포한다. 소년에서 성년으로, 순수한 아동에서 사회역사적 존재, 식민지 청년으로의 전이를 형상화하는, 즉 개인의 역사화를 제시하는 이 흐름의 이미지는 바람과 연결된다. 바람은 나와 대비되는 존재로 나의 '괴로움'의 근원을 묻게 하는 생태학적 타자이다. 바람은 근원과 지향점을 갖고 흘러간다. 과거로부터 미래로 흘러가는 바람과는 달리 내 '괴로움'에는 이유가 없다고 생각한다. 원인과 결과의 과정을 갖지 않는 나의 '괴로움'은 아무 것도 아닌 그 무엇이다. 원인이 있다면, 그 원인을 소거함으로써 괴로움으로부터 벗어날 수 있을 텐데 그럴 수가 없다. 또한 괴로움이 미래의 무엇인가를 위한 것이라면 그 괴로움은 참을 만한 것이 될 것이다. 그러나 다시 '내 괴로움'에 이유가 없는가를 묻는 것은 확실한 이유를 찾기 위한 자기 확인의 과정이다. 이유가 있다는 역설을 내포한 물음인 것이다.

따라서 "단 한 여자를 사랑한 일도 없다"나 "시대를 슬퍼한 일도 없다"는 발언은 "단 한 여자를 사랑했었다"나 "시대를 슬퍼하고 있다"는 의미를 내포한다고 볼 수 있다는 말이다. 이는 〈소년〉이나 〈사랑의 전당〉의 시를 통해 순이라는 한 여자를 사랑했던 일이 있었다는 확인으로 가능하다. 또한 〈눈오는 지도〉에서는 순이의 떠남을 "너는 잃어버린 역사처럼 홀홀이 가는 것이냐"와 포갬으로써 사랑의 떠남과 잃어버린 역사를 등가화시키는 과정을 보여줌으로써 순이와의 사랑의 슬픔이 잃어버린 역사와 시대에 대한 슬픔과 동일한 것임을 나타낸다. 바람이라는 타자적 존재의 자각을 통해 나는 나의 괴로움의 근원을 묻게 되는 계기를 갖게 되었던 것이다. 바람은 나에로 불어와 과거와 미래, 근원과 지향이라는 자연의 지표를 새겨 놓음으로써 '괴로움'

의 이유를 묻고 그 이유를 통해 무언가 시작하려는 주체를 탄생시키
게 된다.

2) 윤리적 타자: 식민지 청년의 민족성

나로부터 타자화된 세계가 되어버린 자연을 통해 나는 지금 나의
세계가 자연의 세계와는 다른 세계임을 안다. 우물 속 풍경은 상상의
세계이지만 한 사나이가 된 자아는 아버지의 법을 따라야 하는 이질
적 존재가 된 것이다. 그러므로 상징적 질서로 표기되는 한 사나이는
그러한 상상계의 자연과 어울릴 수 없는 존재이다. 비순수성으로서의
자아는 자기의 세계를 이룬 상상적 질서가 지금은 가능세계가 아님을
인지한다. 어린아이와 같은 순수성이 자연과 같은 상상적 세계를 지
속시킬 수 있었는데 이제 사나이가 된 자아는 그것이 불가능한 것임
을 알게 된 것이다. 처녀지로서 탈영토화 상태였던 원시림, 즉 자연
그대로의 상상계는 지금 우리의 현실이 아님을 깨닫게 되었던 것이
다. 이처럼 성인으로의 입사식을 통해 ‘나’는 사회 속의 〈나〉, 역사 속
의 〈나〉로 자아의 존재성을 확인하게 됨으로써 비인간적인 현실을
경험하게 된다. 이러한 시들에서 자아의 상황이 좀 더 구체화됨으로
써 어둡고 망막한 현실이 내포하는 식민성을 포착할 수 있게 된다.

(1) 고통 받는 얼굴―고발하는 주체

레비나스는 자아의 능력을 벗어나서 타자의 타자성을 수용하는 것
을 “가르침을 받는다”라고 표현한다[14]. 타자는 모든 것이 박탈된 궁핍
한 ‘얼굴’, 고통 받는 얼굴의 모습으로 나에게 현현한다. 고통 받는 얼

굴은 나의 모든 능력에 반대하여 나에게 '저항'한다[15]. 이 저항이라는 의미를 레비나스는 대상세계를 소유하고 지배하려고 하는 나의 힘을 무력화시키고 윤리적 행동을 촉구하는 측면에서 '윤리적 저항'이라고 했다. 여기서는 이 윤리적 저항이 다른 의미로 표현될 수 있을 것 같다. 강력한 지배와 통제 아래에 있는 역사적 상황을 고려할 때, 이 윤리적 저항은 나로 하여금 고통 받고 헐벗은 얼굴을 외면하지 말라고 얘기하면서 무엇인가 행동적인 것을 촉구하는 그런 의미를 포함할 수 있겠다.

> 「너는 자라 무엇이 되려니」/「사람이 되지」/아우의 설운 진정코 설운 대답이다.//
>
> 슬며―시 잡았던 손을 놓고/아우의 얼굴을 다시 들여다본다.//
>
> 싸늘한 달이 붉은 이마에 젖어/아우의 얼굴은 슬픈 그림이다.
>
> ―〈아우의 인상화〉 중에서

자라서 사람이 되고 싶다는 아우의 말에 '나'는 섧다고 한다. 그것이 진정으로 서러운 이유는 뭘까? "사람이 되지"라는 대답은 '나'에게 의미심장한 어떤 메시지를 전달하고 있는 것이다. 사람으로 사는 것이 힘든 세상, 사람으로 사는 것이 슬픔이 되는 세상이라는 것을 나는 알고 있는 것이다. 그래서 "사람이 되"는 어려운 길을 가야하는 아우의 타자의 얼굴은 나의 서러움, 나의 슬픔이 되는 것이다. 〈돌아와 보는 밤〉에서 "방안과 같이 어두워 꼭 세상 같"다고 함으로써 자아는 세상

---

14 이종영, 『가학증·타자성·자유』, 백의, 1996, 140면.
15 서동욱, 『차이와 타자』, 문학과지성, 2000, 143면.

의 어두움을 발언한다. 그러면서 "하루의 울분을 씻을 바 없어""사상이 능금처럼 저절로 익어" 간다고 한다. 어두운 세상은 씻을 수 없는 울분을 배태하는 상황에 놓여 있다. 그래서 '사상'이 익어간다고 말하는 것은 타자의 얼굴이 촉구하는 무언가의 행동을 향해 내가 나아가고 있음을 내비치는 것이라고 할 수 있다. 그런데 이러한 타자의 정체성이 구체화된 것이 〈슬픈 족속〉이다. 흰색의 상징성은 '백의민족'으로서의 우리민족을 나타낸다[16]. 이는 민족의 힘들고 슬픈 상황을 암시함으로써 시대성을 구체화시키고 있는 것이며, 시대성 인식으로부터 이를 극복하기 위한 행동을 제시함으로써 자아의 식민지 주체화의 가능성을 보여주는 것이다.

> 괴로웠던 사나이/행복한 예수·그리스도에게/처럼/십자가가 허락된다면//
> 모가지를 드리우고/꽃처럼 피어나는 피를/어두워 가는 하늘밑에/조용히 흘리겠습니다.
>
> ―〈십자가〉 중에서

여기서 사나이의 괴로움의 이유는 '행복한 예수·그리스도'에게서 찾아질 수 있다. "인류의 죄를 지고 괴로웠던 사나이는 예수 그리스도가 희생양이 되어 피뿌림을 당한 것처럼" "이 세상의 모든 죄를 사하고 삶의 질서를 회복시키려 했던 예수 그리스도의 속죄양사상과 같은 맥락의 희생을[17]" 사나이는 기원하고 있다. 로마제국에서 식민의 삶,

---

16 김학동, 위의 책, 159면.
　　김용직, 「비극적 상황과 시의 길」, (위의 책, 224면).
17 최문자, 『현대시에 나타난 기독교사상의 상징적 해석』, 태학사, 78면, 1999.

노예의 삶을 살았던 하층 민족들을 구원하기 위해 예수는 십자가에 기꺼이 못 박힌다. 사나이가 괴로웠던 것은 과거의 일이다. 이제 사나이는 십자가가 허락되기를 기다리고 있다. 다시 말해 자기희생의 시기를 기다리고 있는 것이다. 〈별 헤는 밤〉에서 그가 불러보는 '어머니'나 '어머니가 된 계집애들', 또는 '가난한 이웃사람들', 그리고 동물과 외국 시인들의 이름 등은 모두 아름다운 말들이다. 그렇지만 그네들은 너무 멀리 있는 존재들로 그리움의 타자들이다. 아름다운 이름의 그들을 생각할 때, 나는 부끄러운 존재가 된다. 그래서 내 이름을 흙으로 덮어 상징적인 죽음의식을 치른다. 자랑이 되고 싶은 나의 이름은 죽음의 과정을 피할 수 없음을 암시한다. 그것이 부끄럽지 않은 삶이란 것을 '나'는 알고 있는 것이다.

이처럼 윤동주에게 있어서 '죽음'의 의미는 욕된 삶으로부터의 해방을 의미하는 것이다. 삶이 욕되었던 것은 내가 '어느 왕조의 유물'(참회록)이기 때문이다. '죽음'으로써만 부끄럽지 않은 삶이 될 수 있다는 언급은 현실이 '죽음'으로 뒤덮여 있다는 의미가 된다. 살아 있음으로써 부끄럽다는 것은 살 가치가 없다는 것이며, 살아서는 안 된다는 의미이다. '어느 왕조의 유물'로서의 '나'는 하나의 혈통적 전유물로서의 자아를 전제하는 것이며, 따라서 나의 '부끄럽지 않은 죽음'은 혈통적 의미를 표시하는 죽음일 수밖에 없다. 이 혈통적 의미는 곧 민족적 표시인데, 그러한 민족적 지표로서의 '나'가 살아 있음이 부끄럽다는 것은 민족적 정체성을 잃었다는 의미이다. 이는 타 민족의 침략과 나의 일탈이라는 문제를 내포한다. 그런 의미에서 자아는 광폭한 식민성에서 죽음을 택함으로써 자신의 민족적 정체성을 잃지 않으려는 면모를 보여주는 것이다. 그것이 "모든 죽어가는 것을 사랑"(서시)하는 이유이다. 그리고 "별을 노래하는" 것은 '어머니'와 같은 존재들을 그리워하는 것이고, 그들을 노래함으로써 나는 "나한테 주어진 길", 죽음의 길을 걸어가는 것이 되는 것이다.

여기서 고백의 양식은 자아 감시와 자아 단속의 기재로서, 반복을 통해 자아는 자신의 흔들림을 고정시키고, 일탈하려는 것을 붙잡게 된다. 곧 고백과 그것의 반복적 표출은 자아의 정체성 확보의 형식이 되는 것이다. 내면 드러내기는 세상에 대한 관계설정이며, 이 관계 설정을 통해 주관적 자아는 세계의 존재로서 자신의 정체성을 확립하게 된다. 내면 드러내기라는 고백의 형식은 인간의 주관성, 내면성의 양식으로서 표기되어왔다. 그러한 관점에서 서정시는 사회역사적인 관심을 최소화한 양식으로서 비판받아왔다. 윤동주는 그러한 주관성, 내면성의 반복적인 드러내기, 고백의 형식의 반복성을 통해 타자들을 유형화하고 구분함으로써 주체의 탈식민성을 드러내게 된다.

(2) 민족의 발견으로서의 구리거울

우물과 강물이 자아의 자연성, 순수성과 역사성을 들여다보는 하나의 반영적 객체였다면, 구리거울은 들여다보는 행위를 넘어 반영된 자아의 현재 모습을 닦고 닦아서 변형시킬 수 있는 자아의 주체적 가능성을 제공한다. 그런데 그 닦는 행위는 자아가 자신의 혈통적 계보의 욕됨을 떼어 내고 새로운 역사 쓰기에 도전해가는 과정의 기록이다.

파란 녹이 낀 구리 거울 속에/내 얼굴이 남아 있는 것은/어느 왕조의 유물이기에/이다지도 욕될까.//〈중략〉//밤이면 밤마다 나의 거울을/손바닥으로 발바닥으로 닦아보자.//

그러면 어느 운석 밑으로 홀로 걸어가는/슬픈 사람의 뒷모양이/거울 속에 나타나온다.

-〈참회록〉 중에서

'파란 녹'은 세월의 흔적, 혈통의 오래됨을 뜻한다. 나는 나 홀로의 존재가 아니라 역사적 뿌리를 가진 존재로 나의 욕됨은 어느 역사적 계보의 이력으로부터임을 명시한다. 따라서 지금의 나의 욕됨은 계보의 욕됨으로부터이고, 그럼으로써 나는 한 공동체의 존재임을 자각하게 되는 것이다. 구리거울은 나의 욕됨을 비추는 거울이자, 나의 계보를 표기하는 대상이 되는 것이다. 이는 나를 비추는 거울을 통해 반영되는 내 모습이 욕되다는 것으로 지금의 나의 존재가 욕된 삶을 살고 있다는 의미이다. 욕된 삶이라는 것은 주체적인 삶이 아니라 구속된 삶, 명예스럽지 못한 구차한 삶을 의미하는 것으로 나와 계보의 한 공동체적 구차한 삶을 이야기하는 것이 된다. 그러므로 나는 그런 욕된 삶으로부터 벗어나기 위해 나와 나의 계보를 표기하는 거울을 닦는다. 거울을 닦는 다는 것은 욕됨을 지운다는 의미이다. 욕됨을 지우는 것은 참회록을 쓰는 일과 동일하다. 나의 행적을 비추는 하나의 대상으로서 거울과 참회록은 나의 정체성 들여다보기이며 부끄러운 고백의 기록지이다. 여기서 '어느 운석 밑'은 지구에 떨어진 별, '아름다운 또 다른 고향'(또 다른 고향)을 의미하는 것이다. 나의 욕됨, 나의 비자아적 경향을 닦고 닦아서 제거함으로써 나는 아름다운 또 다른 고향

으로 갈 수 있게 된다. 그런데 나는 "지조 높은 개에게 쫓기듯이 가"게
된다. 그것은 나의 신념을 실현하기 위한 길을 걷게 된다는 의미이다.
그 길을 홀로 간다는 것은 그 길이 위험하고 어렵기 때문이다. 어쩌면
죽음을 각오해야 하는 길이기 때문에, "일이 마치고 내 죽는 날"(무서
운 시간)일지 모르기 때문에 그 사람의 뒷모양이 슬픈 것인지도 모르
겠다.

3) 투쟁적 타자: 노마드적 성년의 탈식민성

타자를 자기의 고유한 의지를 가진 타자로 간주하지 않을 때, 즉 타
자의 타자성을 인정하지 않을 때, 타자는 사물로 간주될 수밖에 없다.
즉 우리는 다른 사람들에 대해 그 타자성을 인정하든가 아니면 사물
로 대하든가 하는 선택을 해야 하는 것이다. 이러한 의미의 타자성은
달리 생각해 보면, 타자로 인정되지 않는 상황, 나의 타자성이 배려되
지 않는 상황에서, 즉 내가 사물화되는 시대 역사적 상황에서 내가 할
수 있는 일은 나의 고유한 타자성을 고수하기 위해 나의 고유한 의지
를 지켜 내는 것이 된다.

내 고유성은 병든 사나이나 잃은 사나이, 또는 분열된 사나이이다.
이러한 자아의 고유성을 인정하지 않는 것이 적대적 타자들이다. 〈병
원〉에서 의사는 나에게 병이 들지 않았다고 말한다. 그러나 나는 병
이 들어 아프다. 이런 아픔을 인식함으로써 나를 정상적이라고 진단
한 현실을 비판한다. 진실은 아프고 고통스러운 것인데 적대적 타자
들은 그러한 현실을 왜곡하고 숨기려 한다. 여기서 나는 나만 알고 있
는 나의 병이 낫기를 기원하면서 그녀의 병 또한 낫기를 바란다. 그러

한 맥락에서 〈위로〉에서는 병을 얻은 젊은 사나이를 위로한다. 이렇게 여러 사람의 아픔을 공유하면서 '나'는 그 사람이 된다. 이산적인 윤리적 타자들을 향해 돌진해 감으로써 나는 또 다른 나로 재탄생하고 현실을 비판하게 된다. 또한 〈길〉에서 무언가를 잃은 사나이는 잃은 무언가를 계속해서 찾기 위해 길을 나선다. 이는 나를 찾는 정체성 찾기 이며, 분열된 자아들로부터의 주체 세우기이다. 윤리적 타자들을 가로지르며, 나를 찾아 나아가는 과정은 끊임없이 자기를 극복하면서 자기를 떠나는 행위이며, 최선의 또 다른 고향에 이르고자 하는 욕망을 가진 주체를 탄생시키는 계기이다.

(1) 압도하는 시선-응시하는 주체

타자가 나를 대상으로 만든다는 것은 나의 주체성, 정체성을 지우고 하나의 사물과 같은 존재로 취급한다는 것이다. 시선은 존재론적 힘으로 모든 것을 화석화, 또는 객체화시키는 힘을 갖는다. 사르트르에 의하면, 타자가 나를 바라볼 때 나는 시선의 힘을 잃게 되고, 그 결과 나는 이 타자 앞에서 완전히 무방비의 상태에 있게 된다[18]. 따라서 타자의 시선에 포착된 나는 하나의 피동형 존재일 뿐인데, 이러한 나의 피동성을 알아차린 순간, 즉 타자의 시선을 의식한 순간, 나는 무자각적 자아로부터, 또는 한없이 자유롭다는 나의 착각으로부터 깨어나게 된다.

---

[18] 변광배, 『존재와 무』, 살림, 2005, 209~214면.

으스럼히 안개가 흐른다. 거리가 흘러간다. 저 전차, 자동차, 모든 바
퀴가 어디로 흘리워가는 것일까? 정박할 아무 항구도 없이, 가련한 많
은 사람들을 싣고서, 안개 속에 잠긴 거리는,

－〈흐르는 거리〉 중에서

안개와 어둠 등은 모두 피식민자 소거의 기제이다. 안개와 어둠은
현실의 방향상실과 암울함을 암시적으로 드러낸다. 안개 속에서 피식
민자들은 방향을 잃고 어디로 흘러가는지 알 수 없다. 안개는 거리를
점령하고 가련한 많은 사람들은 안개 속을 떠돌고 있는 것이다. 이처
럼 안개는 점령군처럼 가련한 많은 사람들을 실은 운송 수단의 향방
을 제대로 알려 주지 않는다. 많은 사람은 안개와 같은 점령군에 포획
되어 안개 속에 잠겨 현실을 제대로 볼 수도 없다. 그렇지만 자아는
안개 속에도 잠기지 않는 무엇이 있다는 것, 그것이 상징하는 것이 무
엇인지를 생각해 본다. 이는 보이지 않는 무수한 식민자의 감시하는
시선 속에 우리가 내 던져져 있음을 의미하는 것이며, 이러한 시선에
포획된 가련한 많은 피식민자들이 아무것도 할 수 없는 상황에서 시
공간적으로 흘러갈 수밖에 없는 현실임을 피력하는 것이다. 그러나
압도하는 안개의 장막은 등불의 빛을 완전히 차단할 수 없다. 자아는
‘어렴풋이 빛나는 가로등!’에서 희망을 찾고자 한다. 그 희망은 사랑하
는 동무들이다. “새로운 날 아침 우리 다시 정답게 손목을 잡아 보”자
는 메시지는 흩어지고 마주칠 수 없는 현실상황 속에서도 그들과 연
결되고 싶다는 간절한 의미를 담는다. 이는 안개와 같은 압도적인 시
선으로도 차단할 수 없는 무엇인가가 있다는 의미이며, 안개가 걷힌
‘새로운 날 아침’이 올 것과 여기 저기 흩어졌던 동무들, 가련한 많은

사람들이 함께 할 수 있다는 것을 의미한다. 이는 피식민자의 시야를 흐리는 안개 속에서도 현실을 똑바로 본다는 의미이며, 식민자의 시선이 드리운 세계에 대해 시선을 피하는 것이 아니라 응시하는 자세라 할 수 있다.

타자의 시선은 나의 지향성을 공격해 오는 형식이다. 그러나 타자의 시선의 개입으로 나는 패배하는 것이 아니라 균열된 자아가 된다. 여기서 자아는 균열의 과정을 거쳐 주체화의 과정으로 들어가게 되는데 시선에 억눌리는 자가 아니라 타자의 시선을 대상화함으로써 응시의 시선을 외부세계에 되돌려주는 주체가 되는 것이다. 적대적 타자의 시선에 갇혀 하나의 대상, 사물이 되어버린 피식민자는 그러한 타자-자아의 관계를 인식하고 응시로써 타자를 다시 보게 된다. 그럼으로써 타자-자아의 인격적 관계는 응시로서 반전된다. 응시의 시선을 갖는다는 것은 주체가 된다는 것이다. 들뢰즈는 눈이란 기관을 신체로부터 도려내 우리를 기관없는 신체로 만들어 버린다. 이는 눈이라는 특정화되는 신체를 없앰으로써 주체를 익명적 존재로 되돌린다는 의미이다. 눈을 없애버린 삼손처럼 주체도 그의 괴력을 잃고 조각조각 파편이 되어버리는 것이다. 따라서 시력을 잃는 다는 것은 익명적 존재로서의 자아, 하찮은 존재, 비인격적 파편인 그저 있음일 뿐인 것이다. 그러므로 피식민자는 반드시 응시의 시력을 견지할 때라야 자신의 존재가 소거되는 것을 방지할 수 있게 되는 것이다.

생각해보면 어린 때 동무를/하나, 둘, 죄다 잃어버리고//

나는 무얼 바라/나는 다만, 홀로 침전하는 것일까?//

인생은 살기 어렵다는데/시가 이렇게 쉽게 씌어지는 것은/부끄러운 일

이다.//

육첩방은 남의 나라/창밖에 밤비가 속살거리는데//

등불을 밝혀 어둠을 조금 내몰고/시대처럼 올 아침을 기다리는 최후의 나.

-〈쉽게 씌어진 시〉 중에서

이산적 존재들로부터 나는 시인으로서의 나의 수치를 경험한다. 이 수치라는 것은 나의 절대적 자유에 대한 것이다. 나의 타고난 자발성과 자유의 합법성은 헐벗은 타자, 고통 받는 타자로 인해 문제시하게 된다. 이러한 자아를 문제시함으로써 나는 사회역사적 주체로 탄생하게 된다. 시가 쉽게 씌여진다는 것은 시대적 고민이 배제된 사항을 고백하는 것이며, 이러한 고백을 통한 자신의 내면 드러내기는 자신의 비자아[19]적 면모를 지우는 행위가 된다. 이러한 일련의 반복 과정을 통해 윤동주는 순수성으로 표기되는 내면 드러내기가 피식민자로서의 비자아성 지우기임을 표시하게 되며, 이를 통해 자아를 위협하는 적대적 타자의 존재를 '남의 나라'로 직접적으로 표기하게 된다. 일제가 대동아공영권과 내선일체라는 논리를 앞세워 자신들의 세력 확장을 도모하는 과정에 있을 때, 윤동주는 거기에 동화되지 않고 일본제국은 어떤 논리를 앞세워도 우리에게는 '남의 나라'일 뿐이라고 정의 내리고 있는 것이다. 그런 의미에서 이 '남의 나라'라는 언급은 천금과 같은 무게를 갖는다[20].

---

19 파농의 「하얀가면 검은피부」에서 흑인에 대한 백인의 관점과 흑인 자신을 거부하는 흑인들의 관점에서 '타자Other'와 '비자아Not-self'라는 용어가 사용되었다. 따라서 '비자아'는 식민자인 타자의 담론에 동화됨으로써 자신의 정체성이 지워지거나 자신의 정체성을 거부하는 피식민자를 의미하게 된다.

20 고운기, 『나의 별에도 봄이 오면』, 산하, 2006, 15면.

(2) 타자인식으로서의 그림자

사르트르에게 있어서 타자와의 만남은 나의 자유를 위협한다. 타자와의 만남은, 다른 자유의 시선 앞에서의 나의 자유의 박탈과 동치이다[21]. 〈이런 날〉에서 윤동주는 태양기, 즉 일본 제국의 국기가 걸린 공간에서 '금을 그은 지역의 아이들', 즉 월선(越線)할 수 없는 제약된 지역의 아이들이 즐거워하는 모습을 보고 「모순」 두자를 이해치 못한다고 언급함으로써 식민지 현실을 직시하지 못하는 피식민자들의 비자아적 면모를 지적한다. 이처럼 적대적 타자를 인식한다는 것은 자아의 대상화 현실을 의식하는 것으로서 주체의 탄생과 연계된다.

잃어 버렸습니다./무얼 어디다 잃었는지 몰라/두 손이 주머니를 더듬어/길에 나아갑니다.//

돌과 돌과 돌이 끝없이 연달아/길은 돌담을 끼고 갑니다.//

담은 쇠문을 굳게 닫아/길 위에 긴 그림자를 드리우고//

길은 아침에서 저녁으로/저녁에서 아침으로 통했습니다.//

돌담을 더듬어 눈물짓다/쳐다보면 하늘은 부끄럽게 푸릅니다.//

풀 한 포기 없는 이 길을 걷는 것은/담 저쪽에 내가 남아 있는 까닭이고//

내가 사는 것은, 다만/잃은 것을 찾는 까닭입니다.

-〈길〉 전문

무언가를 잃은 나는 길로 나아간다. 그 길 위에서 만난 것은 끝없이 이어진 돌담이다. 이 돌담은 담 저쪽과 이쪽으로 나를 분할한다. 나와

---

21 서동욱, 위의책, 193면.

세계를 분할하는 돌담은 나의 적대적 타자이다. 이 돌담은 길이 통한 곳으로 내가 가는 것을 가로막는 존재인 것이다. 쇠문을 굳게 닫아 나를 허용하지 않는 담은 내가 가는 길 위에 긴 그림자를 드리우며 나를 압도하는 타자로 출현하는 것이다. 나를 볼모로 잡고 있는 담은 나를 그곳으로부터 떠날 수 없게 한다. 나를 볼모로 잡고 있다는 것은 저쪽에 내가 잃은 것들이 남아 있다는 의미이다. 나의 분신들로서의 윤리적 타자들이 그곳에 있다는 것이며, 이는 내가 그들을 향해 이르러가야 하는 당위성을 제공하는 것이다. 이러한 당위적 명제를 위해 나는 "풀 한 포기 없는 이 길을 걷"는 것이다. 적대적 타자를 가로질러 갈 수 없는 나는 길이라는 공간과 아침과 저녁이라는 시간에서 제한된 존재이며, 구속된 존재인 것이다. 돌담은 그냥 가로막는 대상이 아니라 나를 제한하고 구속하는 존재로서의 타자이다. 나는 나의 한계성에 '눈물짓다' 아무것도 할 수 없음으로 인하여 부끄러운 존재가 된다. 그렇지만 나는 지속적으로 이 황량한 길을 내가 사는 한 계속해서 걸어갈 것을 다짐한다.

> 이제 어리석게도 모든 것을 깨달은 다음/오래 마음 깊은 속에/괴로워하던 수많은 나를/하나, 둘 제 고장으로 돌려보내면/거리모퉁이 어둠 속으로/소리없이 사라지는 흰 그림자//
>
> 흰 그림자들/연연히 사랑하던 흰 그림자들//
>
> 내 모든 것을 돌려보낸 뒤/허전히 뒷골목을 돌아/황혼처럼 물드는 내 방으로 돌아오면//
>
> 신념이 깊은 의젓한 양처럼/하루 종일 시름없이 풀포기나 뜯자.
>
> —〈흰 그림자〉 중에서

수많은 나는 마음속에서 괴로워하던 존재들이다. 이들은 소리 내지 못했던, 어리석었던 시절의 나의 또 다른 자아들이다. 이 자아들은 마음속에서 꺼내 놓지 못했던 자아들이기 때문에 또는 어리석게 현실을 인식함으로써 마음속에 가둬두고 망설이기만 했던, 주저했던 자아들이기 때문에 허약한 자아들이다. 이들은 현실에 대해 목소리를 낼 줄 모르기 때문에 어둠의 억압적 현실에 대응하지 못한 비자아적 대응 양식들이다. 이제 시계(視界)가 밝아진 지금 나는 나의 행동할 줄 모르던 고뇌하던 자아들을 모두 놓아 준다. 내 안에 갇혀 있던 이 자아들은 그러나 내 안에서 무수히 현실을 감내하고 고민하던 자아들이다. 그 고민이란 〈슬픈 족속〉의 흰색의 의미와 연결하면 '흰 그림자'로 표기된 것으로부터 민족적 고민을 의미하는 것으로 파악할 수 있다. 내 안에서 망설이던 민족적 사고와 고민은 모든 것이 깨달아진 지금 마음으로부터 놓여나고 있다. 괴로움은 망설임으로 허약했던 자신의 철저하지 못했던 민족적 사고로부터 배태된 것이다. 따라서 그러한 허약한 자아들을 돌려보냄으로써 자아는 '신념이 깊은 의젓한 양처럼' 강력한 주체로서 서게 된다. 망설임과 주저의 양식이 존재하지 않게 됨으로써 '나'는 괴로움에서 벗어나 흔들리지 않는 확고한 주체로 나아가게 되는 것이다.

4. 세 가지 타자로 구성되는 식민주체의 탈식민성

타자의 출현은 나의 나됨, 나의 주체화를 가능하게 해 준다. 우물과 강물은 자연으로서의 반영물이다. 고갈되지 않는 반영, 끝없이 흐르는 반영으로서 우물과 강물은 순수자아로서의 유년의 자아와 관계된다. 우물은 공간성으로 자아의 자연과의 동일화시기를 의미화하며, 강물은 시간성으로 자아의 순수한 시기로서의 유년의 시기를 의미화한다. 자연인으로서의 자아, 순수하고 순결한 자아는 근대적 주체로 성립하려는 자아의 분열지점이다. 문명적이고 절대적이 되려는 자아는 순수하고 자연적인 자아와 결코 분리될 수 없는 지점에 존재함으로써 절대화된 주체, 중심적인 주체가 되지 못한다. 즉 자연을 욕망함으로써, 자연에 대한 지향과 자연과의 마주침을 기도함으로써 자아는 근대적 주체, 이기적 주체를 검열하고 제국이라는 적대적 타자를 자각하고 자신이 나아갈 방향을 모색하는 과정을 통해 괴로움과 두려움을 소거해 간다. 이제 그가 두려워하는 것은 죽음이 아니라 사명을 다하지 못하는 죽음일 뿐이다. 사르트르는 타자의 시선 앞에서 한계 지어진 자아의 대상화를 '노예화'라고 불렀다. 레비나스는 타자의 얼굴 앞에서 한계 지어진 윤리적 주체의 탄생을 타자를 위해 '볼모'가 되는 것이라고 불렀다[22]. 이는 노예적 상황의 인식이 곧 적대적 타자에의 예속성, 지배 예속관계를 알게 되는 주체의 탄생임을 예고하는 것이며 타자를 위해 기꺼이 볼모가 되려는 자발성이 곧 주체화 과정임을

---

[22] 서동욱, 위의책, 194면.

명시한 것이다. 그런 의미에서, 〈팔복〉에서는 자아의 세계를 지배했던 기독교적 세계관까지 비틀고 조롱함으로써 민족적 현실을 극한까지 이르게 한 보이지 않는 신에 대한 원망을 드러내게 된다. 이는 절대적 진리로 믿고 어떠한 상황에서도 복종해야 하는 자신의 상징계적 아버지의 법, 기독교적 세계관에 대해 비판하는 것으로, 종교적 관점으로 현실을 사랑의 정신으로 파악할 것이 아니라 증오의 정신으로 규정해야 한다는 것을 분명히 선언한 것이다. 또한 볼모가 된다는 것은 우호적 타자를 위한 윤리성을 말하는 것으로 이산적 존재들을 위해 희생양으로써 기꺼이 자신을 바치는 행위를 제시한 측면이 있는 것으로 비자아적 피식민자가 식민지 주체로서 자신의 정체성을 찾는 과정을 수반한 것이라 할 수 있다.

제2장

기호학적으로 읽는 오장환 시의 탈식민성

1. 혼성적 담론으로서의 텍스트

오장환 시에 대한 평가는 대체로 모더니즘 시로서의 가능성[1]과 리얼리즘 시로의 지향성[2]이라는 두 가지 관점으로 대별된다. 이러한 논의는 기교주의 논쟁을 주도하던 1930년대, 임화와 김기림에 의해 제기되었던 평가의 범주에서 얼마 벗어나지 못했다는 의미를 시사한다. 임화나 김기림은 리얼리즘과 모더니즘을 시의 지향점으로 제시하면

---

1 이승훈, 「1940년대 한국 모더니즘시 연구」, (한양대학교 한국학연구소, 『한국학논집』제32집, 1998.10).
　서준섭, 『한국모더니즘문학연구』, 일지사, 1998.
2 원종찬, 『한국 근대문학의 재조명』, 소명, 2005.
　최두석, 「한국현대리얼리즘시연구」, 서울대학교 박사학위논문, 1995.

서 오장환을 그러한 제 경향에 부합한 시인으로 평가한다. 먼저 임화
는 "오군의 시집가운데서 우리는 서정시의 현대적 운명의 일단을 발
견할 수 있는 것이다. 현대에 대한 서정시의 비타협정신이란 이러한
곳에서 연소되는 것이다. 「헌사」는 그런 의미에서 현시단에 도도히
흐르는 언어의 유희에 대한 치열한 반항의 선언이기를 나는 희망한
다3." 고 했다. 여기서 임화가 생각하는 '서정시의 비타협정신'은 근대
자본주의의 계급적 모순과, 근대 건설이라는 허울 좋은 명목 하에 이
루어진 민족적 착취의 현장을 깊은 암흑과 절망으로 규정하고 패배의
슬픈 노래를 하는 것에서 찾아지는 것이다. 현실에 대한 증오로 충만
한 가운데 모색하는 정신, 미래에로의 용기를 가진 '히로이즘'이 환기
될 수 있다고 본 것이다. 김기림은 오장환의 시집 「성벽」에 대해 "씨
는 새 「타입」의 서정시를 세웠다. 거기 담겨 있는 감정은 틀림없이
현대의 지식인의 그것이다. 현실에 대한 극단의 불신임, 행동에 대한
열렬한 지향, 그러면서도 이지와 본능의 모순 때문에 지리멸렬해가는
심리의 변이, 악과 퇴폐에 대한 깊은 통찰, 혼란 속에서도 어떠한 질
서는 추구해 마지않는 비극적인 노력, 무릇 그러한 연옥을 통과하는
현대의 지식인의 특이한 감정에 표현을 주었다4."라고 평가하고 있
다. 현실에의 불신임이나 행동에의 지향 등의 언급을 통해 볼 때, 우
리는 모더니즘적 경향이 리얼리즘적 경향의 현실인식과 대척관계의
지점이 아닌 인접한 지점임을 환기하게 된다. 1930년대 사조의 혼입
속에서 기교주의 논쟁의 영향은 시의 서정적 흐름 속에 자본주의 비
판의 리얼리즘과 전통부정이나 문명비판의 모더니즘의 접근을 제공

---

3 임화, 「시단의 신세대」, (임화, 『문학의 논리』, 서음출판사, 1989), 296~298면.
4 김기림, 「성벽을 읽고-오장환씨의 시집-」, (김기림, 『김기림 전집2』, 심설당, 1988), 377면.

하게 된다. 즉 오장환의 시 텍스트는 시문학파의 서정성과 리얼리즘의 현실성, 그리고 모더니즘의 근대성의 경계선상의 텍스트라 할 수 있다. 그런데 이러한 서정성과 현실성, 그리고 근대성은 '낭만성'의 재인식을 통해 인접하게 된 것이다. 1930년대 임화의 '혁명적 낭만성'이나 김기림의 '휴머니즘', 그리고 박용철의 낭만주의는 식민지 현실을 구체화하는 계기로 작동한다[5]. '낭만성'은 모든 권력 담론으로부터 인간해방을 기도하는 경향이다. 그러한 점에서 식민지 민족의 정서와 의지와 정신을 담아내려고 노력한 오장환의 시 텍스트는 탈식민주의 문학이라 할 수 있다. 수난 받는 민족 주체들과의 교감과 현실을 비판하고 극복하려는 의지, 그리고 현실을 부정하고 반항하는 정신 속에서 우리는 오장환이 지향했던 '인간 전체의 복리를 위한' '인생을 위한 문학'이 무엇인지를 가늠해 볼 수 있게 된다. 그것은 인간이 인간을 억압하고 지배하는 세상이 아니라 억압과 지배의 형식이 지속적으로 해체됨으로써 인간 전체가 자유로워지는 세상을 위한 문학이라는 점에서 탈식민적이라 할 수 있다.

그러나 이러한 오장환의 탈식민성은 식민지 근대의 하위계급들의 삶으로 중층화된 구조로서 하나의 텍스트로는 그 의미 획득이 용이하지 않다. 따라서 본고에서는 오장환의 시 텍스트를 근대성과 계급성(현실성)이 중층화된 텍스트로서 "앞서 형성된 사회적 관습에 근거해서 다른 어떤 것을 대신하고 있는 어떤 것으로[6]" 지속적으로 기호화함으로써 식민자들과 피식민자들의 현실적 다름을 표식하는 텍스트로 읽으려 한다

---

5 최윤정, 「1930년대 '낭만주의'의 탈식민성 연구」, 서강대학교 박사학위논문, 2007.
6 움베르토 에코, 『기호학이론』, 서우석 역, 문학과지성사, 1996, 25면.

2. 기호 사각형으로 본 〈목욕간〉의 의미구조

오장환의 시작활동은 1933년 11월호 《조선문학》에 실린 〈목욕간〉으로부터 시작 된다[7]. 이 텍스트는 오장환의 시대·역사적 인식의 단초를 제공하고 있으며, 이러한 인식이 다양하게 확장된 전체 시 텍스트들을 구체적으로 구획하는 구조로서 활용될 수 있다. 그레마스는 "하나의 자연 언어가 포함하는 의미 세계는 이 언어를 말하는 공동체의 문화와 같은 외연을 가진다[8]."고 언급했다. 이는 자연 언어의 세계가 그 언어를 말하는 공동체의 문화 세계와 공존함을 의미하는 것으로 언어는 사회적 대상이며, 일체의 사회적 상징성의 장을 포괄하는 기호학의 영역[9]임을 피력하는 것이다. 그런 의미에서 그레마스의 기호 사각형은 주어진 의미 세계를 체계적으로 파악하고, 주체와 대상의 관계를 사회적으로 규정하는데 도움이 될 수 있다.

그레마스의 기호 사각형은 다음과 같이 구성된다. S1과 S2는 반대관계이며, S1과 -S1, 그리고 S2와 -S2는 모순관계이며, S1과 -S2 그리고 S2와 -S1은 함의관계라 할 수 있다. 이처럼 그레마스의 기호 사각형은 기호의 다양한 관계들을 복합적

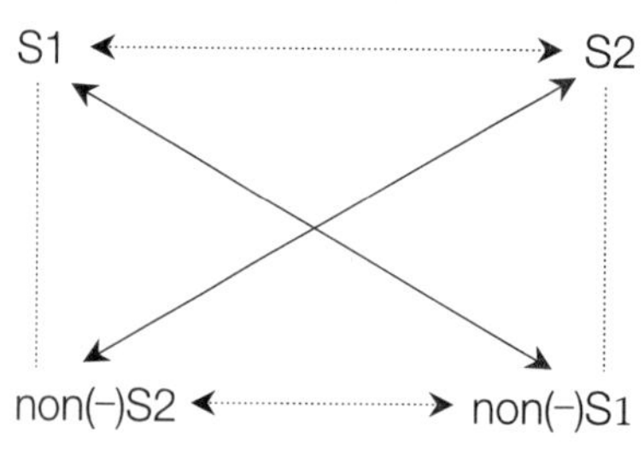

---

7 김학동, 『오장환연구』, 시문학사, 1990, 14면.
8 박인철, 『파리학파의 기호학』, 민음사, 2003, 113면.
9 김성도, 『현대 기호학 강의』, 민음사, 1998, 217~240면.

으로 나타내기 위해 구조화한 것인데, 이는 소쉬르가 주장했던 기호의 이원적 대립성을 넘어 다양한 기호들의 의미관계를 설정하고자 주장했던 개념이다[10]. 이는 오장환의 시 텍스트에 분포되어 있는 다양한 기호들의 의미관계를 복합적으로 파악할 수 있는 것으로 언어적 메시지의 문체상의 표층을 우리에게 이해시킴으로써 시 텍스트에 녹아 있는 오장환의 무의식적 정신작용의 총체를 설명할 수 있는 기반이 될 것이다.

〈목욕간〉 텍스트에 제시된 의미작용의 최소 단위로 정의되는 의소seme[11]는 인물들을 통해 드러난다. 나와 아저씨는 世傳之物인 늙은 밤나무를 목욕탕에 팔고 목욕을 하려고 한다.

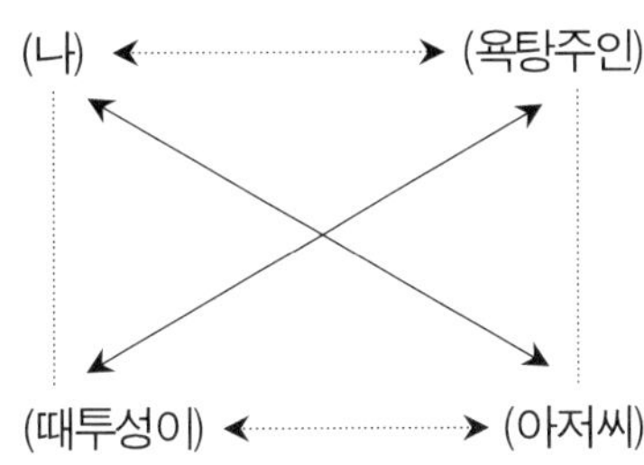

그런데 나와 아저씨는 목욕하려는 목적이 다르다. 나는 몸의 청결을 위한 것이었으나 아저씨는 할아버님의 유물을 가까이서 느끼려는 것이었다. 아저씨는 고목으로 상징되는 전통에 대해 정신적인 가치를 부여하는 인물이다. 비록 오늘 할 수 없는 상황[12]에 의해 고목을 팔 수밖에 없었지만, 아저씨는 유물과의 정신적 유대, 심적 유대를 포기하지 못한 것이다. 이에 대하여 나는 전통, 즉 정신적 유습

---

10 백선기, 『영화 그 기호학적 해석의 즐거움』, 커뮤니케이션북스, 2007, 20면.

11 의미작용의 최소단위로, 한 단어의 의미를 생성시키는 기본 의미를 말한다. 즉, /남자/의 의소는 /사람/과 /남성/이다(김기국, 「사진의 기호학」, (기호학연대, 『기호학으로 세상읽기』, 소명, 2002), 73면).

12 내가 수업료를 바치지 못할 정도로 생활이 곤란한 상황인 점을 고려할 때, 아저씨가 고목을 판 것은 "이 집은 팔아도 밤나무만은 못 팔겠다"는 신념을 단념할 만큼 열악한 상황이었음을 드러내는 것이다.

을 수단으로 해서 몸의 때를 씻고자 하는데서 전통을 '때'와 등가적으로 생각하는 측면이 있다. 나와 아저씨의 관계는 적대적이거나 대립적이지는 않지만, 또한 이해되거나 동조하는 관계도 아니라는 점에서 모순적인 관계이다. 모순관계는 두 사항이 공존할 수 없는 것을 뜻한다. 제국의 언어로 나를 비롯한 피식민자들을 때투성이 시골뜨기들이라고 얕잡아보는 욕탕주인은 조선말을 쓰는 '나'에게 반감을 일으킴으로써 대립관계를 형성한다. 그러나 아저씨는 욕탕주인의 모욕을 감수하면서도 고목과의 교감을 위해 다시 욕탕에 간다. 욕탕주인의 모욕을 감수하면서도 다시 목욕탕을 찾은 아저씨는 고루하고 낡은 전통, 지금은 아무 쓸모도 없는, 존재하지도 않는 전통에 대한 향수 속에서 살아가는 사람으로 때투성이나 시골뜨기들과 자신을 달리 인식하면서, 즉 아저씨 자신과 상관없는 분리된 타자들로 인식하면서, 봉건적 질서가 가능하다면 제국의 모욕도, 억압도 감수할 수 있다는 입장을 대변한다 할 수 있다. 여기서 목욕탕은 근대문명의 한 산물이다. 자본투자를 통해 욕탕주인은 전통과 맞바꾼 문명의 혜택을 제공하고 있는 것이다. 그런데 자본을 소유한 식민자들과 그들에 포섭된 인물들은 때투성이와 시골뜨기로 표기된 피식민자들을 자본축적의 수단으로 파악하면서도 자본축적의 원동력이라 할 수 있는 문명의 소비자로서는 배제하는 모순관계를 형성한다. 제국의 식민화를 정당화하기 위해 문명의 전수라는 명목을 내세우면서도 정작 시골뜨기 때투성이들인 피식민자들에게 목욕이라는 문명의 혜택을 박탈함으로써 시골뜨기 때투성이로 야만성을 지속시키려 하는 모순관계를 드러낸다. 따라서 아저씨는 욕탕주인과 공모관계를 형성하는 상보적 관계, 함의 관계라 할 수 있다. 이에 반하여 나는 욕탕주인이 '때투성이'와 '시골뜨기들'

이라고 한 말이 나를 겨냥해서 한 말이 아님에도 불구하고 욕탕주인의 말에 모욕감을 느끼고 격분함으로써 그들과 동질감을 획득하게 되고, 그들과 내가 분리되어 생각될 수 없는 봉합적 함의 관계임을 드러낸다.

이런 의미관계를 바탕으로 의미의 기본 구조를 상정해볼 수 있다. 그레마스는 공통의 의미축 위에서 서로 반대되는 두 사항으로 이루어진 것을 의미의 기본 구조라 했다[13]. 위의 인물들의 관계 속에서 파악된 기호 사각형을 바탕으로 해서 기본적인 두 사항(의소)을 추출하면, 피식민자와 식민자가 된다. 즉 '나'에는 피식민자, '욕탕주인'에는 식민자가 의소로 위치될 수 있다. 그러나 '아저씨'와 함의 관계[14]에 있는 '욕탕주인'도 제국에 포섭된 피식민자일 수 있기 때문에 다른 의소로 기본구조를 변경해야 한다. 기호 사각형의 여러 관계들을 고려할 때, '나'는 '저항', '욕탕주인'은 '동화'로 대체될 수 있을 것 같다.

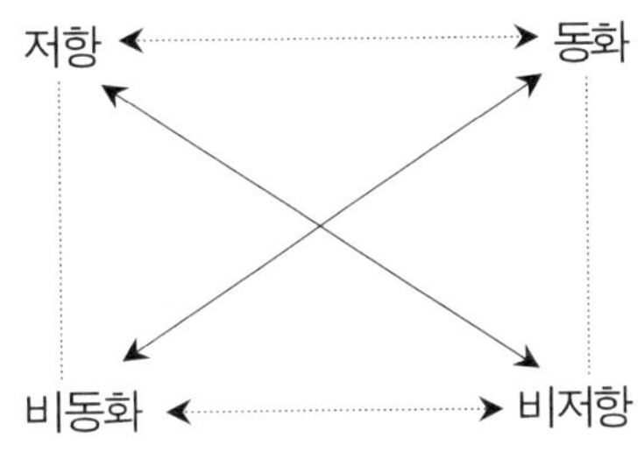

'나'는 조선말을 쓰는 피식민자이며, '욕탕주인'은 근대 자본을 소유하고 있으며, 제국의 언어를 구사하는 제국에 동화된 자이거나 식민자이다. '아저씨'는 피식민자들에 대한 모욕을 문제 삼지 않는다는 측면에서 시골뜨기나 때투성이들과 반동일시된 인물이며 제국의 논리에 순응하는 경향을 띤 공모(共謀)적 인물이다. 또한 '욕탕주인'에 의해 때투성이들이나 시골뜨기들로 표기된 피식민자들은 제국의

---

13 박인철, 『파리학파의 기호학』, 민음사, 2003, 340면.
14 함의 관계는 관계되는 두 사항이 동일한 부류에 속한다는 것을 의미한다.

근대의 논리에서 '야만인'으로 표기되는 사람들이며, '내'가 동일시하는, '나'의 정체성의 기저를 이루는 민족 단위들이다. 따라서 이들과 '나'는 분리될 수 없는 봉합관계이다.

3. 기호사각형으로 읽는 탈식민성

오장환은 인간 전체를 위한 문학으로써 카프 문학의 리얼리즘적 글쓰기를 지향하면서도 계급적 이데올로기를 강력하게 표방하거나 주장하기 보다는 인생을 위한, 인간 본질을 위한 문학을 제시함으로써 좀 더 구체적인 민족현실에 접근하게 된다. '인생을 위한 문학'은 '인간의 의무를 아는' 문학이다[15]. 그런 의미에서 아무런 감정이나 의견을 이야기하지 않고, 또한 앞날을 이야기한 적이 없는 백석 같은 시인은 그의 비판의 대상이 된다. "백석의 회상시는 갖은 사투리와 옛이야기, 연중행사의 묵은 기억 등을 그것도 질서도 없이 그저 곳간에 볏섬 쌓듯이 그저 구겨넣은 데에 지나지 않는 것이다.[16]" 오장환에게 있어, 인생을 위한 문학은 지금의 감정이나 의견을 말하는 것이며, 앞날을 제시하는 것이었다. 이것이 하나의 인간의 의무로서 절실했던 것은 자신의 감정이나 의견을, 그리고 미래에 대한 비전을 마음대로 말할 수 없었던 식민지시기였기 때문이다. 인간의 자유로운 해방을 꿈꾸는

---

15 오장환, 「문단의 파괴와 참다운 신문학」, 조선일보, 1937.1.28~29, (최두석 편, 『오장환 전집2』, 창작과 비평, 1989), 11~13면.

16 오장환, 「백석론」, 풍림, 1937.4, (최두석 편, 위의 책), 14~16면.

이러한 휴머니즘적 낭만성은 궁극적으로 오장환이 지향하는 "억압이 풀려진 세상[17]"으로 가기 위한 전제였다. 이는 "만약에 후일이 있다면 그날의 청춘들을 위하여 우리의 말과 우리의 글자와 무력한 호소겠으나 정신까지는 썩지 않으려고[18]" 고뇌했던 식민지 시기 한 시인의 탈식민적 의지로 표출되었던 것이다.

이러한 오장환의 문학적 경향을 그레마스의 기호 사각형에 적용하여 그 의미구조를 읽어보면 다음과 같다. 먼저, S1과 S2는 기본 구조로서 오장환이 궁극적으로 지향하는 지점과 그에 대립하는 지점이라 할 수 있다. 따라서 S1은 미래의 "억압이 풀려진 세상"이며, S2는 현재의 억압적 세상이 된다. 이러한 기본 구조로부터 S1과 모순관계, S2와 함의관계(동류관계)를 맺고 있는 -S1은 과거의 억압적 세상이며, S2와 모순관계, S1과 함의관계(동류관계)를 맺고 있는 -S2는 현재의 비억압적 세상이 된다. 여기서 -S2는 휴머니즘적 낭만성이 발현되는 탈식민적 지점이다. 이는 식민지 현실에서 "앞날을 이야기하고 감정과 견해를 이야기하려고" 발버둥쳤던 식민지 주체[19]가 현재 꿈꾸는 세계이다. 이는 제국에 포섭되지 않은 비동화의 인물들의 세계이며, 고통받는 민족적 단위들을 발견해서 동질성을 회복하는 지점이다.

---

17 오장환, 「入院室에서」, 인문평론, 1946.3.

18 오장환, 「나 사는 곳의 시절」, 오장환, 『나 사는 곳』, 獻文社, 1947.

19 식민자는 식민지에서 지배권력을 행사하는 침략적 외부인이라 할 수 있으며, 피식민자는 식민지 원주민들로 제 나라 땅에서 외부의 식민자인 타자에 예속되어 지배받는 위치의 민족이나 인종을 의미한다. 따라서 '식민지 주체'라는 용어는 다분히 오해의 소지를 내포한다. 바바는 식민자와 피식민자의 혼성성과 양가성을 언급하는 가운데 분열의 양상을 드러내는 이들 모두를 식민지 주체라고 명명하고 있으며, 파농은 식민지의 문화적 소외의 문제를 언급하면서 정체성을 구성하는 피식민자를 식민지 주체로 언급한다(최윤정, 위의 논문, 19면). 본고에서는 파농의 의미를 수용하는 입장이다.

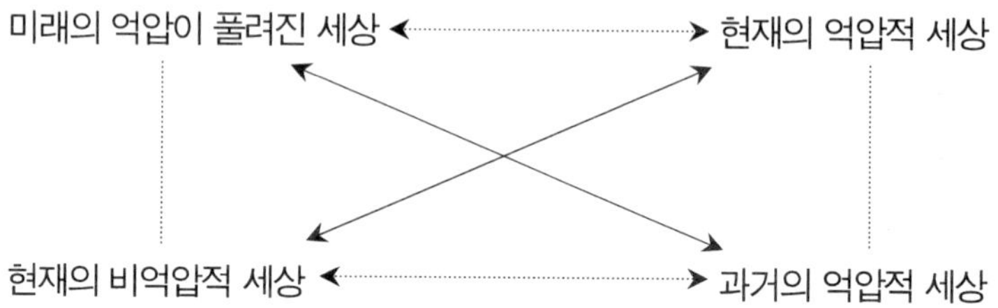

오장환의 텍스트에 드러나는 네 개의 세상은 앞서 〈목욕간〉의 분석을 통해 제시된 네 부류의 인물들이 살아가는 각각의 세상이다. 이는 식민지 근대화에 대한 시인의 네 가지 인식으로 구체화될 수 있는데, 이를 통해 우리는 식민지 시기 근대화에 내포된 제국의 지배 전략을 치밀하게 포착하게 된다.

1) 시적 형식과 4차원적 근대

식민시기 텍스트는 제국의 시선이 가 닿는 지점, 즉 제국의 시선의 도착점이자, 또한 그러한 시선에 교묘하게 대응하면서 피식민자의 담론을 확장하는 응시의 출발점이었다. 식민지 텍스트들은 검열과 감시의 시선에서 자유롭지 못한 담론들이었기 때문에 기표의 표류와 기의의 미끄러짐을 다양한 관계망들 속에서 의미화할 필요가 있다. 오장환의 시적 형식의 실험들은 근대성 인식의 변별적 양상으로 다양한 관계항들을 형성하여 제국의 시선을 분산시킨다. 다시 말해 식민지시기 우리가 맞닥뜨렸던 근대는 여러 가지 모습을 띠었던 것이다.

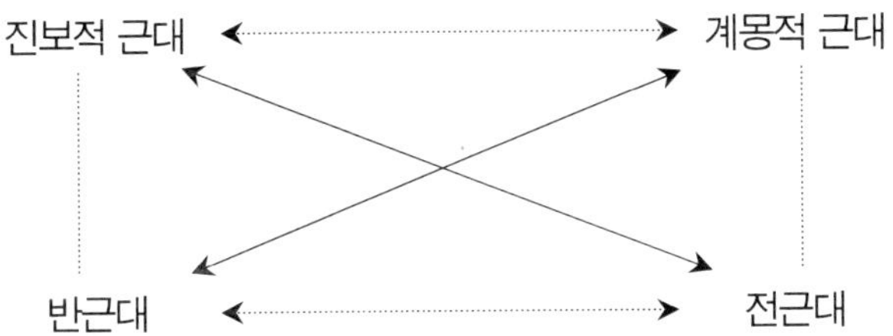

식민지 주체로서의 오장환이 추구하는 근대는 진보적 근대였다. 이는 해방이후 사회주의로 표방되는 세계와 연계점을 갖는 근대이다. 이때에는 묘사체계의 확장을 통해 산문성을 실현함으로써 현실재현에 중점을 둔다. 이러한 묘사체계의 확장은 진보적 근대로의 지향의지를 드러내는 기제로서 작동한 것이다. 또한 그 반대항으로 설정될 수 있는 것이 계몽적 근대, 사이비 근대라고 할 수 있다. 이때의 '근대'는 우리의 근대가 아닌 그들만의 근대로서 근대를 파악한 것이다. 이러한 인식은 삽화적 구성으로 표현된다. 근대의 음가(-)적 표지들을 계몽의 논리를 뒷받침하는 문명의 발달이나 편리성, 삶의 윤택함 등의 양가(+)적 표지들 사이에 삽입시킴으로써 제국에 의해 이식된 근대의 실체를 폭로한다. 여기서 우리의 삶이 아닌 그들의 삶에만 부착된 양가적 표지들은 근대의 사이비성을 표기하는 것이다. 사이비 근대는 식민지에 진정한 근대를 제공하는 것이 아니라 오히려 식민지의 문명화를 방해하거나 제국의 근대를 위한 수단으로만 식민지를 활용한다는 측면에서 식민지의 후퇴를 추동하고, 근대의 방향과는 반대되는 지점으로 흘러가게 할 수 있기 때문에 전근대를 함유하게 된다. 전근대는 오장환이 부정하는 전통의 세계이다. 이 전통은 우리 민족의 삶을 억압하고 규제했던 가치체계로, 삶을 규격화하려고 했던 의미는

격자적 형식으로 표현된다. 이에 대한 반대항은 진보적 근대와 함유 관계를 형성하는 것으로 반근대라 할 수 있다. 식민지 시기 근대논의를 보면, 전근대, 즉 봉건적 질서를 배격하는 것으로 근대를 설정하고 있으나, 곧 근대의 허위와 부정을 간파함으로써 반근대를 피력하는 과정으로 전환된다. 이때, 봉건적 질서를 배격하는 계몽적 근대로서 제시되는 근대성은 이성과 지성을 바탕으로 문명이 획득된 지점으로 근대 지식인들이 동경했던 긍정적 기표였다. 그러나 오장환에게는 그러한 긍정의 근대는 드러나지 않는다. 전근대나 계몽적 근대나 모두 부정의 대상이 되며, 지금은 따라서 반근대의 세상인 것이다. 이러한 반근대는 장면의 병치와 같은 공간분할의 모더니즘적 형식20을 통해 부정적 상황들을 병렬적으로 보여주거나 행복한 근대인 그들만의 계몽적 근대, 사이비 근대를 삽입한 장면과 충돌시킴으로써 대비적 효과를 통해 식민지 근대의 현실을 적나라하게 드러내는 방식으로 근대비판을 강도 높게 제시한다.

(1) 묘사의 확장과 진보적 근대

줄글 형태, 또는 묘사체계의 확장을 통한 오장환시의 산문성은 현실의 다양한 상황들을 보여주거나 현실을 세밀하게 드러내는 효과를 지닌다. 이러한 시 텍스트들은 현실에 대한 비판과 부정성을 강하게 드러내면서 근대의 호명체계에 주체적으로 대응해 간다. 대상에 대한

---

20 시적 거리의 확보를 통해 한국의 모더니즘은 '눈의 모더니티'를 실현함으로써 시각적 이미지나 공간성과 연계된다. 시선의 주체로서의 화자와 보이는 화면의 관계를 통해 드러나는 이미지 공간은 '보는 것'은 곧 '안다는 것'으로 텍스트가 현실에 대응하는 방식을 제공한다(정문선,「한국 모더니즘 시 화자의 시각체제 연구」, 서강대학교 박사학위논문, 2002, 1~19면).

묘사체계의 확장은 대상에 대한 자신의 태도를 드러내는 것으로, 이는 타자와의 관계 속에서 나의 정체성을 텍스트에 정박시키는 방식이 된다.

어포의 등대는 鬼類의 불처럼 음습하였다. 어두운 밤이면 안/개는 비처럼 나렸다. 불빛은 오히려 무서웁게 검은 등대를 튀/겨놓는다. 구름에 지워지는 하연달도 한참 자옥한 안개에는 등/대처럼 보였다. 돛폭이 충충한 박쥐의 나래처럼 펼쳐 있는 때,/돛폭이 어스름한 해적의 배처럼 어른거릴 때, 뜸 안에서는 고/기를 많이 잡은 이나 적게 잡은 이나 함부로 튀전을 뽑았다.

-〈어포〉 중에서

줄글의 형식으로 묘사체계를 확장하면서 문장단위로 의미를 분절하는 이러한 산문의 형식은 우리의 언어생활과 밀접한 일상성을 드러낸다. 이러한 일상성의 시, 시의 일상성은 시가 현실과 동떨어진 서정의 세계가 아니라 현실에 밀접한 세계임을 보이는 전략이 되기도 한다. 이 시에서 '귀류의 불, 음습, 어두운 밤, 안개, 나리다, 무서웁게, 검은, 충충한, 박쥐, 어스름한, 해적, 튀전' 같은 어휘들은 '어포'의 시공간을 묘사하는 체계이다. 이러한 반복적인 어두운 이미지들이나 하강의 이미지들은 화자의 현실에 대한 주관적인 시각이 투영되어 있음을 드러내는 것이다. 어둡고 하강적인 이미지들로 이루어진 묘사의 확장은 현실에 대한 시인의 표현이다. 현실은 시인의 의식 속에서 여전히 암울한 상태이지만, 시인은 지향해야 할 세계를 지시함으로써 현실비판의 의무, 인간을 위한 의무를 지속하게 된다.

어렸을 때를 붙들어두었던 나의 거울을 본다. 이놈은 진보가/없다.

-〈캐메라·룸〉 중에서

그러나 보수는 진보를 허락지 않아 뜨거운 물 끼얹고/고춧가루 뿌리던
성벽은 오래인 휴식에 인제는 이끼와 등넝쿨/이 서로 엉키어 면도 않은
터거리처럼 지저분하도다

-〈성벽〉 중에서

오장환이 지향했던 세계는 진보적 세계였던 것 같다[21]. '인간을 위
한 문학'에 근접한 이들로 카프를 지목한 것으로도, 전통을 부정하는
측면으로도 그렇고, 해방 후 사회주의 리얼리즘의 세계를 추구한
점[22]으로도 그렇게 추론될 수 있다. 이는 다시 말하면, 진보적 세계를
사회주의와 연계된 세계로 파악한 측면이 있다는 것이다. 그런데 그
러한 세계는 아직 도래하지 않은 미래의 세계이다. "내가 바란 것은
오로지 다스한 사랑"(산협의 노래)이라고 언급한 것처럼, 그러한 세계
는 가슴 벅차오름을 이기지 못하는 노래가 울려퍼지는 시적인 세상이
다. 이러한 '노래'라는 시적인 형상 대신 산문적인 묘사의 확장은 오장
환이 이상향으로 생각한 진보적 근대가 아직 도달하지 않았음을 드러
내는 방식이다. "노래조차 없는 군중이 '만세'로 노래 부르며"(병든 서
울) "한때, 우리는 해방이 되었다 하였고 또 온 줄로 알았다."(찬가) 그
런데 "넘쳐나는 기쁨에"(찬가) 부르던 "새로운 우리들의 노래는 어디

---

21 최두석은 "시인의 마음 가운데 자리잡은 진보에 대한 열망이 정문이나 성씨보에 대한
격렬한 반감을 유발했다"고 보았다(최두석, 「한국현대리얼리즘시연구」, 서울대 박사학위논
문, 1995).

22 리얼리즘은 "전진적인 시간 의식에 바탕을 둔 진보적 세계관으로 근대 세계를 파악하
였다."(김양선, 『1930년대 소설과 근대성의 지형학』, 소명, 2003, 28면.)

에 있"(어둔 밤의 노래)는지 지금 알 수가 없다. 이처럼 "우리는 노래가 없었다."(팔월 15일의 노래)고 지속적으로 언급함으로써 시인은 확실하고 완전한 탈식민성이 실현되지 않은 세상을 드러내고 있는 것이다. 이는 시적인 형식으로서의 노래의 잃음을 통해, 또는 노래하지 못함을 통해 지금 현실의 비진보성을 그려내는 것이며 완전한 진보적 근대로 가기 위해서는 아직도 좀 더 리얼하게 세상을 알려야 할 필요성에서 묘사의 확장을 통한 산문적 글쓰기가 중요함을 드러내는 것이다. 따라서 묘사의 확장은 진보적 근대를 실현하기 위한 시적 장치라 할 수 있는 것이다.

(2) 삽화적 구성과 계몽적 근대

삽화적 구성양식은 단순히 작품의 중심사건과 관련성이 없는 듯이 보이는 에피소드나 사건을 산만하게 연결한 형식적 의미만을 갖는 것이 아니다. 이는 브레히트의 서사극에서 말하는 소격효과를 불러오는 경향에서 사회비판적인 의식의 발현이라 할 수 있다. 브레히트는 관객들의 감정적 몰입, 감정의 동화를 배격한다. 관객들을 감정적으로 분리시키는 이화작용을 통해, 즉 '거리두기'를 통해 관객들의 지성적 판단력을 자극시켜 현실비판적 기능을 수행할 수 있다고 했다. 이러한 관객들의 작품 속으로의 감정적 몰입을 차단하기 위해 브레히트는 연극적인 형식에 여러 가지 실험적인 장치를 도입하게 된다. 해설자를 등장시키거나 무대의 장치들을 그대로 드러내거나 함으로써 관객 스스로 연극을 보고 있다는 사실을 자주 환기하도록 했던 것이다. 이러한 '거리두기'는 당연하게 받아들여지는 것을 낯설게 만들어 사건의 본질을 새롭게 인식하도록 하는 소격효과로서 어떤 필연적인 인과관

계로 전개되는 기존 양식을 파괴한 삽화적 양식과 더불어 브레히트의
현실비판적인 효과를 드러내는 도구가 된다.

　　점잖은 사람 여러이 보이인 중에 여럿은 웃고 떠드나/기녀는 호올로/옛
사나이와 흡사한 모습을 찾고 있었다.

-〈월향구천곡 슬픈이야기〉 중에서

　　초대장-독주회 독창회/樂聖-歌聖-천재적 작곡가/남작의 아들-자작의
집/수부의 예술이 언제부터 이토록 華美한 비극이었느냐!/향연과 향연/
예술가들이 건질 수 없는 수렁 속으로 빠져들어가는 일은 슬/픈 일이다.

-〈수부〉 중에서

　　신사들은 식탁에 죽은 어육을 올려놓고 입천장을 핥으며 낚/시질에 대
한 이야기를 시작하였다. 천기예보엔 일기도 검어진/다는 (승합마차가 몹
시 흔들리는) 氣節을, 신사들은 바다로 간/다고 떠들어댔다. 불순한 천후
일수록 잘은 걸려드는 법이라고/행랑아범더러 어류들의 진기한 미끼, 파
리나 지렁이를 잡어오/라고 호령한다. 점잖은 신사들은 어떠한 유희에서
나 예절 가운/데에 행하여졌다.

-〈魚肉〉 중에서

　　삽화적 구성은 중심적인 사건과 관련 없는 삽화나 사건이 개입되는
양식이다. 이러한 양식의 성격은 오장환에서는 한 연에 행으로, 또는
하나의 시 텍스트에 연으로, 더 나아가 전체 시 텍스트에 하나의 텍스
트로 삽입되는 형식으로 이때 삽입된 행단위나 연단위 또는 하나의

시 텍스트는 그것들을 둘러싸고 전개되는 앞뒤 문맥과 이질적인 것으로 표기됨으로써 낯선효과를 거두며, 그로부터 담화 자체에 거리두기를 요구한다. 시 텍스트를 읽는 독자는 화자의 말에 동화되어 텍스트의 흐름을 맹목적으로 따라가는 것이 아니라 객관적 거리를 유지하면서 어디에 방점을 두어 읽어야 하는지를 생각하게 된다. 다시 말해 삽화적 구성은 거리두기를 통해 비판적 읽기를 요구하고 있는 것이다. 특히 오장환의 삽화적 구성은 그들의 근대와 우리의 근대를 대비적으로 보여주는 양식으로 작동한다.

〈월향구천곡〉은 '슬픈 이야기'라는 부제가 붙어 있다. '옛 사나이'를 찾는 기녀가 점잖은 손님들을 위해 춤을 추고 노래하며, 손목을 잡히기도 한다는 내용의 이 시 텍스트는 기녀의 슬픈 운명에 초점을 맞추고 세상이 "몸에 이익하지도 않고" "쓰고 툽툽하"다는 측면을 제시한다. '점잖은 사람'들은 웃고 떠들 수 있는 흥거운 시간을 보내는 반면에 기녀의 "근심이 가득"한 '푸른 얼골'엔 차디찬 슬픔이 배여 있다. 전체 시 텍스트의 슬픈 정조와는 다르게 '점잖은 사람'들은 이질적이다. 이러한 이질적 존재들의 등장은 기녀의 슬픔에 몰입하는 것을 차단하고 거리두기를 제안한다. 옛 사나이를 잊지 못하는 기녀의 슬픔마저 마음대로 표출할 수 없는 현실을 비판적으로 포착하게 하고, 화폐 자본을 소유한 '점잖은 사람'들은 그들만의 유흥을 위해 타자들의 인간적 본질이 유린당하는 현실을 알지 못하거나 외면하는 자들임을 파악하게 함으로써 텍스트의 현실비판의 강도를 높인다. 슬픈 이야기라는 전체 기녀의 이야기 속에 '점잖은 사람'의 흥거운 현재를 삽입함으로써 '점잖은 사람'과 '기녀'는 대비적으로 드러나며, 그러한 대비를 통해 식민화된 기녀의 삶의 지난함을 강화시키게 된다.

〈수부〉는 자본의 축적을 위해 착취되고 죽어가는 무력한 사람들이 전체 텍스트의 문제적 인물로 등장한다. 그런데 위에 제시된 (6)에 해당하는 연은 그러한 사람들과는 다른 이질적 존재들이다. 이들은 축적된 자신의 자본으로 향유하는 삶을 살고, 그러한 향유하는 삶을 위해 또 다시 착취하는 삶을 살아가는 사람들이다. 수난자들의 삶의 고통과 죽음을 아랑곳 하지 않는 '젊잖은' 그들만의 향연의 삶을 이야기 하는 연의 삽입은 근대화의 이중성을 극명하게 제시하는 기제로 작용한다. 향유하는 삶을 사는 사람들은 문명의 혜택을 누리는 그들만의 근대에 속한 사람들이다. 이렇게 이성과 지식체계 등을 통해 식민지를 열등한 타자로 규정하는 계몽주의에 바탕을 둔 근대화는 피식민자들과는 상관없는 그들만의 근대라 할 수 있다. 따라서 계몽주의적 근대는 아직 원시적 틀 속에 존재하는 비문명화된 식민지를 정복하여 교화하고 문명화시켜야 한다는 당위성을 제공하는 제국주의의 형식과 같은 것이다.

또한 《성벽》의 전체 텍스트들이 우리의 퇴락, 우리의 곤궁한 삶, 우리의 병적 징후를 담론화하고 있다면, 《성벽》에 수록된 〈溫泉地〉 등의 몇 안 되는 텍스트들은 담론의 이질성으로 작용하여 '거리두기'를 주문한다. 〈성벽〉이나 〈성씨보〉, 또는 〈정문〉, 〈종가〉와 같은 전통을 비판하는 텍스트들과 〈우기〉, 〈야가〉, 〈해항도〉 등과 같은 현실을 비판하는 텍스트들 사이에 〈온천지〉나 〈어육〉과 같은 '젊은 신사들'의 향락적 삶을 형상화한 텍스트를 삽화적으로 구성함으로써 시공간적 차원을 대비적으로 보여주게 된다. 다시 말해 전통 내에서의 양반의 안락한 삶은 '젊은 신사들'의 삶과 유사성을 형성하면서 변화하지 않은 삶의 양식을 통해 과거와 현재의 동일성을 제시하게 되고, 그럼으로써 전통적 세계나 근대적 세계나 아직 진보되지 않는 세계임은 마차가지라는 의식을 드러낸다. 또한 현재적 우리의 삶의 곤궁함과 대비적인 그들만의 삶을 재현함으로써 우리의 근대와 그들의 근대의 차이를 극명하게 드러낸다. 따라서 삽화적 구성은 계몽적 근대의 허상을 간파하고 진보적 근대나 반근대를 지향해가는 양식이라 할 수 있다.

(3) 격자적 형식과 전근대

격자 형식은 억압적인 세계를 드러낸다. 규격화된 틀은 딱딱하고 단조로움이라는 의미를 내포하며 융통성이 없고 다양성을 인정하지 않는 세계를 표현한다. 또한 법칙과 규약, 질서의 틀 안에서 꼼짝할 수 없는, 지배적 이데올로기에 종속된 인간상들을 보여주게 된다. 이 때, 억압적인 틀 속에 존재하는 두 가지 인간상을 포착할 수 있게 된다. 하나는 틀과 같은 세계, 감옥으로부터 탈출하고 싶어하는 인간과, 또 다른 하나는 그러한 틀을 유지하고 싶어하는 인간이다. 세상의 틀로서의 격자형식은 영토화와 탈영토화의 긴장관계 속에서 영토화의 구심력의 지속을 형식화한 것이다. 아직도 영토화의 단계에 머물고 있는 세계는 유교적 전통에 의해 지배이데올로기의 허구성이 영향력을 발휘하는 전근대의 세계이다. 이러한 격자적 형식은 전근대의 세계로부터 탈출하려는 ‘나’와 같은 부류들의 미약함과 아직도 전근대와 연계된 현실을 드러내는 것이다.

　　내 성은 오씨. 어째서 오가인지 나는 모른다. 가급적으로 알리어주는 것은 해주로 이사온-淸人이 조상이라는 가계보의 검은 먹글씨. 옛날은 대국숭배를 유심히는 하고 싶어서, 우리 할아버니는 진실 이가였는지 상놈이었는지 알 수도 없다. 똑똑한 사람들은 항상 가계보를 창작하였고 매매하였다. 나는 역사를, 내 성을 믿지 않어도 좋다. 해벽가으로 밀려온 소라 속처럼 나도 껍데기가 무척은 무거웁고나. 수통하거나. 이기적인, 너무나 이기적인 애욕을 잊을랴면은 나는 성씨보가 필요치 않다. 성씨보와 같은 관습이 필요치 않다.

-〈姓氏譜:오래인 관습-그것은 전통을 말함이다〉 전문

역사와 전통은 껍데기이다. '나'의 정체성을 형성해온 성씨의 족보는 대국숭배의 식민성 표지이다. 오래인 관습으로 내 삶과 가계의 삶을 지배해 왔던 전통은 결국 대국숭배의 허위의식으로 드러난다. 대국사람임을 내세워서 기득권을 획득하고 상놈 위에 군림하면서 지배와 피지배의 구조를 연장하려고 하는 '이기적인 애욕'의 산물로서 전통은 우리의 삶에 굴레가 되어왔던 것이다. 이러한 우리의 삶을 얽매어 왔던 전통은 규격화된 하나의 틀로서 허구적인 것이다. '내 성'이 "어째서 오가인지 나는 모른다." 왜냐하면 '가계보'는 '대국숭배'의 차원에서 창작되었던 것이기 때문이다. 따라서 전통은 '껍데기'이며, 허구이며, 허상인 것이다. 이러한 허상에 대한 믿음은 하나의 이데올로기로서 지금도 지속되고 있는 상황과 연계된다. 격자형식이 전통을 비판하는 텍스트 내에서 표출하는 의미는 현실을 비판하는 텍스트 내에서 표출하는 의미와 동일성을 획득한다. 즉 지배이데올로기의 허구성이 지금도 계속되고 있는 상황의 동일성을 표시하는 것이다.

신사들은 식탁에 죽은 어육을 올려놓고 입천장을 핥으며 낚시질에 대한 이야기를 시작하였다. 천기예보엔 일기도 검어진다는 (승합마차가 몹시 흔들리는) 氣節을, 신사들은 바다로 간다고 떠들어댔다. 불순한 천후일수록 잘은 걸려드는 법이라고 행랑아범더러 어류들의 진기한 미끼, 파리나 지렝이를 잡아오라고 호령한다. 점잖은 신사들은 어떠한 유희에서나 예절 가운데에 행하여졌다.

-〈魚肉〉전문

榮養이 생선가시처럼 달갑지 않는 해항의 밤이다. 늙은이야! 너도 수부이냐? 나도 선원이다. 자 한 잔, 한 잔, 배에 있으면 육지가 그립고, 뭍에선 바다가 그립다. 몹시도 컴컴하고 질척어리는 해항의 밤이다. 밤이다. 점점 깊은 숲속에 올빼미의 눈처럼 광채가 생하여 온다.

-〈해항도〉 중에서

전통을 비판하는 텍스트에서 격자형식이 전통의 허구, 지배이데올로기의 허구를 드러내는 형식이었다면, 현실을 비판하는 텍스트에서 격자형식은 '대국숭배'라는 전통이 지속되는 상황, 즉 그들만이 향유하는 삶이 지속되는 세계를 보여주게 된다. 청에 대한 숭배가 일본제국에 대한 숭배로 이어지는 역사적 전통이 지속됨에 따라 '나'와 같은 부류의 우리는 '황무지'와 같이 거칠고 딱딱하고 황량한 감옥과 같은 환경에서 디아스포라 하지만, 다시 그러한 격자 형식의 삶에 포획되는 상황의 반복을 보여주게 되는 것이다. 격자 형식은 전근대적인 이데올로기의 허구를 드러내고, 즉 억압적이고 옭아매는 이데올로기의 실체를 드러냄으로써, 그리고 현재의 디아스포라적 삶을 격자 형식에 담아 반복적으로 드러냄으로써 진보적 근대로의 탈영토화의 한 과정이 된다.

(4) 장면의 병치와 반근대

반근대는 동시대 문명의 부정과 동의어이며, 근대의 내부에서 근대의 모순을 각성한 인식을 일컫는다. 이는 일상에서 근대의 메커니즘을 부정하고 거부하는 경향으로서 물질적 진보의 가능성을 부정하는 태도이다. 이러한 반근대성에 대해 칼리니스쿠[23]는 부르주아 모더니티에 반하는 반부르주아적 태도의 모더니티라 규정했다. 이때 모더니티는 리얼리즘적 경향을 지지하는 하나의 양식으로서, 즉 반부르주아적 태도를 드러내는 수법으로서 모더니즘의 장면화가 차용된다. 그 대표적인 예가 〈수부〉나 〈항해도〉, 〈해수〉, 〈황무지〉와 같은 시들이다. 이들 시 텍스트들은 연 단위로 하나의 장면을 제시하게 되는데, 이렇게 형성된 장면들은 하나의 주제 아래에서 일관된 이미지를 보여주게 된다. 그 일관된 이미지란 문명의 찌꺼기들, 문명의 파편들, 문명의 배설물들로 형성된 것으로 질척거리고 끈적끈적하고 어둡고, 충충한 이미지들이다. 이러한 이미지들의 장면적 나열은 근대의 모순을 강화하는 기능으로 작용한다. 노동력이 동원되어 뭔가가 생산되어야

---

[23] 칼리니스쿠는 모더니티를 두 가지로 규정하고 있다. 하나는 부르주아의 모더니티로 과학기술의 진보와 산업혁명, 그리고 자본주의에 의해 야기된 광범위한 사회 경제적 변화의 산물로서의 그것이며, 또 다른 것은 반부르주아의 모더니티로 부르주아 모더니티에 대한 철저한 거부에 기반한 미적 모더니티라 할 수 있다(M. 칼리니스쿠, 『모더니티의 다섯 얼굴』, 이영욱 외 역, 시각과 언어, 53~58면).

하는 현실이 오히려 황폐화되는 현상으로 연출됨으로써, 장면들은 계몽적 근대의 논리를 반박하는 지점이 된다.

3

강변가로 蝟集한 공장촌-그리고 煙突들/피혁-고무-제과-방적-釀酒場-전매국……/공장 속에선 무작정하고 연기를 품고 무작정하고 생산을 한다/끼익 끼익 기름 마른 피대가 외마디 소리로 떠들제/직공들은 키가 줄었다./어제도 오늘도 동무는 죽어나갔다.

4

신사들이 드난하는 곳/주뼛주뼛 하늘을 찔러 위협을 보이는 고층건물/둥그름한 枉塔-점잖은 높게 뵈려는 인격/꼭대기 꼭대기 발돋움을 하야 所屬의 깃발이 날린다./무던히도 펄럭이는 깃발들이다. /씩, 씩, 뽑아올라간 고층건물-/공식적으로 나열해나가는 도시의 미관/수부는 가장 적은 면적 안에서 가장 많은 건물을 갖는다/수부는 무엇을 먹으며 華美로이 춤추는 것인가!

-〈首府:首府는 肥滿하였다. 紳士와 같이〉 중에서

〈수부〉는 특히 번호가 붙은 11연으로 이루어진 시이다. 여기서 번호는 마치 시나리오의 장면번호처럼 공간을 분할하며, 반복적으로 포식자로서의 도시의 이미지를 중층화시킨다. 먼저 장면 1에서는 시체를 먹고 번성하는 도시의 괴물스러움이 제시된다. 장면 2에서는 도시 괴물의 위장 속으로 운집하는 화물들이 보여지고, 장면 3에서는 도시 괴물 아래 종속되어 일만 강요당하는 노동자들의 죽음이 연출된다.

도시의 괴물스러움이 절정을 향해 극적인 장면으로 연출되다가 4에 이르면 '점잖은' 사람들로 표기되는 '신사'들이 등장하면서 전환 국면을 맞는다. 도시에 대한 비판, 부정의 반응은 '수부의 화미'로움에 이화된다. 이러한 이화작용의 장면들은 5와 6, 7과 8을 통해 지속된다. 그러다 장면 9에 이르면, 수부는 사람들을 '퇴폐한 절망'으로 전염시켜 자신과 동일한 괴물로 만들어 낸다. 이제 모든 것들이 도시의 괴물스러움으로 확장되고, 그러한 괴물스러움의 확장은 수부의 비만을 더욱 확장시키며, "어느 때 시작되고 어느 때 끄치는 것"(9)인지 모를 수부의 끊임없는 비만을 예고한다.

〈수부〉는 삶을 지탱하는 생명력들을 삼킨다. 따라서 전체 텍스트는 죽음의 이미지를 확장하며 그러한 죽음을 통해 비만해지는 도시의 야수성을 반복적으로 강화하게 된다. 기계화를 통해 무감각해지는 사람들(1), 모든 원료들로 가공되는 자본의 음모들(2), 자본주의에 핍박받는 노동자들(3)을 통해 도시는 근대화의 모순을 짚어내며, 생명력 없이 비만해지기만 하는 수부를 '신사'들과 동일한 선상에서 의미화한다. 하늘을 찌를 만큼 위협적인 고층건물을 왕래하는 '신사'들은 자신의 끝없는 욕망을 쫓는 바벨탑의 무리들을 연상시킨다. 자신의 욕망을 충족시키기 위해 신사들은 더 높은 문명의 고층탑을 쌓아올리려 할 것이며, 이러한 그들의 욕망의 충족은 결국 타자들의 희생을 전제로 하는 것이기 때문에, '신사'들은 타자를 착취해서 자신의 뱃속을 채우는 비만한 자본가로서, 비만한 수부와 같은 존재로 드러나게 된다. 이렇듯이 장면들은 다른 인물들과 공간들로 분할되지만, 결국 수부와 신사를 교차적으로 배열함으로써 수부의 비만성을 통해 제국과 공모적 관계에 있는 '신사'와 같은 식민자들의 비만성을 등가화시켜 식민지 근대의 허상을 표기하게 되는 것이다.

2) 하위 계급적 민중과 보헤미안적 군중

카프의 민중문학은 하위계급들의 해방을 위한 문학이었다. 이러한 계급성을 너무 강조하다 보니 식민상황이 후경화되는 현상을 연출하기도 했다. 따라서 카프의 문학은 민중해방을 위한 하나의 문학적 경향으로 의미를 가지는 한편 또 다른 의미에서는 식민지와 제국본토의 차이를 계급 이데올로기에 의해 삭제하는 경향을 내포하기도 한다. 오장환의 시 텍스트에서는 노동자와 같은 하위계급들의 가난하고 열악한 삶의 형태 위에 근대 도시에 정착하지 못하고 떠다니는, 또는 적응하지 못하고 일탈하는 군중의 삶의 형태를 포개 놓음으로써 자본주의의 착취 구조와 근대의 퇴폐성을 모두 드러내게 된다. 이는 궁핍한 민중의 삶을 재현하면서도 근대의 문제로 계급성만을 주시했던 카프의 현실 인식과도 차별되는 것이며, 근대를 비판하면서도 근대 문명에 대한 동경을 버리지 못하고 지향했던 모더니즘 경향의 현실 인식과도 다른 것이다. 오장환은 이들로부터 더 나아가 지금의 상황을 좀 더 암울하게 인식하고 있었던 것이며, 이를 통해 좀 더 과격하게 제국에 반응하고 있었던 것이다. 다시 말해 카프처럼 계급적 각성, 민중 이데올로기적 무장으로 현실이 나아질 것이라고 진단한 것도 아니며, 모더니즘 경향처럼 문명의 획득, 지성의 무장으로 현실을 타개할 것으로 보지도 않은 것이다. 오장환에게 하위계급의 궁핍한 삶이 문제가 되었던 것은, 근대화 과정 속에서 무차별적으로 착취당하는 민족적 단위들을 발견했기 때문이며, 근대문명의 퇴폐성이 문제적이었던 것은 문명의 시혜에서 배제되는 민족적 단위들의 절망을 포착했기 때문이다. 이는 식민지에서 계급의 문제는 식민자와 피식민자의 위치로만 표식되는 것이며, 식민지 근대성은 제국의 근대를 위한 도구적인 근대임을 알아차린 것이다.

> 어디를 가도 사람보다 일 잘하는 기계는 나날이 늘어나가고,/나는 병든 사나이. 야윈 손을 들어 오랫동안 懶怠와, 무기력을/극진히 어루만졌다. 어두워지는 황혼 속에서 아무도 보는 이/없는, 보이지 않는 황혼 속에서, 나는 힘없는 분노와 절망을/묻어버린다.
>
> -〈황혼〉중에서

여기서 '나'는 기계에 대체되는 무가치한 노동자로서 제시된다. 근대성에 의한 인간성 상실은 노동자를 '병든 사나이'로 표기한다. 현실은 '어두워지는 황혼'으로 아무것도 볼 수가 없는 상황이다. 군중 속에 민중으로 표기되지만, 이들은 민중적인 계급 이데올로기를 표방하는 청춘의 자랑과 희망이 이미 사라진 병든 사나이일 뿐이다. 이는 황혼의 근대를 떠가는 군중의 모습에 포개짐으로써 분노와 절망을 묻어버린 회한의 자아가 된 것이다. 1연에서 절망과 같은 나의 긴 그림자는 군중에 짓밟힌다. 또한 3연에서 군중들은 시끄러이 떠들며, 제 집을 향하여 어둠속으로 흩어진다. 개체적이고 시대의 물결에 따라 표류하던 비자아적 군중들은 분명 젊음의 자랑과 희망의 끈을 놓지 않고 있던 민중적 자아인 '나'와는 차별적 존재들이었다. 그렇지만, 계급적 각성을 촉구하는 이데올로기를 전면에 부각시키는 민중의 대표성으로서의 자아가 병든 모습으로 군중의 하나로서 근대를 떠다니는 이산적 기표가 될 때, 분노와 절망마저도 묻어버릴 수밖에 없는 현실은 더욱 암울하게 표출된다. 이는 희망의 현실, 미래적 기획을 공허하게 이야기하는 이데올로기를 무화시킴으로써 병든 현실을 핍진하게 드러낸 것이다. 이처럼 식민지 시대, 카프가 요구했던 계급적으로 이상화된 민중은 보헤미안적 군중, 이산적으로 흘러가는 개체들과 포개짐으로써 보다 구체적이고 일상적인 피식민자로서 드러나며, 무기력해지고 배회하기만 하는 근대의 익명적 군중은 민중의 궁핍하고 병든 현실과 포개짐으로써 "균질된 체계를 흔드는 잠복되어 있는 '노이즈'로서 의미를 지니[24]"게 된다. 이들은 제국에 포섭되지 않은 비동일화의 인물들로서 그레마스의 기호 사각형 −S2 지점에 위치된다. 이렇게 도시 미학의 주체로서의 군중과 사회주의 이데올로기의 신봉자로서의 민중을 포갬으로써 일정정도 리얼리즘과 모더니즘의 접점으로서 오장환의 텍스트는 기능한다. 리얼리즘의 계급성이 자기경험을 바탕으로 한 보헤미안적[25] 근대 자아의 모습의 투영으로 추상적 이데올로기를 지양하고 어느 정도 구체적 현실을 구현하는 것으로 굴절되고, 모더니즘의 근대성이 퇴폐성 내지 패배의식으로 귀결되는 대신 어느 정도 시대 상황을 담아내는 것으로 굴절됨으로써 탈식민성을 등록하게 될 것이다.

---

24 김용희, 『한국 현대 시어의 탄생』, 소명, 2009, 165면.

25 오장환은 『독서여담』에서 정주하지 못하고 떠도는 삶으로서의 보헤미안적 기질을 자신의 숙명으로 받아들이고 있었다고 했다. 그리고 이 떠돎을 『팔등잡문』에서는 "이념을 잃어버린" "생활하지 않는 사람의 원죄"로서 고백한다. 보헤미안적 떠돎은 정지할 수 없는 이산적 존재로서의 피식민적 정체성을 드러내는 것이며, 생활을 위한 이념을 찾아야 하는 과제를 수행하는 형태로서 '자기'를 드러내는 방식인 것이다.

4. 〈저항-동화〉 의소로 이루어진 중층적 텍스트

그레마스의 기호학적 사각형을 토대로 오장환 시 텍스트를 살펴보면, '저항'과 '동화'의소가 기본구조로 드러난다. 진보적 근대를 실현하기 위해 사회주의에 본격적으로 투사하기까지 그의 시적 여정은 동화의 관계 항들로부터 탈주하려는 자세를 지속적으로 보여주게 된다. 동화된다는 것은 계몽적 근대에 편입된다는 의미로서 '신사'나 '꽃 같은 계집'과 같은 인물들이 그러한 동화적 인물들로서 제국의 근대를 아무 의심없이 향락하는 인물들이다. 이들은 피식민자로서 주체적이지 못한 인물들로 비자아적, 즉 자신의 정체성을 소거하는 인물들이다. 또한 이러한 인물들은 지배세력, 거대한 힘을 업고 타자들을 억압함으로써 자신의 기득권이나 부와 명성을 획득한다는 의미에서 대국숭배를 통해 자신의 세계에서 억압적 위치를 고수하려 했던 과거 전통세계의 양반들과 그 맥락을 같이 한다. 따라서 전근대적 세계는 계몽적 세계와 동류적 관계를 형성하는 세계로 반근대의 대척점이 된다. 반근대는 식민지 근대, 계몽적 근대, 이성의 근대의 모순과 허위성을 드러내는 의미에서 미적 근대라 할 수 있다. 여기에 해당하는 인물들은 식민지적 삶을 어렵게 이어나가고 있는 '나'와 같은 부류들의 인간들이다. 나는 항시 이항을 떠돌며 그러한 존재들과 교류하는데, '나'와 같은 이산자들이나 '첫 사나이'를 잊지 못하는 기녀, 노동자들, 막벌이꾼과 같은 인물들이 그러한 '나'가 발견한 민족적 자아들인 것이다. 그런데 '나'는 고향을 떠나온 고통, 돌아가야 할 고향을 잃은 고통 속에서 '윤락된' 자식이 되기도 하는데, 이러한 '나'의 매음녀와 같은 퇴폐성은 청춘을 잃은 현재적 상황을 보이는 것이 된다. 청춘의 잃음은 청년의 계급성을 무화시키는 것으로 '나'로 하여금 비애와 슬픔의 감정 속에 놓아두는 것이 된다. 그렇지만 '나'는 "여수에 잠"김으로써 조그만 '희망'도 잃게 되지만, "신뢰할 만한 현실"(여수)에 대한 물음을 계속함으로써 미래에 대한 계획을 포기하지 못한 상태임을 드러낸다. 이러한 미미한 역사적 의식의 이어짐이 결국에는 민중적 계급성과 연관될 수 있지 않았나 추론해 볼 수 있게 된다. 이처럼 잃어가는 청년의 꿈을 지속적으로 환기하며, 식민시기 고향을 떠나올 수밖에 없었고 마음 붙일 데가 없이 떠돌던 디아스포라적 인물들을 주시함으로써 '나'는 진보적 근대로 나아가는 과정 중의 주체로서 서 있었던 것이다.

오장환은 인간 전체를 위한 문학으로써 카프 문학의 리얼리즘적 글쓰기를 지향하면서도 계급적 이데올로기를 강력하게 표방하거나 주장하기 보다는 인생을 위한, 인간 본질을 위한 문학을 제시함으로써 포괄적인 낭만적 휴머니즘의 틀 내에서 움직이게 된다. 이는 민중과 부르주아라는 이분법적 도식을 다른 범주로 옮겨 놓은 것이다. 즉 보다 폭넓게 억압자와 비억압자의 테두리 속에서 보편적인 인간의 문제로 도식화하는 것이다. 따라서 오장환의 시 텍스트에 등장하는 다양한 삶의 형태들, 즉 민중적 삶에서 군중적 삶에 이르는 다양한 삶의 형태들은 보편적인 인간의 문제라는 표식으로 제국의 시선을 분산시키거나 축소하게 한다. 그러나 그러한 민중적 삶과 군중적 삶을 따로 읽게 되면, 민중적 삶의 측면에서 현실이라는 시간을 회의하게 되거나, 군중적 삶의 측면에서 근대라는 공간을 표류하는 피식민자들만을 읽게 된다. 따라서 우리는 민중의 궁핍한 삶과 군중의 퇴폐적 삶을 중첩시켜, 중층화된 텍스트로서 읽어야 한다. 그럴 때, 우리는 하위계급적이고 디아스포라적 피식민자의 상황을 구체화하게 되며, 이로써 리얼리즘과 모더니즘의 교차 텍스트로서 사회역사성을 숨기면서 드러내고 드러내면서 숨기는 오장환의 글쓰기 전략을 포착하게 된다.

참고문헌

제1부 1930년대 '낭만주의'의 탈식민성

‣ 기본자료

김기림,『김기림전집』, 심설당, 1988.
임화,『문학의 논리』, 서음출판사, 1989.
신승엽 편,『임화전집1·시』, 풀빛, 1988.
박용철,『박용철전집』, 깊은샘, 2004.

‣ 국내저서

강은교,「1930년대 김기림의 모더니즘 연구」, 연세대학교 박사논문, 1987.
고부응,『초민족 시대의 민족 정체성』, 문학과지성사, 2002.
곽광수,『가스통 바슐라르』, 민음사, 1995.
곽상순,『사실주의 소설의 재인식』, 한국학술정보, 2005.
김명인,『한국근대시의 구조 연구』, 한샘, 1988.
김상선,『문예사조론』, 일신사, 1990.
김상환,「한국 근대시론의 형성과 전개양상에 관한 연구」, 영남대학교, 박사학
　　　위논문, 1998.
김상환·장경렬 외,『문학과 철학의 만남』, 민음사, 2000.
김성곤,「탈식민주의적 책읽기와 영문학 연구」,『외국문학 38』, ('94.2).
김승희,『이상시 연구』, 보고사, 1998.
김승희,『현대시 텍스트 읽기』, 태학사, 2001.
김외곤 편,『임화전집 2·문학사』, 박이정, 2001.
김용직 외,『문예사조』, 문학과지성사, 1988.
김용직 편,『박용철 유필원고 자료집』, 깊은샘, 2005.
김용직,『한국근대시사』, 학연사, 1986.
김용직,『한국현대시사』, 한국문연, 1996.
김용직,『한국현대시연구』, 일지사, 1974.

김유중, 『한국모더니즘문학의 세계관과 역사의식』, 태학사, 1996.

김윤식, 『근대한국문학연구』, 일지사, 1973.

김윤식, 「용아박용철연구」, (『학술원논문집』, 대한민국학술원, 1970).

김윤식, 「임화론」(김윤식·정호웅 편, 『한국 근대리얼리즘 작가 연구』, 문학과
　　　지성사, 1988).

김윤식, 『임화연구』, 문학사상사, 1989,

김의락, 『전환기의 영미문학』, 한신문화사, 1999.

김인환, 『문학과 문학사상』, 열화당, 1978.

김재용, 「김기림-동시성의 비동시성과 침묵의 저항」, (『협력과 저항』, 소명,
　　　2004).

김정현, 『니체의 몸 철학』, 지성의 샘, 1995.

김정훈, 『임화연구』, 국학자료원, 2001.

김준환, 「탈식민주의와 포스트모더니즘」, (『탈식민주의-이론과 쟁점』, 고부응
　　　편, 문학과지성사, 2003).

김진수, 『우리는 왜 지금 낭만주의를 이야기하는가』, 책세상, 2001.

김학동, 「한국 낭만주의의 성립」, (김용직 외 공저, 『문예사조』, 문학과지성사,
　　　1988). 안막, 「프로예술의 형식문제-프롤레타리아 리얼리즘의 길로-」,
　　　조선지광, 1930.6.

김학동, 「한국낭만주의 성립」, (김용직 편,『문예사조』, 문학과지성사, 1988).

김학동, 『정지용연구』, 민음사, 1984.

김효중, 『한국현대시 연구』, 대구효성카톨릭대학교 출판부, 1997.

나병철, 『탈식민주의와 근대문학』, 문예출판사, 2004.

문학과비평연구회, 『1930년대 문학과 근대체험』, 이화문화사, 1999.

문학과사상연구회, 『임화문학의 재인식』, 소명출판사, 2004.

민경숙, 「『암흑의 핵심』: 해체의 미학」, 『외국문학 44』('95.8).

박명진, 『한국희곡의 이데올로기』, 보고사, 1999.

박승희, 「한국시의 미적 근대성 연구」, 영남대학교, 박사학위논문, 2000.

박윤우, 「프로시의 의미와 한계」, (김은전·김용직, 『한국현대시사의 쟁점』, 시
　　　와시학, 1991).

박인기, 『한국현대시의 모더니즘 연구』, 단대출판부, 1988.

박종화, 「백조시대 회고」(『문예』3, 1959.10).

박주식, 「제국의 지도 그리기」, (『탈식민주의-이론과 쟁점』, 고부응 편, 문학과
　　　지성사, 2003).

박지향,『제국주의』, 서울대출판부, 2000.

박철석,『한국현대문학사론』, 민지사, 1990.

박철희,「김기림론」,『현대문학』, 1989.

박철희·김시태 편,『한국현대문학사』, 시문학사, 2000.

박호영,「한국낭만주의시의 특질」, (김은전·김용직,『한국현대시사의 쟁점』, 1991)

백철·이병기,『국문학전사』, 신구문화사, 1958.

서경석,『한국 근대 리얼리즘 문학사 연구』, 태학사, 1998.

서동욱,『차이와 타자』, 문학과지성사, 2000.

손종업,『극장과 숲』, 월인, 2000.

송기섭,『한국 현대문학의 도정』, 새미, 1999.

송욱, 『시학평전』, 일조각, 1971.

송효섭,『문화기호학』, 아르케, 2000, 233~261면.

신동욱,「백조파와 낭만주의」, (김용직 외 공저,『문예사조』, 1988).

신명경,『한국 낭만주의 문학론』, 새문사, 2003.

안막,「조선 프롤레타리아예술운동 약사」, (임규찬·한기영 편,『카프시대에 대한 회고와 문학사』, 태학사, 1989).

양애경,『한국퇴폐적 낭만주의시 연구』, 국학자료원, 1999.

여홍상,『근대영문학의 흐름』, 고대출판사, 2001.

역사문제연구소 문학사연구모임,『카프 문학운동연구』, 역사비평사, 1989.

오세영 외 공저,『한국문학연구방법론』, 민족문화사, 1983.

오창은,「'자생성'과 '종속성'의 경계, 그리고 지식의 '탈식민적 가능성'」, (문학과비평연구회,『탈식민의 텍스트, 저항과 해방의 담론』, 이회, 2003).

오형엽,『한국 근대시와 시론의 구조적 연구』, 태학사, 1999.

우찬제,『텍스트의 수사학』, 서강대학교 출판부, 2005.

이광규,『신민족주의의 세기』, 서울대출판부, 2006.

이명찬,「시의 언어에 대한 새로운 자각」, (한계전 외,『한국현대시론사 연구』, 문학과 지성사, 1998).

이명찬,『1930년대 한국시의 근대성』, 소명출판사, 2000.

이미경,「김기림 모더니즘 문학연구」, 서울대학교 박사논문, 1988.

이석구,「식민주의 문학과 '차이의 정치학': 조이스 캐리 연구」,『외국문학 53』('97.12).

______,「식민주의 역사와 탈식민주의 담론」,『외국문학 50』, ('97.2).

이석호,『아프리카 탈식민주의 문화론과 근대성』, 동인, 2001.

이승훈,『한국현대시론사』, 고려원, 1993.

이진우,『녹색 사유와 에코토피아』, 문예출판사, 1998, 31~32면.

이택광,『들뢰즈의 극장에서 그것을 보다』, 갈무리, 2002.

이홍필,「달콤한 유혹과 고통스런 버텨읽기」,『외국문학 38』('94. 2.).

임　화,「1933년의 조선문학의 제 경향과 전망」, (임규찬·한기영 편,『카프해산기의 동향과 쟁점』, 태학사, 1989).

임　화,「33년을 통하여 본 현대 조선의 시문학」,

임　화,「분화와 전개」, (임규찬·한기영 편,『1차 방향전환론과 대중화론』, 태학사, 1989).

임　화,「언어와 문학」, (임규찬·한기영 편,『카프 해산기의 동향과 쟁점』, 태학사, 1989).

임　화,「조선 신문학사론 서설」, 조선중앙일보, 1935. 10. 27.

임　화,「조선 신문학사론 서설」, 조선중앙일보, 1935.10.7.

임　화,「진보적 시가의 작금-푸로시의 거러온 길-」 (풍림, 1937.1.).

임　화,「착각적 문예이론」, (임규찬, 한기형 편,『제1차 방향전환론과 대중화론』, 태학사, 1989.

임　화,「착각적 문예이론」, (임규찬·한기영 편,『1차 방향전환론과 대중화론』, 태학사, 1989).

임　화,「현대의 문학에 관한 단상」, (임규찬·한기영 편,『카프해산기의 동향과 쟁점』, 태학사, 1989.

정정호 편,『들뢰즈 철학과 영미문학 읽기』, 동인, 2003.

정태용,『한국현대시인연구·기타』, 어문각, 1976.

정호웅,『임화』, 건국대출판부, 1996.

정효구,「1930년대 순수서정시 운동의 시대적 의미」, (김은전·김용직 편, 상게서, 1991).

조연현,『한국현대문학사』, 성문각, 1969.

지명렬,「낭만주의와 동경의 문제」, (김용직 외,『문예사조』, 문학과지성사, 1988).

진창영,『한국현대시의 리얼리즘과 모더니즘적 탐색』, 새미, 1998.

최두석,『시와 리얼리즘』, 창비, 1996.

최문규,『독일 낭만주의』, 연세대학교 출판부, 2005.

최상규,「로만주의의 재조명」, 한밭출판사, 1983.

최유찬,「1930년대의 한국리얼이즘론 연구」, (이선영 외,『한국 근대문학비평사
　　　연구』, 세계, 1989).
하정일,『20세기 한국문학과 근대성의 변증법』, 소명, 2000.
한상규, 「김기림 문학론과 근대성의 기획」, (한계전 외,『한국현대시론사 연구
　　　』, 문학과지성사, 1998).
허영란, 「근대적 소비생활과 식민지적 소외」, (역사문제 연구소,『전통과 서구
　　　의 충돌』, 역사비평사, 2001.
허천택,『영국낭만주의 문학연구』, 동국대학교 출판부, 2003.
홍신선 편,『우리문학의 논쟁사』, 어문각, 1985.

▶ **국외저서**

A, Welsh, 『ROOTS OF LYRIC』, Princeton University Press, 1978.
Afanasev, Viktor Grigorevich,『역사적 유물론』, 김성환 역, 백두, 1988.
Anderson, Benedict R. O'G,『상상의 공동체』, 윤형숙역, 나남, 2002.
Ato Quayson, Postcolonialism-theory, practice or process?, Polity Press:
　　　Cambridge, 2000.
Baumer, Franklin,『유럽 근현대 지성사』, 조호연 역, 현대지성사, 1999.
Berlin, Isaiah, sir,『낭만주의의 뿌리』, 강유원·나현영 역, 이제이북스, 2005.
Bhabha, Homi K,『문화의 위치』, 나병철 역, 소명출판사, 2002.
Bill Ashcroft, 「텍스트 다시 쓰기」, 이석호역,『포스트콜로니얼 문학이론』, 민음
　　　사, 1996.
Bill Ashcroft·Gareth Griffiths·Helen Tiffin ed, 『The postcolonial studies
　　　reader』, Oxford; New York: Routledge, 2005.
Braidotti, Rosi,『유목적 주체』, 박미선역, 여이연, 2004.
C. Hošek·P. Parker,『서정시의 이론과 비평』, 윤호병역, 현대미학사,
Chidi Amuta, 'Fanon, Cabral and Ngugi on National Liberation', Bill Ashcroft·
　　　Gareth Griffiths·Helen Tiffin ed, 『The postcolonial studies reader』,
　　　Oxford; New York: Routledge, 2005.
David Perkis, A History of Modern Poetry, Cambridge: Harvard University
　　　Press, 1976.
Debray, Re´gis,『이미지의 삶과 죽음』, 시각과 언어, 1994.
Easthope, Antony,『시와 담론』, 박인기 역, 지식산업사, 1994.

Edna Aizenburg, 「보르헤스, 탈식민주의이론의 선구자」, 『외국문학 31』, ('92.6).

Elleke Boehmer, EMPIRE, THE NATIONAL, AND THE POSTCOLONIAL 1890~1920, The University of Oxford Press, 2002.

Fischer, Ernst, 『예술이란 무엇인가』, 김성기 역, 돌베개, 1984.

Gilbert, Helen, 『포스트 콜로니얼 드라마』, 소명, 1996.

Hamburger, Kaete, 『문학의 논리』, 장영태 역, 홍익대학교출판부, 2001.

Harootunian, Harry, 『역사의 요동』, 윤영실·서정은 역, 휴머니스트, 2006.

Hermann August Korff, 「낭만주의의 본질」, (김용직 외, 『문예사조』, 문학과지성사, 1988).

Houston Baker, Jr, 「캘리번의 삼중의 역할과 탈식민주의」, 『외국문학 31』, ('92.6).

Kristeva, Julia, 『공포의 권력』, 서민원 역, 동문선, 2001.

Leela Gandhi, 『포스트식민주의란 무엇인가』, 이영옥 역, 현실문화연구, 2000.

Macdonell, Diane, 『담론이란 무엇인가』, 임상훈 역, 한울, 1994.

Mcleod, John, 『탈식민주의 길잡이』, 박종성 외 편역, 한울아카데미, 2003.

Moore-Gilbert. B. J, 『탈식민주의! 저항에서 유희로』, 이경원역, 한길사, 2001.

Paul Hernadi, 『장르론』, 이준오 역, 문장, 1983.

Paz, Octavio, 『낭만주의에서 아방-가르드까지의 현대시론』, 윤호병 역, 현대미학사, 1995.

Peter V. Zima, 『문예미학』, 허창운 역, 을유문화사, 1997.

Raymond Williams, 「낭만주의 예술가」, (김용직 외, 『문예사조』, 문학과지성사, 1988).

Riffaterre, Michael, 『시의 기호학』, 유재천 역, 민음사, 1993.

Young, Robert J. C, 『포스트식민주의 또는 트리컨티넨탈리즘』, 김택현 역, 박종철출판사, 2005.

劉偉林, 『중국문예심리학사』, 沈揆昊역, 동문선, 1999.

제2부 탈식민주의 담론과 전략

제1장 윤동주 시의 타자로 구성되는 주체의 탈식민성

▸ 기본자료

윤동주,『하늘과 바람과 별과 시』, 연세대학교 출판부, 2005.

▸ 단행본

고부응,『초민족 시대의 민족 정체성』, 문학과지성사, 2002.
고운기,『나의 별에도 봄이 오면』, 산하, 2006.
국어국문학회,『국어국문학』, 이회문화사, 1964.
권영민 엮음,『윤동주 연구』, 문학사상사, 1995.
권오만,『윤동주 시 깊이 읽기』, 소명, 2009.
김수복·최동호 편저,『나 한테 주어진 길』, 웅동, 1999.
김학동 편,『윤동주』, 서강대출판부, 1997.
김학동,『별하나에 사랑과 별하나에 시』, 새문사, 1998.
김현·김윤식,『한국문학사』, 민음사, 1973.
변광배,『존재와 무』, 살림, 2005.
서동욱,『차이와 타자』, 문학과지성사, 2000.
이건청 편저,『나의 별에도 봄이 오면』, 문학세계사, 1981.
이종영,『가항증·타자성·자유』, 백의, 1996.
최문자,『현대시에 나타난 기독교사상의 상징적 해석』, 태학사, 1999.

▸ 논문

고인환,「생태주의 문학 논의의 심화와 확장을 위하여」,『시작』(제9호), 천년의
    시작, 2004, 여름.

제2장 기호학적으로 읽는 오장환 시의 탈식민성

· 기본자료

최두석 편,『오장환 전집 1·2』, 창작과 비평사, 1989.

· 단행본

기호학연대,『기호학으로 세상읽기』, 소명출판사, 2002.
김성도,『구조에서 감성으로-그레마스의 기호학 및 일반 의미론의 연구』, 고려
　　　　대출판부, 2002.
김성도,『현대 기호학 강의』, 민음사, 1998.
김성도,『현대 기호학 강의』, 민음사, 1998.
김양선,『1930년대 소설과 근대성의 지형학』, 소명, 2003.
김용희,『한국 현대 시어의 탄생』, 소명, 2009.
김학동,『오장환연구』, 시문학사, 1990.
박인철,『파리학파의 기호학』, 민음사, 2003.
백선기,『영화 그 기호학적 해석의 즐거움』, 커뮤니케이션북스, 2007.
서준섭,『한국모더니즘문학연구』, 일지사, 1998.
신현숙·박인철 편,『기호, 텍스트 그리고 삶』, 월인, 2006.
안느에노,『기호학으로의 초대』, 홍정표역, 어문학사, 1997.
원종찬,『한국 근대문학의 재조명』, 소명, 2005.
자크 퐁타니유,『기호학과 문학』, 김치수·장인봉 역, 이화여자대학교 출판부,
　　　　2003.
진순애,『한국 현대시와 정체성』, 국학자료원, 2001.
M. 칼리니스쿠,『모더니티의 다섯 얼굴』, 이영욱 외 역, 시각과 언어.

· 논문

김기림,「성벽을 읽고-오장환씨의 시집-」, (김기림,『김기림 전집2』, 심설당,
　　　　1988).
김종태,「오장환 시의 여성성에 나타난 현실 인식 방법 연구」, (한국시학회,『한
　　　　국시학연구』, 제14호, 2005. 12).

박윤우, 「타락한 자아의 비판적 현실인식」, (상허학회, 『새로 쓰는 한국 시인론』, 백년글 사랑, 2003).

이경아, 「오장환 시의 근대성 연구」, (국어국문학회, 『국어국문학』, 제149호, 2008. 9).

이승훈, 「1940년대 한국 모더니즘시 연구」, (한양대학교 한국학연구소, 『한국학 논집』제 32집, 1998.10).

임화, 「시단의 신세대」, (임화, 『문학의 논리』, 서음출판사, 1989).

장만호, 「부정의 아이러니와 환멸의 낭만주의」, (한국비평문학회, 『비평문학』, 제32호, 2009).

정문선, 「한국 모더니즘 시 화자의 시각체제 연구」, 서강대학교 박사학위논문, 2002.

최두석, 「한국현대리얼리즘시연구」, 서울대학교 박사학위논문, 1995.

저자 | 최윤정(崔允貞, Choi Yun-jung)

1970년 출생, 세종대학교 국어국문학과와 서강대학교 대학원을 졸업하였다. 현재 서울대학교 국어국문학과에서 박사후과정 연구원으로 있으며, 서강대학교 와 홍익대학교에서 강의를 하고 있다.

주요 논문으로는 석사학위논문인 「박용래시연구」와 박사학위논문인 「1930 년대 '낭만주의'의 탈식민성 연구」를 비롯하여 「1920년대 민요담론의 타자성 연구」, 「근대의 타자담론으로서의 정지용시」, 「이육사의 탈주의식과 타자성」 등이 있으며, 저서로는 『서정주연구』(공저, 새문사, 2005), 『김광균연구』(공저, 국학자료원, 2002), 『송욱연구』(공저, 역락, 2000), 『한국전후문제시인연구』(공저, 예림, 2005) 등이 있다.

1930년대 낭만주의와 탈식민주의

초판 인쇄 | 2011년 12월 21일
초판 발행 | 2011년 12월 29일

저 자 최윤정

책임편집 윤예미

발 행 처 도서출판 지식과교양
등록번호 제 2010-19호
주 소 서울시 도봉구 창5동 262-3번지 3층
전 화 (02) 900-4520 (대표)/ 편집부 (02) 900-4521
팩 스 (02) 900-1541
전자우편 kncbook@hanmail.net

ⓒ 최윤정 2011 All rights reserved. Printed in KOREA

ISBN 978-89-94955-55-1 93810   정가 26,000원

저자와 협의하여 인지는 생략합니다. 잘못된 책은 바꾸어 드립니다.
이 책의 무단 전재나 복제 행위는 저작권법 제98조에 따라 처벌받게 됩니다.

이 도서의 국립중앙도서관 출판도서목록(CIP)은 e-CIP홈페이지(http://www.nl.go.kr/ecip)에서
이용하실 수 있습니다. (CIP제어번호: CIP2011005625)